El Club del Crimen de los Jueves

Richard Osman

El Club del Crimen de los Jueves

Traducción de Claudia Conde

ESPASA

Obra editada en colaboración con Editorial Planeta – España

Título original: *The Thursday Murder Club*

Bajo el sello editorial ESPASA M.R.
Avenida Presidente Masarik núm. 111,
Piso 2, Polanco V Sección, Miguel Hidalgo
C.P. 11560, Ciudad de México
www.planetadelibros.com.mx

Primera edición impresa en España: septiembre de 2020
ISBN: 978-84-670-6022-5

Primera edición en formato epub en México: enero de 2021
ISBN: 978-607-07-7281-8

Primera edición impresa en México: enero de 2021
ISBN: 978-607-07-7274-0

Impreso en los talleres de Litográfica Ingramex, S.A. de C.V.
Centeno núm. 162-1, colonia Granjas Esmeralda, Ciudad de México
Impreso en México –*Printed in Mexico*

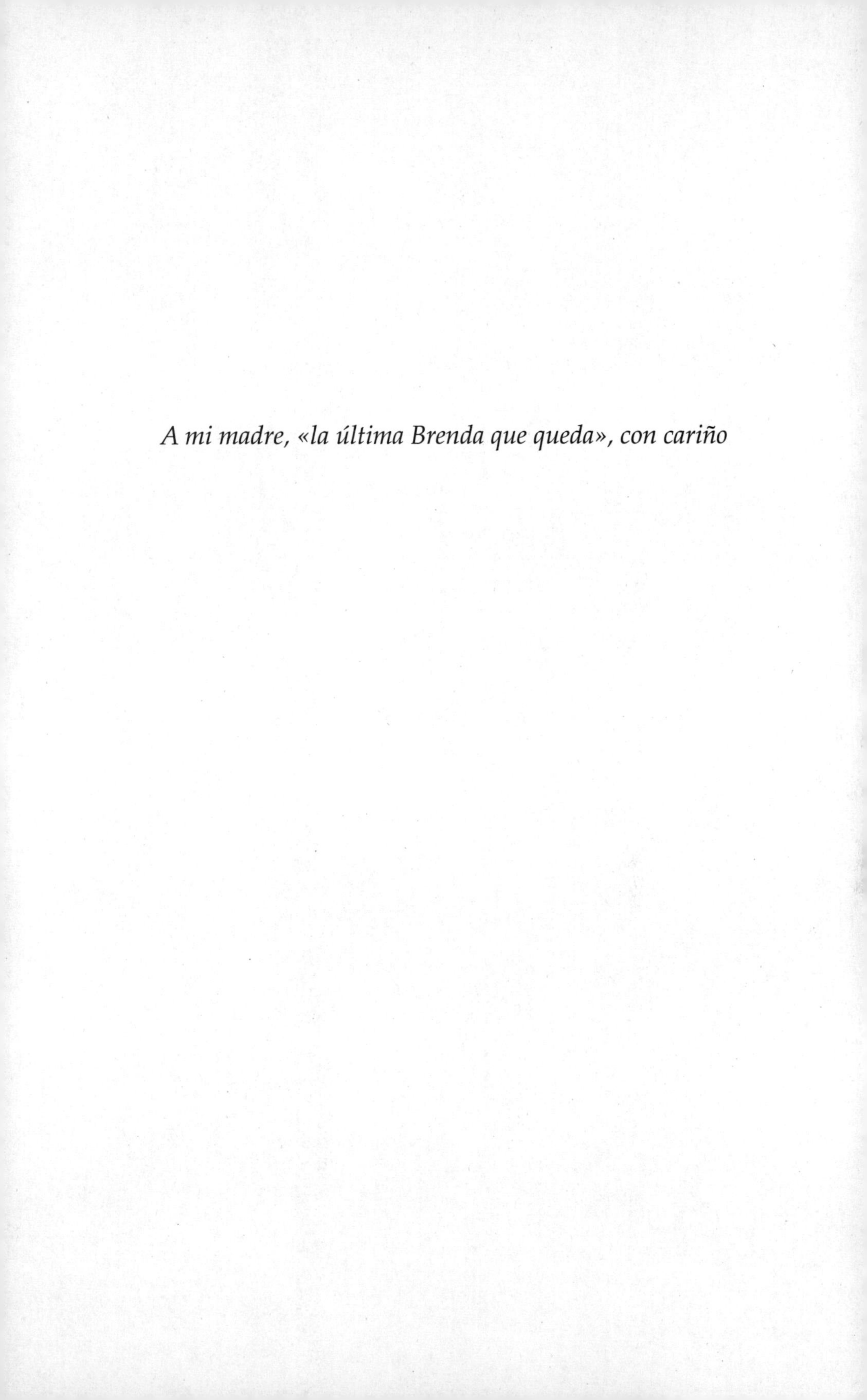

A mi madre, «la última Brenda que queda», con cariño

Matar a alguien es fácil. Lo difícil es esconder el cadáver. Ahí es donde suelen atraparte.

Pero yo tuve la suerte de encontrar un buen sitio. Un sitio perfecto, a decir verdad.

Vuelvo de vez en cuando, sólo para asegurarme de que todo esté en orden. Siempre lo está, y supongo que así seguirá.

A veces me fumo un cigarro. Ya sé que no debería, pero es mi único vicio.

Primera parte

Nuevos amigos y nuevas experiencias

1

Joyce

Empecemos por Elizabeth, ¿de acuerdo? A ver adónde nos lleva.

Yo sabía quién era, por supuesto; aquí todo el mundo la conoce. Vive en uno de los departamentos de Larkin Court, el de la esquina, me parece, el que tiene terraza. También había coincidido una vez en un equipo de Trivial con Stephen, que, por una serie de razones, es su tercer marido.

Fue a la hora de la comida, hace dos o tres meses. Debió de ser un lunes, porque había pastel de carne y papas. Elizabeth me dijo que ya veía que estaba comiendo, pero que, si no tenía inconveniente, quería hacerme una pregunta sobre heridas de arma blanca.

Le dije «No, no tengo ningún inconveniente, faltaría más», o algo similar. No siempre lo recuerdo todo con exactitud, más vale que se los diga ahora. Entonces abrió una carpeta de cartón y dejó al descubierto unas cuantas páginas mecanografiadas y los bordes de unas fotografías que me parecieron antiguas. Fue directamente al grano.

Me pidió que imaginara a una chica que había sido apuñalada. Le pregunté con qué tipo de arma la habían herido y respondió que probablemente con un cuchillo de cocina. De la marca John Lewis. No lo dijo, pero fue lo que imaginé. Entonces me pidió que supusiera que la chica había sido apuñalada tres o cuatro veces, justo debajo del esternón. Pim, pam, pim, pam.

Todo muy feo, pero sin seccionar ninguna arteria. Hablaba en voz baja y sin grandes aspavientos, porque la gente estaba comiendo y ella sabe comportarse.

De repente, mientras yo imaginaba las heridas, me preguntó cuánto tardaría la chica en morir desangrada.

Por cierto, se me ha olvidado mencionar que fui enfermera durante muchos años. Sin esa información, me doy cuenta de que nada de esto tendría mucho sentido para ustedes. Elizabeth debió de enterarse de alguna manera, porque ella siempre lo sabe todo. Por eso me estaba haciendo esas preguntas. Supongo que, si no se los hubiera dicho, no entenderían muy bien a qué venían. Pero les prometo que pronto le hallaré el truco para escribir sobre estas cosas.

Recuerdo que me llevé la mano a la barbilla y me di un par de golpecitos en los labios con los dedos antes de responder, como hacen a veces en televisión los entrevistados. Es un gesto de persona lista. Pruébenlo y verán. Entonces le pregunté cuánto pesaba la chica.

Elizabeth encontró el dato en la carpeta, lo señaló con el dedo y lo leyó en voz alta: cuarenta y seis kilos. Las dos nos quedamos igual que antes, porque no sabemos nada de kilos ni de centímetros. A nosotras, que somos británicas, nos tienen que hablar en libras y en pulgadas. Por un momento pensé que serían veintitrés libras, porque me sonaba algo de que una cosa era el doble de la otra, pero enseguida caí en cuenta de que no podía ser. Sólo una niña pesaría veintitrés libras.

Elizabeth confirmó mi impresión, porque tenía una fotografía del cadáver en la carpeta y vimos que no era el de una niña. Mientras yo miraba la carpeta, ella se dio vuelta para dirigirse al resto de la sala:

—¿Puede preguntarle alguien a Bernard cuánto son cuarenta y seis kilos?

Bernard siempre se sienta solo, en una de las mesas más

pequeñas, junto al patio. La mesa ocho. No hace falta que sepan nada de Bernard, pero quiero hablarles un poco de él.

Bernard Cottle fue muy amable conmigo cuando llegué a Coopers Chase. Me regaló un brote de clemátide y me explicó el calendario de la recolección de residuos. Aquí tienen cuatro contenedores de colores diferentes. ¡Cuatro! Gracias a Bernard, sé que el verde es para el vidrio y el azul para el papel y el cartón. En cuanto al negro y el rojo, sigo sin saber muy bien para qué sirven. He visto de todo. Una vez vi a una persona metiendo un aparato de fax en uno de esos contenedores.

Se ve que Bernard ha sido profesor de una asignatura de ciencias y ha trabajado en diferentes lugares del mundo, incluso en Dubái, antes de que nadie supiera que existía. Como era de esperar, se había puesto traje y corbata para comer, aunque estaba leyendo el *Daily Express*. En la mesa contigua estaba Mary, la de Ruskin Court, que le llamó la atención y le preguntó cuánto eran cuarenta y seis kilos en una unidad que pudiéramos entender todos.

Bernard hizo un gesto afirmativo y volteó hacia Elizabeth.

—Algo más de cien libras.

Para que vean cómo es Bernard.

Elizabeth se lo agradeció, confirmando que le parecía verosímil, y Bernard volvió a su crucigrama. Más adelante consulté lo del doble y comprobé que no iba muy desencaminada, sólo que la libra es más o menos el doble del kilo y no al revés.

Entonces Elizabeth volvió a formular su pregunta. ¿Cuánto tiempo tardaría en morir la chica apuñalada con el cuchillo de cocina? Dije lo que pensaba: unos tres cuartos de hora, más o menos, si no recibía atención médica.

—Ya veo, Joyce —dijo, y enseguida me hizo otra pregunta.

¿Y si la chica recibiera algún tipo de asistencia? No de un médico, sino de alguien capaz de salir del paso, quizá una persona que hubiera sido militar o algo así.

En mis tiempos vi unas cuantas heridas de arma blanca. Vendar tobillos con esguinces no era lo único que hacía en mi trabajo. Así que le dije que en ese caso no moriría. Porque así es. La pobre lo pasaría mal, pero no sería difícil hacerle una curación para salvarla.

Elizabeth asintió y dijo que eso precisamente le había dicho a Ibrahim, aunque yo en ese momento todavía no sabía quién era Ibrahim. Ya he mencionado más arriba que fue hace un par de meses.

Había algo que no encajaba, y Elizabeth estaba convencida de que el asesino había sido el novio. Ya sé que es lo más habitual. Lo vemos a diario en la prensa.

Creo que, antes de mudarme a la comunidad de jubilados de Coopers Chase, la conversación me habría parecido extraña, pero es el pan nuestro de cada día cuando te familiarizas con la gente de aquí. La semana pasada conocí al hombre que inventó el helado con laminitas de chocolate, o al menos eso dice él. No tengo forma de comprobar que sea verdad.

Me alegré de haber ayudado a Elizabeth en la humilde medida de mi capacidad, de modo que me decidí a pedirle un favor. Le pregunté si había alguna posibilidad de que me enseñara la fotografía del cadáver. Solamente por interés profesional.

Ella sonrió de la misma manera que suele sonreír por aquí la gente cuando le pides que te enseñe fotos de la graduación de sus nietos. Extrajo de la carpeta una fotocopia en formato A4, la depositó boca abajo delante de mí y me dijo que podía quedármela, ya que todos ellos disponían de copias.

Le di las gracias y Elizabeth respondió que no había nada que agradecer, pero añadió que le gustaría hacerme una pregunta más.

—Por supuesto —acepté.

Fue entonces cuando me lo propuso:

—¿Estás libre los jueves?

Ésa, por increíble que parezca, fue la primera vez que oí hablar del Club del Crimen de los Jueves.

2

A la oficial Donna de Freitas le gustaría ir armada, perseguir asesinos en serie en naves industriales abandonadas y cumplir con su deber hasta el final, pese a tener en el hombro una herida abierta de bala. Eso, y también desarrollar cierta afición al whisky y tener una aventura con su pareja de profesión.

Pero de momento, con veintiséis años, sentada a la mesa del almuerzo al cuarto para las doce de la mañana con cuatro jubilados a los que acaba de conocer, se da cuenta de que todavía tendrá que trabajar mucho para llegar hasta ahí. De todos modos, debe reconocer que la última hora y media ha sido bastante divertida.

Ya ha dado muchas veces la charla «Consejos prácticos para la seguridad en el hogar», y también en esta ocasión el ambiente ha sido el habitual: gente mayor con mantas sobre las rodillas, una mesa con galletas gratis para todos y varios asistentes felizmente dormidos en la última fila. Siempre ofrece los mismos consejos. Habla de la absoluta y primordial importancia de que las ventanas queden bien cerradas, de comprobar la identificación de las personas que pretenden entrar en casa y de no revelar nunca datos personales. Se supone que ella debe ser, por encima de todo, una presencia tranquilizadora en un mundo aterrador. Donna lo sabe, y también sabe que esas charlas son una manera de salir de la comisaría y librarse del papeleo. Por eso se ofrece como voluntaria. La comisaría de Fairhaven es más aburrida de lo que esperaba.

Pero esta vez le ha tocado la comunidad de jubilados de Coopers Chase. Al principio le había parecido un lugar más bien inocuo: verde, tranquilo y sin preocupaciones. Además, en el camino de ida se había fijado en un restaurante con buen aspecto, donde probablemente podría comer cuando terminara. Por eso, su plan de atrapar asesinos en serie a bordo de lanchas motoras e inmovilizarlos con sus propias manos tendría que esperar.

—Seguridad —había empezado Donna, aunque en realidad estaba pensando en hacerse un tatuaje. ¿Un delfín en la base de la columna? ¿O algo más original? ¿Le dolería? Probablemente sí, pero ¿acaso no era una agente de policía?—. ¿Qué entendemos cuando hablamos de «seguridad»? La palabra significa cosas diferentes para cada...

En ese momento, alguien levantó la mano en la primera fila. No era lo más habitual, pero había que responder a las dudas del público. Una octogenaria vestida con sus mejores galas tenía algo que decir.

—Creo que a ninguno de nosotros le interesa oír otra charla más sobre cerrojos en las ventanas.

La mujer miró a su alrededor y el resto de los presentes reaccionó con un murmullo de aprobación.

El siguiente en hablar fue un caballero de la segunda fila, con las manos apoyadas en una andadera.

—Tampoco queremos oír otra vez lo de las identificaciones: «¿Es usted un empleado de la compañía del gas o un ladrón?». Ya lo hemos entendido, gracias.

Pareció entonces como si se levantara la prohibición y todos empezaron a hablar al mismo tiempo.

—Ya no es «la compañía del gas». Ahora se llama Centrica —puntualizó un hombre que lucía un elegante traje con chaleco.

El anciano sentado a su lado, en pantalones cortos, chanclas y camiseta del West Ham United, aprovechó la oportunidad para ponerse de pie y dirigir un dedo acusador hacia ningún sitio en particular.

—Es por culpa de la Thatcher, Ibrahim. Antes la compañía del gas era nuestra.

—Siéntate, Ron —dijo la octogenaria—. Tendrá que disculpar a Ron —añadió mirando a Donna.

Los comentarios seguían lloviendo.

—¿Acaso un delincuente no sería capaz de falsificar una identificación?

—Yo tengo cataratas. Si me enseñan la credencial de la biblioteca, los dejo pasar.

—Ahora ni siquiera tienen que entrar para hacer la lectura. Está todo en internet.

—Está en la nube.

—Yo le abriría la puerta con mucho gusto a cualquier ladrón. Así, al menos, vendría alguien a visitarme.

Hubo una brevísima pausa y se oyó una cacofonía de silbidos, mientras algunos audífonos se encendían y otros se apagaban. La mujer de la primera fila volvió a tomar la palabra.

—Así que... Por cierto, me llamo Elizabeth... No queremos oír hablar de ventanas bloqueadas, ni de identificaciones, ni tampoco de la necesidad de no revelar contraseñas a los nigerianos que nos llamen por teléfono..., sin ánimo de ofender a ningún nigeriano.

Donna de Freitas había tenido que resituarse. Ya no pensaba en comer en aquel restaurante, ni en los tatuajes que quizá se haría, sino en el entrenamiento antidisturbios recibido cuando trabajaba en el sur de Londres.

—Bueno, ¿de qué quieren que hablemos entonces? —preguntó—. La charla tiene que durar por lo menos cuarenta y cinco minutos, o de lo contrario no puedo contabilizarlo como horario de trabajo.

—¿Del sexismo institucional en las fuerzas policiales? —propuso Elizabeth.

—A mí me gustaría hablar de la ejecución ilegal de Mark Duggan, blanqueada por el Estado y...

—¡Siéntate, Ron!

Y así se había desarrollado la mañana, en animada conversación, hasta que se cumplió la hora y entonces todos le dieron las gracias calurosamente a Donna, le enseñaron fotos de sus nietos y la invitaron a quedarse a comer.

Por eso ahora está aquí, picoteando la ensalada en el «exclusivo restaurante de cocina contemporánea», según la descripción que encabeza la carta. Cuarto para las doce es un poco temprano para comer, pero habría sido descortés rechazar la invitación. Observa que sus cuatro anfitriones no sólo están dando buena cuenta de su menú completo de dos platos y postre, sino que han abierto una botella de vino tinto.

—Ha sido fantástico, Donna —le dice Elizabeth—. Nos ha encantado.

Elizabeth le recuerda a Donna a una de aquellas profesoras que la aterrorizaban durante todo el curso, pero que al final le ponían un sobresaliente y lloraban cuando se acababan las clases. Debe de ser por el saco de *tweed*.

—Una charla deslumbrante, Donna —la felicita Ron—. ¿No te importa que te llame Donna, corazón?

—Puede llamarme Donna, pero quizá sería mejor que no me llamara «corazón».

—Tienes razón, linda —conviene Ron—. Lo tendré en cuenta. Eso que has contado del ucraniano con el boleto del estacionamiento y la motosierra... Si dieras conferencias, te harías de dinero. Puedo darte el teléfono de una persona que las organiza, si te interesa.

«La ensalada está deliciosa», piensa Donna, y no es algo que piense a menudo.

—Creo que yo habría sido un buen traficante de heroína —comenta Ibrahim, el mismo que antes se había referido a la privatización de la compañía del gas—. Es todo cuestión de logística, ¿no? También está el tema de pesar la droga, que me habría encantado, porque me gusta mucho la precisión. ¡Y las máquinas de contar dinero! Esa gente dispone de todos los aparatos. ¿Has detenido alguna vez a un traficante de heroína, agente De Freitas?

—No —reconoce Donna—, pero espero hacerlo algún día.

—¿Es cierto que tienen máquinas para contar dinero? —pregunta Ibrahim.

—Sí, es cierto —responde Donna.

—Fantástico —dice Ibrahim antes de beberse el vino de un trago.

—Nos aburrimos fácilmente —añade Elizabeth tras echarse también adentro el contenido de su copa—. Dios nos libre de los cerrojos de las ventanas, ¿verdad, agente femenina De Freitas?

—Ya no decimos «agente femenina». Solamente «agente» —le explica Donna.

—Entiendo —contesta Elizabeth con expresión pensativa—. ¿Y qué pasará si yo sigo diciendo «agente femenina»? ¿Vendrán a arrestarme?

—No, pero ya no me caerá usted tan bien —replica Donna—. Porque llamarme solamente «agente» es muy sencillo y, además, es más respetuoso.

—¡Maldición! ¡Una respuesta perfecta! —exclama Elizabeth riendo—. De acuerdo.

—Gracias —dice Donna.

—¿A que no adivinas mi edad? —la desafía Ibrahim.

Donna reflexiona un momento. Ibrahim viste un buen traje, tiene una piel magnífica y huele muy bien. Lleva el pañuelo pulcramente doblado en el bolsillo del saco. Todavía le queda algo de pelo y no tiene papada ni barriga. Y sin embargo... Mmm... Donna se fija en las manos, siempre delatoras.

—¿Ochenta? —arriesga.

Ibrahim parece defraudado.

—Sí, has acertado, pero aparento menos. Unos setenta y cuatro, me dicen todos. Mi secreto es el pilates.

—¿Y cuál es su historia, Joyce? —pregunta Donna a la cuarta integrante del grupo, una mujer menuda de pelo blanco, con blusa color lavanda y suéter abotonado malva que sigue la conversación con ojos chispeantes, sin hablar. Es como una avecilla silenciosa, atenta a cualquier objeto brillante que reluzca al sol.

—¿Mi historia? —repone Joyce—. No tengo ninguna. Fui enfermera, lo dejé para cuidar de mi hija y después volví a ser enfermera. Me temo que no tengo nada interesante que contar.

Elizabeth resopla.

—No te dejes engañar, agente De Freitas. Joyce es una persona con mucha capacidad ejecutiva.

—Sólo soy organizada —explica Joyce—. Ya sé que no está de moda ser como soy, pero si digo que voy a clase de zumba, voy a clase de zumba. Soy así. La persona interesante de la familia es mi hija. Gestiona un fondo privado de inversión. Un fondo de cobertura. No sé si tú entenderás algo de esas cosas.

—No mucho —admite Donna.

—Yo tampoco —reconoce Joyce.

—La clase de zumba está antes que la de pilates —interviene Ibrahim—. No me gusta ir a las dos. Es desconcertante para los grandes grupos musculares.

Hay una pregunta que a Donna le ha estado dando vueltas en la cabeza desde que se sentaron a comer.

—¿Puedo preguntarles una cosa? Ya sé que ahora todos ustedes viven en Coopers Chase, pero ¿desde cuándo son amigos?

—¿Amigos? —Elizabeth parece divertida—. Oh, no. Nosotros no somos amigos.

Ron ríe entre dientes.

—¡Qué gracioso! No, corazón, no somos amigos. ¿Te sirvo más vino, Liz?

Elizabeth asiente y Ron le sirve un poco más. Van por la segunda botella y aún son las doce y cuarto.

Ibrahim les da la razón.

—No creo que «amigos» sea la palabra correcta. Normalmente no coincidiríamos, porque tenemos intereses muy diferentes. Supongo que Ron me cae bien, pero a veces es un poco difícil.

Ron asiente:

—Soy una persona difícil.

—Y Elizabeth tiene un carácter que intimida bastante.

—Así es —conviene Elizabeth—. Siempre me lo han dicho. Desde la escuela.

—Joyce es simpática. Creo que a todos nos cae bien Joyce —continúa Ibrahim.

Ron y Elizabeth asienten una vez más para expresar su acuerdo.

—Gracias —dice Joyce, mientras persigue unos chícharos por el plato con el tenedor—. ¿No creen que deberían inventar los chícharos planos?

Donna intenta aclararse.

—Entonces, si no son ustedes amigos, ¿qué son?

Donna observa que Joyce levanta la cabeza y contempla con expresión divertida a los demás, a la improbable pandilla que la rodea.

—En primer lugar —contesta Joyce—, claro que somos amigos, obviamente. A estos tres les cuesta darse cuenta de las cosas. Y en segundo lugar, si no estaba claro en la invitación, agente De Freitas, entonces la omisión ha sido mía. Somos el Club del Crimen de los Jueves.

Elizabeth ya tiene los ojos un poco vidriosos por el vino. Ron se rasca el tatuaje del West Ham que tiene en el cuello, mientras Ibrahim saca brillo a una mancuerna que ya está suficientemente brillante.

El restaurante empieza a llenarse a su alrededor. Donna no debe de ser la primera visitante en pensar que Coopers Chase no sería un mal sitio donde vivir. Daría cualquier cosa por poder beberse una copa de vino y tener la tarde libre.

—Además, hago natación todos los días —está diciendo Ibrahim—. Mantiene tersa la piel.

¿Qué sitio es éste?

3

Si alguna vez se les ocurre tomar la A21 saliendo de Fairhaven y adentrarse en el corazón del condado de Kent, llegarán después de un tiempo a una vieja cabina telefónica que todavía funciona, situada junto a una curva cerrada. Unos cien metros más allá, verán el cartel que señala WHITECHURCH, ABBOTS HATCH Y LENTS HILL. Una vez allí, tendrán que girar a la derecha. Atravesarán entonces Lents Hill y dejarán atrás el Blue Dragon y la pequeña granja con un huevo enorme en la puerta, hasta llegar al pequeño puente de piedra sobre el Robertsmere. Oficialmente, el Robertsmere es un río, pero no esperen una corriente demasiado caudalosa.

Después del puente, tomen el desvío de un solo carril a la derecha. Pensarán que están yendo por el camino equivocado, pero la ruta es más rápida que la indicada en el folleto oficial, y además es más pintoresca, sobre todo si les agradan los setos frondosos. Tras un trecho, el camino se ensancha y, si atisban entre los árboles, empezarán a ver señales de vida en las colinas a su izquierda. Un poco más adelante, verán una pequeña parada de autobús con el tejado de madera, que también funciona aún, si un autobús al día en cada dirección cuenta como «funcionar». Antes de llegar a la parada verán a su izquierda el cartel que señala la entrada.

Las obras en Coopers Chase empezaron hace unos diez años, cuando la Iglesia católica vendió los terrenos. Los primeros residentes, entre ellos Ron, se instalaron tres años más tarde. El lugar se presentó como «la primera comunidad de lujo para jubilados de Gran Bretaña», aunque, según Ibrahim, que lo ha comprobado, en realidad fue la séptima. Actualmente tiene trescientos residentes. Hay que tener sesenta y cinco años cumplidos para establecerse en la comunidad, a la que llegan diariamente varias camionetas de reparto de la cadena de supermercados Waitrose, cargadas de botellas de vino y cajas de medicinas para enfermos crónicos.

El antiguo convento es el principal edificio del poblado de Coopers Chase, consistente en tres modernas urbanizaciones que se extienden en espiral a partir de ese punto central. Durante más de cien años, el convento fue un edificio silencioso, donde sólo resonaba el susurro de los hábitos y la callada certeza de las plegarias ofrecidas y aceptadas. En sus sombríos pasillos se habrán cruzado con algunas mujeres serenas en su confinamiento, con otras atemorizadas por un mundo cada vez más frenético, con algunas que sólo querían esconderse, con otras que intentaban defender una vaga causa olvidada mucho tiempo atrás y con otras, finalmente, felices de poder servir a un fin superior. Habrán visto camas individuales en dormitorios colectivos, mesas largas en el comedor y una capilla tan oscura y silenciosa que casi creerían oír a Dios respirar. En pocas palabras, se habrán encontrado con las Hermanas de la Santa Iglesia, un ejército que jamás los abandonaría, que los alimentaría, los vestiría y los seguiría necesitando y valorando siempre. Lo único que les pediría a cambio sería toda una vida de devoción. Y como siempre habría alguien que lo requeriría, siempre habría voluntarias. Después, algún día, harían el corto trayecto cuesta arriba, bajo un túnel de árboles, hasta el jardín del Descanso Eterno, cuyas rejas de hierro y muros bajos de piedra dominan el convento y la interminable belleza de la campiña de Kent. Sus cuerpos reposarían entonces en otro lecho individual, bajo una sencilla lápida, junto a las hermanas Margaret y las hermanas Mary de generaciones anteriores. Si alguna vez han tenido sueños, podrían desplegarse ahora sobre las verdes colinas, y si han tenido secretos, quedarán a salvo para siempre entre las cuatro paredes del convento.

O, para ser exactos, entre sus tres paredes, ya que la fachada oriental está ahora completamente acristalada para alojar el complejo deportivo reservado a los residentes. Desde la aleberca se ve la cancha de bolos sobre pasto y, un poco más allá, el estacionamiento para visitantes, cuyos permisos están restringidos hasta tal punto que la Comisión del Parking es la camarilla más poderosa de Coopers Chase.

Junto a la alberca deportiva hay otra más pequeña «para terapia de la artritis» que parece un *jacuzzi*, más que nada porque en realidad es un *jacuzzi*. Quien recorra las instalaciones de la mano de Ian Ventham, el propietario, verá a continuación la sauna. En esos casos, Ian suele entreabrir la puerta y exclamar asombrado: «¡Dios mío! ¡Pero si aquí dentro hay un sauna!». Así es Ian.

A continuación subirán en ascensor a las salas recreativas, el gimnasio y las dependencias adjuntas, donde los residentes pueden seguir las clases de zumba, entre los fantasmas de las camas individuales. También verán la sala de los rompecabezas, para actividades más reposadas, la biblioteca y, finalmente, la sala de reuniones, donde se celebran las asambleas más tensas de las comisiones o se siguen los partidos de futbol en un televisor de pantalla plana. De vuelta en la planta baja, observarán que las alargadas mesas del comedor del convento han sido sustituidas por las del «exclusivo restaurante de cocina contemporánea».

En el corazón de la comunidad, junto al convento, se conserva la capilla original. Su fachada pintada de amarillo pálido la hace parecer casi mediterránea junto a la feroz lobreguez gótica del convento. La capilla se mantiene intacta e inalterada, una de las pocas condiciones impuestas por los representantes de las Hermanas de la Santa Iglesia cuando se acordó la venta hace diez años. A los residentes les gusta la capilla. Es allí donde perviven los fantasmas y el rumor de hábitos, y donde los susurros de las hermanas impregnan la piedra. Es un lugar donde sentirse parte integrante de algo más lento y más amable, aunque Ian Ventham está estudiando posibles resquicios contractuales para transformar la capilla en ocho departamentos más.

Al otro lado del convento, también adyacente al edificio, está la residencia Los Sauces, la razón de ser del convento. Fundada por las hermanas en 1841, fue originalmente un hospital que atendía por caridad a enfermos e inválidos cuando no había otra opción. En la última mitad del siglo pasado se convirtió en residencia de ancianos, hasta que la legislación de los años ochenta forzó su cierre. Entonces el convento pasó a ser una simple sala de espera y, cuando en 2005 falleció la última monja, la Iglesia no perdió el tiempo e hizo negocio con la venta en lote del inmueble y sus terrenos.

La comunidad se extiende sobre cinco hectáreas de bosques y campo ondulado. Hay dos pequeños lagos, uno auténtico y otro creado por Tony Curran, el constructor que trabaja para Ian Ventham, y su equipo de peones. Los numerosos patos y gansos que también llaman hogar a Coopers Chase parecen preferir con mucha diferencia el lago artificial. Todavía se crían ovejas en lo alto de la colina, donde se acaba el bosque y, en los prados, junto al lago, hay un rebaño de una veintena de llamas. Ian Ventham había comprado una pareja para hacer fotografías publicitarias originales, pero la cosa se le fue de las manos, como suele suceder en estos casos.

En pocas palabras, éste es el sitio.

4

Joyce

Ya había escrito un diario, pero fue hace muchos años. He vuelto a leerlo y no creo que les interese, a menos que se quieran informar sobre la localidad de Haywards Heath en los años setenta, pero supongo que no es el caso. Lo digo sin ánimo de ofender a Haywards Heath ni a los años setenta, ya que ambos me parecieron muy agradables en su momento.

Pero hace un par de días, después de encontrarme con Elizabeth, asistí a mi primera reunión del Club del Crimen de los Jueves, y he pensado que quizá sería interesante escribir al respecto. Sería algo así como el diario de Sherlock Holmes y Watson que escribió no recuerdo quién. A todo el mundo le encanta un buen asesinato, aunque nadie lo reconozca en público, así que voy a intentarlo.

Sabía que encontraría en el club a Elizabeth, a Ibrahim Arif, que vive en Wordsworth y tiene una terraza que rodea todo el departamento, y a Ron Ritchie. Sí, ese mismo Ron Ritchie. De hecho, su presencia añadía un punto más de interés a las reuniones de los jueves. Ahora que lo he visto y he hablado con él, ya no me parece tan emocionante. Aun así, me alegro de haberlo conocido.

Antes también participaba Penny Gray, que ahora está ingresada en Los Sauces. De hecho, ahora que lo pienso, me parece que me invitaron por eso. Supongo que se había abierto una vacante y me han adoptado como la nueva Penny.

Recuerdo que la primera vez estaba nerviosa. Llevé una botella de vino bueno (de 8.99 libras, para que se hagan una idea) y, cuando llegué, me los encontré a los tres sentados ya en la sala de los rompecabezas, colocando fotografías sobre la mesa.

Elizabeth había fundado el club con Penny, que durante muchos años había sido inspectora del cuerpo policial de Kent y disponía de los archivos de unos cuantos casos de asesinatos sin resolver. Se supone que ninguna de esas carpetas debería estar en su poder, pero ¿quién iba a enterarse? A partir de cierta edad, puedes hacer prácticamente lo que te dé la gana. Nadie te regaña, excepto tu médico y tus hijos.

Elizabeth no me permite revelar a qué se dedicaba ella antes de la jubilación, aunque a veces lo cuenta. Sólo diré que los asesinatos, las investigaciones y otras cosas similares no eran totalmente ajenos a su profesión.

Elizabeth y Penny estudiaban cada documento línea por línea, examinaban cada fotografía y leían las declaraciones de cada uno de los testigos en busca de algo que la investigación hubiera pasado por alto. No les gustaba pensar que había culpables viviendo felizmente su vida, sentados en su jardín haciendo sudokus, después de cometer impunemente un asesinato.

Además, creo que las dos disfrutaban mucho investigando juntas. Vino y misterio. Sociabilidad con un toque morboso. Era muy divertido para ambas.

Desde el principio decidieron reunirse los jueves, porque no había otra posibilidad. Quedaba un hueco de dos horas libres en la sala de los rompecabezas, entre las clases de historia del arte y el grupo de conversación en francés. Hicieron la primera reservación (igual que la hacemos ahora) en nombre de un hipotético grupo de debate sobre ópera japonesa. Era la manera de mantener alejados a los curiosos.

Las dos conocían a mucha gente que por diferentes razones les debían favores y que, a lo largo de los años, habían accedido a colaborar con el club: forenses, contadores, jueces, tres cirujanos, varios criadores de caballos, vidrieros... Todos habían pasado por la sala de los rompecabezas. Elizabeth y Penny recurrían a cualquier persona que creyesen que podría ayudarlas en sus investigaciones.

Al poco tiempo se les sumó Ibrahim, que solía jugar al bridge con Penny y les había aclarado un par de dudas. Ibrahim es psiquiatra. O, mejor dicho, lo fue. O todavía lo es, no lo sé muy bien. Cuando lo ves por primera vez, no lo notas; pero cuando lo conoces, te das cuenta de que tiene sentido que sea psiquiatra. Yo no iría nunca a hacer terapia con él ni con nadie, porque no me interesa desenredar la madeja. No, gracias. No creo que valga la pena arriesgarse. Mi hija Joanna tiene un terapeuta, aunque ustedes también se preguntarían para qué lo necesita si vieran el tamaño de su casa. En cualquier caso, Ibrahim ya no juega al bridge, lo que me parece una pena.

Ron no esperó a que lo invitaran al club. No se creyó ni por un momento lo del debate sobre ópera japonesa y un jueves entró sin avisar en la sala de los rompecabezas para ver qué se estaba cocinando. Elizabeth admira por encima de todo la tendencia a sospechar y a ponerlo todo en duda que tienen algunas personas. Por eso le propuso a Ron que echara un vistazo a la ficha de un instructor de niños excursionistas, quemado vivo y hallado en 1982 en una zona boscosa junto a la A27. Y así se puso de manifiesto el punto fuerte de Ron: su costumbre de no creerse nunca ni una palabra de lo que cuenta la gente. Según Elizabeth, Ron ha demostrado que la lectura de los expedientes policiales con el convencimiento de que la policía te está mintiendo es una técnica asombrosamente eficaz.

La sala de los rompecabezas se llama así porque es donde se arman los más grandes, sobre una mesa de madera ligeramente inclinada, situada en el centro de la habitación. Cuando llegué, había sobre la mesa un rompecabezas de dos mil piezas del puerto de Whitstable, al que sólo le faltaba un trozo de cielo para estar completo. Por cierto, una vez fui a Whitstable a pasar el día y me defraudó bastante. Después de comer ostras, ya no queda mucho por hacer, ni hay casi tiendas donde comprar.

En cualquier caso, Ibrahim había cubierto el rompecabezas con una lámina gruesa de acrílico y allí estaban depositando Elizabeth y Ron las fotos de la autopsia de la pobre chica, que según Elizabeth había sido asesinada por su novio. El novio en cuestión estaba amargado porque el ejército lo había rechazado por «no apto», pero siempre hay motivos para estar enfadado con el mundo, ¿no? Todos tenemos una historia triste, pero no vamos por ahí matando a la gente.

Elizabeth me indicó que cerrara la puerta y fuera a ver las fotografías.

Ibrahim me tendió la mano, se presentó y me indicó que había galletas. Añadió que la caja tenía dos pisos y que los miembros del club tenían por costumbre acabarse el piso de arriba antes de empezar el de abajo. Le respondí que no hacía falta que me lo dijera precisamente a mí, porque ésa es una de mis manías.

Ron colocó junto a las galletas mi botella de vino, pero antes miró apreciativamente la etiqueta y comentó que era blanco. Después me dio un beso en la mejilla, lo que me dio qué pensar.

Dirán que un beso en la mejilla es normal, pero viniendo de un hombre de setenta años no lo es tanto. Los únicos hombres que te besan en la mejilla son los yernos y otros parientes. Por eso clasifiqué a Ron desde el principio como uno de esos que no se andan con rodeos.

Yo ya sabía que el famoso dirigente sindical Ron Ritchie vivía en la comunidad. Me enteré cuando el propio Ron y John, el marido de Penny, curaron a un zorro enfermo y le pusieron de nombre *Scargill*, en homenaje al líder del sindicato de mineros. La historia apareció en el periódico local poco después de mi llegada a Coopers Chase. Como John fue veterinario y Ron al fin y al cabo es como es, supongo que John debió de curar al animal, mientras que Ron solamente se ocupó de elegirle el nombre.

Por cierto, el boletín de la comunidad, donde apareció la noticia, se llama *Directo al grano*, y es bastante interesante.

Después de las presentaciones, nos reunimos en torno a las fotos de la autopsia de la pobre chica y contemplamos la herida que ni siquiera en aquellos tiempos debería haberla matado. El novio se arrojó en marcha del coche patrulla de Penny, de camino al interrogatorio policial. Se dio a la fuga y nadie volvió a verlo nunca más. Antes le había dado un puñetazo a ella, lo que no debe causar ningún asombro. El que es violento con las mujeres lo es en todas las circunstancias.

Si no hubiera huido, supongo que no le habría pasado nada y se habría ido sin castigo. Ya sé que aún lo leemos a menudo en la prensa, pero en aquella época era todavía peor.

Aun así, el Club del Crimen de los Jueves no lo llevará mágicamente ante la justicia, y creo que todos lo sabemos. Desde el comienzo, Penny y Elizabeth han resuelto varios casos a su entera satisfacción, pero no han podido hacer nada más.

Supongo que no han podido hacer realidad su deseo. Los asesinos siguen impunes, en algún lugar, escuchando tranquilamente la previsión del tiempo. Por desgracia, se han salido con la suya, como pasa algunas veces. Con la edad, una empieza a aceptar mejor esas realidades.

Pero me estoy poniendo filosófica y así no llegaremos a ninguna parte.

El jueves pasado nos reunimos por primera vez los cuatro: Elizabeth, Ibrahim, Ron y yo. Como digo, todo resultó muy natural, como si yo fuera la pieza que faltaba para completar su rompecabezas.

De momento dejo aquí el diario. Mañana hay convocada una reunión de todos los residentes en la comunidad. En estos casos, yo me ofrezco como voluntaria para poner las sillas. Lo hago por dos motivos: primero, para parecer servicial y, segundo, para llegar antes que nadie a las galletas.

La reunión es una asamblea consultiva sobre el nuevo proyecto de urbanización en Coopers Chase. Ian Ventham, el gran jefe, vendrá a informarnos al respecto. Normalmente intento ser sincera, así que espero no ofender a nadie si digo que Ian Ventham no me cae nada bien. Tiene todos los defectos que puede tener un hombre si nadie lo vigila.

Hay mucho alboroto en torno al proyecto porque están talando árboles y trasladando un cementerio, y corre el rumor de que piensan instalar turbinas eólicas. Ron está ansioso por montarles un número y yo no veo la hora de que lo haga.

A partir de ahora prometo escribir un poco cada día. Espero que siempre pasen cosas interesantes.

5

En el supermercado Waitrose de Tunbridge Wells hay una cafetería. Ian Ventham estaciona la Range Rover en el último cajón libre para discapacitados, pero no porque tenga problemas de movilidad, sino porque es la que está más cerca de la puerta.

Al entrar, ve sentado junto a la ventana a Bogdan, a quien debe cuatro mil libras. Hace tiempo que retrasa el pago, con la esperanza de que algún día lo deporten, pero hasta ahora no ha habido suerte. Sin embargo, todo ha sido para bien, porque ahora tiene un trabajo de verdad que ofrecerle. Saluda al polaco con un gesto y se acerca a la barra mientras recorre con la vista el pizarrón de precios.

—¿Todos sus cafés son de comercio justo?

—Sí, todos —responde con una sonrisa la joven que atiende en la barra.

—¡Qué pena! —se lamenta Ian, que no tiene intención de gastar quince peniques más para ayudar a unos desconocidos en un país que no visitará nunca—. Un té, por favor. Con leche de almendras.

En este momento, Bogdan no es la principal preocupación de Ian. Si al final tiene que pagarle, le pagará y a otra cosa. Su mayor preocupación es que Tony Curran lo mate.

Ian se lleva el té a la mesa, fijándose por el camino en todas las personas mayores de sesenta años. ¿Más de sesenta años y con dinero para comprar en Waitrose? «Dales diez años más», piensa. Y se dice que ojalá hubiera traído folletos.

Ya se ocupará de Tony Curran cuando llegue el momento, pero ahora tiene que ocuparse de Bogdan. La parte positiva es que éste no tiene intención de matarlo. Se sienta a su mesa.

—¿Qué historia es ésa de las dos mil libras, Bogdan? —pregunta Ian.

El polaco está bebiendo refresco de una botella de dos litros que ha metido en la cafetería de contrabando.

—Cuatro mil. Es barato para revestir una alberca. No sé si te das cuenta.

—Solamente si el trabajo está bien hecho —replica Ian—. El enyesado está descolorido. Mira. Lo había encargado en blanco coral.

Saca el teléfono, busca una foto de su alberca nueva y se la enseña a Bogdan.

—Se ve así por el filtro. Se lo tienes que quitar. —Bogdan pulsa un botón y de inmediato la imagen cobra brillo—. ¿Lo ves? Blanco coral.

Ian asiente. Merecía la pena intentarlo, pero a veces no hay más remedio que reconocer las deudas.

Extrae un sobre del bolsillo.

—Muy bien, te doy la razón. Aquí dentro hay tres mil. ¿Quedamos en paz?

Bogdan pone cara de cansancio.

—De acuerdo. Tres mil.

Ian le entrega el sobre.

—En realidad son dos mil ochocientas. Entre amigos

no vamos a discutir por unas pocas libras de más o de menos. Pero ahora quería preguntarte otra cosa.

—Adelante —responde Bogdan, guardándose el dinero.

—Pareces un tipo astuto, ¿no?

—De hecho, sé hablar polaco con fluidez —replica Bogdan encogiéndose de hombros.

—Cada vez que te he pedido algo, lo has hecho. Y además, lo has hecho bien y a un precio razonable —continúa Ian.

—Gracias.

—Por eso me gustaría saber si estarías dispuesto a hacer algo más grande. ¿Qué me dices?

—Que sí —contesta Bogdan.

—Mucho más grande, ¿eh? —aclara Ian.

—Por supuesto —dice Bogdan—. Grande es lo mismo que pequeño, sólo que en mayor cantidad.

—Me gusta tu actitud —comenta Ian, bebiendo su té—. Tengo pensado despedir a Tony Curran y necesito a alguien que lo sustituya. ¿Querrás ocupar su lugar?

La reacción de Bogdan es un silbido prolongado.

—¿Demasiado para ti? —pregunta Ian.

El polaco niega con la cabeza.

—No, no es demasiado. Puedo hacerlo. El problema es que, si despides a Tony, es posible que te mate.

Ian asiente con la cabeza.

—Ya lo sé, pero si dejas que yo me ocupe de Tony, el trabajo puede ser tuyo mañana.

—Si todavía estás vivo —replica Bogdan.

Es hora de irse. Ian le estrecha la mano a Bogdan y empieza a pensar cómo le dará la mala noticia a Tony Curran.

En la asamblea consultiva de Coopers Chase tendrá que oír lo que quieran decirle los viejos. Se pondrá corbata, asentirá cortésmente y los llamará a todos por su nombre de pila. La gente babea con ese tipo de cosas. Ha invitado a Tony, para poder despedirlo después de la asamblea, en un lugar público y rodeado de testigos.

Hay un diez por ciento de probabilidades de que Tony lo mate allí mismo. Pero eso también significa que hay un noventa por ciento de que no lo haga y, teniendo en cuenta la cantidad de dinero que hay en juego, Ian está dispuesto a asumir el riesgo. El que no arriesga no gana.

Cuando está saliendo, oye un pitido y ve a una mujer en un escúter para personas con problemas de movilidad que señala furiosamente su Range Rover con un bastón.

«Yo llegué primero, encanto —piensa Ian acomodándose en su coche—. ¿Qué le pasa a alguna gente?»

Mientras conduce va escuchando un audiolibro motivacional titulado *Morir o matar. Cómo aplicar a los negocios las lecciones de la guerra.* Al parecer, lo ha escrito un veterano de las Fuerzas Especiales de Israel. Se lo ha recomendado un entrenador personal del gimnasio Virgin Active de Tunbridge Wells. Ian no sabe con seguridad si el entrenador en cuestión también es israelí, pero tiene toda la pinta de venir de uno de esos países.

El sol del mediodía intenta en vano filtrarse a través de las lunas ilegalmente tintadas de la Range Rover, y Ian no deja de pensar en Tony Curran. Su relación ha sido muy positiva para ambos a lo largo de los años. Ian compraba caserones viejos y destartalados, y Tony los vaciaba, los compartimentaba e instalaba rampas y pasamanos. El negocio de las residencias para ancianos floreció y le permitió hacer una fortuna. Había conservado algunas propiedades, vendido otras y comprado unas cuantas más.

Ian saca un licuado de la hielera de la Range Rover. La hielera no venía de fábrica. Se la instaló un mecánico de Faversham, cuando le encargó que le aplicara un baño de oro a la guantera. Es el licuado que se prepara siempre: una cestita de frambuesas, un puñado de espinacas, yogur islandés (o finés, si no encuentra islandés), espirulina, hierba de trigo, bayas de acerola en polvo, clorela, kelp, extracto de azaí, laminillas de cacao, esencia de betabel, semillas de chía, piel de mango rallada y jengibre. Es un invento suyo. Lo llama *el Sencillito.*

Consulta el reloj. Faltan unos diez minutos para llegar a Coopers Chase, celebrar la asamblea y darle la noticia a Tony. Por la mañana ha buscado en Google «chalecos a prueba de arma blanca», pero la opción de entrega en el mismo día no estaba disponible. No entiende para qué paga Amazon Prime. Lo toman por idiota.

En cualquier caso, está seguro de que la maniobra le saldrá bien. Es fantástico que Bogdan haya aceptado tomar el relevo. Será una transición sin sobresaltos y todo le saldrá mucho más barato. Por eso lo hace.

Ian comprendió enseguida que tenía que dedicarse a la gama alta si quería ganar dinero de verdad. Lo peor de todo era cuando se le morían los clientes. Había gastos de administración, habitaciones que quedaban vacías sin generar beneficios hasta encontrar nuevos huéspedes y, por si fuera poco, familiares con los que era preciso lidiar. Sin embargo, cuanto más ricos fueran los clientes, más tiempo solían vivir. Además, si tenían mucho dinero, recibían menos visitas, porque lo más habitual era que sus parientes vivieran en Londres, Nueva York o Santiago de Chile. Por eso Ian mejoró la categoría de su negocio y transformó su antigua empresa, Hogares para Ancianos El Crepúsculo, en Hogares para una

Vida Independiente, concentrada en menos propiedades, pero mucho más grandes. Tony Curran se había adaptado sin pestañear. Si no sabía algo, lo aprendía enseguida. No había instalación de *jacuzzi*, llave electrónica o parrillada comunitaria que se le resistiera. Era una pena tener que despedirlo, pero así estaban las cosas.

Ian deja a su derecha la parada de autobuses y gira para entrar en Coopers Chase. Como tantas otras veces, cruza la cerca detrás de un camión de reparto y tiene que recorrer el largo sendero con el camión delante. Meneando la cabeza, contempla el paisaje a su alrededor. Demasiadas llamas. Vivir para aprender.

Cuando se estaciona, se asegura de dejar bien a la vista el permiso para hacerlo, del lado izquierdo del parabrisas, con el número de placa y la fecha de expiración claramente legibles. Ian ha tenido multitud de roces y encontronazos con todo tipo de autoridades a lo largo de los años, pero las dos únicas que alguna vez le han hecho mella en alguna medida son la Agencia Rusa de Aduanas y la Comisión del Parking de Coopers Chase. Pero no le pesa. Todo el dinero que había ganado antes de meterse en ese proyecto no es nada en comparación con lo que gana ahora. Tony lo sabe tanto como él. Ha sido un auténtico aluvión. Y ésa es la raíz del problema, evidentemente.

Coopers Chase. Cinco hectáreas de hermosa campiña, con licencia para construir cuatrocientas viviendas para jubilados. Lo único que había al principio era un convento abandonado y un rebaño de ovejas en la colina. Un viejo amigo suyo que unos años antes le había comprado los terrenos a un cura se vio de repente en la necesidad urgente de disponer de dinero en efectivo, para costearse la defensa en un caso de extradición, debido a un malentendido. Ian hizo números y llegó a la conclusión de que merecía la pena arriesgarse. Pero también Tony hizo números y decidió que quería su parte. Por eso ahora Tony Curran es propietario del veinticinco por ciento de todo lo que ha construido en Coopers Chase. Ian se ha visto obligado a aceptar sus condiciones, por la lealtad que siempre le ha demostrado Tony, y también porque lo amenazó con romperle los dos brazos si lo rechazaba. Como Ian ya había visto a Tony romperles los brazos a otras personas, ahora son socios.

Pero no por mucho tiempo. Tony debe saber que su sociedad no puede durar. Cualquiera puede construir departamentos de lujo: te quitas la camiseta, pones Magic FM en la radio, excavas unos cimientos y les pegas cuatro gritos a los albañiles. Eso es fácil. Pero no todos tienen la capacidad de *dirigir* a un constructor de departamentos de lujo. Ahora que el nuevo proyecto está a punto de comenzar, ¿qué mejor momento para que Tony comprenda su verdadero valor?

Ian Ventham está decidido. Morir o matar.

Se baja del coche, entrecierra los ojos deslumbrado por el repentino brillo del sol y nota en la boca el regusto a esencia de betabel del licuado, uno de los principales obstáculos para lanzar al mercado su Sencillito. Podría omitir la esencia de betabel, pero es fundamental para la salud pancreática.

Se pone los anteojos y comienza a caminar. Hoy no piensa morirse.

6

Como casi siempre, Ron Ritchie se opone. Señala con un dedo acusador la copia del contrato de arrendamiento. Sabe que le queda bien el gesto, pero nota que le tiembla el dedo y también un poco el papel del contrato. Para disimularlo, agita el documento en el aire. Sin embargo, su voz no ha perdido su antigua potencia.

—Ahora voy a leerte una frase, Ventham. Son tus palabras, no las mías. «Coopers Chase Inversiones se reserva el derecho a desarrollar nuevos proyectos residenciales en la comunidad, *previa consulta* con los residentes.»

La corpulencia de Ron permite imaginar la fuerza física que debió de tener en otro tiempo. El chasis sigue ahí, como el armazón oxidado de un camión abandonado en un prado. Su cara ancha y expresiva puede pasar en una fracción de segundo de la indignación a la incredulidad, si es preciso y puede servirle de algo.

—Por eso estamos aquí —replica Ian Ventham, como si le estuviera hablando a un niño—. Por eso hemos convocado esta asamblea consultiva. Ustedes son los residentes y yo les consultaré durante los próximos veinte minutos.

Ventham está sentado detrás de una mesa montada sobre caballetes, al frente de la sala de reuniones. Está tan bronceado que su piel parece de madera y se ha levantado los lentes de sol sobre la frente, apoyados en el peinado de los años ochenta. Viste una polo cara y lleva en la muñeca un reloj tan grande que podría ser de péndulo. Tiene aspecto de haberse puesto una buena colonia, pero no parece que nadie quiera acercarse para comprobarlo.

Está flanqueado por una mujer que aparenta unos quince años menos que él y por un hombre tatuado, en camiseta sin mangas, que pasa todo el tiempo mirando el teléfono. La mujer es la arquitecta del proyecto y el hombre tatuado es Tony Curran. Ron ha oído hablar de Curran y también lo ha visto por el pueblo. Ibrahim toma nota de cada palabra, mientras Ron sigue señalando a Ventham con su dedo acusador.

—A mí no me engañas, Ventham. Esto no es una consulta, es una emboscada.

Joyce decide intervenir:

—¡Bien dicho, Ron! ¡Sigue así!

Ron piensa seguir.

—Gracias, Joyce. El proyecto tiene un nombre boscoso, Woodlands, pero están talando todos los árboles. ¡Tiene gracia, amigo! Vienen con sus dibujos hechos por computadora, con su solecito, sus nubes de algodón y sus patitos nadando en el estanque. Con una computadora se pueden inventar cualquier cosa. Nosotros queremos ver una maqueta bien hecha, a escala, con sus arbolitos a escala y sus personitas a escala.

Su intervención suscita una oleada de aplausos. Muchos de los presentes querrían ver una maqueta, pero Ian Ventham les explica que ya no se hacen así las cosas. Ron continúa:

—Y encima has elegido deliberadamente a una mujer arquitecta, para que yo tenga que controlarme y no pueda gritar.

—Estás gritando, Ron —dice Elizabeth, que lee el periódico, dos sillas más allá.

—¡No necesito que me lo digas tú, Elizabeth! —le grita Ron—. Ya se dará cuenta ese tipo de si estoy gritando o no. ¡Míralo! ¡Va vestido como Tony Blair! Ya entrados, Ventham, ¿por qué no vas y bombardeas a los iraquíes?

«Eso ha estado muy bien», se felicita Ron, mientras Ibrahim lo apunta todo escrupulosamente, para que quede constancia.

En otros tiempos, cuando Ron salía en los periódicos, lo llamaban Ron *el Rojo,* pero en aquella época todos eran «el Rojo». Cuando aparecía su fotografía en la prensa, el titular solía ser: «Fracasan las negociaciones entre sindicato y patronal». Veterano de huelguistas y calabozos, de esquiroles y listas negras, de trifulcas y manifestaciones, de huelgas legales y paros salvajes, Ron se había sentado en torno a un brasero con los viejos sindicalistas de la Leyland. Había sido testigo de primera mano de la derrota de los estibadores. Había participado en los movimientos huelguistas de Wapping y sufrido la victoria del magnate Rupert Murdoch sobre los trabajadores de las industrias gráficas. Había encabezado la marcha de los mineros de Kent por la A1 y había sido detenido en Orgreave, cuando la última resistencia de la minería del carbón fue aplastada. De hecho, un hombre menos infatigable se consideraría un poco salado. Pero la derrota es el destino de los más débiles, y a Ron le encantaba estar con los de abajo. Si alguna vez se encontraba en una situación de poder, la retorcía y le daba la vuelta, hasta convencer a todos de lo contrario. Pero siempre había predicado con el ejemplo. Siempre ayudaba sin aspavientos a todo el que necesitara un favor, unas libras extra para Navidad, un traje o un abogado para presentarse ante los tribunales. Todos los que por alguna razón habían necesitado un defensor habían estado a salvo entre los brazos tatuados de Ron.

Ahora los tatuajes se le están borrando y las manos le tiemblan, pero en su pecho sigue ardiendo el mismo fuego.

—¿Sabes dónde puedes meterte ese contrato, Ventham?

—No, pero espero que usted me ilumine —replica Ian Ventham.

Entonces Ron empieza a desarrollar un argumento que guarda relación con David Cameron y el referéndum de la Unión Europea, pero enseguida pierde el hilo. Ibrahim le toca el codo y él asiente como alguien convencido de haber cumplido ya con su deber. Cuando se sienta, le crujen audiblemente las rodillas.

Está feliz. Nota que le han cesado los temblores, al menos de momento. Otra vez en la batalla. No hay nada como la lucha.

7

Cuando el padre Matthew Mackie entra discretamente por el fondo de la sala, un hombre corpulento vestido con la camiseta del West Ham está hablando a gritos de Tony Blair. Ha acudido mucha gente, tal como esperaba. Es importante que haya muchas objeciones contra el proyecto de Woodlands. No había servicio de bar en el tren desde Bexhill, por lo que se alegra de ver que hay galletas.

Se mete unas cuantas en el bolsillo sin que nadie lo vea y va a sentarse en una de las sillas de plástico azul de la última fila. El hombre de la camiseta de futbol demasiado estrecha se está quedando sin aliento y, cuando se sienta, otras manos se levantan. Quizá no era necesario hacer el viaje, pero el padre Mackie ha preferido asegurarse, para no tener que lamentarlo más adelante. Nota que está nervioso. Se ajusta el alzacuello, se pasa una mano por la melena blanca como la nieve y busca una galleta en el bolsillo. Si nadie pregunta por el cementerio, tal vez debería hacerlo él. Es preciso ser valiente y recordar que tiene una misión.

Le resulta extraño estar en esa sala. Se estremece. Será por el frío.

8

Tras la asamblea consultiva, Ron está sentado junto a Joyce al borde de la cancha de bolos sobre pasto, con unas cervezas frías que resplandecen al sol. En ese momento se les acerca un joyero retirado de Ruskin Court, llamado Dennis Edmonds, al que le falta un brazo.

Dennis, con quien Ron no ha intercambiado nunca ni una palabra, quiere felicitarlo por su destacada intervención en la asamblea.

—Da que pensar todo lo que has dicho, Ron, da mucho que pensar. Has estado muy bien.

Ron le agradece sus amables palabras y se queda esperando lo que siempre sucede a continuación.

—Y este de aquí debe de ser tu hijo, ¿no? —dice Dennis, mirando a Jason Ritchie, que también está sentado a su lado con una cerveza en la mano—. ¡El campeón!

Jason sonríe y asiente, con su cortesía habitual. Dennis le tiende la mano.

—Soy Dennis, un buen amigo de tu padre.

Jason le estrecha la mano.

—Yo soy Jason. Encantado de conocerte, Dennis.

Dennis se queda un momento en silencio, a la espera de que Jason inicie la conversación, pero al final asiente con entusiasmo.

—Bueno, ha sido un placer conocerte. Soy muy fan

tuyo. He visto todos tus combates. Espero que volvamos a vernos.

Jason vuelve a asentir educadamente y Dennis se marcha, olvidando incluso despedirse de Ron. Entonces padre e hijo, habituados a ese tipo de interrupciones, reanudan su conversación con Joyce.

—Pues sí, el programa se llama *La genealogía de los famosos* —explica Jason—. Investigan la historia de tu familia, te llevan a diferentes sitios y te hablan al respecto. Por ejemplo, te dicen si tenías una tatarabuela prostituta y cosas así.

—No lo he visto nunca —comenta Ron—. ¿Lo ponen en la BBC?

—No, en ITV. Es muy bueno —interviene Joyce—. Vi un episodio hace poco. ¿Tú lo has visto, Jason? Salía ese actor, el que interpretaba a un médico en *Holby City*, y que también salía en la serie de *Poirot*.

—No, no lo he visto, Joyce —responde Jason.

—Era muy interesante. Se ve que su abuelo había matado a su amante, y resultó que el amante en cuestión era un hombre. ¡Deberías haberle visto la cara cuando se lo contaron! ¡Tienes que ir, Jason! —exclama Joyce aplaudiendo—. ¡Imaginen que Ron tuviera un abuelo gay! ¡Sería estupendo!

Jason asiente.

—También quieren hablar contigo, papá. Ante las cámaras. Me preguntaron si tú estarías dispuesto y yo les dije que en todo caso lo más difícil sería hacerte callar.

Ron estalla en carcajadas.

—Pero ¿has dicho que también saldrás en *Mira quién baila sobre hielo*?

—Parece divertido.

—¡Claro que sí! —conviene Joyce, disponiéndose a empezar su segunda botella de cerveza.

—Haces demasiadas cosas, hijo —dice Ron—. Joyce me ha dicho que te ha visto en *MasterChef*.

Jason se encoge de hombros.

—Tienes razón, papá. Debería volver al boxeo.

—Me parece increíble que no supieras lo que era una *ganache,* Jason —comenta Joyce.

Ron bebe un poco de cerveza y señala a la izquierda con la botella.

—Ahí, Jason, junto al BMW. ¡No mires ahora! Es Ventham, el tipo del que te he estado hablando. Lo dejé muy mal, ¿verdad, Joyce?

—¡El pobre no sabía ni de dónde le venían los golpes! —contesta ella riendo.

Jason se echa atrás, estira los brazos y las piernas, y aprovecha el movimiento para mirar furtivamente a la izquierda, mientras Joyce desplaza la silla para ver mejor.

—Me encanta tu sutileza, Joyce —comenta Ron—. Mira, Jason. El que está con él es Curran, el constructor. Lo habrás visto alguna vez por el pueblo.

—Sí, un par de veces —dice Jason.

Ron vuelve a mirar. La conversación entre los dos hombres parece tensa. Hablan rápido y en voz baja, con las manos en posición agresiva o quizá defensiva, pero conteniendo la tensión.

—Están teniendo una pequeña bronca, ¿no les parece?

Bebiendo otra vez de su botella, Jason se vuelve de nuevo en dirección al estacionamiento y mira a los dos hombres.

—Parecen una pareja discutiendo en Pizza Express que finge no estar discutiendo —comenta Joyce.

—Has dado en el clavo, Joyce —conviene Jason, volviéndose hacia su padre mientras se acaba la cerveza.

—¿Te apuntas a jugar al billar esta tarde, hijo? —pregunta Ron—. ¿O ya te vas?

—Me encantaría, papá, pero tengo algo que hacer.

—¿Puedo ayudarte?

Jason niega con la cabeza.

—Es aburrido, pero no me llevará mucho tiempo. —Se pone de pie y se despereza—. ¿No te ha llamado ningún periodista?

—¿Por qué? ¿Deberían llamarme? —replica Ron—. ¿Pasa algo?

—Ya sabes cómo son los periodistas. ¿No has recibido ninguna llamada, ni un e-mail, ni una carta, ni nada?

—Hoy recibí en el buzón un catálogo de canceles para baño —responde Ron—. ¿Quieres decirme de una vez por qué lo preguntas?

—Ya los conoces, papá. Siempre van detrás de cualquier historia.

—¡Qué emocionante! —interviene Joyce.

—Hasta pronto —se despide Jason—. No no se emborrachen ni hagan ningún destrozo.

Cuando se ha marchado, Joyce orienta la cara hacia el sol y cierra los ojos.

—¿No es maravilloso estar aquí, Ron? No sabía que me gustaba la cerveza. ¿Te imaginas que hubiera muerto a los setenta años? No lo habría descubierto nunca.

—Brindo por eso, Joyce —celebra él, y se acaba su botella—. ¿Qué crees que le pasa a Jason?

—Probablemente una mujer —contesta Joyce—. Ya sabes cómo somos.

Ron asiente.

—Sí, es probable.

Se queda mirando a su hijo, que se aleja. Está preocupado; pero, a decir verdad, Jason no ha dejado ni un solo día de darle preocupaciones, tanto dentro como fuera del cuadrilátero.

9

La asamblea consultiva ha ido bien. Ian Ventham ya no teme por el proyecto de Woodlands. Es un hecho consumado. ¿Y el tipo que vociferaba tanto? Lo ha visto otras veces y no le importa que se desahogue. También ha visto a un cura en la última fila. ¿Para qué habrá ido? Por el cementerio, probablemente, pero Ian tiene todos los papeles en regla. Que traten de pararlo, si quieren.

¿Y Tony Curran? No le ha sentado bien el despido, pero tampoco ha intentado matarlo. Ventaja para Ian, que ya puede empezar a pensar en el futuro.

Cuando Woodlands esté construido y en funcionamiento, comenzará la fase final: Hillcrest. Ian ha hecho el trayecto de cinco minutos por el camino de tierra que sube desde Coopers Chase y ahora está sentado en la cocina rústica de Karen Playfair. Gordon, el padre de Karen, es el propietario de los terrenos de la colina cercana a Coopers Chase, y no parece dispuesto a venderlos. Pero Ian tiene sus métodos.

—Me temo que todo sigue igual, Ian —afirma Karen Playfair—. Mi padre no quiere vender y yo no puedo obligarlo.

—Entiendo —replica él—. Quiere más dinero.

—No, no es eso. Verás —dice Karen—, me parece que ya lo sabes, pero creo que... creo que no le caes bien.

Gordon Playfair no había hecho más que echarle un vistazo a Ian Ventham y se había marchado al piso de arriba, donde Ian lo oía ir y venir con mucho estrépito, para demostrar quién sabe qué. Le daba igual. A veces Ian caía mal a algunas personas. No acababa de entenderlo, pero con el tiempo había llegado a aceptarlo. En todo caso, el problema no era suyo. Gordon Playfair era solamente uno más de la larga lista de gente que no conectaba con él.

—Pero déjamelo a mí —prosigue Karen—. Encontraré la manera. Verás como sale bien para todos.

Karen Playfair sí que conecta con él. Ian le ha estado hablando de todo el dinero que ganará si convence a su padre de la venta. Su hermana y su cuñado tienen un negocio propio en Brighton: algo relacionado con las uvas pasas de cultivo ecológico. Ian ya ha intentado la misma estrategia con ellos, pero ha fracasado; en cambio, Karen parece mucho más receptiva. Vive sola en una casa rústica en medio del campo y es técnica en informática, como cualquiera podría deducir con sólo mirarla. Se maquilla, pero de una manera tan sutil y discreta que Ian honestamente no entiende para qué se toma el trabajo.

Le gustaría saber en qué momento exacto Karen renunció a la vida y empezó a ponerse pantalones de deporte y suéteres enormes. Y, dado que trabaja en informática, podría haber buscado «bótox» en Google. Ian le calcula unos cincuenta años, más o menos la misma edad que él, aunque en las mujeres es diferente.

Ian Ventham usa un montón de aplicaciones de citas y siempre establece el máximo de edad en veinticinco años. Le parecen muy útiles esas aplicaciones, porque en los tiempos que corren es difícil conocer por casualidad al tipo de mujer que él busca. Necesita chicas que comprendan que no dispone de mucho tiempo, que su trabajo es muy exigente y que no le resulta fácil asumir compromisos. En su experiencia, las mayores de veinticinco años no suelen entender esas cosas. Se pregunta qué pasará con ellas. Intenta imaginar por qué razón querría salir alguien con Karen Playfair, pero no lo consigue. ¿Por la conversación? Eso se agota enseguida. Sin embargo, pronto tendrá mucho dinero, cuando Ian le compre la finca. Puede que eso la ayude un poco.

Hillcrest será un punto de inflexión también para él. Con la nueva finca, Coopers Chase duplicará su extensión, lo que supondrá el doble de beneficios para Ian, beneficios que además no tendrá que compartir con Tony Curran. Si para eso se ve obligado a flirtear con una cincuentona durante un par de semanas, lo hará encantado.

En las citas, Ian recurre a algunos trucos de probada eficacia. Suele impresionar a las chicas enseñándoles fotos de su alberca y de la vez que lo entrevistaron en *Kent Tonight*. A Karen ya le ha enseñado las fotos de la alberca, por si acaso, pero ella se ha limitado a asentir y sonreír amablemente. No le extraña que no encuentre pareja.

Pero puede hacer negocios con ella. Todo tiene sus ventajas y sus inconvenientes. Ponen fin a su encuentro con un apretón de manos y un plan de acción. Mientras se estrechan la mano, Ian piensa que a Karen no le haría ningún daño ponerse de vez en cuando un poco de crema hidratante. ¡Cincuenta años! No se los desea a nadie.

De repente, se da cuenta de que la única mujer mayor de veinticinco con la que suele pasar algún rato a lo largo del día es su mujer.

Ha llegado la hora de irse. Tiene cosas que hacer.

10

Tony Curran ha tomado una decisión. Estaciona el BMW XY en el sendero con suelo climatizado. Hay una pistola escondida al pie del arce blanco del jardín. ¿O era del haya? Si no es un árbol, es el otro. Ya lo pensará más detenidamente después de prepararse una buena taza de té. Y, ya que está, también tratará de recordar dónde ha dejado la pala.

Tony Curran va a matar a Ian Ventham. Está decidido. Pero seguramente Ian ya lo sabe. Hay un límite en las libertades que uno puede tomarse, antes de que incluso el más tranquilo y racional de los hombres acabe estallando.

Silbando la melodía de un anuncio, entra en la casa.

Se mudó hace año y medio, cuando Coopers Chase empezó a reportarle dinero de verdad. Es el tipo de casa con la que siempre había soñado, una casa construida con trabajo duro, pero también con las decisiones correctas, las trampas necesarias y su propio talento. Es un monumento a todo lo que ha conseguido, hecho de ladrillo, cristal y madera de nogal.

Lo primero que hace al entrar es desactivar la alarma que le instalaron la semana pasada unos tipos de la cuadrilla de Ventham. Polacos, aunque, ¿quién no lo es en estos tiempos? Al tercer intento, consigue teclear bien los cuatro dígitos. Un nuevo récord.

Tony Curran siempre se ha tomado muy en serio la seguridad. Durante muchos años, su empresa de construcción no fue más que una tapadera para el tráfico de drogas, una manera de justificar sus ingresos, una triquiñuela para blanquear dinero negro. Pero poco a poco fue creciendo y empezó a consumirle cada vez más tiempo y a reportarle cada vez más dinero. Si alguien le hubiera dicho cuando era joven que acabaría viviendo en esa mansión, no se habría sorprendido; pero si le hubieran asegurado que la compraría con dinero ganado legalmente, se habría desmayado de la impresión.

Todavía no ha vuelto Debbie, su mujer, pero es mejor así. Tendrá más tiempo para concentrarse y pensarlo todo con calma.

Repasa mentalmente su discusión con Ian Ventham y vuelve a encenderse de ira.

¿Cómo pudo decírselo así, de pasada, mientras se dirigían a sus coches? En público, por si acaso. Sintió un nuevo impulso de asestarle un puñetazo en la cara. Le habría encantado dejarlo allí mismo fuera de combate, pero así es como se comportaba el Tony de antes. El de ahora no ha hecho más que discutir un poco, sin levantar demasiado la voz. Cuando Ventham apareciera muerto, nadie podría decir que había visto a Tony Curran discutiendo con el difunto. De esa manera podría hacerlo limpiamente.

Se sienta en un taburete alto de bar, delante de la isla central de su inmensa cocina, y abre un cajón. Necesita desarrollar su plan sobre el papel.

Para Tony no existe la buena suerte, sino únicamente el trabajo duro. «Cuando fracasas en la preparación, te preparas para el fracaso.» Un viejo profesor de inglés le había dicho esa frase mucho tiempo atrás, y Tony nunca la había olvidado. Al año siguiente había prendido fuego al coche de ese mismo profesor por una discusión sobre futbol; pero, aun así, seguía reconociéndole el mérito de la frase. Cuando fracasas en la preparación, te preparas para el fracaso.

Como no encuentra papel en el cajón, Tony decide preparar el plan solamente en su cabeza.

No es preciso hacer nada esa misma noche. Dejará que el mundo siga girando un poco más y los pájaros sigan cantando en el jardín. Esperará a que Ventham crea que ha ganado y sólo entonces actuará. ¿Por qué se le ocurriría a alguna gente la tonta idea de jugarle una mala pasada a Tony Curran? ¿No sabían que era imposible que se salieran con la suya?

Cuando percibe el ruido, es tal vez una fracción de segundo demasiado tarde. Se vuelve y ya ve venir la llave inglesa. Es enorme, como las de antes. No tiene manera de esquivar el golpe y, en un breve instante de clarividencia, lo comprende. «No puedes ganar siempre, Tony —piensa—. Esta vez has perdido.»

La llave inglesa lo alcanza en la sien izquierda y Tony se desploma en el suelo de mármol. Los pájaros del jardín hacen un brevísimo paréntesis de silencio y enseguida reanudan su alegre canto, en las ramas del arce blanco. ¿O era el haya?

El asesino deposita una fotografía sobre la encimera, mientras la sangre fresca de Tony Curran forma un charco en torno a la isla de madera de nogal de su cocina.

11

Coopers Chase siempre madruga. Cuando los zorros acaban sus rondas nocturnas y las avecillas rompen a cantar, se oye el silbido de las primeras teteras, se encienden las luces detrás de las cortinas y empiezan a crujir las articulaciones de los residentes.

Ninguno de ellos se ve obligado a atragantarse con el pan tostado antes de abordar el primer tren a la ciudad, ni a preparar la lonchera de los niños antes de despertarlos, pero aun así hay mucha actividad. Hace años, todos los actuales vecinos de la comunidad tenían que madrugar porque había mucho que hacer y el día tenía un número limitado de horas. Ahora madrugan porque hay mucho que hacer y la vida tiene un número limitado de días.

Ibrahim se levanta siempre a las seis. La alberca no abre hasta las siete, por motivos de seguridad. Ibrahim ha argumentado varias veces sin éxito que el riesgo de ahogamiento por nadar sin vigilancia es mínimo, en comparación con el riesgo de morir de enfermedades cardiovasculares o respiratorias por falta de ejercicio regular. Incluso preparó un algoritmo que demostraba que mantener la alberca abierta veinticuatro horas al día era un 31.7 por ciento más saludable y seguro para los residentes que cerrarla por la noche. Pero la Comisión de Instalaciones Recreativas y de Ocio se mantuvo en su postura. Ibrahim sabe que la comisión tiene las manos atadas por diversas directivas y reglamentos, por lo que no les guarda rencor a sus miembros. Ha archivado con cuidado el algoritmo, por si alguna vez vuelve a necesitarlo. Siempre hay muchas cosas que hacer.

—Tengo un encargo para ti, Ibrahim —comenta Elizabeth, bebiendo su té de menta—. Bueno, en realidad es para Ron y para ti, pero te pongo a ti al frente.

—Sabia decisión, si me permites que lo diga —responde Ibrahim.

Elizabeth lo llamó anoche para darle la noticia de la muerte de Tony Curran. A ella se lo contó Ron, que lo supo por su hijo Jason, que lo oyó de una fuente sin especificar. Su mujer lo halló muerto en la cocina, con señales de haber recibido un golpe en la cabeza con un objeto contundente.

Normalmente, a Ibrahim le gusta dedicar la primera hora de la mañana a repasar las notas de sus viejos casos, e incluso a veces de algunos nuevos. Todavía le quedan unos pocos pacientes que, si en algún momento lo necesitan, hacen el trayecto hasta Cooper Chase y se sientan en la desvencijado sillón bajo el cuadro del velero, dos objetos que lo acompañan desde hace casi cuarenta años. Ayer Ibrahim estuvo leyendo las notas de un antiguo paciente suyo de Godalming, gerente de una sucursal del Banco Midland, que solía recoger perros callejeros y que un día de Navidad se suicidó. «Pero hoy no podrá ser», piensa Ibrahim. Elizabeth ha llegado al alba y a Ibrahim le produce cierta irritación la alteración de sus rutinas.

—Solamente hace falta mentirle a un inspector de policía —dice Elizabeth—. ¿Puedo confiar en ti para eso?

—¿Cuándo no has podido confiar en mí, Elizabeth? —replica Ibrahim—. ¿Alguna vez te he defraudado?

—Nunca —conviene ella—. Por eso me gusta tenerte a mano. Y también porque haces un té muy bueno.

Ibrahim se considera una persona de fiar. A lo largo de los años, ha salvado vidas y almas. Por eso sigue habiendo personas que recorren muchos kilómetros, pasan junto a la vieja caseta telefónica, dejan atrás la granja con el huevo enorme en la puerta y giran a la derecha antes de llegar al puente, solamente para hablar con un psiquiatra de ochenta años que lleva mucho tiempo jubilado.

A veces fracasa —¿y quién no?—, y esos casos son los que Ibrahim repasa en las primeras horas de la mañana. Son casos como el del gerente bancario que se sentó en el sillón desvencijado bajo el cuadro del velero, y lloró y lloró, y fue imposible salvarlo.

Pero esa mañana las prioridades son otras y puede comprenderlo. Esa mañana el Club del Crimen de los Jueves tiene sobre la mesa un asesinato real. No unas simples páginas amarilleadas por el paso del tiempo, con el texto borroso, sino un caso de ahora mismo, con un cadáver de verdad y un asesino auténtico, que estará suelto por allí cerca.

Esa mañana Ibrahim es necesario. Y él vive para eso.

12

La agente Donna de Freitas lleva la charola con las tazas de té al centro de coordinación. Un constructor local, Tony *Nosequé*, ha sido asesinado, y, a juzgar por las dimensiones del equipo reunido, el caso debe de ser tremendamente importante. Donna no sabe por qué lo es, pero si se toma su tiempo con el té, es posible que consiga averiguarlo.

El inspector jefe Chris Hudson está dirigiendo la palabra a su equipo. El inspector siempre le ha parecido a Donna una persona agradable. Una vez le sostuvo la doble puerta para dejarla pasar, sin poner cara de esperar que le dieran una medalla por el gesto.

—Hay cámaras en la finca, un montón de cámaras. Consigan las grabaciones. Tony Curran salió de Coopers Chase a las dos en punto de la tarde y murió a las tres y treinta y dos minutos, según los signos vitales registradas por su reloj Fitbit. El lapso es muy corto.

Tras dejar la charola sobre un escritorio, Donna se ha agachado para atarse las agujetas de un zapato. La mención a Coopers Chase ha multiplicado su interés.

—Asimismo, hay cámaras en la A214, unos cuatrocientos metros al sur de la casa de Curran y unos seiscientos metros al norte, así que también tendremos que conseguir esas grabaciones. Ya saben cuáles son las horas.

—Chris se interrumpe un momento y mira al lugar donde Donna de Freitas sigue agachada—. ¿Algún problema, agente?

Donna se levanta.

—No, señor. Solamente las agujetas de los zapatos. No quería tropezar con la charola en la mano.

—Muy prudente —conviene Chris—. Gracias por el té. Puede irse.

—Sí, señor —dice Donna, dirigiéndose a la puerta.

Sabe que Chris, que después de todo es detective, ha tenido que darse cuenta de que sus zapatos no son de agujetas. Pero seguramente al inspector no le parecerá mal que una joven agente dé muestras de una saludable curiosidad.

Cuando abre la puerta para salir, oye que Chris Hudson continúa la explicación:

—Mientras conseguimos todo eso, la pista principal es la foto que el asesino dejó junto al cadáver. Veámosla.

Donna no puede resistir la tentación de voltear y entonces ve, proyectada en la pared, una vieja fotografía de tres hombres riendo y bebiendo en una taberna. La mesa está cubierta de billetes. Es sólo un momento, pero Donna reconoce enseguida a uno de los tres.

¡Qué distinto será todo cuando Donna forme parte de un equipo de investigación de homicidios! Totalmente distinto. Ya no tendrá que visitar escuelas para enseñar a los niños a escribir con tinta invisible los números de serie de sus bicicletas, ni recorrer los comercios locales para recordar a los propietarios que no vaciar los botes de basura es una falta administrativa que se castiga con una multa de...

—¿Está esperando algo, agente? —inquiere Chris, sacando a Donna de sus pensamientos.

Ella desvía los ojos de la fotografía y mira a Chris. Con firmeza, pero también con amabilidad, el inspector le indica con un gesto que se marche. Donna le sonríe y asiente con la cabeza.

—Estaba distraída, señor. Lo siento.

Abre la puerta y vuelve a su habitual aburrimiento. Pero se esfuerza por oír hasta la última palabra antes de que la puerta finalmente se cierre.

—Así pues, tenemos tres hombres, todos ellos conocidos. ¿Los estudiamos uno por uno?

La puerta se cierra de golpe y Donna deja escapar un suspiro.

13
Joyce

Espero que disculpen que escriba mi diario por la mañana, pero Tony Curran ha aparecido muerto.

Tony Curran es el constructor que ha levantado esta comunidad. Hasta es posible que haya colocado con sus propias manos los ladrillos de mi chimenea. ¿Quién sabe? Aunque lo más probable es que no. Debía de tener empleados que colocaban los ladrillos por él. Y también gente que pintaba y hacía todo lo demás. Supongo que él solamente se ocupaba de supervisar, pero apuesto a que hay huellas dactilares suyas en algún lugar de esta casa. Me dan escalofríos con sólo pensarlo.

Elizabeth me llamó anoche para darme la noticia. No diría que estaba sin aliento, pero casi.

Me dijo que Tony Curran había muerto por un golpe en la cabeza asestado por una mano desconocida, o tal vez por más de una mano. Entonces le conté lo que había visto con Ron y Jason: la bronca entre Ian Ventham y Curran. Me dijo que ya lo sabía, porque había hablado con Ron antes de llamarme a mí, pero tuvo la gentileza de escuchar pacientemente mi versión de la historia. Le pregunté si estaba tomando notas y me dijo que no le hacía falta, que lo recordaba todo.

En cualquier caso, parece ser que Elizabeth tiene algún tipo de plan. Me ha dicho que esta mañana irá a ver a Ibrahim.

Le pregunté si podía ayudar de alguna manera y respondió

que sí. Entonces le pregunté qué podía hacer y dijo que muy pronto lo averiguaría, si tenía paciencia.

¿Debería quedarme en casa, sin hacer nada, esperando instrucciones? Tengo que ir a Fairhaven, pero me llevaré el teléfono, por si acaso.

Me he convertido en una de esas personas que tienen que llevar el celular siempre consigo.

14

—¿Quién mató a Tony Curran y cómo lo atrapamos? —pregunta Elizabeth—. Ya sé que debería añadir «o *la* atrapamos», pero lo más probable es que haya sido un hombre. ¿Qué clase de mujer mataría a alguien de un golpe en la cabeza? Una rusa, tal vez, pero nadie más.

Tras dar a Ibrahim las instrucciones del día, Elizabeth ha ido directamente a hacer esta otra visita. Ahora está sentada en su sillón habitual.

—Tenía todo el aspecto de tener enemigos. Camiseta sin mangas, una mansión enorme, más tatuajes que Ron... La policía estará elaborando ahora mismo la lista de sospechosos y nosotros tenemos que conseguirla. Mientras tanto, podemos investigar si ha sido Ian Ventham quien ha matado a Tony Curran. ¿Recuerdas a Ian Ventham? ¿El que olía a *aftershave*? Ventham y Tony Curran tuvieron una pequeña discusión. Por supuesto, Ron los vio. ¿Cuándo se pierde algo Ron? Y Joyce me ha dicho algo acerca del Pizza Express, pero creo que estaba haciendo una especie de comparación.

Últimamente Elizabeth intenta mencionar a Joyce con más frecuencia, porque ¿para qué negar la realidad?

—Ahora bien, ¿cuáles son las suposiciones razonables? Imaginemos que Ventham está disgustado con

Curran. O Curran con Ventham, da igual. Tienen un asunto pendiente, pero lo discuten en público, lo cual resulta un poco extraño.

Elizabeth consulta el reloj. A pesar de todo, lo hace con discreción.

—Supongamos que, después de la asamblea consultiva, Ventham tiene que darle una mala noticia a Curran. Como teme su reacción, le habla a la vista de todos. Espera poder tranquilizarlo, pero, según Ron, «fracasa en su cometido». Te lo digo con las palabras de Ron.

Junto a la cama, sobre la mesita de noche, hay una varilla con una pequeña esponja cúbica en la punta. Elizabeth hunde la esponja en una jarra de agua y le humedece a Penny los labios resecos. El gorjeo metálico del monitor cardíaco llena el silencio.

—¿Cómo crees que reaccionaría Ventham en esa situación, Penny? ¿Se enfrentaría a Curran? ¿Pasaría al plan B? ¿Lo seguiría hasta su casa? «¡Déjame pasar! Hablemos un poco más. Quizá me he precipitado.» Y entonces, ¡pam! Así de sencillo, ¿no? ¿Mató Ventham a Curran antes de que Curran lo matara a él?

Elizabeth mira a su alrededor en busca de su bolso y pone las dos manos sobre los descansabrazos, lista para marcharse.

—Pero ¿por qué? Es la pregunta que te harías tú. Intentaré echar un vistazo a las relaciones financieras entre ambos. Siempre hay que seguir el rastro del dinero. Conozco a un tipo en Ginebra que me debe un favor y supongo que para esta misma tarde podríamos tener los registros bancarios de Ventham. En cualquier caso, puede ser divertido. ¡Toda una aventura! Además, creo que disponemos de algunos recursos que la policía no tiene.

Seguramente agradecerán que les echemos una mano. Es lo que pienso hacer esta mañana.

Elizabeth se levanta del sillón y se acerca a la cama.

—Un asesinato auténtico y actual que investigar, Penny. Te prometo que no dejaré que te pierdas nada.

Después de darle un beso en la frente a su mejor amiga, voltea hacia la silla al otro lado de la cama y sonríe tristemente.

—¿Cómo estás, John?

El marido de Penny baja el libro y levanta la vista.

—Ya ves.

—Ya veo, sí. Sabes dónde encontrarme, John. Llámame cuando quieras.

Las enfermeras dicen que Penny Gray no puede oír nada, pero nunca se sabe. John nunca le habla cuando Elizabeth está presente. Llega a Los Sauces todas las mañanas a las siete en punto y se marcha a las nueve de la noche, de regreso al departamento donde vivió con Penny, a las chucherías que compraron juntos en sus viajes, a las viejas fotos y a los recuerdos que compartió con ella durante cincuenta años. Elizabeth sabe que John le habla a su mujer cuando ella no está presente. Y cada vez que entra en la habitación, siempre después de llamar a la puerta, nota las fugaces huellas blancas de los dedos de John en la mano de Penny. Pero ahora la mano de John ha vuelto al libro, que siempre parece estar abierto en la misma página.

Elizabeth se despide y deja solos a los dos enamorados.

15

Joyce

Todos los miércoles voy a Fairhaven en el minibús de la comunidad, a hacer compras. Los lunes el bus va a Tunbridge Wells, que está a media hora de distancia en la dirección opuesta, pero Fairhaven tiene un ambiente más juvenil. Me gusta ver cómo va vestida la gente y oír los graznidos de las gaviotas. El conductor se llama Carlito y casi todos creen que es español; pero yo he hablado con él y resulta que es portugués, aunque no parece que le importe la confusión.

En el malecón hay una cafetería vegana que descubrí hace unos meses y no veo la hora de que me sirvan mi té de menta y mi *brownie* de harina de almendras. No soy vegana, ni tengo intención de serlo nunca, pero creo que es preciso favorecer esa tendencia. He leído que, si la humanidad no deja de consumir carne, habrá hambrunas masivas en el año 2050. A mí no me afecta directamente, porque yo tengo casi ochenta años, pero espero que la humanidad pueda seguir adelante. Algún día le enseñaré esa cafetería a mi hija Joanna, que es vegetariana. Entraré sin decirle nada, como si frecuentar cafeterías veganas fuera para mí lo más natural del mundo.

En el minibús suelo encontrarme con los pasajeros habituales. Están Peter y Carol, una pareja muy agradable de Ruskin, que va a la costa a ver a su hija. Sé que no tienen nietos, pero por lo visto su hija se queda en casa todo el día. Ahí tiene que haber una historia, pero no sé cuál. También está sir Nicholas, que simplemente va a dar un paseo, ahora que ya no lo dejan conducir. Y Naomi, con su problema de cadera que no le acaban de arreglar. Y una mujer de Wordsworth, que me ha dicho un par de veces su nombre (¿Elaine?), pero nunca lo recuerdo y me da pena volver a preguntárselo. Es bastante simpática.

Sé que Bernard estará en su asiento habitual, al fondo. Siempre siento el impulso de ir a sentarme con él, porque es una persona muy agradable cuando quiere. Pero sé que va a Fairhaven por su mujer, que ha muerto. Allí se conocieron y vivieron, hasta que se mudaron a Coopers Chase. Una vez me dijo Bernard que, después de la muerte de su mujer, le gustaba ir al hotel Adelphi, donde ella había trabajado, para beber una o dos copas de vino mirando al mar. Así fue como me enteré de que existía este minibús, por lo que tengo que agradecérselo a él. El año pasado, el Adelphi fue adquirido por la cadena Travelodge, de modo que ahora Bernard tiene que ir a sentarse en los muelles. Pero eso no es tan malo como puede parecer, porque últimamente han renovado el malecón, con una remodelación que ha ganado varios premios arquitectónicos.

Puede que algún día me anime a sentarme al lado de Bernard en el fondo del autobús. De hecho, no sé qué estoy esperando.

Se me antoja mucho mi té y mi *brownie*, pero también un poco de paz y tranquilidad. Todo Coopers Chase habla sin parar del pobre Tony Curran. Aquí la muerte nos visita con bastante frecuencia, pero esto es distinto. No todo el mundo se muere de un golpe en la cabeza, ¿no?

Bueno, tengo que irme. Si pasa algo, los mantendré informados.

16

Cuando el minibús está a punto de arrancar, se abren las puertas por última vez y sube Elizabeth, que va a sentarse junto a Joyce.

—Buenos días —la saluda sonriendo.

—¡Oh, es la primera vez que te veo por aquí! —comenta Joyce—. ¡Cuánto me alegro!

—He comprado un libro, por si no te interesa platicar durante el viaje —dice Elizabeth.

—No, no. Mejor hablemos —responde Joyce.

Carlito pone en marcha el minibús con su habitual prudencia.

—¡Espléndido! —exclama Elizabeth—. Porque en realidad no he traído ningún libro.

Las dos amigas se ponen a conversar, pero con mucho cuidado de no mencionar el caso de Tony Curran. Una de las primeras cosas que se aprenden en Coopers Chase es que algunos de los residentes todavía oyen bastante bien. En lugar de hablar del asesinato, Elizabeth le cuenta a Joyce la última vez que estuvo en Fairhaven, en los años sesenta, en relación con un objeto que la marea había depositado en la playa. Elizabeth se niega a entrar en detalles, pero le dice a Joyce que el asunto salió publicado en la prensa, por lo que presumiblemente podrá consultarlo en alguna parte, si está interesada. El trayecto transcurre de forma muy agradable. Luce el sol en un cielo despejado y la idea del asesinato flota en el aire.

Como siempre, Carlito estaciona el minibús en la puerta de las tiendas Ryman. Todos saben que dentro de tres horas tendrán que estar de vuelta. Carlito hace el viaje desde hace dos años y hasta ahora nadie ha llegado tarde a la hora del regreso, excepto Malcolm Weekes, que al final resultó que se había muerto de manera fulminante en la sección de focos de la ferretería.

Joyce y Elizabeth dejan que los demás bajen primero y esperan a que se disperse el enjambre de bastones, muletas y andaderas. Bernard se quita brevemente el sombrero ante las señoras cuando pasa a su lado y las dos lo ven alejarse en dirección a los muelles, con el *Daily Express* bajo el brazo.

Mientras bajan del minibús y Elizabeth le agradece a Carlito en perfecto portugués su prudente conducción, Joyce piensa por primera vez en preguntarle a su amiga qué piensa hacer en Fairhaven. Y así lo hace.

—Lo mismo que tú, querida. ¿Vienes?

Elizabeth pone a caminar en dirección al paseo malecón y Joyce decide ir con ella, deseosa de aventuras, pero confiada en que aún le quede tiempo para el té y el *brownie*.

A una corta distancia a pie de la parada del autobús, se encuentran Western Road y la ancha escalinata de la comisaría de policía de Fairhaven. Elizabeth voltea hacia Joyce, mientras las puertas automáticas se abren delante de ellas.

—Te diré una cosa, Joyce. Si vamos a investigar este asesinato...

—¿Vamos a investigarlo? —pregunta su amiga.

—¡Claro que sí! —responde Elizabeth—. ¿Quién mejor que nosotros? De momento no tenemos acceso a la documentación del caso, ni a las declaraciones de los testigos, ni a los informes forenses, pero todo eso puede cambiar. Para eso hemos venido. Ya sé que no hace falta que te lo diga, pero tú sígueme la corriente, pase lo que pase.

Joyce asiente. Por supuesto que le seguirá la corriente. Y las dos entran.

Una vez en la comisaría, las dos mujeres pasan por una puerta de seguridad para acceder al área pública de recepción. Joyce no ha estado nunca en el interior de dependencias policiales, pero no se pierde ni un solo documental sobre crímenes. Por eso le resulta algo decepcionante ver que no inmovilizan a nadie contra el suelo, ni arrastran a ningún criminal hacia los separos gritando obscenidades que en un programa de televisión disimularían con pitidos. No hay más que un joven agente sentado detrás del mostrador, que finge no estar jugando al solitario en la computadora.

—¿Qué se les ofrece, señoras? —pregunta.

Elizabeth se pone a llorar y Joyce se esfuerza para disimular su desconcierto.

—Me han robado el bolso en la puerta de Holland & Barrett —gime Elizabeth.

«Por eso no ha traído el bolso», piensa Joyce. En el minibús se había fijado en que no lo llevaba y le había parecido extraño. Ya repuesta de la sorpresa, le pasa un brazo por los hombros a su amiga.

—Ha sido horroroso.

—Si esperan un minuto, llamaré a un oficial para que les tome declaración. Después veremos qué podemos hacer.

El agente pulsa un timbre en la pared, a su izquierda, y al cabo de unos segundos aparece otro oficial, que cruza una segunda puerta de seguridad.

—Mark, a esta señora acaban de robarle el bolso en Queens Road. ¿Podrías registrar la denuncia? Mientras tanto, prepararé café para todos.

—Por supuesto. Sígame, señora.

Elizabeth se queda donde está. Niega con la cabeza, mientras las lágrimas le corren por las mejillas.

—Quiero que me atienda una mujer policía.

—Mark la atenderá muy bien, señora —dice el agente del mostrador.

—¡Por favor! —insiste Elizabeth.

Entonces Joyce decide que ha llegado el momento de intervenir:

—Mi amiga es monja, oficial.

—¿Monja? —repite el policía.

—Así es —responde Joyce—. Y estoy segura de que no será necesario que le diga lo que eso significa.

El agente de la recepción se da cuenta de que la discusión puede acabar mal de muchas maneras, por lo que se decide por la salida más fácil.

—Si me conceden un momento, señoras, iré a buscar a la persona adecuada.

Sale detrás de Mark por la puerta de seguridad y Elizabeth aprovecha el instante a solas para interrumpir la catarata de lágrimas y mirar a su amiga.

—Monja, ¿eh? —le dice con una sonrisa—. Has estado muy bien.

—No he tenido mucho tiempo para pensar —dice Joyce.

—En caso de necesidad, pensaba decir que habían abusado de mí —explica Elizabeth—. Ya sabes que últimamente esas cosas están a la orden del día. Pero ser monja es mucho más divertido.

—¿Por qué quieres que te atienda una mujer? —Joyce tiene unas cuantas preguntas más, pero ésa es la primera de la lista—. Y me alegro de que no hayas dicho «agente femenina». Estoy orgullosa de ti.

—Gracias, Joyce. Como el autobús venía a Fairhaven, he pensado que podíamos pasar por la comisaría y saludar a la agente De Freitas.

Joyce asiente despacio. En el mundo de Elizabeth, ese razonamiento debe de tener sentido.

—¿Y si no está de guardia? ¿O está de guardia, pero hay otras mujeres policía?

—¿Crees que te habría traído hasta aquí si no lo hubiera comprobado antes, Joyce?

—¿Y cómo has hecho para...?

Se abre la puerta de seguridad y aparece Donna de Freitas.

—Buenos días. ¿En qué puedo...? —En ese instante, Donna reconoce a las dos mujeres y tiene que mirarlas dos veces para asegurarse—. ¿En qué puedo ayudarlas?

17

Al inspector Chris Hudson le han dado una carpeta tan gruesa sobre Tony Curran que produciría un ruido considerable si cayera de plano sobre el escritorio. Que es justo lo que acaba de pasar.

Chris bebe un sorbo de Coca-Cola Light. A veces le preocupa estar volviéndose adicto. Una vez leyó un titular tan inquietante sobre la Coca-Cola Light que decidió no leer el resto del artículo.

Abre la carpeta. La mayor parte de la relación entre Tony Curran y el cuerpo de policía de Kent tuvo lugar antes de la llegada de Chris a Fairhaven. Denuncias por amenazas y lesiones leves a los veinte años, infracciones menores por consumo de narcóticos, multas por manejo imprudente y varias denuncias por tenencia de perro potencialmente peligroso y posesión ilegal de arma de fuego. También le habían puesto una multa por no llevar en el vehículo el adhesivo del impuesto de circulación y otra por orinar en la vía pública.

Lo más sustancioso viene después. Chris abre el empaque de un sándwich que ha comprado en la máquina de la gasolinera y a continuación saca de la carpeta las transcripciones de todas las declaraciones realizadas por Tony Curran a lo largo de los años. La última es posterior a un tiroteo registrado en el pub Black Bridge en el año 2000, con resultado de un narcotraficante muerto. Un testigo reconoció a Tony Curran como la persona que había disparado y el departamento de investigación de la policía de Fairhaven lo había citado para interrogarlo.

En aquella época, Tony Curran estaba en el centro de la vorágine. Todo el mundo lo sabía. Controlaba el negocio de la droga en Fairhaven, entre otras muchas cosas, y había hecho una fortuna.

Chris lee la declaración sobre el incidente del Black Bridge: una deprimente sucesión de «no lo sé» y «no lo recuerdo». Más tarde se entera de que el testigo, un taxista local, desapareció poco después. Quizá se marchó por miedo, o tal vez le pasó algo peor. En cualquier caso, Tony Curran, de profesión constructor, quedó en libertad sin cargos.

¿Qué había sido? ¿Un asesinato? ¿Dos? El narcotraficante muerto en el Black Bridge y quizá también el pobre taxista, testigo del suceso.

Pero a partir del año 2000, nada. Una multa por exceso de velocidad en 2009, abonada al instante.

Mira la fotografía que el asesino dejó junto al cadáver. Tres hombres. El primero, Tony Curran, la víctima. A su lado, con un brazo sobre sus hombros, Bobby Tanner, narcotraficante local, activo en la misma época. Era un matón a sueldo, actualmente con paradero desconocido, aunque el equipo de investigación no tardará en dar con él. En cuanto al tercero de la fotografía, su paradero es sobradamente conocido. Es el exboxeador Jason Ritchie. Chris se pregunta cuánto pagarían los periódicos por la foto. Ha oído que algunos policías lo hacen. En su opinión, no se puede caer más bajo. Contempla las sonrisas, los billetes y las cervezas. Probablemente la fotografía debió de tomarse en torno al año 2000, hacia la época del tiroteo en el Black Bridge. A Chris le resulta curioso pensar en el 2000 como historia antigua.

Mientras estudia la imagen, abre un Twix. Tiene cita dentro de dos meses para el examen médico anual y todos los lunes se promete que esa semana empezará a ponerse en forma y comenzará a perder los seis o siete kilos que le sobran. Los seis o siete kilos que no lo dejan correr como antes, que le impiden comprar ropa nueva, por si acaso, y que lo disuaden de salir con chicas, porque ¿a quién puede gustarle una barriga como la suya? Los seis o siete kilos que lo separan del mundo. Aunque, a decir verdad, deben de ser más bien doce o trece.

Todos los lunes, la actitud de Chris suele ser muy positiva. Usa las escaleras en lugar del ascensor. Se lleva al trabajo comida preparada en casa. Y hace sentadillas. Pero los martes o, en las mejores semanas, los miércoles, el mundo real regresa insidiosamente, las escaleras se vuelven otra vez insuperables y Chris pierde la fe en su plan. Como es consciente de que en realidad el plan es él mismo, se deprime todavía más. Entonces vuelven las galletas y las bolsas de papas fritas, el almuerzo en la gasolinera, el trago rápido después del trabajo y la tableta de chocolate en el camino de vuelta, comprada en el mismo sitio que la cena. Comer, insensibilizarse, desahogarse, avergonzarse y volver a empezar.

Pero siempre hay un lunes en el horizonte y uno de ellos traerá consigo la salvación. Esos seis o siete kilos desaparecerán, seguidos de los otros seis o siete que acechan detrás. Ni siquiera se le acelerará la respiración cuando pase el examen médico y demostrará ser el atleta que en su fuero interno siempre ha creído ser. Al salir, enviará el emoji del pulgar en alto a su nueva novia, que habrá conocido a través de una aplicación de citas.

Cuando se acaba el Twix, mira a su alrededor en busca de la bolsa de papas fritas.

Chris Hudson se dice que el tiroteo del Black Bridge fue quizá la advertencia que Tony Curran necesitaba. Al menos, es lo que parece. Por aquella época, Tony había empezado a trabajar con un agente inmobiliario llamado Ian Ventham, y es posible que llegara a la conclusión de que todo podía ser mucho más sencillo si se volvía legal. Había mucho dinero en el negocio de la construcción, aunque no fuera tanto como el que había ganado con la droga. Debió de convencerse de que no podía seguir abusando de su suerte.

Chris abre la bolsa de papas fritas y consulta el reloj. Ha quedado de verse con alguien y ya tendría que ir saliendo. Es una persona que ha visto discutir a Tony Curran poco antes de morir y ha insistido en hablar con Chris personalmente. No está muy lejos. En la comunidad de jubilados donde trabajaba Curran.

Vuelve a mirar la foto. Los tres hombres, la alegre pandilla. Tony Curran y Bobby Tanner, pasándose mutuamente los brazos por los hombros. Y a un costado, con una botella en la mano y la nariz con el tabique roto que tanto lo favorece, Jason Ritchie, quizá un par de años después de su mejor momento.

Tres amigos que beben cerveza en torno a una mesa cubierta de billetes. ¿Qué significará esa foto depositada junto al cadáver? ¿Será una advertencia de Bobby Tanner o de Jason Ritchie? ¿O la advertencia será para ellos dos, para decirles que son los siguientes? Pero lo más probable es que sea una pista falsa, dejada deliberadamente para confundir. Nadie sería tan estúpido como para delatarse de esa manera.

En cualquier caso, Chris tendrá que hablar con Jason Ritchie. Y espera que su equipo consiga localizar a Bobby Tanner, el hombre que falta.

«De hecho, falta más de uno», piensa Chris mientras se lleva a la boca la última papa frita de la bolsa.

Porque alguien tuvo que tomar la fotografía.

18

Donna indica a sus dos visitantes que tomen asiento. Están en la sala B de interrogatorios, una habitación sin ventanas que parece una caja, con una mesa de madera atornillada al suelo. Joyce mira a su alrededor con entusiasmo de turista. Elizabeth parece que está en su propia casa. Donna tiene los ojos fijos en la pesada puerta, a la espera de que se cierre. En cuanto oye el chasquido que indica que se ha cerrado, voltea para mirar a Elizabeth.

—¿De modo que ahora es usted monja?

Ella asiente rápidamente, pero levanta el dedo índice, reconociendo que la pregunta ha sido pertinente.

—Como toda mujer moderna, puedo ser muchas cosas diferentes, según la necesidad del momento. En los tiempos que corren, tenemos que ser camaleónicas, ¿verdad, Donna? —Extrae un bolígrafo y un bloc de notas de un bolsillo interior del abrigo y los deposita sobre la mesa—. Pero, en este caso, el mérito ha sido de Joyce.

Joyce todavía está mirando a su alrededor.

—Esta sala es exactamente igual que las que salen por televisión. ¡Es fantástica! Debe de ser muy divertido trabajar aquí.

Donna no piensa lo mismo.

—Veamos, Elizabeth. ¿Le han robado el bolso?

—No, querida —responde ella—. Me gustaría verle la cara al insensato que se atreva a intentarlo.

—Entonces ¿puedo preguntarles por qué han venido?

Elizabeth asiente.

—Por supuesto. Es una pregunta muy razonable. Bueno, yo estoy aquí porque necesitaba hablar contigo acerca de algo muy importante. Y Joyce ha venido a Fairhaven a hacer unas compras. Para eso has venido, ¿no es así, Joyce? Ahora me doy cuenta de que no te lo había preguntado.

—Me gusta ir a la cafetería vegana, no sé si la conocen.

Donna echa un vistazo al reloj y se inclina sobre la mesa.

—Bueno, aquí me tienen. Si necesita hablar conmigo, Elizabeth, adelante. Puedo concederle dos minutos, porque después tendré que volver a atrapar delincuentes.

Elizabeth aplaude satisfecha.

—¡Excelente! Muy bien. En primer lugar, quiero decirte una cosa. Deja de fingir que no te alegras de volver a vernos, porque te alegras. Nosotras también. Todo será mucho más divertido si lo reconocemos.

Donna permanece en silencio y Joyce se inclina sobre la grabadora que hay sobre la mesa.

—A efectos de la grabación, la agente De Freitas se niega a contestar, pero intenta disimular una leve sonrisa.

—En segundo lugar, pero relacionado con lo anterior —continúa Elizabeth—, si te estamos distrayendo de algo, no es de atrapar criminales, sino de un trabajo mucho más aburrido.

—Nada que comentar —responde Donna impávida.

—¿De dónde eres, Donna? Puedo llamarte Donna, ¿verdad?

—Sí, claro. Del sur de Londres.

—¿Procedente del Cuerpo de Policía Metropolitano de Londres?

Donna asiente y Elizabeth hace una anotación en su bloc.

—¿Está tomando notas? —pregunta Donna.

Elizabeth asiente con la cabeza.

—¿Por qué pediste el traslado? ¿Y por qué a Fairhaven?

—Eso ya se lo contaré otro día. Pueden hacerme una pregunta más y después tendré que abandonar la sala, por muy divertido que sea hablar con ustedes.

—Por supuesto —replica Elizabeth, antes de cerrar el bloc y ajustarse los anteojos—. Lo que voy a decir es una aseveración, pero prometo que acabará con una pregunta.

Donna le indica con un gesto que continúe.

—Te diré lo que veo, y te ruego que me interrumpas si no coincide con la realidad. Tienes unos veinticinco años y pareces inteligente e intuitiva. También das la impresión de ser una persona amable, pero al mismo tiempo combativa cuando hace falta. Por motivos que ya analizaremos más adelante (aunque lo más probable es que haya sido un desengaño amoroso), te marchaste de Londres, donde la vida y el trabajo eran perfectos para ti. Ahora estás aquí, en Fairhaven, donde la delincuencia es insignificante y casi no hay criminales. Tienes que patrullar las calles. Alguien denuncia el robo de una bicicleta, o un coche se va de la gasolinera sin pagar, o estalla una pelea en la taberna por un asunto de faldas. ¡Dios mío! ¡Qué aburrimiento! Por razones que no vienen al caso, una vez estuve trabajando tres meses en un bar de la antigua Yugoslavia, y mi cerebro pedía a gritos un poco de acción, un estímulo, algo extraordinario... ¿Te suena? No tienes pareja, vives en un departamento alquilado y te cuesta hacer amigos en el pueblo. Tus colegas de la comisaría son casi todos mayores que tú. Estoy segura de que ese joven de la recepción, Mark, te ha invitado a salir, pero ¿qué va a hacer él con una chica del sur de Londres? Tuviste que decirle que no. Ahora la situación es incómoda para los dos. ¡Pobre chico! Tu orgullo te impide regresar a Londres, al menos por un tiempo, de modo que te encuentras atrapada en este pueblo. Como todavía eres la chica nueva, la promoción es una perspectiva muy lejana. Y, por si fuera poco, no le caes especialmente bien a nadie, porque en el fondo todos saben que has cometido un error al pedir el traslado y notan que estás a disgusto en Fairhaven. Ni siquiera puedes solicitar la baja. No puedes echar por la borda la antigüedad en el cuerpo y los años más duros de formación por un pequeño error. Entonces te pones el uniforme cada mañana y te presentas en tu puesto día tras día, con los dientes apretados, esperando que pase algo extraordinario. Por ejemplo, que venga una mujer que no es monja a decirte que le han robado el bolso.

Elizabeth arquea una ceja mirando a Donna, a la espera de una respuesta. Pero la agente se mantiene totalmente impasible.

—Sigo esperando una pregunta, Elizabeth.

Ella asiente y vuelve a abrir su bloc de notas.

—Mi pregunta es la siguiente. ¿Te gustaría investigar el asesinato de Tony Curran?

Se hace un silencio, mientras Donna une lentamente las manos y apoya encima la barbilla. Antes de hablar, estudia con detenimiento la expresión de su interlocutora.

—Ya tenemos un equipo que investiga el asesinato de Tony Curran. Un equipo altamente cualificado. Y no tienen ninguna vacante para una agente que frunce la nariz cada vez que le piden que haga fotocopias. ¿Se ha planteado alguna vez, Elizabeth, que quizá no entiende cómo funciona en realidad la policía?

Elizabeth responde, mientras toma nota de lo dicho.

—Mmm..., es posible. Puede que no entienda lo complicado que debe de ser todo. Pero imagino que también tiene que ser muy divertido.

—Yo también lo imagino —repone Donna.

—Dicen que a Tony Curran lo mataron con un objeto contundente —afirma Elizabeth—. Se habla de una llave inglesa de grandes dimensiones. ¿Puedes confirmarlo?

—No tengo nada que decir, Elizabeth —responde Donna.

Elizabeth deja de escribir y levanta la vista.

—¿No te gustaría participar, Donna?

La joven oficial empieza a tamborilear con los dedos sobre la mesa.

—De acuerdo. Supongamos que me gustaría investigar el asesinato...

—Sí, eso mismo, supongámoslo. Empecemos por ahí y veamos hasta dónde podemos llegar.

—Usted no entiende cómo funciona el departamento de investigación, Elizabeth. No puedo pedir simplemente que me asignen a un caso determinado.

Elizabeth sonríe.

—¡Oh, no hace falta que te preocupes por eso, Donna! Nosotros lo arreglaremos.

—¿Usted puede arreglarlo?

—Sí, diría que sí.

—¿Cómo? —pregunta Donna.

—Bueno, siempre hay una manera, ¿no? Pero ¿tú estás interesada? Si lo conseguimos, ¿te gustaría participar?

Donna vuelve a mirar la pesada puerta, para asegurarse de que siga cerrada.

—¿Cuándo podría conseguirlo, Elizabeth?

La mujer consulta el reloj y se encoge levemente de hombros.

—Dentro de una hora, más o menos.

—¿Y esta conversación quedará entre nosotras y no saldrá nunca de esta sala?

Elizabeth se lleva un dedo a los labios.

—Entonces sí, ¡por favor! —prosigue Donna, enseñando las dos manos en un gesto de sinceridad—. Me encantaría investigar crímenes y atrapar asesinos.

Elizabeth sonríe y vuelve a guardarse el bloc de notas en el bolsillo.

—Bueno, fantástico. Ya decía yo que había interpretado correctamente la situación.

—¿Y qué saca usted de todo esto? —pregunta Donna.

—Nada, aparte de hacerle un favor a una nueva amiga. También es posible que de vez en cuando te hagamos alguna pregunta acerca de la investigación. Sólo para satisfacer nuestra curiosidad.

—Ya sabe que no puedo revelarle ningún dato confidencial, ¿verdad? Si el trato es ése, no puedo aceptarlo.

—Tampoco te lo pediríamos. Prometo que todo será muy profesional. —Elizabeth se marca sobre el pecho la señal de la cruz—. Te doy mi palabra de religiosa.

—¿Dentro de una hora?

Elizabeth vuelve a mirar el reloj.

—Sí, más o menos. Depende del tráfico.

Donna asiente con la cabeza, como si tuviera sentido lo que acaba de decir Elizabeth.

—En cuanto a su pequeño discurso de antes, no sé si tenía por objeto impresionarme a mí o presumir delante de Joyce, pero todo lo que ha dicho era bastante obvio.

Elizabeth lo reconoce.

—Obvio, pero correcto, querida niña.

—No del todo. Usted no es miss Marple, ¿verdad que no, Joyce?

Joyce se anima enseguida.

—¡Claro que no! Ese chico, Mark, es gay, Elizabeth. Tienes que ser ciega para no verlo.

Donna sonríe.

—Tiene suerte de que su amiga esté con usted, sor Elizabeth.

A Donna le gusta ver que también Elizabeth intenta disimular una sonrisa.

—Por cierto, necesitaré tu número de celular, Donna —añade Elizabeth—. No quiero tener que fingir un atraco cada vez que necesite hablar contigo.

Donna le desliza su tarjeta a través de la mesa.

—Espero que sea tu número personal y no el del trabajo —comenta Elizabeth—. Me gustaría contar con cierta privacidad.

Donna la mira, menea la cabeza y deja escapar un suspiro. Después escribe otro número en la tarjeta.

—Perfecto —dice Elizabeth—. Seguro que encontramos al asesino de Tony Curran. No puede ser un misterio insuperable para el ingenio del hombre. O, mejor dicho, de la mujer.

Donna se pone de pie.

—¿Puedo preguntarle cómo hará para meterme en el equipo de investigación, o es mejor que no lo sepa?

Elizabeth mira una vez más su reloj.

—No hace falta que pienses en eso. Ron e Ibrahim se están ocupando ahora mismo de ese asunto.

Joyce espera a que Elizabeth también se levante y entonces vuelve a inclinarse sobre la grabadora.

—Entrevista finalizada a las doce y cuarenta y siete minutos.

19

El inspector Chris Hudson recorre con su Ford Focus el largo y amplio camino que conduce a Coopers Chase. No ha encontrado mucho tráfico y espera que la conversación no se alargue demasiado.

Contemplando el paisaje a su alrededor, se pregunta a quién se le habrá ocurrido llevar allí un rebaño de llamas. Como no encuentra cajones libres en el estacionamiento para visitantes, deja el coche estacionado en una calle, junto a la banqueta, y sale al sol de Kent.

Chris ha visitado residencias de ancianos en otras ocasiones, pero esto no era lo que esperaba. Esto es todo un pueblo. Pasa junto a una cancha de bolos sobre pasto donde se está jugando un partido. En cada extremo hay cubetas con hielo para enfriar el vino, y entre los jugadores hay una señora de edad muy avanzada que fuma en pipa. Chris sigue el sinuoso camino, hasta un perfecto jardín inglés flanqueado por bloques de departamentos de tres plantas cada uno. En los patios y balcones hay gente conversando y tomando el sol. Hay grupos de amigos sentados en las bancas, abejas que zumban entre los arbustos y una brisa ligera que hace tintinear los cubitos de hielo en las copas. Chris encuentra todo eso profundamente irritante. A él le gustan el viento y la lluvia. Le gusta levantarse el cuello del abrigo y cerrarse el impermeable. No se pone pantalones cortos desde 1987.

Atraviesa un estacionamiento para residentes y pasa junto a un buzón rojo que parece salido de una postal, lo cual lo irrita todavía más. Finalmente encuentra Wordsworth Court y toca el timbre del departamento número once, señalado con el nombre «Ibrahim Arif».

Empuja la puerta cuando oye que se la han abierto, se adentra por un recibidor lujosamente alfombrado, sube una escalera también alfombrada y llama a una puerta de roble macizo. Ahora está sentado en casa de Ibrahim Arif, delante del propio Ibrahim y de Ron Ritchie.

¡Ron Ritchie! ¿No es increíble? Chris se queda de una pieza en el instante en que los presentan. ¡El padre del hombre que está investigando! ¿Cómo se llama eso? ¿Suerte? ¿Casualidad? ¿O es algo más siniestro? Decide dejar que las cosas sigan su curso. Si hay algo sospechoso, ya lo descubrirá.

En todo caso, es curioso que Ron *el Rojo* haya acabado en un sitio como ése. El flagelo de la patronal, la bestia de la Leyland, el terror de British Steel y de todos los poderosos, ¿allí, entre las madreselvas y los Audis de Coopers Chase? A Chris le habría costado reconocerlo, si no se lo hubieran presentado. Ron Ritchie, con pijama descoordinada, chamarra deportiva con la el cierre abierto y zapatos de calle, mira a su alrededor con expresión vacía y la boca abierta. El pobre tiene un aspecto terrible, y Chris se siente incómodo, como si estuviera invadiendo su intimidad.

Ibrahim le explica la situación al inspector:

—Para las personas mayores puede ser muy estresante hablar con la policía. Por eso he sugerido que le tome declaración aquí, en mi casa. No piense que la culpa es suya, inspector.

Chris asiente amablemente, como le han enseñado en las clases de formación.

—Puedo asegurarle que el señor Ritchie no tiene nada de que preocuparse. Pero si dispone de información, como usted ha dicho, necesitaré hacerle un par de preguntas.

Ibrahim voltea hacia Ron.

—Ron, el inspector quiere hacerte unas preguntas sobre la discusión que viste. ¿Recuerdas lo que me dijiste? —Ibrahim voltea y mira a Chris—. Se le olvidan las cosas. Es muy mayor.

—Está bien —concede Ron.

Ibrahim le da una palmadita en la mano, hablándole lentamente:

—Puedes estar tranquilo, Ron. He visto la identificación del inspector. He llamado al teléfono que figura en la tarjeta y he buscado su nombre en Google. ¿Recuerdas que te lo he dicho?

—Es que... es que no sé si podré —dice Ron—. No quiero tener problemas.

—No tendrá ningún problema, señor Ritchie —insiste Chris—. Se lo garantizo. Pero puede que tenga información importante.

Ron *el Rojo* es una sombra de lo que fue, y Chris es muy consciente de que debe actuar con prudencia y no mencionar todavía a Jason. La posibilidad de ir a comer al pub también se está desvaneciendo rápidamente.

—El señor Arif tiene razón —prosigue Chris—. Puede hablarme con total libertad.

Ron mira a Chris y voltea otra vez hacia Ibrahim en busca de confirmación. Ibrahim le aprieta levemente un brazo y Ron mira una vez más a Chris y se inclina hacia él.

—Creo que estaría más a gusto si pudiera hablar con la señorita.

Chris está bebiendo el primer sorbo del té de menta que le ha servido Ibrahim.

—¿La señorita? —pregunta.

Mira a Ron y después a Ibrahim, que interviene en su ayuda.

—¿Qué señorita, Ron?

—La señorita, Ibrahim. La que viene a hablar con nosotros. La mujer poli.

—¡Ah, sí! —exclama Ibrahim—. ¡La agente De Freitas! De vez en cuando viene a darnos una plática. Nos aconseja que cerremos bien las ventanas y pidamos siempre la identificación a los empleados de la compañía de gas. ¿La conoce, inspector?

—Por supuesto. Es una de las integrantes de mi equipo. —Chris está intentando recordar si la joven que pretendía atarse unas agujetas inexistentes es Donna de Freitas. Está bastante seguro de que sí. Es la chica que pidió el traslado desde Londres, sin que nadie entendiera muy bien por qué—. Trabajamos en muy estrecha colaboración.

—Entonces ¿también participa en la investigación? ¡Me alegro muchísimo! —comenta Ibrahim con una sonrisa—. Aquí todos apreciamos mucho a la agente De Freitas.

—Bueno, de hecho, no participa en esta investigación en concreto —aclara Chris—. Tiene otras responsabilidades muy importantes: atrapar delincuentes y... cosas así.

Ron e Ibrahim no dicen ni una palabra. Se limitan a mirar expectantes a Chris.

—Pero es una idea fantástica —prosigue el inspector—. Me encantaría tenerla en el equipo —añade mientras piensa con quién debería hablar para conseguirlo. Seguramente habrá alguien que le deba un favor.

—Es muy buena agente —dice Ibrahim—. Hace honor al cuerpo de policía. —Entonces recupera la expresión grave y voltea hacia Ron—. ¿Qué te parece si le pedimos a este amable inspector que venga la próxima vez con la agente De Freitas? ¿Estás de acuerdo, Ron?

Ron se lleva la taza de té a los labios.

—Sería perfecto, Ib. También quiero que esté Jason.

—¿Jason? —pregunta Chris, en repentino estado de alerta.

—¿Te gusta el boxeo, muchacho? —pregunta Ron.

Chris asiente.

—Me gusta mucho, señor Ritchie.

—Mi hijo Jason es boxeador.

—Lo sé —responde Chris—. Debe de estar orgulloso de su hijo.

—Lo estoy. Jason estaba conmigo el otro día, así que debería venir. Él también vio la discusión.

Chris asiente con la cabeza. De pronto la conversación se ha puesto interesante. El desplazamiento no ha sido una pérdida de tiempo, después de todo.

—Bueno, seguramente podré volver y hablar con los dos.

—¿Y vendrá con la agente De Freitas? ¡Fantástico! —interviene Ibrahim.

—Por supuesto —asegura Chris—. Lo que haga falta para descubrir la verdad.

20

Joyce

Por lo visto, estamos investigando un asesinato de verdad. Y todavía mejor, he estado en una sala de interrogatorios de la policía. Este diario me está trayendo suerte.

Ha sido muy interesante ver a Elizabeth en acción. Es impresionante. Siempre conserva la calma. Me pregunto si habríamos tenido alguna relación ella y yo si nos hubiéramos conocido hace treinta años. Probablemente no, porque pertenecemos a mundos diferentes. Pero este lugar une mucho a la gente.

Espero ser de alguna ayuda para Elizabeth durante la investigación y que podamos atrapar al asesino de Tony Curran. Creo que podré ayudarla, a mi manera.

Tengo una habilidad especial para pasar inadvertida. Todos suelen subestimarme.

Coopers Chase está lleno de residentes notables, gente que ha destacado en la vida. De hecho, es muy divertido. Hay un hombre que ayudó a diseñar el túnel bajo el canal de la Mancha, otro que es médico y le han puesto su nombre a una enfermedad, y un tercero que fue embajador británico en Paraguay o en Uruguay, no lo recuerdo. Ya se imaginarán el tipo de gente.

¿Y quién soy yo, Joyce Meadowcroft? Me pregunto cómo me verán los demás. Seguramente pensarán que soy inofensiva. También que hablo hasta por los codos, y en eso no se equivocan, tengo que reconocerlo. Pero en el fondo saben que no soy una de ellos. Soy enfermera, no doctora, aunque no creo que nadie se atreva a echármelo en cara. Saben que el departamento lo ha comprado mi hija Joanna. Ella sí que es una de ellos. Yo, no tanto.

Sin embargo, si hay una discusión en la Comisión de Catering, o surge un problema con el sistema de bombeo del lago, o si el perro de una residente deja preñada a la perra de otra, como ha pasado hace poco, y se monta un tremendo alboroto, ¿a quién recurren para arreglarlo? A Joyce Meadowcroft.

A mí no me importa escuchar argumentos grandilocuentes, ver cómo se desafían unos a otros, oír las iracundas amenazas de acciones judiciales y esperar a que se vayan serenando los ánimos. Entonces intervengo y sugiero que tal vez haya una manera de solucionarlo, o un arreglo que contente a todos, o la posibilidad de reconocer que los perros son perros y ésa es su naturaleza. Nadie de aquí se siente intimidado por mí, nadie me considera una rival. Soy simplemente Joyce, la amable y parlanchina Joyce, que siempre mete la nariz en todo.

Entonces la situación se calma gracias a mí, la tranquila y sensata Joyce. La gente deja de gritar y el problema se soluciona, casi siempre de una manera que me favorece a mí personalmente, aunque nadie suele fijarse en eso.

Por eso me alegro de pasar inadvertida, como me ha pasado siempre a lo largo de toda mi vida. Y creo que tal vez esa habilidad nos resulte útil para la investigación. Mientras todos presten atención a Elizabeth, yo seguiré actuando como siempre.

El apellido Meadowcroft, por cierto, me viene de mi difunto esposo y siempre me ha gustado. Me casé con Gerry por una larga lista de razones, y una de ellas fue precisamente su apellido. Una amiga de la escuela de enfermería se casó con un tal Culoch. En su lugar, yo habría encontrado una excusa para anular la boda.

¡Qué día! Creo que veré un episodio atrasado de *Principal sospechoso* y después me iré a la cama.

Cuando Elizabeth me necesite para hacer algo más, estaré lista.

21

Vuelve a hacer una mañana estupenda.

Bogdan Jankowski está sentado en una mecedora en el patio de Ian Ventham, decidido a tomarse su tiempo para reflexionar.

Tony Curran ha sido asesinado. Alguien entró en su casa y lo mató. Hay muchos sospechosos y Bogdan los repasa mentalmente mientras trata de determinar por qué podrían querer la muerte de Tony Curran.

Parece como si la noticia hubiera conmocionado a todos, pero a Bogdan nada lo sorprende. Todo el tiempo muere gente por todo tipo de causas. Su padre se cayó de lo alto de una presa, cerca de Cracovia, cuando él era pequeño. O tal vez saltó, o lo empujaron. Da igual. El hecho es que murió. Al final, siempre te acabas muriendo.

A Bogdan no le gusta el jardín de Ian. El perfecto césped inglés, que se extiende hasta una hilera de árboles a lo lejos, tiene marcadas las franjas del cortacésped. A la izquierda, cerca de los árboles, hay un estanque. Ian Ventham dice que es un lago, pero Bogdan sabe cómo son los lagos. El estanque tiene un puentecito de madera que lo atraviesa en la parte más estrecha. A los niños les encantaría, pero Bogdan nunca ha visto niños en ese jardín.

Ian compró una familia de patos, pero los zorros los mataron, y luego un tipo que Bogdan conocía de la taberna mató a los zorros. Después de eso, Ian no ha comprado más patos. ¿Para qué? Siempre habrá zorros. A veces vienen patos salvajes al estanque. «Hacen bien», piensa Bogdan.

La alberca está a la derecha. Basta dar unos pasos desde el patio para zambullirse. Bogdan la ha revestido de azulejos, como también ha pintado de azul el puentecito del estanque y ha acondicionado el patio donde ahora está sentado.

Ian ha mantenido su oferta y le ha pedido que supervise la construcción del proyecto de Woodlands. Eso significa que ocupará la posición de Tony, lo que para algunos podría ser una señal de mala suerte, de infortunio, o incluso una maldición. Pero para Bogdan es simplemente algo que está sucediendo, y piensa limitarse a hacerlo lo mejor que pueda. La paga es buena, aunque el dinero no le interesa tanto como el desafío. Además, le gusta trabajar en la comunidad de jubilados. Le cae bien la gente.

Ya ha visto todos los planos y los ha estudiado. Al principio le pareció complicado, pero en cuanto se descubren las pautas y líneas básicas, todo resulta más sencillo. Bogdan estaba a gusto haciendo pequeños trabajos para Ian Ventham, pero es consciente de que las cosas cambian y uno tiene que adaptarse.

Su madre murió cuando él tenía diecinueve años. Había recibido cierta cantidad de dinero a la muerte de su marido, no se sabe muy bien de dónde, aunque tampoco era una época para perderse demasiado en los detalles. Con el dinero pagó el costo de la Universidad Politécnica de Cracovia, para que Bogdan estudiara ingeniería. Y allí estaba él cuando su madre sufrió un infarto y se desplomó en el suelo de su casa. Si hubiera estado con ella, la habría salvado, pero no estaba, de modo que no la salvó.

Bogdan volvió al pueblo, enterró a su madre y se fue a Inglaterra al día siguiente. Casi veinte años después, ahí está, sentado, contemplando un estúpido césped.

Está pensando que quizá le vendría bien echarse una siesta cuando, en el otro extremo de la casa, suena el timbre de la puerta principal. No son frecuentes los visitantes en la casa enorme y silenciosa, pero ésa es la razón por la que Bogdan está ahí. Ian se asoma a la puerta que comunica su estudio con el patio.

—Bogdan, la puerta.

—Sí, ya voy.

Se pone de pie y va a abrir, pasando por el invernadero que él mismo diseñó, la sala de música que insonorizó con sus manos y el pasillo cuyo suelo pulió en calzoncillos, el día más caluroso del año.

Bogdan siempre está dispuesto a hacer lo que haga falta.

El padre Matthew Mackie lamenta haberle dicho al taxista que lo dejara al inicio del sendero. Ha sido una buena caminata desde la reja hasta la puerta principal. Se abanica un poco con la carpeta, se asegura de tener bien colocado el alzacuello mirándose con la cámara del celular y toca el timbre. Siente alivio al oír ruido dentro de la casa, porque incluso habiendo quedado a una hora concreta, uno nunca sabe. Se alegra de que el encuentro sea allí, porque todo resultará más sencillo.

Oye pasos sobre un suelo de tablas de madera y le abre la puerta un hombre corpulento con la cabeza rapada.

Lleva una camiseta blanca ceñida y tiene una cruz tatuada en un brazo y tres nombres en el otro.

—Buenos días, padre —lo saluda el hombre.

Una buena noticia: es católico. Y, a juzgar por el acento, polaco.

—*Dzień dobry* —le devuelve el saludo el padre Mackie.

El hombre sonríe.

—*Dzień dobry, dzień dobry.*

—Tengo una cita para hablar con el señor Ventham. Soy Matthew Mackie.

El hombre le tiende la mano y él se la estrecha.

—Bogdan Jankowski. Pase, padre.

—Ya sabemos que no tiene ninguna obligación legal de ayudarnos, y lo entendemos, créame —dice el padre Matthew Mackie—. No estamos de acuerdo con la resolución del consejo, evidentemente, pero tenemos que aceptarla.

Mike Griffin, de la comisión de planificación, ha hecho bien su trabajo, piensa Ian. «¡Adelante, Ian! ¡Excava el cementerio, haz lo que te parezca!», le dijo Mike, que es adicto al juego *online* y ojalá lo siga siendo mucho tiempo.

—Por otro lado —continúa el padre Mackie—, creo que tiene la obligación moral de dejar en paz el jardín del Descanso Eterno, el cementerio. Por eso he querido hablar con usted cara a cara, de hombre a hombre, para ver si podemos llegar a un acuerdo.

Ian Ventham parece prestar mucha atención, pero en realidad está pensando en lo listo que es. No hay nadie más astuto que él, de eso está seguro. Siempre consigue todo lo que quiere. A veces hasta le parece injusto que le resulte tan fácil. No es que vaya un paso por delante de los demás, es que va por otro camino totalmente diferente.

Con Karen Playfair es muy sencillo. Si Ian no consigue convencer a Gordon Playfair de que venda la finca, está seguro de que ella lo convencerá. Así son las cosas entre padres e hijas. Además, Karen se llevará una buena tajada. El viejo no podrá rechazar durante mucho tiempo una cifra de siete dígitos a cambio de una colina con cuatro ovejas. Ian encontrará la manera.

Sabe, sin embargo, que el padre Mackie se lo pondrá más complicado que Karen Playfair. Un cura no es lo mismo que una cincuentona divorciada con sobrepeso. Con los curas es preciso demostrar cierto respeto e incluso tal vez respetarlos de verdad. Después de todo, podrían tener razón. Hay que tener apertura mental, lo que constituye un ejemplo más de lo útil que resulta ser más listo que nadie.

Por eso Ian le ha pedido a Bogdan que esté presente. Sabe que a los suyos les gusta estar juntos, y con toda razón. ¿A quién no le gusta estar con su gente? De repente se da cuenta de que ha llegado su turno de hablar.

—Es un simple traslado de los cuerpos, padre —dice—. Se hará con todo cuidado y con el mayor de los respetos.

Sabe que no es estrictamente cierto lo que acaba de decir. Por imperativo legal, fue preciso convocar un concurso público para las obras de traslado, al que se presentaron tres candidaturas. La primera era del Departamento de Antropología Forense de la Universidad de Kent, que sin duda habría hecho el trabajo con todo cuidado y con muchísimo respeto. La segunda era de unos «expertos en cementerios» de Rye, que recientemente habían trasladado treinta sepulturas del solar donde iba a construirse una tienda de artículos para mascotas, e incluían en su expediente fotografías de hombres y mujeres con overoles azules, excavando manualmente las tumbas en actitud solemne. La última era de una empresa constituida dos meses atrás por el propio Ian, en sociedad con un director de funeraria de Brighton, que había conocido jugando al golf, y con Sue Banbury, una vecina de su pueblo que alquilaba máquinas excavadoras. Esta tercera candidatura era extremadamente competitiva y había conseguido el contrato. Después de mirar un poco en internet, Ian había llegado a la conclusión de que para trasladar un cementerio tampoco hacía falta ser ingeniero experto en física nuclear.

—Algunas de esas tumbas tienen casi ciento cincuenta años, señor Ventham —dice el padre Mackie.

—Llámeme Ian.

No era absolutamente necesario recibir al padre Mackie, pero Ian ha preferido asegurarse. Muchos de los residentes pueden ser bastante santurrones cuando les conviene, y no le gustaría que el padre Mackie fuera a alborotarlos en su contra. La gente se pone rara cuando hay cadáveres de por medio. Así que lo mejor es escuchar al cura, tranquilizarlo y dejar que se vaya feliz. ¿Quizá hacer algún donativo? Es una idea que Ian mantendrá en la recámara.

—Esa empresa que ha contratado para los trabajos... —Mackie mira dentro de la carpeta—, «Ángeles en Tránsito, expertos en traslados de cementerios»..., sabrán lo que van a encontrar, ¿no? No habrá muchos ataúdes intactos, sino únicamente huesos. Y no le estoy hablando de esqueletos, sino de huesos sueltos, rotos, dispersos, medio descompuestos y hundidos en la tierra. Recuerde que es preciso localizar y documentar con el mayor de los respetos cada fragmento de cada uno de esos huesos. Es lo que exige la decencia más básica, pero también la ley. No lo olvide.

Ian asiente, aunque en realidad está pensando si será posible pintar de negro una de las excavadoras. Se lo preguntará a Sue.

—He venido a verlo —continúa el padre Mackie— para pedirle que reconsidere su decisión y deje que esas monjitas sigan reposando en paz. Se lo digo de hombre a hombre. No sé cuánto le costaría cambiar de planes. Es su negocio y usted lo sabrá. Pero tiene que entender que también es asunto mío, como hombre de Dios. No quiero que perturbe el reposo de esas mujeres.

—Matthew, le agradezco que haya venido a vernos —repone Ian—, y entiendo que piense en esos ángeles o almas atormentadas. Pero usted mismo lo ha dicho: solamente encontraremos huesos. No hay nada más. Usted tiene todo el derecho a ser supersticioso, o religioso, en su caso, pero yo también tengo derecho a no serlo. Le aseguro que trataremos con cuidado esos huesos y con mucho gusto lo invitaré a presenciar los trabajos, si gusta. Pero quiero trasladar ese cementerio, tengo permiso para hacerlo y lo haré. Si eso me convierte en no sé qué, muy bien, se lo acepto. Pero a los huesos les da lo mismo estar en un sitio que en otro.

—Si no consigo que cambie de idea, se lo pondré tan difícil como pueda. Debo advertírselo —dice el padre Mackie.

—Tendrá que ponerse a la cola, padre —replica Ian—. La asociación animalista me quiere matar porque he alterado el hábitat de los tejones. La agencia forestal de Kent me persigue por no sé qué historia de árboles protegidos. Usted viene a hablarme de las monjas muertas.

Estoy obligado a cumplir la normativa europea sobre emisiones, contaminación lumínica, muebles de baño y un centenar de cosas más, aunque, si mal no recuerdo, hemos votado para salir de la Unión Europea. Los residentes se quejan de la forma de las bancas del jardín, la agencia del patrimonio me ha dicho que mis ladrillos no cumplen los criterios de sostenibilidad, y el tipo que vendía el cemento más barato de todo el sur de Inglaterra está en la cárcel por fraude fiscal. Usted no es mi mayor problema, padre. Ni de lejos.

Ian toma aliento.

—Y, además, Tony ha muerto —intervine Bogdan, persignándose—. Está siendo una época muy difícil para todos.

—Sí, eso mismo. Además ha muerto Tony. Es una época complicada —conviene Ian.

El padre Mackie se vuelve hacia el polaco, ahora que ha interrumpido su silencio.

—¿Y tú qué piensas, hijo mío, sobre el traslado del jardín del Descanso Eterno? ¿No crees que estamos perturbando el reposo de esas almas? ¿No piensas que habrá un castigo para quien lo haga?

—Padre, yo creo que Dios lo ve todo y nos juzga a todos —responde Bogdan—. Pero también pienso que los huesos no son nada más que huesos.

22

Joyce ha ido a cortarse el pelo.

Anthony visita la comunidad los jueves y los viernes, y no es fácil conseguir cita en su peluquería itinerante. Joyce siempre reserva la primera hora, para oír los mejores chismes antes que nadie.

Elizabeth lo sabe y por eso está sentada fuera, junto a la puerta abierta, esperando y escuchando. Podría entrar sin más, pero esperar y escuchar son para ella viejos hábitos que, después de toda una vida de aguzar el oído, le cuesta romper. Consulta el reloj. Si Joyce no sale dentro de cinco minutos, entrará.

—Un día de éstos, te lo teñiré de rosa chillón, Joyce —dice Anthony.

Ella se ríe por lo bajo.

—Quedarás igualita que Nicki Minaj. La conoces, ¿verdad?

—No, pero me gusta el nombre —responde Joyce.

—¿Qué se sabe de ese tipo que han matado? —pregunta Anthony—. Ese Curran. Solía verlo por aquí.

—Una noticia muy triste —afirma Joyce.

—He oído que le dispararon —comenta Anthony—. Me pregunto qué habría hecho.

—Creo que lo mataron de un golpe en la cabeza —aclara Joyce.

—¿Un golpe? ¡Vaya! Tienes un pelo precioso, Joyce. ¡Prométeme que me lo dejarás de herencia!

Fuera, Elizabeth pone los ojos en blanco.

—Me han dicho que a Curran lo mataron en el malecón —continúa Anthony—. Tres tipos que iban en moto.

—No, por lo visto lo mataron de un golpe en la cabeza, en la cocina de su casa —lo corrige Joyce—. Sin ninguna moto.

—¿Quién haría algo así? —pregunta Anthony—. Matar a alguien de un golpe, en la cocina de su casa.

«Eso digo yo», piensa Elizabeth, mirando otra vez el reloj.

—Apuesto a que tenía una cocina estupenda —aventura Anthony—. ¡Qué pena! Siempre me pareció un tipo bastante atractivo. ¿Sabes cuando te das cuenta de que alguien no es honorable pero te atrae de todos modos?

—Te entiendo totalmente, Anthony —asiente Joyce.

—Espero que atrapen al que lo haya hecho.

—Seguro que lo atrapan —asevera Joyce, y se lleva a los labios la taza de té.

Entonces Elizabeth decide que ya ha esperado suficiente, se pone de pie y entra en el local.

—¡Oh! Miren quién ha venido. ¡Dusty Springfield, la diosa de los sesenta!

—Buenos días, Anthony. Me temo que tendrás que dejar ir a Joyce. La necesito.

Joyce aplaude entusiasmada.

23

Joyce

Les aseguro que esta mañana, mientras me estaba tomando la granola, no me esperaba el día que he tenido. Primero lo de la monja y ahora esto.

Si creen que desayuno granola todos los días, se equivocan. Pero esta mañana sí que lo he tomado para desayunar, y, tal como ha ido el día, me alegro de haber contado con esa energía extra. Son más de las diez de la noche y acabo de llegar a casa. Al menos he podido echarme una siesta en el tren, en el camino de vuelta.

Esta mañana he ido a que Anthony me cortara el pelo. Ya casi habíamos acabado y estábamos charlando tranquilamente cuando ¿quién creen que llegó? ¡Elizabeth! Con una bolsa grande de tela y ropa térmica, dos cosas que no van bien para nada. Me ha dicho que había pedido un taxi y que me preparara para pasar el día fuera. Como desde que vivo en Coopers Chase he aprendido a ser espontánea, ni me he inmutado. Le he preguntado a dónde íbamos, para hacerme una idea del tiempo que haría y esas cosas, y me ha dicho que a Londres. Me ha sorprendido su respuesta, pero he entendido que quisiera llevar ropa térmica. Ya sabemos cómo puede ponerse Londres, de modo que he vuelto a casa a buscar un abrigo grueso. ¡Y suerte que lo he hecho!

Siempre que necesitamos un taxi, seguimos llamando a los de Robertsbridge, aunque una vez llevaron a la nieta de Ron a la estación equivocada. También es verdad que desde entonces han mejorado. Hamed, el taxista, es somalí, y a mí Somalia es un nombre de país que me encanta. Lo sorprendente es que Elizabeth había estado allí hace años y los dos han pasado el viaje charlando bastante. Hamed tiene seis hijos y el mayor es médico de familia en Chislehurst, ¿qué les parece? Una vez fui a un mercado ambulante en Chislehurst, de modo que al menos he podido meter un poco la cuchara en la conversación.

Elizabeth esperaba que yo le preguntara adónde íbamos, pero me he contenido. Le encanta ser el centro de atención. No me entiendan mal. Me parece bien que lo sea, pero también me gusta hacerme notar un poco de vez en cuando. Creo que me estoy contagiando de su forma de ser, de las cosas positivas. Nunca me he considerado una persona pusilánime, pero cuanto más tiempo paso con Elizabeth, más pienso que quizá lo he sido. Tal vez si hubiera tenido su carácter, yo también habría viajado a Somalia, por poner un ejemplo.

Hemos tomado el tren de las 9:51 a Robertsbridge, el que para en todas las estaciones. Antes de llegar a Tunbridge Wells, Elizabeth ya no podía aguantar más y me lo ha dicho. Íbamos de camino a ver a Joanna.

¡A Joanna! ¡A mi hija Joanna! Pueden imaginar todas las preguntas que se han agolpado en mi cabeza. Elizabeth volvía a ponerme donde quería.

¿Para qué íbamos a ver a Joanna?

Elizabeth me ha explicado —de esa manera que tiene ella de hacer que todo parezca razonable— que nosotros sabíamos tanto como la policía acerca de muchos de los aspectos del caso, lo que estaba muy bien para todos. Sin embargo, ha dicho que también sería bueno saber un poco más que la policía en ciertas áreas, para tener algo que ofrecerles. Según Elizabeth, debíamos estar preparados para ese tipo de intercambio, porque quizá Donna fuera demasiado prudente y no quisiera contárnoslo todo. Al fin y al cabo, ¿quiénes éramos nosotros?

La gran laguna, desde el punto de vista de Elizabeth, eran los registros contables de las empresas de Ian Ventham. ¿Podría haber allí una conexión útil entre Ventham y Tony Curran? ¿Una razón para su disputa? ¿Un motivo para el asesinato? Era importante descubrirlo.

Con ese propósito, como era de esperar, Elizabeth había conseguido los estados financieros detallados de las empresas de Ian Ventham, no sé si por cauces oficiales o, más probablemente, extraoficiales. En cualquier caso, los documentos estaban dentro de una gruesa carpeta azul, de ahí la necesidad de la bolsa grande de tela, que Elizabeth había depositado en el asiento libre a su lado. Todavía no lo he mencionado, pero estábamos viajando en primera clase. He pasado todo el trayecto deseando que viniera el checador a pedirnos los boletos, pero no ha venido.

Elizabeth había estado estudiando todo el papeleo contable, pero no había entendido nada. Necesitaba que alguien le echara un vistazo y le indicara si había algo fuera de lo común o alguna cosa que pudiéramos investigar cuando tuviéramos un momento libre. Estaba segura de que tenía que haber pistas ocultas en la contabilidad, pero ¿dónde?

Yo le he preguntado si no le podía encargar el trabajo al mismo amigo que le había conseguido los registros, y ella me ha respondido que por desgracia esa persona le debía un solo favor y no dos. También me ha dicho que le sorprendía que, de buenas a primeras, hablara en masculino de su «amigo», teniendo en cuenta mis tendencias políticas. Le he dado la razón. No ha sido correcto de mi parte dar por descontado el género masculino, pero le he dicho que aun así suponía que la persona en cuestión era un hombre, y ella me lo ha confirmado.

Un poco antes o después de Orpington, no he podido contenerme más y le he preguntado por qué había pensado en Joanna. Por lo visto, Elizabeth tenía sus razones. Necesitábamos a una persona familiarizada con la contabilidad moderna y capaz de determinar el valor de una empresa, dos requisitos que, al parecer, Joanna cumplía. ¿Tenía Ventham algún problema? ¿Tenía deudas? ¿Preparaba nuevos proyectos inmobiliarios? ¿Disponía de fondos para hacerlos realidad? Necesitábamos a alguien en quien pudiéramos confiar ciegamente y, en ese aspecto, Elizabeth hacía bien en recurrir a mi hija. Se pueden decir muchas cosas de Joanna, pero no que no sepa guardar un secreto. Por último, necesitábamos a una persona con la que pudiéramos comunicarnos fácilmente y que nos debiera un favor. Le pregunté a Elizabeth qué favor nos debía Joanna y respondió que en ese sentido nos podía servir el universal sentimiento de culpa de todo hijo que no visita a su madre con la debida frecuencia. Ahí también ha dado en el clavo con Joanna.

En pocas palabras, me ha explicado que necesitábamos a una persona «experta, leal y cercana».

En todo caso, ya se había puesto en contacto con Joanna por correo electrónico y le había dicho que no aceptaría un no por respuesta. También le había pedido que no me dijera nada, para que todo fuera una sorpresa. Y allí estábamos.

Todo esto parece convincente cuando lo escribo y, de hecho, Elizabeth tiene una gran habilidad para presentar sus ideas de manera verosímil, pero no lo he creído ni por un momento. Estoy segura de que podría haber encontrado mejores candidatos para el trabajo. Si les soy sincera, creo que Elizabeth tenía ganas de conocer a Joanna.

A mí me ha parecido estupendo, porque ha sido una oportunidad de visitar a Joanna y presumir a mi hija delante de Elizabeth sin pasar por la complicación de preparar yo misma el encuentro. Haga lo que haga, cada vez que intento preparar algo, acabo metiendo la pata y Joanna se enfada conmigo.

Además, esta vez no tendría que hablar con Joanna de su trabajo, ni de su nuevo novio, ni de su nueva casa —en Putney; todavía no he ido, pero me ha mandado fotos y ya hemos empezado a hablar de la Navidad—, sino de un asesinato. ¡A ver si se atrevía a actuar con su madre como una adolescente malcriada cuando había de por medio una persona asesinada! Esperaba yo tener suerte con eso.

Hemos llegado a Charing Cross con catorce minutos de retraso, «debido a la lentitud del servicio», algo que Elizabeth se ha dedicado a criticar extensamente. Por suerte, no he tenido necesidad de ir al tocador en el tren. La vez anterior que estuve en Londres fue para ver *Jersey Boys* con las chicas. Solíamos ir tres o cuatro veces al año, las cuatro amigas. Íbamos a la primera función de la tarde y estábamos de vuelta en el tren antes de la hora pico. No sé si han visto que en Marks & Spencer venden latas de gin-tonic. Comprábamos una para cada una y nos la bebíamos en el tren de regreso, riendo como unas tontas. Ya no existe la pandilla. Dos cánceres y un infarto. No podíamos saber que el viaje para ver *Jersey Boys* sería el último. Cuando hacemos algo por primera vez, lo sabemos; pero casi nunca somos conscientes de que ha llegado la última vez. En cualquier caso, me habría gustado conservar el programa de aquella función.

Al llegar a la estación, nos hemos subido en un taxi negro tradicional (¿es que hay otros?) y hemos ido rumbo a Mayfair.

Al llegar a Curzon Street, Elizabeth me ha enseñado un edificio donde había trabajado. Me ha dicho que lo cerraron en los años ochenta, por cuestiones de eficiencia.

Yo ya había visitado antes la oficina de Joanna, cuando hacía poco que se habían mudado, pero desde entonces han hecho reformas. Ahora hay una mesa de ping-pong y un bar del que todos se pueden servir. También hay un ascensor donde basta con decir en voz alta el número del piso, sin necesidad de pulsar ningún botón. No es mi estilo, pero no niego que ha quedado muy elegante.

Ya sé que a veces la critico, pero Joanna ha estado estupenda. Hasta me ha dado un abrazo de verdad porque ha visto que venía acompañada. Elizabeth ha dicho que tenía que ir al tocador (yo ya había ido en la estación, no piensen que soy sobrehumana) y, en cuanto se ha alejado lo suficiente, Joanna me ha mirado entusiasmada.

—¡Mamá! ¿Un asesinato?

Eso ha dicho, o algo similar. Volvía a ser la niña que yo recordaba, la de hace muchos años.

—Lo mataron de un golpe en la cabeza, Joanni. ¿Te imaginas?

Ésas han sido mis palabras exactas, y creo que el hecho de que mi hija no torciera inmediatamente el gesto para exigirme que dejara de llamarla «Joanni» habla por sí solo. (Como acotación al margen, diré que la he visto un poco delgada y eso me ha hecho pensar que quizá su nuevo novio no le convenga. He estado a punto de comentar algo al respecto, aprovechando su buena disposición, pero luego he pensado que es mejor no tentar a la suerte.)

Hemos pasado a una sala de reuniones y he observado que la mesa estaba hecha con el ala de un avión. Sabía que era mejor no hacer ningún comentario delante de Joanna, pero he quedado bastante impresionada. Me he sentado sin decir nada, como si las mesas hechas con alas de aeroplano fueran lo más normal del mundo.

Elizabeth había enviado todos los documentos por correo electrónico y Joanna se los había pasado a Cornelius, que es un empleado suyo. Es estadounidense, por cierto. Por eso tiene un nombre tan raro. Cornelius le ha preguntado a Elizabeth de dónde había sacado todos esos papeles y ella le ha dicho que del registro de empresas. Entonces él ha respondido que en el registro de empresas no se consiguen ese tipo de documentos, y Elizabeth ha contestado que cómo podía saberlo ella, que no era más que una pobre anciana de setenta y seis años.

Pero me estoy extendiendo demasiado. El caso es que las empresas de Ventham estaban en perfecto estado. Al parecer,

Ian Ventham sabía lo que hacía. Aun así, Cornelius había encontrado un par de cosas interesantes que le transmitiremos a la policía cuando venga a visitarnos. Ya están en la carpeta azul de Elizabeth.

Joanna ha estado divertida, chispeante, encantadora y todas las cosas que me preocupaba que hubiera dejado de ser. Vuelve a ser la de siempre. ¿Quizá es que ha cambiado solamente conmigo?

Antes había estado hablando de Joanna con Elizabeth. Le había comentado que no me sentía tan unida a ella como otras madres parecen estarlo con sus hijas. Elizabeth tiene una manera de actuar que inspira a contarle la verdad. Por eso sabía que yo estaba un poco triste. No lo había pensado hasta ahora, pero me pregunto si no habrá organizado toda la excursión por mí, para levantarme el ánimo. En realidad, muchísima gente podría habernos dicho lo mismo que nos ha dicho Cornelius. ¿Habrá sido eso? Quizá sí, no lo sé.

Cuando ya nos íbamos, Joanna ha dicho que quizá venga este fin de semana, para hablar detenidamente de todo esto. Yo le he respondido que con mucho gusto y que podríamos ir a Fairhaven, y ella ha dicho que encantada. Le he preguntado si vendría también su nuevo novio y me ha dicho que no, con una risita. Me alegro.

Podríamos haber tomado otro taxi para volver a la estación, pero Elizabeth quería dar un paseo, de modo que eso es lo que hemos hecho. No sé si conocen Mayfair. No hay tiendas donde comprar nada, pero es un sitio agradable. Hemos parado un momento a tomar un café en una cafetería Costa, que está en un edificio precioso. Antes, en ese mismo local, según Elizabeth, había un pub tradicional que ella y muchos de sus colegas solían frecuentar. Nos hemos quedado allí un rato, hablando de lo que hemos averiguado.

Si todo va a como el día de hoy, la investigación de este asesinato será tremendamente divertida. La jornada ha sido larga y dejaré que ustedes mismos decidan si nos ha acercado un poco más a la resolución del caso de Tony Curran o no.

Creo que hoy Joanna ha podido ver una faceta mía que no conocía. O tal vez he sido yo la que ha visto una faceta diferente de mí misma a través de sus ojos. En cualquier caso, ha sido muy agradable. La próxima vez les hablaré más de Cornelius, que nos ha agradado a las dos.

La calle ya está casi a oscuras. En esta vida tienes que aprender a valorar los días buenos, guardártelos en el bolsillo y llevarlos contigo a todas partes. Por eso voy a guardarme este día en el bolsillo, antes de irme a la cama.

Solamente añadiré, para terminar, que en Charing Cross he entrado en el Marks & Spencer de la estación y he comprado un par de latas de gin-tonic para beber con Elizabeth en el tren de regreso.

24

Mientras se apagan las luces de la calle, Elizabeth abre su agenda e intenta responder a la pregunta del día.

¿CUÁL ES EL NÚMERO DE PLACA DEL
COCHE NUEVO DE LA NUERA DE GWEN TALBOT?

Le parece una buena pregunta. El modelo del coche habría sido demasiado fácil. El color podría haberlo adivinado, y adivinar no demuestra nada. Pero memorizar el número de placa requiere mucha capacidad mnemotécnica.

Como ha hecho tantas veces en otra vida y, por lo general, en otro país y otro siglo, Elizabeth cierra los ojos y se concentra. Lo ve de inmediato, ¿o lo oye? Las dos cosas, porque su cerebro le dice lo que ve.

JL17 BCH

Desliza un dedo por la página y lee la respuesta correcta. Ha acertado. Cierra la agenda. La siguiente pregunta la escribirá más tarde. Ya se le ha ocurrido una buena idea.

En cualquier caso, el coche era un Lexus azul. A la nuera de Gwen Talbot le ha ido muy bien en la vida, vendiendo seguros personalizados para yates y otras embarcaciones. En cuanto al nombre de la nuera, sigue siendo un misterio para Elizabeth. Se la presentaron una vez, pero no memorizó el nombre. Confía en que sea un problema de oído y no de memoria.

La pérdida de la memoria es el fantasma que acecha a la comunidad de Coopers Chase. Olvido, distracción, confusión de nombres...

«¿Para qué he venido hasta aquí?» Los nietos se ríen de ti, y los hijos e hijas también te toman a broma, pero te vigilan. De vez en cuando te despiertas por la noche con sudores fríos. De todo lo que se puede perder, ¿por qué la cabeza? Una pierna o un pulmón, de acuerdo. Pero la cabeza no. Cualquier cosa antes que convertirse en «la pobre Rosemary» o «el pobre Frank», sentados al sol como una sombra de lo que fueron. Antes que quedarse sin los viajes, sin los juegos, o sin el Club del Crimen de los Jueves. Antes que dejar de ser una misma.

Seguramente habrás confundido el nombre de tu hija con el de tu nieta porque estabas pensando en otra cosa, pero ¿y si no ha sido por eso? Hacerse mayor es estar siempre en la cuerda floja.

Por eso Elizabeth abre cada día su agenda en una página que corresponde a dos semanas más tarde y escribe una pregunta dirigida a sí misma. Y cada día contesta a la pregunta que formuló dos semanas atrás. Es su sistema de alerta temprana, su equipo de científicos atentos a los registros sismográficos. Si está a punto de producirse un terremoto, Elizabeth será la primera en saberlo.

Se dirige a la sala. Recordar un número de placa que vio hace quince días es toda una proeza, por lo que está satisfecha consigo misma. Encuentra a Stephen sentado en el sofá, absorto en sus pensamientos. Esta mañana, antes del viaje a Londres con Joyce, han estado hablando de Emily, la hija de Stephen. A Stephen le preocupa su delgadez. Elizabeth no está de acuerdo; pero, aun así, a Stephen le gustaría que Emily los visitara más a menudo, para saber cómo está. Elizabeth le ha dicho que le parece razonable y le ha prometido que hablará con ella.

Pero Emily no es la hija de Stephen. Stephen no tiene hijos. Emily es su primera mujer, que murió hace casi veinticinco años.

Stephen es experto en el arte de Oriente Medio. Dentro del panorama académico británico, podría decirse incluso que es *el* experto. Vivió en Teherán y Beirut en los años sesenta y setenta, y mucho más tarde regresó en varias ocasiones en busca de obras maestras saqueadas para antiguos millonarios exiliados en el oeste de Londres. Elizabeth pasó un breve periodo en Beirut a comienzos de los años setenta, pero sus caminos no se cruzaron hasta 2004, cuando Stephen recogió un guante que se le cayó a ella delante de una librería, en Chipping Norton. Seis meses después se casaron.

Elizabeth pone a calentar la tetera. Stephen aún escribe a diario, a veces durante horas. Tiene un agente en Londres al que dice que muy pronto tendrá que visitar. Guarda bajo llave todo lo que escribe, pero no hay llave que se le resista a Elizabeth, de modo que ella lee de vez en cuando sus escritos. En ocasiones no son más que artículos de periódico copiados infinidad de veces, pero por lo general son historias sobre Emily o para Emily, todas escritas a mano con una caligrafía exquisita.

No habrá más trenes a Londres que lleven a Stephen a comer con su agente, o a ver exposiciones, o simplemente a hacer una pequeña consulta en la Biblioteca Británica. Stephen está al borde del abismo. O quizá ya ha caído, si

Elizabeth es honesta consigo misma. De momento, Elizabeth intenta gestionar la situación. Lo medica lo mejor que puede. Sedantes. Entre las pastillas que le recetan a ella y las de él, consigue que no se despierte en toda la noche.

Cuando hierve el agua de la tetera, prepara dos tazas de té. La agente De Freitas y el inspector irán a verlos pronto. Ese asunto está saliendo bastante bien, pero todavía quedan algunos cabos sueltos. Después del viaje de esta mañana con Joyce, Elizabeth tiene información que ofrecer a la policía, y piensa intercambiarla por más información. Pero será necesario hacer un poco de teatro para Donna y su jefe. Y Elizabeth ya tiene algunas ideas.

Stephen no cocina nunca, por lo que Elizabeth está segura de que no incendiará la casa en su ausencia. Tampoco sale a comprar, ni va al restaurante o la alberca, por lo que no habrá ningún accidente grave. A veces, cuando vuelve, Elizabeth se encuentra la casa medio inundada y en ocasiones ha tenido que hacer algún aseo de emergencia, pero no le importa.

Piensa conservar a Stephen a su lado tanto tiempo como pueda. Algún día sufrirá una caída, o toserá sangre, y entonces lo verá un médico que no se dejará engañar. Cuando eso pase, se habrá acabado todo y tendrán que separarse.

Muele la pastilla y la echa en el té de su marido. Después le añade la leche. Seguramente su madre conocería las reglas de etiqueta para estos casos. ¿El tranquilizante debe echarse antes que la leche o después? Sonríe pensando que a Stephen le habría hecho gracia la broma. ¿Y a Ibrahim? ¿Y a Joyce? Probablemente a ninguno de los dos.

A veces todavía juega al ajedrez con Stephen. Hace mucho tiempo, Elizabeth pasó un mes en una casa de seguridad, en algún lugar cercano a la frontera entre Polonia y la RFA, cuidando al gran maestro ruso de ajedrez, Yuri Tsetovich, a punto de convertirse en un desertor de la Unión Soviética. Lo recuerda llorando lágrimas de alegría cuando descubrió lo bien que jugaba ella. Elizabeth no ha perdido ni un ápice de su habilidad, pero Stephen la sigue derrotando todas las veces y, además, con una elegancia que la deja extasiada. Aunque, ahora que lo piensa, cada vez juegan menos. ¿Quizá han jugado ya su última partida? ¿Ha dado Stephen su último jaque mate? ¡Por favor, que no sea así!

Elizabeth le sirve el té, le da un beso en la frente y él se lo agradece.

Vuelve a su agenda, pasa las páginas hasta dos semanas más tarde y escribe su pregunta, referida a un dato que le han revelado hoy Joanna y Cornelius.

¿CUÁNTO DINERO HA GANADO IAN VENTHAM
CON LA MUERTE DE TONY CURRAN?

Escribe la respuesta al pie de la misma página —«12.25 millones de libras»— y cierra la agenda hasta el día siguiente.

25

La agente Donna de Freitas recibió la noticia ayer por la mañana. Tenía que presentarse en el departamento de investigación. Elizabeth actuaba con rapidez.

Había sido asignada al caso de Tony Curran, como «aprendiz» de Chris Hudson. Era una nueva iniciativa del cuerpo de policía de Kent, por algo relacionado con la inclusión, o las mentorías, o la diversidad, o lo que fuera que le hubiera dicho el tipo de recursos humanos de Maidstone que la había llamado por teléfono. Fuera cual fuese la explicación, el caso es que ahora estaba sentada en un banco, mirando el canal de la Mancha, mientras el inspector Chris Hudson comía un helado.

Chris le había dado acceso a la carpeta de Tony Curran para que se pusiera al día. Donna no podía creerse su suerte. Al principio había disfrutado mucho con la lectura. Parecía trabajo policial de verdad. Era como estar de vuelta en el sur de Londres, con todo lo que le gustaba de su trabajo de entonces. Asesinato, drogas e interrogatorios donde el sospechoso se acogía con estudiada calma a su derecho a no declarar. Mientras leía, estaba segura de que en cualquier momento descubriría un pequeñísimo indicio que serviría para reabrir un caso enterrado desde hacía décadas. Había imaginado la escena miles de veces. «Señor, lo he consultado y resulta que el 29 de mayo de 1997 fue festivo, lo que dinamita la coartada de Tony Curran, ¿no le parece?» Chris Hudson reaccionaría con escepticismo: no era posible que una novata como ella hubiera dado con la clave del caso. Entonces Donna arquearía una ceja y diría: «He enviado una muestra de su escritura al perito calígrafo, señor, y ¿a que no adivina?». Chris fingiría indiferencia, pero ella notaría que ya lo tenía en la bolsa. «¡Tony Curran era zurdo!» En ese momento, Chris se rendiría a la evidencia. Tendría que ponerla a ella al frente del caso.

Pero nada de eso ha sucedido en realidad. Donna ha leído exactamente lo mismo que había leído Chris: la historia resumida de un hombre que había quedado impune tras cometer un asesinato y que al final había sido asesinado. No había cabos sueltos, ni incoherencias, ni ningún hilo del que tirar. Aun así, le había encantado la lectura.

—Esto no lo tienen en el sur de Londres, ¿eh? —dice Chris, señalando el horizonte con el cono del helado.

—¿El mar? —pregunta Donna, para asegurarse.

—El mar —confirma Chris.

—Bueno, en eso no se equivoca, señor. Tenemos las lagunas de Streatham, pero no es lo mismo.

Chris Hudson la estaba tratando con una amabilidad que parecía sincera y con un respeto que sólo podía provenir de alguien muy bueno en su trabajo. Si su posición junto a Chris se convertía en permanente, Donna tendría que convencerlo para que vistiera de otra manera, pero ya se ocuparía de eso cuando llegara el momento. El inspector se había tomado realmente al pie de la letra lo de ir vestido «de paisano». ¿Dónde conseguirá esos zapatos? ¿En un catálogo?

—¿Qué le parece si vamos a ver a Ian Ventham? —pregunta Chris—. Para tener una pequeña conversación con él sobre su discusión con Tony Curran.

Elizabeth había vuelto a cumplir. Había llamado a Donna y le había dado unos cuantos detalles más sobre la disputa que Ron, Joyce y Jason habían presenciado. Todavía tendrían que ir a hablar con ellos personalmente, pero ya tenían algo para empezar a trabajar.

—Sí, por favor —contesta Donna—. ¿O no va bien decir «por favor» en el departamento de investigación?

Chris se encoge de hombros.

—No soy la persona más indicada para decir lo que «va bien» o no, agente De Freitas.

—¿Podemos avanzar rápidamente hasta el momento en que empieza a llamarme Donna y a tutearme? —propone ella.

Chris la mira un segundo y después asiente.

—De acuerdo, lo intentaré, pero no prometo nada.

—¿Qué buscamos en relación con Ventham? —pregunta Donna—. ¿El motivo?

—Exacto. No nos lo servirá en bandeja de plata; pero si escuchamos y prestamos atención, descubriremos alguna cosa. Deja que haga yo las preguntas.

—Por supuesto —dice ella.

Chris termina de comerse el cono.

—A menos que quieras preguntar algo tú.

—Muy bien —asiente Donna—. Probablemente querré hacer una pregunta. Se lo digo para que lo tenga en cuenta, inspector.

—Por mí, perfecto. Pero tutéame tú también —responde Chris, poniéndose de pie—. ¿Vamos?

26
Joyce

Dicen que el que no arriesga no gana, ¿verdad? Por eso invité a Bernard a comer.

Hice cordero con arroz. El cordero era de Waitrose y el arroz, del Lidl. Suelo comprar así, porque con los ingredientes básicos no se nota la diferencia. De hecho, cada vez se ven más camionetas de reparto del Lidl por los alrededores, a medida que la gente se va adaptando.

En todo caso, Bernard no es el tipo de persona que notaría la diferencia. Sé que come todos los días en el restaurante. No sé qué tomará para el desayuno, pero ¿quién sabe lo que desayunan los demás? Yo suelo desayunar té y pan tostado mientras escucho la radio local. Sé que alguna gente prefiere desayunar fruta. No sé cuándo ha empezado esa moda, pero no es para mí.

No vayan a pensar que invité a Bernard con fines románticos. Nada de eso. Pero le pedí a Elizabeth que no se lo contara a Ron ni a Ibrahim, para que no me hicieran bromas. Si hubiera sido una cita —que no lo fue—, tendría que decir quizá que Bernard habla demasiado de su difunta esposa. No me importa que lo haga y, de hecho, lo entiendo, pero tal vez habría tenido que hablar un poco más del cordero. En cualquier caso, no tengo ningún motivo para quejarme y lo sé.

Quizá me siento un poco culpable porque casi nunca hablo de Gerry. Supongo que es mi manera de sobrellevar su ausencia. Mantengo a Gerry guardado en una cajita muy pequeña, sólo para mí. Creo que, si lo dejara suelto, me abrumaría y hasta podría llevárselo el viento. A Gerry le habría encantado Coopers Chase, con todas sus comisiones. Me parece injusto que se lo haya perdido.

Pero eso es exactamente lo que quería decir. Se me están llenando los ojos de lágrimas y creo que no es el lugar ni el momento. Debería estar escribiendo.

La mujer de Bernard era india, lo que debió de ser bastante inusual en su día, y estuvieron casados durante cuarenta y siete años. Se mudaron juntos a esta comunidad pero ella sufrió una hemorragia cerebral y estuvo medio año ingresada en Los Sauces. Murió hace dieciocho meses, antes de que yo llegara. Por lo que me ha contado Bernard, me habría gustado conocerla.

Tienen una hija llamada Sufi. No Sophie. Sufi. Vive en Vancouver con su pareja y vienen de visita un par de veces al año. Me pregunto qué pasaría si Joanna se fuera a vivir a Vancouver. No me sorprendería que hiciera algo así.

Pero no quiero que se lleven una impresión equivocada. También hablamos de otras cosas. De Tony Curran, por ejemplo. Le dije que su asesinato me parecía muy emocionante y se me quedó mirando con cara de perplejidad. Entonces recordé que no debo hablar a todo el mundo tal como hablo con Elizabeth, Ibrahim y Ron. Sin embargo, y que quede entre nosotros, la cara de perplejidad le sienta muy bien a Bernard.

Me habló un poco de su trabajo, aunque, si he de serles sincera, me quedé más o menos como al principio. Si saben en qué consiste el trabajo de un ingeniero químico, entonces sabrán bastante más que yo. No me entiendan mal. Sé lo que es un ingeniero y lo que es la química, pero no acabo de relacionar las dos cosas. Por mi parte, le dije cómo era mi trabajo y le conté algunas anécdotas de los pacientes. Se rio bastante, y cuando le conté la historia del médico residente que se había pescado sus partes íntimas en el tubo de una aspiradora, vi un brillo travieso en sus ojos que me dio cierto pie para el optimismo. Fue agradable. No pienso ir más allá, pero me he quedado con la sensación de querer saber más acerca de Bernard y de que hay una laguna que es preciso llenar. Conozco la diferencia entre ser un solitario y estar solo. Bernard está solo y para eso hay una cura.

Me atraen los perros callejeros. Gerry lo era. Lo supe en cuanto lo vi. Siempre alegre, siempre jugando, pero necesitado de un hogar, como un perrito abandonado. Por eso le di el hogar que necesitaba y él me dio muchísimo más a cambio. ¡Este lugar le habría encantado a mi pobre Gerry!

Pero ahora parezco Bernard. ¡Cállate ya, Joyce! Al final he conseguido llorar de verdad. No pienso contener las lágrimas. Si no lloras un poco de vez en cuando, llega un día en que empiezas a llorar y ya no paras.

Elizabeth ha invitado a Donna y a su jefe a que vengan a hablar con nosotros dentro de un rato. Tiene pensado ofrecerles la información que nos dieron Joanna y Cornelius, para ver qué podemos conseguir a cambio.

Como no es jueves, Elizabeth me ha preguntado si podemos recibirlos en mi sala. Le he dicho que no cabremos todos, pero ha insistido en que será perfecto para sus propósitos. Si conseguimos que el inspector se sienta incómodo, nos será más fácil sonsacarle alguna información útil. Ése es su plan. Dice que es un viejo truco de su oficio, aunque ahora ya no tiene acceso a todo el material que antes tenía a su disposición. Sus instrucciones expresas han sido: «Que nadie salga de la sala hasta que el inspector Hudson nos haya dicho algo que podamos utilizar».

También me ha pedido que haga un pastel. Tengo en el horno un bizcocho de limón y estoy preparando otro de café y nueces, porque nunca se sabe. He usado harina de almendras, como en la cafetería vegana de Fairhaven. Hace tiempo que estaba esperando la ocasión de imitar esos bizcochos. Además, creo que Ibrahim empieza a juguetear con la idea de ser intolerante al gluten y así podrá comer sin preocuparse.

No sé si debería dormir una siesta. Son las tres y cuarto, y normalmente intento no dormir después de las tres, porque, de lo contrario, me cuesta bastante conciliar el sueño por la noche. Pero han sido unos días muy movidos, así que tal vez puedo permitirme romper un poco las normas.

En cualquier caso, les diré que el pastel de café y nueces es el favorito de Bernard, pero que eso no los lleve a sacar ninguna conclusión precipitada.

27

Donna mira el paisaje por la ventana del Ford Focus. ¿Qué les verá la gente a los árboles? Hay muchísimos y todos son iguales. Tronco, ramas, hojas, tronco, ramas, hojas, siempre lo mismo. La mente de Donna se pierde en divagaciones.

Chris le ha enseñado la foto que dejaron junto al cadáver. Pero seguro que es una pista falsa. Tiene que serlo. Para Jason Ritchie, Bobby Tanner o quien hiciera la foto, dejarla allí habría sido buscarse un problema innecesario. Habría sido una estupidez para cualquiera de los tres. Cientos de personas diferentes podrían haber matado a Tony Curran. ¿Para qué facilitarle el trabajo a la policía y reducir la búsqueda solamente a tres?

Eso significaba que otra persona debía de haberse hecho con una copia de la fotografía. Pero ¿cómo?

¿Tendría Tony Curran una copia de la foto? Era muy posible. ¿Quizá Ian Ventham la vio en algún momento? ¿Se la habría enseñado Tony para presumir? ¿Y entonces Ian aprovechó una distracción, se la sustrajo y la guardó para uso futuro? ¿Para sembrar la confusión entre esos polis torpes? Por lo que Donna había leído, parecía un tipo capaz de hacer algo así.

Ahora están atravesando un pueblo, lo que constituye

un descanso después de tantos árboles, pero todavía no hay suficiente concreto para Donna. ¿Llegará a gustarle algún día ese paisaje? ¿Será posible que haya vida más allá del sur de Londres?

—¿En qué piensas? —le pregunta Chris con la vista vuelta hacia la izquierda, tratando de localizar el letrero que señala el desvío.

—En el pollo frito que sirven en un local de Balhalm High Road —responde Donna—. Y en que deberíamos enseñarle la foto a Ian Ventham y preguntarle si la ha visto antes.

—¿Y mirarlo a los ojos cuando nos conteste que no? —dice Chris mientras pone el intermitente para girar y continuar por un estrecho camino secundario—. Buen plan, sí.

—También estaba pensando en tus camisas, jefe. Me estaba preguntando por qué nunca las planchas —prosigue Donna.

—Entonces ¿para esto te ponen una aprendiz? —repone Chris con una sonrisa irónica—. Verás, antes planchaba solamente la parte de delante, porque el resto queda oculto debajo del saco. Después pensé que esa parte también queda tapada por la corbata, así que tampoco hace falta plancharla. Además, ¿quién va a fijarse?

—Todos —contesta Donna—. Yo, por ejemplo.

—Bueno, tú eres una oficial de policía, Donna —dice Chris—. Empezaré a plancharme las camisas cuando tenga novia.

—No tendrás novia hasta que empieces a plancharte las camisas —asegura ella.

—Un auténtico círculo vicioso —replica Chris, emprendiendo el camino por el largo sendero—. En cualquier caso, siempre me ha parecido que las camisas se planchan solas con el uso.

—¿Eso crees? —pregunta Donna mientras se estacionan delante de la casa de Ian Ventham.

28

—El ser humano puede contener la respiración durante tres minutos, si realmente se concentra —dice Ian Ventham—. Todo depende del control del diafragma. El cuerpo no necesita tanto oxígeno como dicen. Las cabras montesas son la prueba.

—Muy interesante, Ventham —interviene Chris—, pero ¿le parece que volvamos a ocuparnos de la fotografía?

Ian Ventham mira la foto una vez más y niega con la cabeza.

—No, no la había visto nunca. Estoy seguro. Reconozco a Tony, que en paz descanse, por supuesto. Y este de aquí es el boxeador, ¿no?

—Jason Ritchie —confirma Chris.

—Mi entrenador de boxeo dice que yo podría haber sido profesional —explica Ian—. Tengo el físico y la mentalidad. Hay cosas que no se pueden enseñar.

Chris asiente otra vez. Donna observa el salón de la casa de Ian Ventham, que es sin duda uno de los más extraordinarios que ha visto nunca. Hay un piano de cola rojo fuego con las teclas doradas. Y la banqueta del piano es de madera de ébano, con tapizado de piel de cebra.

—¿No tuvieron Tony y usted una pequeña discusión? —pregunta Chris—. ¿Tal vez poco antes de su muerte?

—¿Una discusión? —repite Ian.

—Ajá —dice Chris.

—¿Tony y yo? —pregunta Ian.

—Ajá —insiste Chris.

—No discutíamos nunca —declara Ian—. Discutir es malo para la salud. Está científicamente demostrado. Diluye la sangre. Cuanto más diluida está la sangre, menos energía tienes. Y, si empezamos a perder energía, la cuesta abajo es inevitable.

Donna no pierde palabra de la conversación, pero no deja de estudiar la estancia a su alrededor. Hay una gran pintura al óleo con marco dorado sobre la repisa de la chimenea. Es un retrato de Ian, armado con una espada. Delante del cuadro hay un águila disecada con las alas extendidas.

—Creo que todos podríamos estar de acuerdo en eso —replica Chris—. Pero ¿qué me diría si le revelara que tenemos tres testigos que lo vieron discutir con Tony Curran poco antes de que fuera asesinado?

Donna observa a Ian, que se inclina lentamente hacia delante, apoya los codos sobre las piernas y descansa la barbilla sobre las dos manos. Da toda la impresión de querer fingir que está pensando.

—Bueno, verán —dice separando los codos de los muslos y extendiendo las manos—. Tuvimos una discusión, es cierto. Todos discutimos alguna vez, ¿verdad? Es bueno para liberar toxinas. Supongo que eso explica lo que vieron esos testigos.

—Sí, de acuerdo, lo explica —conviene Chris—. Pero me pregunto si podría informarnos sobre el tema de la discusión.

—Desde luego —responde Ian—. Es una pregunta válida y le agradezco que la haga, porque, después de todo, Tony ha muerto.

—De hecho, fue asesinado. Poco después de la discusión que tuvieron ustedes —interviene Donna mientras observa un cráneo con esmeraldas engarzadas.

Ya empezaba a cansarse de estar callada.

Ian asiente.

—Exacto, tiene toda la razón, agente. Y también un gran futuro. Por cierto, ¿qué saben ustedes de aspersores automáticos contra incendios?

—Lo mismo que cualquiera —contesta Chris.

—Quiero instalarlos en todos los edificios nuevos. Tony pensaba que el gasto era excesivo. Para mí (ya sé que soy un poco especial, pero así soy yo y ésta es mi manera de hacer negocios), para mí la seguridad de mis clientes es primordial. Y cuando digo primordial, es porque lo pienso. Se lo dije a Tony y él no lo veía tan claro. No voy a decir que «discutimos», sino tal vez que tuvimos un intercambio de pareceres.

—¿Y eso fue todo? —pregunta Chris.

—Sí, eso fue todo —asegura Ian—. Los aspersores. Si van a acusarme de algo, acúsenme de ir más allá de lo que exige la normativa en lo que respecta a la seguridad de mis edificios.

Chris asiente y se vuelve hacia Donna.

—Creo que con esto hemos terminado por hoy, señor Ventham, a menos que mi camarada tenga alguna pregunta más...

A Donna le gustaría preguntarle a Ventham por qué miente, pero eso sería ir demasiado lejos. ¿Cómo debe interrogarlo? ¿Qué pregunta le gustaría a Chris que ella le hiciera?

—Solamente una pregunta, Ian —dice Donna, que prefiere no llamarlo «señor Ventham»—. ¿Adónde fue cuando se marchó de Coopers Chase aquel día? ¿Volvió a casa? ¿O quizá le hizo una visita a Tony Curran, para seguir hablando de los aspersores?

—Ninguna de las dos cosas —responde él, que parece tranquilo en ese aspecto—. Subí a la granja de la colina, para hablar con Karen y Gordon Playfair, los propietarios. Ellos se lo pueden confirmar. Al menos Karen lo hará.

Chris mira a Donna y asiente. Ha sido una buena pregunta.

—Por cierto, eres muy bella, para ser oficial de policía —le comenta Ian a Donna.

—Ya verá lo bella que soy si alguna vez tengo que detenerlo —replica ella, recordando un poco tarde que el gesto de poner los ojos en blanco quizá no ha sido del todo profesional.

—Bueno, quizá no eres bellísima —persiste Ian—, pero suficientemente atractiva para lo que hay en este pueblo.

—Gracias por su tiempo, señor Ventham —lo interrumpe Chris, poniéndose en pie—. Si hay algo más, nos pondremos en contacto con usted. Y si alguna vez siente la necesidad de decirme a mí que soy atractivo, aquí tiene mi teléfono.

Mientras se pone de pie, Donna echa un vistazo final a la habitación. Lo último que ve es el acuario, que es enorme y tiene en el fondo una réplica exacta de la casa de Ian Ventham. Cuando Donna y Chris ya se están marchando, un pez payaso asoma por una de las ventanas de la planta alta.

Se dirigen al coche y entonces suena una notificación en el teléfono de Donna.

Es un mensaje de texto que le envía Elizabeth. No parece propio de ella. ¿No debería Elizabeth enviar sus mensajes en código Morse o mediante intrincados movimientos de banderas?

Donna sonríe para sus adentros y lo abre.

—Inspector, el Club del Crimen de los Jueves pregunta si podemos ir a Coopers Chase. Tienen información para nosotros.

—¿El Club del Crimen de los Jueves? —pregunta Chris.

—Es el nombre que se han puesto. Son cuatro amigos.

Chris asiente.

—He hablado con un tal Ibrahim y con el pobre Ron Ritchie. ¿Ellos también pertenecen al grupo?

Donna asiente. No entiende por qué el inspector ha llamado «pobre» a Ron Ritchie, pero está segura de que Elizabeth debe de ser parte de la explicación.

—¿Vamos a verlos? Elizabeth dice que también estará con ellos Jason Ritchie.

—¿Elizabeth? —pregunta Chris.

—Es la... —Donna reflexiona durante unos instantes—. No sé cómo describirlo... Es como Marlon Brando en *El padrino*.

—La última vez que fui a Coopers Chase, me pusieron un inmovilizador en el Ford Focus —recuerda Chris—. Me cobraron ciento cincuenta libras por liberarlo, y lo peor es que lo hizo un jubilado vestido con chamarra reflectante, con una simple llave inglesa. Contéstale a Elizabeth y dile que iremos a verlos cuando lo decidamos nosotros y no cuando ella quiera. Somos la policía.

—No creo que Elizabeth acepte un no por respuesta —replica Donna.

—Tendrá que aceptarlo —dice Chris—. Hace casi treinta años que trabajo en esto y no pienso dejar que cuatro jubilados me digan lo que tengo que hacer.

—De acuerdo —responde Donna—. Se lo diré.

29

Resultó que Chris se equivocaba y Donna estaba en lo cierto.

Chris Hudson apenas puede respirar en el sofá donde lo han hecho sentarse, entre Ibrahim, al que ya ha conocido antes, y Joyce, menuda, risueña y con el pelo completamente blanco. Es evidente que el sofá es de dos plazas y, cuando le indicaron que se sentara, Chris pensó que sólo tendría que compartirlo con una persona más. Pero entonces, con una gracia y una agilidad que jamás habría esperado en dos ancianos como ellos, Ibrahim y Joyce se le sentaron uno a cada lado, y así estaban. Si lo hubiera sabido, habría declinado la invitación de sentarse en el sofá y se habría acomodado en uno de los dos sillones que ahora ocupan Ron Ritchie, bastante más despierto que la vez anterior, y Elizabeth, que realmente no acepta un no por respuesta.

Incluso podría haber elegido el mullido sillón reclinable de IKEA donde se ha acurrucado Donna con los pies recogidos bajo el cuerpo, feliz y despreocupada.

¿Y si se cambiara de asiento? Hay una silla de respaldo duro que ha quedado libre, pero ¿no se ofenderán Ibrahim y Joyce? Ellos no parecen estar incómodos, y lo último que querría Chris es que lo consideraran un maleducado. Le han ofrecido el sofá porque son amables y quieren que se sienta el centro de atención. Lo entiende y lo aprecia. Existe una psicología de la distribución de los asientos que todo buen policía acaba asimilando a lo largo de los años. Chris comprende que sus anfitriones han hecho todo lo posible para que se sienta importante y sabe que se horrorizarían si supieran que han conseguido justamente lo contrario.

Ya le han servido el té, pero está tan constreñido entre sus dos compañeros de sofá que la perspectiva de levantar la taza del plato le parece físicamente imposible. De modo que ahí está, inmovilizado. Pero, como buen profesional, sabe comportarse. En cambio, Donna tiene a su disposición una mesita auxiliar para apoyar la taza. Increíble. ¡Ni que se hubieran propuesto causarle la mayor incomodidad posible! Pero debe mantener la profesionalidad, a pesar de todo.

—¿Empezamos? —dice.

Intenta desplazar el peso del cuerpo hacia delante, pero sin notarlo Ibrahim le ha encajado el codo en la cadera y no tiene más remedio que volver atrás y apoyarse en el respaldo. La taza está demasiado llena para sostenerla con una sola mano y el té, demasiado caliente para beberlo. Debería sentir molestia e irritación, pero las expresiones amables y atentas de los cuatro jubilados anulan todo sentimiento negativo.

—Como ya saben, la agente De Freitas y yo (la agente De Freitas es esta señorita cómodamente sentada en el sillón) estamos investigando el asesinato de Tony Curran. Creo que todos ustedes tenían cierto conocimiento del occiso, un hombre que se dedicaba a la construcción y a la promoción inmobiliaria en esta zona.

Chris contempla a su audiencia. Todos absorben sus palabras y asienten con una inocencia entrañable. Se alegra de haber adoptado un tono ligeramente más formal. Referirse al «occiso» ha sido un acierto. Intenta beber un sorbo de té, pero todavía está quemando y, si lo soplara, provocaría una ola por encima del borde de la taza. Además, sería como decirle a la persona que lo ha preparado que habría preferido el té a una temperatura menos extrema, lo que quizá podría interpretarse como una descortesía.

Pero ahí no acaban sus padecimientos.

—Pensará que no tenemos educación, inspector —se disculpa Joyce—. ¡No le hemos ofrecido pastel!

Se va un momento y vuelve con un panqué de limón ya cortado en trozos que procede a distribuir entre los presentes.

Incapaz de levantar una mano para rechazar la oferta, Chris dice:

—Se lo agradezco, pero he comido mucho antes de venir aquí.

No tendrá tanta suerte.

—Pruebe un trozo, nada más. Lo he preparado especialmente —dice Joyce con tanto orgullo en la voz que a Chris no le queda elección.

—En ese caso, se lo acepto —cede, y Joyce le deja un trozo de pastel, en equilibrio al borde del plato donde está apoyada la taza.

—Entonces ¿ya tienen un sospechoso? —pregunta Elizabeth—. ¿O están investigando solamente a Ventham?

—Ibrahim dice que mi panqué de limón es mejor que el de Marks & Spencer —continúa Joyce.

—Seguramente tendrán una lista de sospechosos —opina Ibrahim—. Por lo que he podido ver, el inspector Hudson es muy concienzudo en su trabajo.

—Si notan algo extraño, es la harina de almendras —dice Joyce.

—¿Es cierto eso, muchacho? ¿Ya tienen sospechosos? —le pregunta Ron a Chris.

—Bueno, yo no diría...

—¡Hay que estrechar el círculo! Supongo que ya habrán enviado muestras al laboratorio —comenta Ron—. Siempre veo la serie *CSI* con Jason. Le encantará que le hablemos de todo esto. ¿Qué tienen? ¿Huellas dactilares? ¿ADN?

Chris observa que Ron parecía mucho más senil el otro día.

—Bueno, por eso estamos aquí. Por lo visto, Joyce y usted estaban tomando una cerveza con su hijo. Tengo entendido que él también vendrá esta tarde, ¿es así, señor Ritchie? Me gustaría hablar con él.

—Acaba de enviarme un mensaje —contesta Ron—. Llegará dentro de diez minutos.

—Apuesto que le encantará conocer todas las circunstancias del crimen —aventura Elizabeth.

—Le encantará —confirma Ron.

—Bueno, realmente no está en mi... —dice Chris.

—El pastel de limón de Marks & Spencer es demasiado dulce —lo interrumpe Ibrahim—. Y no lo digo yo. Si lee las reseñas, inspector, verá que mucha gente opina lo mismo.

La situación de Chris ha empeorado, porque el trozo de pastel es ligeramente más grande que el espacio entre el fondo de la taza y el borde del plato, y tiene que esforzarse para mantenerlo en equilibrio. Aun así, tiene una larga experiencia de interrogatorios a asesinos, psicópatas, estafadores y todo tipo de mentirosos, de modo que sigue adelante.

—En realidad, sólo necesitamos hablar con el señor Ritchie y su hijo. Y con usted, Joyce. Creo que también ha visto...

—*CSI* es una serie demasiado americana para mi gusto —lo interrumpe Joyce—. Mi favorita es *Lewis*. La pasan por ITV3. Y los episodios atrasados están en Sky Plus. Creo que soy la única de la comunidad que todavía tiene Sky Plus.

—A mí me gustan los libros del inspector Rebus —interviene Ibrahim—. ¿Los conocen? Es un policía escocés que siempre se mete en problemas.

—Yo me quedo con Patricia Highsmith —dice Elizabeth.

—Nadie podrá superar jamás a *The Sweeney*, y se los digo yo, que he leído todas las novelas de Mark Billingham —afirma Ron Ritchie, con mucha más soltura que en su anterior conversación con Chris.

Mientras tanto, Elizabeth ha abierto una botella de vino y está llenando las copas que de pronto han aparecido en las manos de sus amigos.

Ahora Chris ni siquiera puede tratar de beberse el té, porque si se lleva la taza a los labios junto con el plato, el pastel se le caerá, y si separa la taza del plato, el pastel se desplazará hacia el centro y no podrá volver a apoyar la taza. Siente que le empieza a correr el sudor por la espalda y recuerda la ocasión en que interrogó a un motorista de los Ángeles del Infierno de ciento cincuenta kilos, con la leyenda «MATO POLIS» tatuada en la base del cuello.

Por suerte, Elizabeth parece dispuesta a ayudarlo.

—Está un poco incómodo en ese sofá, ¿verdad, inspector?

—Solemos reunirnos en la sala de los rompecabezas

—explica Joyce—, pero hoy no es jueves y la sala está ocupada por Ganchillo y Chisme.

—Ganchillo y Chisme es un grupo bastante nuevo, inspector —lo informa Ibrahim—. Integrado por gente desencantada del grupo A Punto con el Punto. Parece ser que los chismorreos tenían más peso que las labores de punto propiamente dichas.

—Tampoco podemos ir a la sala principal —interviene Ron—, porque el Club de Bolos está celebrando una reunión de su junta disciplinaria.

—Algo relacionado con Colin Clemence y su defensa del uso médico de la marihuana —añade Joyce.

—Así que, ya ve, inspector. Intente acomodarse lo mejor que pueda y explíquenos todo el caso —dice Elizabeth.

—¡Sí, nos encantará escucharlo! —exclama Joyce—. Pero tenga paciencia con nosotros, inspector, porque no sabemos mucho de esos asuntos y quizá nos cueste entender. Aviso que hay pastel de café y nueces esperando en el mismo sitio de donde salió el panqué de limón.

Chris mira a Donna, que simplemente se encoge de hombros.

30

El padre Matthew Mackie sube lentamente la colina por el camino arbolado.

Esperaba que la muerte de Tony Curran fuera el final y que ya no hiciera falta hacer nada más. Pero ha visitado a Ian Ventham para exponer sus argumentos y se ha llevado una decepción. El proyecto de Woodlands sigue en pie, tal como estaba previsto. Van a trasladar el cementerio.

Ha llegado el momento de preparar un plan B. Y deprisa.

Tras la curva a la izquierda que traza el camino, aparece a lo lejos, un poco más arriba, el jardín del Descanso Eterno. Desde su posición, el padre Mackie divisa la reja de hierro que interrumpe los muros de ladrillo, lo bastante ancha para permitir el paso de un vehículo. Tiene aspecto de ser antigua, pero los muros parecen más recientes. Delante de la reja hay una vuelta que antes estaba destinada a los coches fúnebres y ahora sólo usan los vehículos de mantenimiento.

Cuando llega a la reja, la empuja para abrirla. Hay un sendero central que conduce hasta una gran imagen de Cristo crucificado, en el otro extremo del cementerio. El padre Mackie camina en silencio hacia Jesucristo, atravesando un mar de almas en reposo. Más allá de la estatua y de los muros del cementerio, hay un bosque de altas hayas que se extiende por la ladera hasta los campos cultivados. El padre se santigua al llegar a los pies de la imagen. Últimamente ya no se arrodilla. La artritis y el catolicismo no son una buena combinación.

Voltea y mira el jardín, entrecierra los ojos para que no lo deslumbre el sol. A los lados del sendero, las sobrias lápidas, ordenadas y simétricas, marcan el paso del tiempo desde el fondo del cementerio hasta la reja de hierro. Las tumbas más antiguas son las más cercanas a la imagen de Cristo, y las más nuevas se han ido incorporando a la fila a medida que les iba llegando su hora. Alrededor de doscientos cuerpos reposan en lo alto de la colina, y Mackie piensa que en un lugar así, tan perfecto por su paz y su belleza, casi podría creer en Dios.

La primera tumba, de 1874, corresponde a una tal Margaret Bernadette, hermana del convento. Allí, Mackie da media vuelta y emprende el lento camino de regreso.

Los sepulcros más antiguos son más ornamentados, más ostentosos. Las fechas grabadas en la piedra son cada vez más recientes a medida que el padre avanza. Hay una hilera de monjas de la época victoriana, furiosas quizá con el primer ministro Palmerston o con los bóeres. A continuación vienen hermanas que tal vez oyeron hablar del vuelo de los hermanos Wright cuando ya habían tomado los hábitos. Después, las que cuidaron a la marea de ciegos y mutilados que recibió el convento, mientras rezaban para que sus hermanos regresaran a salvo de las trincheras de Europa. Las siguientes son médicas, votantes, conductoras, mujeres que fueron testigos de ambas guerras y aun así conservaron la fe. Las inscripciones de sus tumbas son mucho más legibles.

Después vienen la televisión, el rock and roll, los supermercados, las autopistas y la llegada del hombre a la Luna. El padre Mackie se desvía del sendero en algún punto de los años setenta, donde las lápidas son sobrias y sencillas, y camina a lo largo de las tumbas, sin dejar de leer los nombres. El mundo experimentaba las más extraordinarias transformaciones, pero las filas de lápidas seguían siendo limpias y ordenadas, y los nombres seguían siendo los mismos. Finalmente el padre alcanza el muro lateral del jardín, que sólo le llega a la cintura y es mucho más antiguo que el frontal. Contempla el paisaje, que no ha cambiado desde 1874. Árboles, campos, pájaros. Cosas permanentes e incólumes. Se dirige otra vez hacia el sendero, quitando al pasar una hoja seca sobre una lápida.

Sigue andando, hasta llegar a la última tumba, la de la hermana Mary Byrne, fallecida el 14 de julio de 2005. ¡Cuántas cosas podría contarle Mary Byrne a la hermana Margaret Bernadette, que yace apenas cien metros más allá por el sendero! Es mucho lo que ha cambiado, pero al menos aquí todo sigue igual que siempre.

Detrás de la hermana Mary Byrne quedaba espacio para muchas tumbas más, pero no se ha utilizado. La hermana Mary es la última. Aquí yacen todas las monjas del convento, con los muros a su alrededor, el cielo azul sobre las lápidas y las hojas secas que caen todavía sobre sus tumbas.

¿Qué puede hacer el padre Mackie?

Al salir por la reja, voltea para echar una última mirada. Después, empieza a bajar la cuesta, de regreso al camino arbolado que conduce a Coopers Chase.

Sentado en una banca al borde del camino hay un hombre de traje y corbata, disfrutando de la misma vista que ha estado contemplando el padre Mackie, el paisaje que no ha cambiado a través de guerras, muertes, automóviles, aeroplanos, *wifi* y lo que fuera que anunciaran esa mañana los periódicos. Todo un mérito.

—Buenos días, padre —le dice el hombre, con el *Daily Express* doblado a su lado, sobre la banca.

Matthew Mackie lo saluda a su vez y sigue su camino, sumido en sus pensamientos.

31

Ahora Chris tiene un sillón y una mesa auxiliar para él solo y se siente el rey de la creación. A veces se le olvida la impresión que puede causar un inspector de policía en algunos civiles; la gente a su alrededor lo contempla con algo cercano al respeto religioso. Es agradable que alguien lo tome en serio de vez en cuando, y se alegra de poder regalar a sus anfitriones el beneficio de su sabiduría.

—Hay cámaras de vigilancia por toda la casa y, además, son de las más modernas, pero no nos han servido de nada. Estaban descompuestas. Pasa a menudo.

Elizabeth asiente con interés.

—¿Esperaban ver a alguien en particular? ¿Algún sospechoso? —pregunta.

—Bueno, no son cosas que pueda revelar —responde Chris.

—¡Ah! Entonces ¿tienen un sospechoso? ¡Fantástico! ¿Qué le parece el pastel de café y nueces? —pregunta Joyce.

Chris se lleva un trozo de pastel a la boca y lo prueba. También es mejor que el de Marks & Spencer. «Eres mágica, Joyce», piensa. Además, es un hecho conocido que los pasteles caseros no tienen calorías.

—Delicioso —contesta—. Pero no he dicho que tengamos sospechosos, sino únicamente personas investigadas. Es lo normal.

—Me encanta cuando hablan de «personas investigadas» —comenta Joyce—. ¡Es fascinante!

—¿Más de una, entonces? —replica Elizabeth—. ¿No sólo Ian Ventham? Aunque imagino que no lo podrá decir...

—Es verdad. No lo puede decir —interviene Donna, decidida a poner fin al acoso—. Y ahora deje en paz a este pobre hombre, Elizabeth.

Chris se pone a reír.

—Tranquila, Donna. Me parece que aquí no necesito protección.

Ibrahim se vuelve hacia Donna.

—El inspector Hudson tiene mucha experiencia en investigaciones. Eres muy afortunada por poder trabajar con él.

—Sí, es un gran profesional —conviene Donna.

Elizabeth aplaude.

—Tengo la impresión de que en esta reunión hemos recibido mucho y hemos dado muy poco a cambio. Ha sido muy amable, Chris, si me permite que lo llame por su nombre de pila.

—Bueno, quizá les he revelado más de lo que pensaba, pero me alegro de que les haya parecido interesante —responde él.

—Mucho. Y creo que le debemos un favor. Tal vez le interese echar un vistazo a estos papeles. —Elizabeth le entrega a Chris una carpeta azul, de más de veinte centímetros de grosor—. Son unos cuantos registros financieros de Ian Ventham, con detalles sobre esta comunidad y su relación con Tony Curran. Probablemente no le servirán de nada, pero prefiero que lo juzgue usted mismo.

Suena el timbre del portón y Joyce se levanta para ver quién es, mientras Chris sopesa la carpeta.

—Bueno, desde luego que estudiaremos todos estos documentos...

—Ya los estudiaré yo. No se preocupe, inspector —dice Donna, echándole a Elizabeth una mirada tranquilizadora.

Se abre la puerta y entra Joyce, acompañada del mismísimo Jason Ritchie, con sus tatuajes, su nariz con el tabique roto y sus brazos fornidos.

—¡Señor Ritchie! —exclama Chris—. ¡Por fin lo conocemos!

32

Chris le ha preguntado a Jason si no le importaba salir fuera para tomarse una foto con luz natural.

Donna está tomando la foto. Los dos hombres sonríen alegremente, tomados por los hombros y apoyados en una fuente ornamental en forma de delfín.

Al pobre Chris lo han enredado. Donna se pregunta si se habrá dado cuenta de que ahora forma parte de la pandilla.

Pero ha sido útil. Han hablado con Ron y Jason sobre lo que vieron, y también con Joyce. Está claro que fue una disputa. Ninguno de los tres ha podido decir nada sobre el motivo de la discusión, pero a todos les ha parecido significativo que estuvieran discutiendo. Y, como Ron y Jason saben de luchas y disputas, Chris y Donna los han escuchado.

Ron está muy orgulloso de su hijo, es evidente. Es natural que lo esté, pero hay que tenerlo en cuenta y estar alerta, por si la fotografía dejada junto al cadáver no fuera una pista falsa.

Donna le pide a Chris que se eche un poco más a la izquierda.

—Es usted muy amable, Jason. Estará harto de que la gente le pida fotos —dice Chris, desplazándose un poco a la izquierda.

—Dicen que es el precio de no sé qué, ¿no? —responde él.

Donna ha hecho la tarea respecto a Jason Ritchie. A decir verdad, no le ha costado mucho, porque su padre es muy aficionado al boxeo.

Jason es famoso desde finales de los años ochenta y, por lo que parece, nunca dejará de serlo. En su momento fue el héroe, y ocasionalmente el villano, de una sucesión de combates icónicos que tuvieron a todo el país en vilo. Nigel Benn, Chris Eubank, Steve Collins y Jason Ritchie. El boxeo transformado en telenovela. A veces Jason era el J. R. Ewing de la historia y otras se convertía en Bobby.

El público lo adoraba. Era descarado y pendenciero, y tenía los brazos cubiertos de tatuajes, mucho antes de que fueran el requisito imprescindible de todo deportista profesional. También era muy simpático y tenía una belleza convencional, que se fue volviendo singular a medida que su carrera le fue pasando factura. Y, por supuesto, además era hijo de un rebelde famoso, Ron *el Rojo,* de quien siempre podía citar alguna frase. Las mesas de debate televisivas también lo adoraban. Una vez noqueó al presentador Terry Wogan, cuando intentaba enseñarle cómo había noqueado a Steve Collins. Donna había leído en alguna parte que el video del incidente todavía le reportaba jugosos *royalties*.

Su momento culminante fue el tercer combate «Benn contra Ritchie». Ya no tenía el cuerpo ni los reflejos de los primeros tiempos, pero eso no era un problema mientras se enfrentara a tipos de su edad. Sin embargo, sus rivales se fueron retirando, uno tras otro. Muchos años después, Jason descubrió que la mayoría de sus colegas habían ganado bastante más dinero que él. Tuvo problemas con su representante, y hasta hoy mismo, la mayor parte de su dinero sigue en Estonia. Sus contrincantes se volvieron más jóvenes, las ganancias menores y el entrenamiento más duro, hasta que una noche de 1998 en Atlantic City, en un combate contra un sustituto venezolano de último minuto, Jason Ritchie cayó derrotado por última vez.

Después vinieron los años de la travesía del desierto, un breve periodo que nunca mencionan los perfiles publicados en los periódicos, durante el cual se ganó la vida de una manera muy diferente. Fue la época en que se tomaba fotos con Tony Curran y Bobby Tanner, los años que interesan a Donna y a Chris.

Pero la travesía del desierto no duró demasiado. Con la llegada del nuevo siglo, aumentó la demanda de hombres como él, peligrosos y encantadores por igual. Entre las revistas masculinas, el cine supuestamente realista, los *reality shows* y los anuncios para casas de apuestas, Jason empezó a ganar más dinero que en toda su carrera. Quedó tercero en el concurso *Soy famoso*, salió con la actriz Alice Watts de la serie *EastEnders* y fue protagonista de un largometraje junto a John Travolta, en el papel de un boxeador venido a menos, y de otro junto a Scarlett Johansson, en el papel de otro boxeador venido a menos.

Sin embargo, su nueva carrera de famoso mediático ha seguido con bastante rapidez la misma trayectoria que la deportiva. No siempre se puede ser la estrella de la función. Últimamente ya no hace tantas películas, no le ofrecen tantos anuncios, y tiene que aparecer en todo tipo de programas.

Pero Jason Ritchie se ha asegurado la fama para siempre y se le ve contento. A Donna le parece totalmente sincera su sonrisa delante de la fuente en forma de delfín.

La agente apoya en un banco la gruesa carpeta azul que le ha dado Elizabeth y levanta el teléfono para tomar la foto.

—Digan «whisky», o lo que les parezca adecuado.

Jason empieza:

—Me agacho, te esquivo...

Entonces Chris se le suma, para exclamar a coro con él:

—¡Y siempre sobrevivo!

Instintivamente, los dos hombres lanzan un puñetazo al aire con la mano libre, mientras Donna les toma la foto.

—Era la frase que Jason repetía siempre —le explica Chris a Donna—: «Me agacho, te esquivo, ¡y siempre sobrevivo!».

Ella se guarda el teléfono en el bolsillo.

—No tiene mucho sentido. Todos sobrevivimos, hasta que nos morimos.

Por un momento, está a punto de añadir que Rodolfo Mendoza noqueó a Jason en el tercer asalto, en Atlantic City, por lo que aquella vez no sobrevivió. Pero ¿para qué contrariar innecesariamente a dos hombres de mediana edad?

—A los compañeros de Fairhaven les encantará la foto. Gracias, Jason.

—De nada. Espero que el viejo les haya sido útil.

Donna sabe que Chris jamás enseñará la fotografía a ninguno de sus colegas. Ya tienen otro retrato mucho más interesante de Jason Ritchie.

—Muy útil —responde Chris—. Por cierto, ¿qué piensa usted, Jason? De Tony Curran. Probablemente lo conocería de Fairhaven, ¿no?

—Sí, algo. Pero no mucho. Sé que tenía muchos enemigos.

Chris asiente e intercambia una mirada fugaz con Donna, que avanza un paso hacia Jason.

—Muchas gracias, señor Ritchie —le dice tendiéndole la mano.

Jason se la estrecha.

—Ha sido un placer. ¿Podría enviarme la foto? Me gusta cómo ha quedado. —Jason le escribe a Donna su número de teléfono—. Ahora voy a volver para estar un rato con mi padre.

—Antes de que se marche, señor Ritchie... —interviene Donna, guardándose el número de Jason—. Usted conocía a Tony Curran un poco más de lo que ha admitido, ¿verdad?

—¿A Tony Curran? No, no mucho. Lo había visto algunas veces en el pub, conozco gente que lo conocía, he oído rumores...

—¿Ha estado alguna vez en el Black Bridge, Jason? —pregunta Chris.

Jason tiene un brevísimo instante de desconcierto, como si le hubieran asestado un puñetazo pero no estuviera dispuesto a que le asestaran ninguno más.

—¿El pub que está al lado de la estación? Un par de veces. Hace años.

—¿Unos veinte años, más o menos? —aventura Donna.

—Puede ser —asiente Jason—. Pero ¿quién se acuerda?

—¿No tenía tratos con Tony Curran en esa época? —pregunta Chris.

Jason se encoge de hombros.

—Si recuerdo algo, los llamaré. Ahora voy a entrar con mi padre. Me ha encantado conocerlos.

—Hace poco vi una foto, Jason —explica Chris—. Un grupo de amigos en el Black Bridge: Bobby Tanner, Tony Curran y usted. Los tres en actitud muy cordial.

—En todas partes hay tipos raros que me piden fotos —replica Jason—. Sin ánimo de ofender —aclara.

—Pero esta que yo le digo es diferente. La reconocería si la viera. La mesa estaba cubierta de billetes de banco. ¿No tendrá una copia, por casualidad, señor Ritchie? —inquiere Chris.

Jason sonríe.

—No he visto nunca esa foto.

—¿No sabrá quién la tomó? —pregunta Donna.

—¿Una foto que no he visto nunca? No.

—También nos está costando localizar a Bobby Tanner —interviene Chris—. Supongo que no sabrá dónde encontrarlo.

Jason Ritchie frunce brevemente los labios y después niega con la cabeza. Finalmente se da la vuelta para marcharse y saluda con una mano por encima del hombro antes de entrar para reunirse con su padre. Chris y Donna se quedan mirando las puertas automáticas, que se cierran tras él. Chris consulta el reloj y camina hacia el coche. Donna va tras él, con una sonrisa en los labios.

—Parecías un auténtico aficionado al boxeo.

—Lo he intentado —reconoce Chris—. ¿Para qué querrá Jason la foto que hemos tomado? ¿Para chantajearme, llegado el caso?

—Es más simple que eso —contesta Donna—. Para conseguir mi teléfono. Una jugada clásica.

—Puede que quiera las dos cosas —dice Chris.

—No te preocupes —lo tranquiliza ella—. No conseguirá la foto ni mi número de teléfono.

—Es un tipo atractivo, ¿no? —comenta Chris.

—Tiene cuarenta y seis años —replica Donna—. ¡No, gracias!

—¡Cuarenta y seis años! ¡Qué horror! —exclama Chris con una sonrisa—. Pero no parecía demasiado preocupado, ¿no? Aun así, es evidente que miente cuando dice que no conocía a Tony Curran.

—Podría mentir por muchas razones —repone Donna.

—Así es —conviene Chris.

Oyen pasos a sus espaldas y, cuando voltean, ven a Elizabeth y a Joyce, que vienen a toda prisa hacia ellos. Joyce lleva una lonchera de plástico en las manos.

—Se me ha olvidado darles esto —comenta entregándoles el recipiente—. Es lo que ha quedado del panqué de limón. Me temo que el pastel de café y nueces ya tiene nombre.

Chris lo acepta.

—Gracias, Joyce. Le aseguro que este panqué ha encontrado un buen hogar.

—Y... Donna —agrega Elizabeth, señalando con un gesto la carpeta azul—, llámame si tu lectura nocturna se vuelve demasiado complicada.

—Gracias, Elizabeth —responde Donna—, pero estoy segura de que podré yo sola.

—Toma, aquí tienes mi teléfono —dice Elizabeth tendiéndole su tarjeta—. Tendremos mucho que decirnos en las próximas semanas. Gracias por venir. Nos encanta recibir visitas.

Donna sonríe, mientras Chris prácticamente les hace una reverencia a Elizabeth y a Joyce.

—Realmente hemos aprendido mucho, inspector —declara Joyce con una sonrisa—. Y quizá debería dejar que conduzca Donna. Esos pasteles llevan un montón de vodka.

33

Elizabeth ha ido directamente a Los Sauces después del encuentro con la policía. Se ocupa de que una vez por semana Penny tenga el pelo bien lavado y peinado. Anthony, el peluquero, va a Los Sauces después de atender a todas sus clientas y siempre insiste en hacerlo gratis.

Si algún día se mete en un lío o necesita algún tipo de ayuda, descubrirá hasta qué punto puede llegar el agradecimiento de Elizabeth por su amabilidad.

—Dicen que fue la mafia —observa Anthony, pasando suavemente una esponja enjabonada por el pelo de Penny—. Como Tony Curran les debía dinero, le cortaron los dedos y lo mataron.

—Una teoría interesante —comenta Elizabeth, sujetándole a Penny la cabeza—. ¿Y cómo se metió la mafia en su casa?

—A tiros, supongo —responde Anthony.

—¿Sin dejar orificios de bala? —plantea Elizabeth.

El champú de Penny huele a rosas y a jazmín. Elizabeth lo compra directamente en el sitio donde lo fabrican. Por un tiempo habían dejado de producirlo, pero les hizo una visita y consiguió que cambiaran de idea.

—Es la forma de actuar de la mafia —contesta Anthony.

—¿Sin que se activara la alarma? —interviene John Gray desde su sillón habitual.

—¿Han visto *Uno de los nuestros*? —pregunta Anthony.

—Si es una película, no la he visto —afirma John.

—Deberías verla —insiste Anthony, que ahora está peinando a Penny—. La semana que viene te lo recortaré un poco, Penny, cariño. Te dejaré lista para la discoteca.

—No hay marcas de balas, Anthony —dice Elizabeth—. No se activó la alarma, ni había nada roto, ni señales de lucha. ¿Qué te hace pensar eso?

—¿Que fue la mafia china? —Anthony desenchufa las tenazas—. Un día de éstos, Penny, voy a desenchufar tus aparatos por error.

—Como te diría la propia Penny —le explica Elizabeth—, todo eso indica que la víctima dejó entrar al asesino. Tiene que haber sido alguien que conocía.

—¡Oh, qué idea tan fascinante! —exclama Anthony—. ¡Alguien que conocía! ¡Por supuesto! ¿Alguna vez has matado a alguien, Elizabeth?

Ella se encoge de hombros.

—No me extraña —dice Anthony poniéndose el saco—. Bueno, Penny, hasta pronto. Te daría un beso, pero con John delante, no me atrevo. ¡Con esos brazos tan fornidos que tiene!

Elizabeth se pone de pie y le da un abrazo.

—Gracias, corazón.

—Ha quedado preciosa —comenta Anthony—, aunque está mal que yo lo diga. Hasta la semana que viene, Elizabeth. Hasta la próxima, Penny. Adiós, John, guapísimo.

—Gracias, Anthony —dice él.

Cuando el peluquero se marcha, Elizabeth vuelve a sentarse junto a Penny.

—Hay algo más, Penny. Al final se llevaron a Jason a la calle, para tomarse una foto con él. Ya sé que mucha gente se lo pide, pero noté algo extraño, algo que no encajaba. ¿Para qué salir a la calle? Joyce tiene unos ventanales enormes, como todos los de Wordsworth. Podrían haber tomado una foto perfecta sin salir de su casa.

Ha vuelto a mencionar a Joyce. Cada vez le resulta más fácil.

—¿Querrían hacerle alguna pregunta a Jason? ¿Nos estamos perdiendo algo? Nos cruzamos con él por la escalera, cuando venía de vuelta, y estaba tan alegre y encantador como siempre. Pero ¿quién sabe?

Elizabeth bebe un poco de agua y agradece no estar en el lugar de su amiga. Después se siente culpable por haberlo pensado. Y a continuación se siente débil por haberse sentido culpable. Entonces sigue hablando con Penny. ¿Con Penny o consigo misma? No puede saberlo.

—¿Tal vez Ventham no ha tenido nada que ver? ¿Será que nos está cegando el contenido de esa carpeta? ¿Los doce millones? ¿Sabemos dónde estaba Ventham cuando mataron a Curran? ¿Podría haber sido el asesino? ¿Coinciden las horas?

—Perdóname, Elizabeth —interviene John—, ¿has visto alguna vez ese programa, *Huida al campo*?

Elizabeth aún no está acostumbrada a que John le hable, pero últimamente parece estar saliendo de su caparazón.

—Creo que no.

John parece nervioso. Hay algo que le ronda por la cabeza.

—Es bastante bueno. Seguro que todo está preparado de antemano, pero aun así es entretenido. En cada episodio, una pareja busca casa.

—¿En el campo?

—Así es. Y un tipo los lleva a ver diferentes propiedades, aunque otras veces los acompaña una chica. Yo lo veo sin sonido, porque no es la clase de programa que le gusta a Penny. Por las miradas de la pareja, es fácil adivinar cuál de los dos quiere mudarse y cuál simplemente le sigue la corriente al otro, para no discutir.

—John —dice Elizabeth, inclinándose hacia delante y mirándolo directamente a los ojos—, no te he oído decir nunca una sola frase sin un propósito concreto. ¿Adónde quieres llegar?

—Bueno, de hecho ya estoy llegando —responde John—. Estaba viendo *Huida al campo* el día que mataron a Curran, y ya iban por el final, cuando la pareja decide si compra la casa o no. Nunca la compran, pero eso es parte de la diversión. Me levanté de la silla para ir a buscar un Gatorade a la máquina del pasillo y, al mirar por la ventana que da a la calle, vi pasar el coche de Ventham.

—¿La Range Rover? —pregunta Elizabeth.

—Sí, la Range Rover —confirma John—. Venía bajando por el camino de la colina. He pensado en decírtelo, porque *Huida al campo* empieza después de *Médicos* y acaba a las tres.

—Entiendo —asiente Elizabeth.

—Y he pensado que tal vez podría serte útil para la investigación saber a qué hora salió Ventham de Coopers Chase y a qué hora mataron a Curran.

—¿Dices que el programa acaba a las tres? —pregunta Elizabeth.

—Sí. A las tres en punto.

—Gracias, John. Voy a tener que enviar un mensaje —dice Elizabeth, sacando el teléfono.

—Creo que no está permitido usar el celular aquí dentro —le advierte John.

Ella se encoge gentilmente de hombros.

—Imagina que sólo hiciéramos lo que está permitido.

—Tienes razón, Elizabeth —conviene John, antes de volver a enfrascarse en la lectura de su libro.

34

Donna se está arreglando para salir cuando suena una notificación en su teléfono. *¡Ping!* Es un mensaje de Elizabeth. ¡Pero si hace pocas horas que ha estado con ella! Seguramente será un problema, pero se alegra de ver su nombre.

¿A qué hora mataron
a Tony Curran?

Imposible ser más breve y concisa. Donna sonríe y escribe la respuesta.

¿Qué tal si pregunta primero cómo
estoy y me cuenta algún chisme,
antes de pedir un favor? Y ponga
un beso al final. A mí hay que
ablandarme ☺.

Donna ve que Elizabeth está escribiendo, pero tarda en aparecer el mensaje. Le está llevando su tiempo. ¿Qué será? ¿Una reprimenda? ¿Un recordatorio del motivo por el que ella está investigando un asesinato, en lugar de pasar el día comprobando el estado de los perfiles de los neumáticos en el estacionamiento de Halfords, como ha estado haciendo Mark? ¿Alguna cita en latín? *¡Ping!*

¿Cómo estás, Donna? Mary Lennox acaba de tener otra bisnieta, pero ahora le preocupa que su nieta esté teniendo una aventura, porque hace tiempo que no sabe nada del marido de la chica y teme que hayan discutido. ¿A qué hora mataron a Tony Curran? Un beso.

Donna está eligiendo el color del lápiz labial. Busca uno que no llame demasiado la atención, pero que al mismo tiempo llame bastante la atención. Escribe su respuesta.

No se lo puedo decir.
Soy una profesional.

De inmediato, *¡ping!*

LOL.

¿«LOL»? ¿Dónde habrá aprendido eso Elizabeth? Pero ella también puede jugar a ese juego.

¿WTF?

Esa última respuesta claramente ha desconcertado a Elizabeth, por lo que Donna tiene tiempo para mirarse al espejo y comprobar el efecto de sus diferentes expresiones

—de interés, de diversión y de tranquila seducción—, antes de recibir la siguiente notificación. *¡Ping!*

Me temo que no sé qué significa «WTF». Lo de «LOL» me lo enseñó Joyce la semana pasada. No creo que sean las siglas de la Federación de Waterpolo de Taiwán, porque no viene a cuento, Donna.

Donna le envía el emoji de la carita asombrada y el de la bandera de China, y empieza a pasarse el hilo dental. *¡Ping!*

Bandera equivocada, Donna. Dime la hora del asesinato. Ya sabes que no se lo diremos a nadie y puede que averigüemos algo útil.

Donna sonríe. ¿Qué mal podría hacer?

15.32. Se le rompió el Fitbit al caer.

Otra notificación.

Tampoco sé lo que es un Fitbit, pero muchas gracias. Un beso.

35
Joyce

El otro día vino la policía y al principio sufrí mucho por el pobre inspector Hudson, pero creo que al final lo pasó muy bien. Sea como sea, Elizabeth le dio a Donna la carpeta, así que ya veremos qué hacen con ella. El nombre de Joanna no aparece por ninguna parte, lo que, según me ha asegurado Elizabeth, contribuye a la «verosimilitud del desmentido», en caso de que hayamos quebrantado la ley de alguna manera. Como supongo que hemos hecho.

Le pedí a Elizabeth que repitiera la expresión «verosimilitud del desmentido» y la apunté. Me preguntó por qué la apuntaba y le expliqué que estoy escribiendo un diario. Entonces puso los ojos en blanco. Me preguntó si aparecía ella en mi diario y, cuando le dije que por supuesto que sí, quiso saber si aparecía con su nombre real. Le contesté que sí, pero desde entonces he estado pensando que con Elizabeth nunca se sabe. ¿No se llamará Jacqueline, por ejemplo? Tendemos a aceptar los nombres de la gente, sin cuestionarlos.

Pero se me ocurre que a estas alturas creerán que estoy obsesionada con los asesinatos, porque no he hablado de otra cosa desde que he empezado este diario. Así que tal vez debería contarles otras cosas, diferentes de los crímenes. ¿Qué les puedo contar?

Cuando estaba pasando la aspiradora, después de la visita de la policía, Elizabeth me dijo que quizá debería cambiar mi

Hoover por una Dyson, porque al parecer aspiran mejor. Le dije que a mi edad no voy a cambiar, pero ahora me estoy preguntando si no debería arriesgarme.

Después de poner un poco de orden, bebimos una copa de vino. La botella era una de esas con tapón de rosca, pero últimamente no se nota la diferencia. El vino es igual de bueno.

Cuando Elizabeth se despidió, le dije que saludara a Stephen de mi parte y contestó que lo haría. Después le dije que una de estas noches los invitaría a cenar a los dos y contestó que estarían encantados. Pero noto algo extraño. Ya me lo contará ella misma, cuando quiera.

¿Qué más puedo decirles que no tenga nada que ver con el asesinato?

La nieta de Mary Lennox ha tenido otro bebé. Lo han llamado River, lo que no ha caído muy bien en la familia, aunque a mí me parece un nombre precioso. La mujer de la tienda se va a divorciar y ahora también vende galletas digestivas de chocolate. Karen Playfair, la de la granja de la colina, vendrá a nuestro ciclo de conferencias a la hora del desayuno, para darnos una *masterclass* de informática. El último boletín decía que venía a hablarnos de «tabletas», lo que ha creado cierta confusión y ha obligado a imprimir una hoja aparte con una explicación.

Aparte de eso y del asesinato, todo está tranquilo y pacífico.

Pero se está haciendo tarde, así que les doy las buenas noches. Mientras estaba escribiendo, Elizabeth me ha enviado un mensaje. Mañana volvemos a salir de excursión. No sé a qué hora ni adónde, pero me entusiasma la idea.

36

Donna no se puede creer que sean las diez menos cuarto y ya esté en la cama. Aceptó una cita porque, francamente, ya era hora. Un hombre llamado Gregor la llevó a cenar a Zizzi's, donde el tipo no hizo más que comer ensalada y explicarle con todo lujo de detalles, durante noventa minutos, su régimen de licuados de proteínas.

En un momento dado, Donna le preguntó cuál era su autor favorito. Una respuesta aceptable para ella habría sido Harlan Coben, Kurt Vonnegut o cualquier mujer escritora. Pero Gregor le respondió con gran seriedad que «no creía en los libros» y que «en esta vida solamente se aprende de la experiencia y de tener una mentalidad abierta». Cuando Donna le planteó el espinoso dilema filosófico de si era compatible «tener una mentalidad abierta» con «no creer en los libros», Gregor le respondió que su pregunta era precisamente «la confirmación de lo que pretendo decir, Diana», y a continuación bebió un sorbo de agua con el aplomo de quien atesora una profunda sabiduría.

A punto de llorar del aburrimiento, Donna se preguntó qué estaría haciendo Carl esa noche. Últimamente ha adquirido la costumbre de mirar el perfil de Instagram de su exnovio y también el de la chica con la que ahora sale, que por lo visto se llama Toyota. Está tan habituada a seguirlos en Instagram que los echará de menos cuando se separen. Porque, irremediablemente, se separarán, ya que Carl es un idiota y no será capaz de conservar una novia con unas cejas tan perfectas.

¿Sigue enamorada de Carl? No. ¿Lo ha estado alguna vez? Honestamente, ahora que ha tenido tiempo de pensarlo, es probable que no. ¿Todavía se siente humillada por su rechazo? Sí, y no parece que eso vaya a cambiar en un futuro próximo. Es como si tuviera una piedra en el corazón. La semana pasada detuvo a un tipo que robaba en las tiendas de Fairhaven y, cuando se resistió, lo derribó de un golpe en las corvas con el tolete. Un golpe bastante más fuerte de lo que habría sido necesario. A veces hay que golpear cosas.

¿Fue un error irse lo más lejos posible de Carl? ¿Se equivocó al solicitar enseguida el traslado, dejándose llevar por el enfado y la indignación? Claro que fue un error. Una estupidez. Donna siempre ha sido muy decidida. Actúa rápidamente y de manera ejecutiva, lo que está muy bien cuando sus decisiones son correctas, pero no tan bien cuando se equivoca. Conocer a los jubilados del Club del Crimen de los Jueves es la primera cosa buena que le ha pasado en mucho tiempo. Eso y el asesinato de Tony Curran.

Durante la cena se tomó una foto con Gregor y su platazo de ensalada. Después la subió a Instagram, con el comentario: «¡Ésta es la cena cuando sales con un entrenador personal!», y le añadió no uno, sino dos emojis de la carita con guiño. Los hombres sólo se ponen celosos de un buen físico, y Carl nunca sabrá que Donna pasó la mayor parte de la cena mirando la mesa e imaginando cómo asesinaría a Gregor si tuviera la absoluta necesidad de hacerlo. Al final se había decidido por una inyección de cianuro en un bollito, pero después se dio cuenta de que sería imposible convencerlo para que comiera carbohidratos.

Y, hablando de Gregor, ahora oye el ruido del tanque en el baño. Se viste y, cuando Gregor sale del baño, le da un beso en la mejilla. Ni loca se quedaría a pasar la noche con un hombre de veintiocho años que tiene en la habitación dos carteles: uno del dalái lama y otro de un Ferrari. Como todavía no son las diez, se dice que quizá podría enviarle un mensaje a Chris Hudson, para ver si le apetece tomar algo y charlar un rato sobre lo que ha podido entender de la carpeta de Elizabeth. Además, ha terminado de ver *Narcos* en Netflix y quiere comentarlo con alguien. Gregor no la ha visto. Gregor no ve la televisión, por una razón larga y complicada que Donna dejó de seguir a mitad de la explicación.

También podría volver a casa y llamar a Elizabeth, para hablar de lo que ha leído en la carpeta. ¿Serán muy tarde las diez de la noche? Con el grupo de jubilados, es difícil saberlo. ¡Se sientan a comer a las once y media de la mañana!

Así que puede llamar a Chris, su jefe, o a Elizabeth, su..., ¿qué es exactamente Elizabeth? La primera palabra que le viene a la mente es «amiga», pero seguro que no es eso.

37

—No, no es demasiado tarde. Para nada —dice Elizabeth, y casi se le cae el teléfono en la oscuridad, mientras busca a tientas el interruptor de la lámpara de la mesita de noche—. Estaba viendo un capítulo de *Inspector Morse.*

Finalmente consigue encender la luz y ve el suave movimiento de las costillas de Stephen al respirar. Su fiel corazón sigue latiendo.

—¿Y tú por qué estás despierta a estas horas, Donna?

Donna echa una mirada al reloj.

—Bueno, son las diez y cuarto. Algunas veces, como hoy, me quedo despierta hasta muy tarde. Verá, Elizabeth, el contenido de la carpeta era denso y complicado, pero he podido sacar algunas conclusiones.

—¡Excelente! —replica ella—. Quería que fuera suficientemente denso y complicado para que tuvieras que llamarme y comentarlo.

—Ya veo —dice Donna.

—Así me mantengo implicada y tú te acuerdas de que podemos serte útiles. No quiero que sientas que estamos interfiriendo, Donna; pero, al mismo tiempo, quiero interferir.

Donna sonríe.

—¿Qué le parece si me explica lo que hay en la carpeta?

—Bueno, en primer lugar, y para que conste, hay algunos documentos que te llevaría semanas conseguir. Necesitarías órdenes judiciales y todo tipo de cosas. Ventham no te dejaría ni acercarte a algunos de ellos. No lo digo por darme aires, pero es así.

—No se contenga y cuénteme cómo los consiguió.

—Los encontró Ron en un contenedor. Es increíble lo que se encuentra en la basura. Ha sido un golpe de suerte para nosotros. Pero dime, ¿quieres oír lo más importante antes de irte a dormir? ¿Los titulares? ¿Quieres saber por qué es probable que Ian Ventham matara a Tony Curran?

Donna vuelve apoyar la cabeza sobre la almohada, con la misma sensación que tenía cuando su madre le leía cuentos antes de dormir. Se da cuenta de que no debería sentir lo mismo, pero no puede evitarlo.

—Sí —responde.

—Verás, el negocio de Ventham es muy rentable y está muy bien administrado. Pero aquí viene el primer titular interesante. Tony Curran es el propietario del veinticinco por ciento de Coopers Chase.

—¡Oh! —exclama Donna.

—Pero a continuación nos enteramos de que Curran no participa en la nueva sociedad que Ventham ha creado para el proyecto de Woodlands.

—¿El nuevo proyecto? Entiendo. ¿Y entonces?

—Hay un apéndice en la carpeta... Me parece que es el 4C. Originalmente, Woodlands iba a seguir la misma pauta que el resto de Coopers Chase: setenta y cinco por ciento para Ian Ventham y veinticinco por ciento para Tony Curran. Pero, en algún momento, Ventham cambió de idea y dejó fuera a Curran. ¿Qué deberíamos preguntarnos ahora?

—¿En qué momento cambió de idea Ventham?

—Exactamente. Parece ser que Ventham firmó los

documentos para dejar a Curran fuera del acuerdo la víspera de la asamblea consultiva, es decir, la víspera de la misteriosa discusión. O, dicho de otro modo, la víspera del asesinato de Tony Curran.

—Entonces Curran iba a quedar fuera del proyecto de Woodlands —dice Donna—. ¿Cuánto dinero habría perdido?

—Millones —contesta Elizabeth—. Las previsiones eran impresionantes. Curran debía de pensar que ganaría muchísimo dinero, antes de que Ventham lo dejara fuera del trato. Fue la noticia que recibió el día de su muerte.

—Motivo suficiente para que amenazara a Ventham. ¿Es lo que está pensando? —plantea Donna—. Curran amenaza a Ventham, y entonces Ventham se asusta y lo mata. Lo asesina preventivamente, ¿es eso?

—Exacto. Y, según la persona que nos asesora, el agravio habría sido incluso peor cuando llegara la siguiente fase del proyecto urbanístico: Hillcrest.

—¿Hillcrest? —repite Donna.

—La auténtica gallina de los huevos de oro: adquirir la granja de la colina para duplicar la extensión de la comunidad.

—¿Para cuándo está planeado Hillcrest? —pregunta Donna.

—Antes de empezar, hay que salvar un escollo —explica Elizabeth—. Ventham no ha podido comprar los terrenos, propiedad de Gordon Playfair.

—Todo esto es demasiado complicado para mí, a estas horas de la noche, Elizabeth —reconoce Donna.

—De momento, olvídate de Hillcrest y de Gordon Playfair. Son datos accesorios que podrían distraernos de los hechos fundamentales. Lo esencial es que Ventham traicionó a Tony Curran el día de su muerte.

—De acuerdo.

—Y el segundo punto importante es que la parte de Tony Curran en la sociedad de ambos ha vuelto a manos de Ian Ventham.

—¿Ian Ventham se ha quedado con la parte de Tony Curran?

—Así es —confirma Elizabeth—. Si quieres ponerle una cifra para informar a Chris Hudson, la muerte de Tony Curran le ha supuesto a Ian Ventham, según la persona que nos asesora, una ganancia de más de doce millones de libras.

Donna reacciona con un silbido.

—Lo que, en mi opinión —prosigue Elizabeth—, constituye un móvil más que evidente para el crimen. Espero que les sea útil.

—¡Por supuesto que sí! Se lo diré a Chris.

—¿Ya lo llamas Chris? ¿Ya no es «señor», ni «inspector»? —comenta Elizabeth.

—Voy a dejar que siga durmiendo, Elizabeth. Discúlpeme por haberla llamado a estas horas. Le agradezco mucho todo lo que ha hecho. Y es realmente entrañable que siga refiriéndose usted a «la persona que nos asesora», en lugar de decir directamente «la hija de Joyce». Demuestra una gran lealtad de su parte. Le prometo que investigaremos a fondo.

—Gracias, Donna. Sin comentarios. Cuando vengas la próxima vez, quiero que conozcas a mi amiga Penny.

—Gracias a usted, Elizabeth. Me encantará. ¿Puedo preguntarle para qué quería saber la hora de la muerte de Tony Curran?

—Simple curiosidad. Estoy segura de que le caerás muy bien a Penny. Buenas noches, corazón.

38

El sol de la mañana empieza a iluminar el cielo de Kent.

—Ibrahim, si sigues conduciendo a cuarenta y seis kilómetros por hora, todo el esfuerzo será inútil —dice Elizabeth, tamborileando con los dedos sobre la guantera.

—Y si nos estrellamos en una curva cerrada, será todavía más inútil —responde Ibrahim con los ojos fijos en la carretera y concentrado en mantener el rumbo.

—¿Alguien quiere una galletita con sabor a queso cheddar? —ofrece Joyce.

Ibrahim está tentado de decir que sí, pero le gusta tener siempre las dos manos apoyadas en el volante. En la posición de las diez y diez.

Ron es el único de los cuatro que tiene coche, pero han tenido que discutir quién de ellos conduciría. Joyce no renueva la licencia desde hace treinta años, por lo que inmediatamente quedó descartada. Ron insistió brevemente en ser el elegido, pero Ibrahim sabía que había perdido la confianza en las vueltas a la derecha y que en el fondo estaría encantado de que lo rechazaran. Elizabeth batalló con más entusiasmo por ser quien llevara el volante y hasta llegó a mencionar que todavía tiene una licencia vigente para conducir carros de combate. Hay que ver lo negligente que llega a ser a veces con la Ley de Secretos Oficiales. Pero al final todo se redujo a un pequeño detalle. Ibrahim era el único de los cuatro que entendía cómo funcionaba el GPS.

La idea había sido de Elizabeth, no le importaba reconocerlo. De algún modo, había averiguado que Ian Ventham había salido de Coopers Chase exactamente a las tres de la tarde, y que Tony Curran había sido asesinado a las tres y treinta y dos minutos. A raíz de eso, Ibrahim había tenido que explicarles a todos lo que era un reloj Fitbit. Y allí estaban, cronometrando el trayecto a bordo del Daihatsu de Ron. Ibrahim era consciente de que podrían haber consultado el dato en internet, pero también sabía que los demás lo ignoraban y le gustaba la idea de volver a conducir. Había pasado mucho tiempo desde la última vez.

Por eso ahora Ibrahim está al volante, mientras Joyce y Ron comparten alegremente las galletitas de queso en el asiento trasero. Elizabeth ha dejado de tamborilear con los dedos y ahora está enviando mensajes con el celular. Siguiendo sus instrucciones, todos han ido al sanitartio antes de salir.

¿Pudo Ian Ventham hacer el recorrido desde Coopers Chase hasta la casa de Tony Curran a tiempo para matarlo? Si no fue así, se equivocan de sospechoso. Pronto lo averiguarán.

39

—Muy bien, les enseñaré lo que tengo y luego me dirán lo que tienen ustedes.

Otra reunión del equipo de investigación de Chris Hudson a primerísima hora de la mañana y todos sus miembros se han presentado con diferentes grados de desorden capilar. Chris ha traído una caja de donas de la máquina del estacionamiento y ha pasado rápidamente al tema de la reunión. Ahora está explicando lo que ha descubierto en la visita al Club del Crimen de los Jueves y lo que le ha dicho Donna acerca de la carpeta, después de llamar a su puerta a las once de la noche. Estuvieron analizando a fondo la información y después vieron juntos el primer episodio de la segunda temporada de *Narcos*, mientras bebían una botella de vino tinto. A Chris le sorprendía que Donna se hubiera presentado en su casa sin ser invitada y se preguntaba si eso sería lo normal entre los agentes de policía de Londres. Había que reconocerle a Donna que sabía hacerse notar.

—Ian Ventham era socio comercial de Tony Curran y le dio una mala noticia dos horas antes de su asesinato. Pensaba dejarlo fuera del proyecto de ampliación de Coopers Chase, la comunidad para jubilados vecina a Robertsbridge, lo que habría significado para Curran una pérdida enorme de dinero. Pero la muerte de Tony

Curran le ha supuesto a Ventham una ganancia todavía mayor: más de doce millones de libras. Tenemos testigos que los vieron discutir poco antes de que Curran volviera a su casa. ¿Amenazó Curran a Ventham? ¿Decidió Ventham que era mejor prevenir que remediar y envió a alguien a hacerle una visita? Sabemos que Curran fue asesinado el martes pasado a las tres y treinta y dos minutos de la tarde, pero ¿a qué hora salió Ventham de Coopers Chase?

—¿De dónde sale esa información? —pregunta una joven oficial, Kate *Nosequé*.

—De mis fuentes —responde Chris—. ¿Qué hemos visto en las cámaras de la Dirección de Tráfico, Terry? ¿Tienes ya el número de placa de Ventham?

El teléfono de Donna vibra. Tiene un mensaje.

Buena suerte en la reunión
de esta mañana. Un beso.
Elizabeth.

Donna menea la cabeza.

—Tenemos el número de placa, pero no hemos visto nada. Seguiremos mirando los videos —contesta el inspector Terry Hallet, con la cabeza rapada al cero y la musculatura claramente marcada bajo la camiseta blanca—. Hay mucho tráfico. Ya te puedes imaginar lo divertido que es el trabajo.

—No te quejes, Terry, y sigue mirando, que para eso te compro donas —replica Chris—. ¿Y qué sabemos del otro amigo que aparece en la fotografía? ¿Qué sabemos de Bobby Tanner?

—Hemos contactado con la policía de Ámsterdam —expone Kate *Nosequé*—. Parece ser que Bobby estuvo trabajando en Ámsterdam con unos tipos de Liverpool tras salir precipitadamente del país. La cosa no acabó bien, por lo que sabemos, y nadie ha vuelto a saber nada de él. No hay registros, ni movimientos bancarios, ni nada. Seguimos investigando, para ver si ha vuelto con otro nombre, pero ha pasado mucho tiempo y no quedan muchos de sus colegas de entonces.

—Estaría bien hablar con él, al menos para descartarlo. ¿Nadie tiene nada positivo que contar?

Una joven agente levanta la mano. La han enviado desde Brighton y está comiendo bastones de zanahoria en lugar de donas.

—¿Sí, Grant? —pregunta Chris, esperando haber acertado con el apellido.

—Granger, señor. Me llamo Granger.

«Casi», piensa Chris. Hay demasiada gente en el equipo.

—He estado mirando el registro de las llamadas telefónicas de Tony Curran. Recibió tres la mañana del asesinato, todas del mismo teléfono, pero no contestó ninguna. Por lo visto, se trata de un celular de prepago ilocalizable, probablemente comprado para la ocasión.

Chris asiente.

—Buen trabajo, Granger. Envíame por correo todo lo que tengas y ponte en contacto con la compañía telefónica, por si quisieran ayudar. Ya sé que no lo harán, pero confío en que algún día cambien de idea.

—Sí, señor —responde la agente Granger antes de llevarse a la boca otro bastoncito de zanahoria.

El teléfono de Donna vuelve a vibrar.

Los del Club del Crimen de los
Jueves estamos haciendo una

pequeña excursión. Si quieres
pasarnos alguna información,
ya sabes.

—Muy bien, todo el mundo a trabajar. Terry, si sacas algo en claro de las cámaras de tráfico, dímelo enseguida. Kate, haz equipo con Granger para seguir investigando las llamadas telefónicas. Los demás, traten de localizar a Bobby Tanner vivo o muerto, esté donde esté. Alguien tiene que saber algo. Si alguno de ustedes no tiene trabajo asignado, llamen a mi puerta, que ya les encontraré alguna cosa aburrida que hacer. Y, en cualquier caso, sigamos investigando a Ventham.

El teléfono de Donna vibra por última vez.

P. D. Mis fuentes han visto a
Chris comprando donas esta
mañana. ¡Qué suerte tienes!
Joyce te manda saludos. Besos.

40

Bernard Cottle termina el crucigrama del *Daily Express* y se guarda el bolígrafo en el bolsillo del saco. Hace una mañana espléndida para estar en la colina, sentado en la banca. Demasiado espléndida. Una burla cruel para los que ya no están y no pueden verla.

Ha visto pasar a Joyce y a sus amigos, que iban en coche a alguna parte. ¡Qué felices se les veía! Pero se diría que Joyce hace feliz a todo el mundo.

Bernard sabe que se ha encerrado demasiado en sí mismo. Se sabe fuera del alcance de todos, incluso de Joyce. Nadie lo salvará, ni merece que lo salven.

Aun así, daría cualquier cosa por estar ahora sentado en ese coche, mirando el paisaje y oyendo hablar a Joyce, que tal vez le arrancaría un hilo suelto del puño del saco.

Pero, en lugar de eso, está allí, sentado como cada día en la colina, a la espera de lo que vendrá.

41

Ibrahim habría querido conducir el Daihatsu hasta la reja misma de Tony Curran, para que la precisión fuera absoluta. Pero Elizabeth ha dicho que hacerlo de esa manera no es una buena técnica de trabajo sobre el terreno, y por eso están ahora en un área de descanso, a unos trescientos metros de la casa de Curran. Ibrahim espera que sea suficiente.

Tiene la libreta abierta sobre el cofre del coche y le está enseñando unos cálculos a Joyce y a Elizabeth. Ron se ha ido a orinar al bosque.

—Hemos tardado treinta y siete minutos, a una velocidad media de sesenta y un kilómetros por hora, más o menos. No hemos encontrado tráfico, porque tengo una habilidad especial para elegir la mejor ruta, casi un sexto sentido. Otros habrían encontrado tráfico, se los aseguro.

—Te recomendaré para una medalla al mérito en cuanto regresemos —dice Elizabeth—. Pero ¿qué significa eso para Ventham?

—¿Quieres la explicación detallada o la respuesta sencilla? —pregunta Ibrahim.

—La respuesta sencilla, por favor —contesta Elizabeth sin dudarlo.

Ibrahim guarda silencio un momento. ¿Habrá expresado mal la pregunta?

—He preparado muy bien la explicación detallada, Elizabeth.

Ibrahim deja la frase en el aire, hasta que Joyce interviene:

—Bueno, entonces disfrutemos de la explicación detallada, ¿de acuerdo?

—Lo que tú digas, Joyce —replica Ibrahim, pasando una página de su libreta—. Veamos, Ventham podría haber elegido entre tres rutas. Podría haber venido por la nuestra, pero dudo que lo hiciera. No creo que tenga mi olfato para encontrar el mejor camino. La segunda ruta, por la A21, parece la más obvia en el plano, porque es la más directa. Pero aquí entran en juego los habituales cortes provisionales de carreteras. Ayer hablé con un hombre muy competente del Consejo del Condado de Kent, que me ha explicado que están haciendo obras para instalar la red de fibra óptica. ¿Saben qué es la fibra óptica? ¿Quieren que se los explique?

—Creo que no hará falta, si a Elizabeth no le importa —responde Joyce.

Ibrahim asiente.

—Perfecto. Se los explicaré otro día. Tenemos entonces la tercera ruta, que va por London Road hasta Battle Abbey, cruza el pueblo y baja por la B2159. Pero ya sé lo que están pensando. Me dirán que el camino parece mucho más lento, ¿no es así?

—Si te soy sincera, no era eso lo que estaba pensando —comenta Elizabeth.

Ibrahim nota algo de impaciencia en su voz, pero, por mucho que lo intente, la explicación no puede ser más breve.

—Muy bien. Si consideramos nuestra velocidad... ¿Recuerdan cuál era?

—La he olvidado, Ibrahim —se lamenta Joyce—. Discúlpame.

—Aproximadamente sesenta y un kilómetros por hora, Joyce —dice él con la paciencia que lo caracteriza.

—Sí, por supuesto —asiente Joyce.

—Podemos añadir unos cinco kilómetros por hora a la velocidad media, considerando el estilo de conducción de Ian Ventham. Como ya saben, yo conduzco con prudencia. —Ibrahim mira a Elizabeth y a Joyce, y se alegra de ver que ambas asienten enseguida—. Pues bien, me he tomado la libertad de combinar las tres rutas posibles, dividir la respuesta por la velocidad media de Ventham y sustraer un margen de error. Para calcular el margen de error, he utilizado un método bastante elegante. Si echan un vistazo a mi libreta, verán mis cálculos. Tomamos la velocidad media de la ruta A y entonces...

Ibrahim se interrumpe al oír un ruido en el bosque. Es Ron, que asoma entre los árboles, subiéndose el cierre del pantalón sin el menor pudor.

—Mejor dentro que fuera —comenta.

—¡Ron! —exclama Elizabeth, como si acabara de ver a su mejor amigo después de una larga separación—. Estábamos a punto de disfrutar de una amena explicación matemática de Ibrahim, pero me parece que tú tienes poca paciencia para estas cosas, ¿no?

—Déjate de números, Ibrahim —dice Ron—. Dinos solamente si Ventham pudo llegar a tiempo.

—Podría enseñarles...

Ron hace un amplio gesto con la mano.

—Tengo setenta y cinco años, amigo mío. No me marees. ¿Tuvo tiempo para venir o no?

42

Ian Ventham está corriendo sobre su caminadora mientras escucha el audiolibro de Richard Branson *Hagámoslo: Las claves del éxito del fundador de Virgin*. Ian no comulga con las ideas políticas de Branson, al contrario, pero reconoce que es un tipo digno de admiración por lo que ha logrado en la vida. Algún día Ian escribirá un libro. Solamente tiene que encontrar un buen título y entonces pondrá manos a la obra.

Mientras corre, piensa en el cementerio y en el padre Mackie. No le gustaría que las cosas se descontrolaran. En otra época, podría haberle enviado a Tony Curran para que tuviera con él una conversación tranquila. Pero Tony ha muerto y no tiene sentido seguir anclado en el pasado. Richard Branson haría lo mismo. En su lugar, Richard Branson seguiría adelante.

Dentro de una semana empezarán las excavaciones. Lo más peliagudo es el cementerio y tiene que ser lo primero, como las verduras en la cena. Todo lo demás será coser y cantar.

Las excavadoras están listas, los permisos están firmados y Bogdan tiene apalabrados a un par de conductores.

De hecho, Ian se pregunta para qué esperar. ¿Qué haría

Branson? ¿Qué haría el único tipo que le gusta del programa *Dragons' Den*?

Pasaría a la acción. ¡Al diablo con todo y adelante!

Ian interrumpe el audiolibro y, sin alterar el ritmo de la zancada, llama por teléfono a Bogdan.

43

Joyce

¿Tuvo tiempo Ian Ventham de matar a Tony Curran, sí o no? Era la gran pregunta del día.

Según Ibrahim, en quien confío muchísimo porque siempre presta atención a todos los detalles, el margen es mínimo, pero aun así es posible. Si Ventham salió de Coopers Chase a las tres de la tarde, debió de llegar a la casa de Curran (una mansión bastante cursi, pero bonita) a las 15.29. Eso significa que dispuso de dos minutos para salir del coche, entrar en la casa y golpear a su socio con un objeto contundente.

Dice Ron que, si Ian Ventham mató a Tony Curran, tuvo que hacerlo con una rapidez asombrosa; pero Elizabeth sostiene que no hay mejor manera de matar a alguien, ya que no tiene sentido perder el tiempo.

Le he preguntado a Ibrahim si está seguro de las horas y me ha dicho que por supuesto que sí, y que había intentado enseñarnos los cálculos, pero Ron lo había interrumpido cuando había vuelto de orinar en el bosque. Le dije que lo sentía mucho y entonces se animó un poco y me propuso explicarme el método de cálculo en otra ocasión. Le aseguré que me encantaría, porque una mentira piadosa no le hace mal a nadie.

Así que hoy lo hemos pasado muy bien y hemos comprobado que Ian Ventham pudo matar a Tony Curran, después de todo. Tenía un motivo, tuvo la oportunidad y, en lo referente al golpe, imagino que sólo necesitaba un objeto grande y pesado, por lo que podemos suponer que también tuvo los medios. El inspector Lewis de la televisión ya le estaría poniendo las esposas.

Pero ¿qué sucederá si lo detienen? ¿Se acabará la diversión? A ver qué pasa mañana.

44

Ian Ventham se acuesta temprano y pone el despertador a las cinco. Mañana es el gran día. Se coloca el antifaz negro y los auriculares de anulación de ruido, y rápidamente se queda dormido.

Ron cierra los ojos. Lo pasó bien el otro día, cuando la policía fue a visitarlos, y también le gustó gritarle a Ventham en la asamblea. La verdad es que extraña estar en el centro de la acción y notar que la gente le presta atención cuando habla. Le gustaría que le hicieran una entrevista en la televisión o que lo llamaran de una mesa de debate. Pero no se atreven, porque saben que les cantaría cuatro verdades. Daría un puñetazo en la mesa, culparía a los conservadores y echaría fuego por la boca, como en los viejos tiempos. O tal vez no. Está perdiendo el contacto con la actualidad. Es posible que sus viejos recursos se hayan quedado anticuados. Ya no tiene los reflejos de antes. ¿Y si le preguntaran sobre Siria? Porque se trata de Siria, ¿no? ¿O era Libia? ¿Y si el presentador de aquel programa lo mirara a los ojos y le dijera: «Señor Ritchie, díganos lo que vio»? Pero eso fue lo que le preguntó el poli, ¿no? Además, ya no hay un presentador. Es una mujer. Le gusta la nueva presentadora, Fiona

Bruce. Pero ¿quién mató a Tony Curran? Ventham. Típico exponente del laborismo de Blair. A menos que no haya entendido algo. ¿Habrá algo que no ha entendido?

Al otro lado del sendero, Ibrahim está recitando mentalmente la lista de países del mundo, para ejercitar las neuronas, mientras deja que el hemisferio derecho del cerebro se ocupe de teorizar sobre quién mató a Tony Curran. En algún momento entre Dinamarca y Dominica, se queda dormido.

En su departamento de tres dormitorios de Larkin Court, el de la terraza que hace esquina, Elizabeth no puede conciliar el sueño. Últimamente le cuesta dormir.

Con un brazo rodea a su Stephen en la oscuridad. ¿Lo notará él? ¿La escuchará Penny cuando le habla? ¿Se han ido ya los dos? ¿O seguirán presentes siempre y cuando ella crea que siguen a su lado? Elizabeth abraza con más fuerza a Stephen y se aferra al día tanto como puede.

Bernard Cottle está conectado a internet. Su hija Sufi le regaló un iPad en Navidad. Él le había pedido unas pantuflas, pero a Sufi le pareció que unas babuchas eran poca cosa para un regalo navideño, por lo que al final tuvo que ir a comprárselas en las rebajas de Fairhaven. Al principio no sabía usar el iPad, pero Joyce le dijo que no fuera tonto, lo sacó del cajón y le enseñó a usarlo. Bernard tiene a su lado un vaso grande de whisky y el último trozo del pastel de café y nueces de Joyce. Un pálido fulgor azul le ilumina la cara, mientras repasa quizá por centésima vez los planos de Woodlands.

Una a una, las luces de las ventanas se van apagando. Sólo quedan encendidas algunas lámparas detrás de las gruesas cortinas de Los Sauces, ya que el negocio de la muerte funciona con horarios diferentes que el de la vida.

45

Ellidge fue el primero en verlos.

Todas las mañanas, Edwin Ellidge se despierta a las seis en punto y va andando, sin prisa pero sin pausa, hasta el final del camino de Coopers Chase. Atraviesa el paso guardaganados y, ya en la carretera, mira en ambas direcciones, vuelve a mirar una vez más por si acaso, y entonces da media vuelta y regresa lentamente por el mismo camino. Cumplida su misión, a las seis y media está otra vez en su casa y ya nadie vuelve a verlo durante el resto del día.

Por ser Coopers Chase como es, nadie le ha preguntado nunca por qué lo hace. ¡Si hasta hay una mujer de Tennyson que pasea un perro inexistente! Cualquier motivo para levantarse por la mañana es respetable.

Pero al ser Elizabeth como es, un día decidió cruzarse casualmente con Ellidge en el camino de vuelta. Mientras se iban acercando, la niebla matinal, su aliento condensado en el aire frío y la pesada figura del hombre enfundado en un abrigo le recordaron sus tiempos felices en la RDA. Ellidge levantó la vista, le dirigió un gesto tranquilizador y le dijo:

—No hace falta. Ya he mirado.

—Gracias, Ellidge —replicó Elizabeth.

Entonces dio media vuelta y los dos regresaron juntos por el camino, guardando un agradable silencio.

Dice Ibrahim que el hombre fue director de escuela y que posteriormente se dedicó a la apicultura, y Elizabeth le nota un lejano acento de Norfolk, pero ahí se acaba toda la información de que disponen acerca de Edwin Ellidge.

La Range Rover de Ian Ventham fue la primera en pasar. Eran las seis de la mañana. Ellidge lo vio desviarse y seguir por el camino que sube a la granja de Playfair, antes de que él llegara a la carretera. Las excavadoras pasaron hacia las seis y veinte, cuando ya iba de regreso. Ni siquiera se volvió para mirarlas. Evidentemente, no le interesaban. Iban montadas defensa contra defensa sobre un remolque portavehículos que subía lentamente por el camino.

Programar un movimiento de efectivos al amanecer es un buen método para atrapar narcotraficantes o bandas criminales armadas, pero en Coopers Chase es prácticamente inútil. Si hubiera un control de las llamadas dentro de la comunidad, la primera habría quedado registrada a las 6:21. «¡Las excavadoras ya están aquí! Son dos y vienen subiendo por el camino. ¿Qué hacemos?». Una vez dada la voz de alarma, la noticia se siguió difundiendo y a las 6:45 ya había alcanzado a toda la comunidad, propagándose únicamente a través de líneas telefónicas fijas. En febrero, Ibrahim había intentado crear un grupo de WhatsApp, pero la iniciativa no había cuajado. Los residentes empezaron a salir de sus casas, para encontrarse con los demás y decidir qué hacer.

A las 7:30, Ian Ventham baja de la colina, toma el desvío de Coopers Chase y se encuentra a todos los residentes en la calle, con la única excepción de Edwin Ellidge, que ya ha tenido suficiente emoción para todo el día. En el coche, junto a Ventham, va también Karen Playfair, que tiene programada una charla a la hora del desayuno para la comunidad de jubilados.

El remolque ha continuado su lento ascenso por el camino y ahora avanza a través del estacionamiento. Bogdan salta de la cabina y va a abrir el portón de madera, para poder continuar por el estrecho sendero que conduce al jardín del Descanso Eterno.

—Un momento, muchacho. —Ron se acerca a Bogdan y le estrecha la mano—. Soy Ron. Ron Ritchie. ¿Qué es esto?

Bogdan se encoge de hombros.

—Excavadoras.

—Ya veo que son excavadoras, hijo. Pero ¿para qué son? —replica Ron, que se apresura a añadir—: No digas «para excavar».

Han llegado muchos residentes a la altura del portón y empiezan a agolparse en torno a Ron, a la espera de una respuesta.

—¿Y bien, muchacho? ¿Para qué? —insiste Ron.

Bogdan suspira.

—Me ha pedido que no diga «para excavar» y no tengo otra respuesta —contesta, y enseguida echa una mirada al reloj.

—Pero has abierto el portón, y debes de saber que este camino conduce solamente a un sitio.

Ron nota que está rodeado de público y no piensa desperdiciar la ocasión. Entre la gente, distingue a sus amigos. Ibrahim lleva el equipamiento de natación bajo el brazo. Joyce acaba de llegar con ropa térmica y parece que busca a alguien. A Bernard, seguramente. Elizabeth está al fondo, acompañada de Stephen, que casi nunca se deja ver. Stephen ha venido en bata, pero no es el único. Ron siente un aguijonazo de culpa al ver a John, el marido de Penny, de traje y corbata como siempre, que se ha detenido un momento, de camino a Los Sauces. Ron lleva mucho tiempo sin visitar a Penny y sabe que tiene que hacerlo antes de que sea tarde. Pero la perspectiva lo asusta.

Se sube a la primera tabla horizontal del portón para dirigirse a su público, pero está a punto de perder el equilibrio. Entonces lo piensa mejor y vuelve a pisar tierra firme. Es igual. También desde el suelo puede arengar a las masas.

—¡Muy bonito! Dos chicos polacos con un par de excavadoras, disfrutando del aire fresco de la mañana. La pandilla de Ventham ha venido subrepticiamente a las seis y media de la mañana, para desenterrar a nuestras monjas. ¡Sin previo aviso! ¡Sin consultar a nadie! Han venido con sus excavadoras a desenterrar a nuestras monjitas. —Entonces se vuelve hacia Bogdan—. Para eso han venido, ¿verdad, muchacho?

—Sí, así es —reconoce éste.

En ese momento, se detiene la Range Rover junto al remolque y baja Ventham del vehículo. Primero mira a la multitud y después a Bogdan, que se encoge de hombros. Karen Playfair se baja también y sonríe a los jubilados.

—¡Y aquí tenemos al jefe! —dice Ron cuando ve que Ventham va hacia él.

—Buenos días, Ritchie —lo saluda el recién llegado.

—Siento estropearte la mañana, Ventham —repone Ron.

—Por mí no se preocupe. Siga con su discurso —replica Ventham—. Imagine que hemos vuelto a los años cincuenta o a cualquiera que haya sido su época. Pero cuando haya terminado, tendrá que apartarse del camino para que podamos empezar a trabajar.

—Hoy no, amigo mío. Me temo que hoy no —dice Ron volteando hacia la gente—. Como puedes ver, Ventham, estamos todos muy débiles. Míranos. Si nos das un empujón, nos caemos. No aguantamos nada, estamos hechos unos blandengues. Debe de ser fácil apartarnos. Pero ¿sabes qué? Aquí hay unos cuantos que han hecho un par de cosas en la vida, ¿no es así?

Se oyen aclamaciones.

—Hay unos cuantos que se las han visto con hombres bastante mejores que tú, sin ánimo de ofender. —Ron hace una pausa y recorre con la vista las caras de sus vecinos—. Aquí tenemos militares, uno o dos. Hay profesores, médicos, gente capaz de hacer pedazos a una persona y gente capaz de recomponerla. Tenemos vecinos que se han arrastrado a través de desiertos, otros que han construido cohetes y otros que han atrapado asesinos.

—¡Y agentes de seguros! —grita Colin Clemence, de Ruskin, para algarabía general.

—En pocas palabras, Ventham —amenaza Ron, con un amplio movimiento del brazo que abarca a todos los reunidos—, tenemos luchadores. Y tú, viniendo con tus excavadoras a las siete y media de la mañana, estás buscando pelea.

Ian espera hasta asegurarse de que Ron ha terminado de hablar y entonces da un paso al frente para dirigirse al mismo público.

—Gracias, Ritchie. No ha dicho más que sandeces, pero gracias. Aquí no hay ninguna pelea. Ya han tenido su asamblea consultiva. Han podido expresar sus objeciones y todas han sido desestimadas. Aquí hay abogados,

¿no?, además de gente que se ha arrastrado por el desierto. Hay notarios, juristas, gestores. ¡Si hasta creo que hay jueces! La pelea era ésa. En los tribunales. Fue una lucha justa y la han perdido. Por eso, si quiero entrar a las ocho de la mañana en unos terrenos de mi propiedad, para hacer las obras que he programado y por las que he pagado, y que además me servirán para mantener en un nivel razonable las mensualidades que pagan ustedes por los servicios, lo haré sin dudarlo. De hecho, ya lo estoy haciendo.

La referencia a las mensualidades tiene un efecto visible en la parte menos combativa del público. Aún quedan cuatro horas para el almuerzo y a todos les gusta matar el tiempo con un buen espectáculo, pero es indudable que Ventham tiene su parte de razón.

Joyce y Bernard, que se habían escabullido juntos durante el discurso de Ron, han regresado con sendas tumbonas plegables bajo el brazo. Avanzan entre la gente y las instalan en medio del camino.

Ahora le toca a Joyce dirigirse a la multitud.

—Dice Radio Kent que hará buen tiempo toda la mañana. ¿Se les antoja quedarse aquí con nosotros? Podríamos pasar un día agradable, si alguien tiene una mesa de pícnic que no esté usando.

Ron se vuelve hacia la multitud.

—¿Quién está a favor de pasar un buen rato aquí sentados, tomando el té?

Enseguida la gente pone manos a la obra y va a buscar mesas y sillas. «A ver qué tengo en el closet.» «Es pronto para una copa, pero es posible que esto se alargue.» «Como mínimo, será divertido, aunque Ventham tiene su parte de razón con eso que ha dicho de las mensualidades.»

Ibrahim está junto a la cabina del remolque portavehículos, hablando con el conductor. Ha calculado a ojo de buen cubero que debe de medir unos 13.5 metros de largo, y se alegra al enterarse de que mide exactamente 13.3 metros. «¡Muy bien, Ibrahim! Todavía conservas la vista.»

Elizabeth lleva a Stephen de vuelta a casa, sano y salvo. En cuanto le haya preparado su café, volverá a salir.

46

La comisaría de Fairhaven recibe la llamada de Ian Ventham a las siete y media. Donna está bebiendo jugo de arándanos directamente del envase de un litro cuando oye casualmente las palabras «Coopers Chase». Se ofrece para ocuparse del asunto y le envía un mensaje a Chris Hudson. El inspector no está en la comisaría esa mañana, pero no querrá perdérselo.

A las siete en punto, el padre Matthew Mackie recibe una llamada de una tal Maureen Gadd. A las siete y media está levantado, vestido y con el alzacuello pulcramente colocado, esperando un taxi que lo lleve a la estación.

47

Frente al portón que conduce al jardín del Descanso Eterno ya se han instalado una veintena de sillas. La mayoría son tumbonas, pero también hay una silla de comedor, porque Miriam necesita apoyo firme para la espalda.

El conjunto resulta poco ortodoxo como bloqueo, pero es eficaz. Hay una densa arboleda a ambos lados del sendero, por lo que el único camino para llegar al jardín del Descanso Eterno pasa entre un ejército de pensionistas, algunos de los cuales han aprovechado la ocasión para tumbarse al sol y echar un sueñecito matinal. De momento, las excavadoras no pueden pasar.

Ian Ventham ha vuelto a meterse en su coche y contempla la escena. Karen Playfair ha salido del vehículo y fuma con expresión risueña su cigarro electrónico con sabor a manzana y canela.

Hay mesas de pícnic, hieleras portátiles y sombrillas. Se está sirviendo el té sobre charolas almohadilladas y hay fotografías de nietos pasando de mano en mano. El jardín del Descanso Eterno es una excusa. Para la mayoría de los residentes, esto no es más que una fiesta en la calle, al sol del verano. Ian no considera necesario implicarse. Recogerán las tumbonas en cuanto llegue la policía y se irán a ocuparse de sus asuntos.

Está convencido de que la pequeña concentración se disolverá sola, pero espera que la policía acuda pronto. Teniendo en cuenta la cantidad de impuestos que hipotéticamente paga, no le parece que sea pedir demasiado.

48

Elizabeth no está con los demás. Después de dejar a Stephen en casa, se ha adentrado por el bosque y, tras superar la línea de los árboles, ha continuado por el ancho sendero que conduce al jardín del Descanso Eterno. Sube la cuesta hasta la banca de madera donde suele sentarse Bernard Cottle, y allí se sienta y espera.

Desde su mirador, contempla Coopers Chase. El sendero describe una curva, por lo que no puede ver el bloqueo, pero oye claramente el murmullo de la gente congregada al pie de la colina. «Presta atención al lugar donde no pasa nada, porque es donde suele estar la acción.» En parte está sorprendida de que Joyce no haya pensado también en subir hasta el cementerio. Quizá carezca del instinto de Elizabeth, después de todo.

Oye un crujido entre los árboles, a unos veinte metros de distancia al otro lado del sendero, y tras el ruido aparece la figura de Bogdan, con una pala al hombro.

Bogdan sigue subiendo por el sendero y saluda a Elizabeth con un movimiento de la cabeza al pasar por su lado.

—Buenos días —saluda.

Elizabeth está segura de que se levantaría el sombrero si llevara uno puesto.

—Buenos días, Bogdan —responde ella—. Ya sé que tienes trabajo que hacer, pero ¿puedo hacerte una pregunta?

Él se detiene, baja la pala y se apoya sobre el mango.

—Adelante —dice.

Elizabeth ha estado pensando toda la noche. ¿De verdad fue así? Ventham llegó, entró en la casa, fue a la cocina y mató a Tony Curran, ¿todo en dos minutos? Sabe que es posible. Lo ha visto hacer, pero no por un aficionado. ¿Se está perdiendo de algo?

—¿Te dijo el señor Ventham que quería eliminar a Tony Curran? —pregunta Elizabeth—. ¿Después de la discusión que tuvieron? ¿Quizá te pidió ayuda? ¿Quizá lo ayudaste?

Bogdan se le queda mirando un momento. Impávido.

—Ya sé que son tres preguntas. Tendrás que perdonar a esta anciana —añade ella.

—Bueno, la respuesta sólo es una, así que está bien —empieza Bogdan—. No. No me dijo nada de eso ni me pidió que lo ayudara, de modo que no lo ayudé.

Elizabeth considera lo que acaba de oír.

—En cualquier caso, a ti te ha beneficiado. Ahora tienes un nuevo trabajo, bastante lucrativo, ¿verdad?

—Sí —conviene Bogdan.

—¿Puedo preguntarte si fuiste tú quien le instaló el sistema de alarma a Tony Curran?

Bogdan asiente con la cabeza.

—Sí, Ian suele encargarme ese tipo de cosas.

—Entonces te habría sido fácil entrar en la casa, ¿no? Y esperarlo.

—Sí, podría haberlo hecho sin ningún problema.

Elizabeth oye que llegan más coches al pie del sendero.

—Tal vez resulte un poco violento que te lo pregunte, pero si Ian Ventham hubiera querido eliminar a Tony Curran, ¿te lo habría pedido a ti? ¿Correspondería el encargo con el tipo de relación que hay entre ustedes?

—Ian confía en mí, eso es seguro —contesta Bogdan pensativo—. Así que quizá me lo habría pedido, sí.

—¿Y qué le habrías respondido, si lo hubiera hecho?

—Hay trabajos que hago, como instalar alarmas o revestir albercas, y otros que no hago, como matar gente. Por eso, si me lo hubiera pedido, le habría dicho: «Oye, Ian, quizá tengas un buen motivo, pero será mejor que lo mates tú mismo». Eso le habría dicho.

—Entiendo —asiente Elizabeth—. Aun así, ¿estás absolutamente seguro de que no mataste a Tony Curran?

Bogdan se pone a reír.

—Totalmente. Lo recordaría.

—Al final te he hecho un montón de preguntas, Bogdan. Tendrás que perdonarme —se disculpa Elizabeth.

—No se preocupe —responde él consultando el reloj—. Es temprano y me gusta conversar.

—¿De dónde eres?

—De Polonia.

—Sí, eso ya lo sé. Pero ¿de dónde?

—De un lugar cerca de Cracovia. ¿Ha oído hablar de Cracovia?

Elizabeth ha oído hablar de Cracovia.

—Sí, es una ciudad preciosa. Estuve allí hace muchos años.

En 1968, para ser exactos. Para entrevistar informalmente a un joven coronel del ejército polaco, sobre algo relacionado con la delegación comercial. Más adelante, el joven coronel abrió una casa de apuestas en Coulsdon y recibió una condecoración del gobierno británico por servicios a la Corona, que mantuvo guardada en un cajón, bajo llave, hasta el día de su muerte.

Bogdan contempla las colinas de Kent y, al cabo de un momento, le tiende la mano a Elizabeth.

—Ahora tengo que trabajar. Ha sido un placer conocerla.

—Para mí también ha sido un placer. Mi nombre es Marina —dice Elizabeth mientras le estrecha la manaza.

—¿Marina? —repite él. Entonces regresa su sonrisa, como un cervatillo que intentara andar—. Mi madre también se llamaba Marina.

—¡Qué encantadora coincidencia! —exclama Elizabeth. No está orgullosa de lo que acaba de hacer, pero esas cosas pueden resultar útiles. Además, si alguien va por ahí con tanta información personal tatuada en el cuerpo, ¿por qué no aprovecharla?—. Espero volver a verte, Bogdan.

—Yo también espero volver a verla, Marina.

Elizabeth se queda mirando a Bogdan, que sigue subiendo por el sendero, empuja la pesada reja de hierro y entra con su pala en el jardín del Descanso Eterno.

«Hay más de una manera de excavar», piensa ella mientras empieza a bajar la cuesta. Enseguida se le ocurre otra pregunta que debería haberle hecho a Bogdan. ¿Tiene Ian Ventham el mismo sistema de alarma que Tony Curran? Si es así, pudo entrar fácilmente en casa de Curran, en caso de necesitarlo. Elizabeth apostaría a que tiene el mismo sistema. Se lo preguntará a Bogdan la próxima vez que lo vea.

Cuando llega al bloqueo, observa que el portón ha sido cerrado con candado, y que tres mujeres se han encadenado, entre ellas Maureen Gadd, que suele jugar al bridge con Derek Archer. Muy mal, en opinión de Elizabeth.

Se encarama al portón para pasar al otro lado y baja de un salto al corazón de la acción. ¿Cuántos años más podrá seguir saltando así? ¿Tres? ¿Cuatro? Ve que Ian Ventham ha descendido de su coche al ver que llegaban los agentes Chris Hudson y Donna de Freitas. «Es hora de unirse a la fiesta», piensa dándole una palmadita en el hombro a Joyce. Bernard se ha quedado dormido en el camastro contiguo, lo que al menos explica por qué no ha subido Joyce a curiosear a las puertas del cementerio.

Al menos en teoría, Elizabeth no condena el concepto de perseguir a un hombre, pero ¿no le resultará a Joyce terriblemente agotador?

49

JOYCE

Cuando vino Elizabeth, Bernard ya se había quedado dormido. Me alegré, porque se pone muy nervioso. Esta mañana, cuando he ido a buscarlo a su casa, tenía cara de cansado. Creo que no duerme bien por las noches.

Elizabeth y yo hemos ido a recibir a Donna y a Chris, y de pasada hemos recogido a Ron. Me ha gustado ver que estaba animado y tenía buen color. Y ahora voy a contar todo lo que recuerdo a partir de ese momento, mientras lo tengo fresco en la memoria.

Donna hace una cosa con la sombra de ojos y nunca me acuerdo de preguntarle cómo lo hace. Sea como sea, el inspector Hudson estaba llevando la voz cantante y, a su manera, lo estaba haciendo muy bien. Hablaba con Ian Ventham, que a su vez insistía en que teníamos que apartarnos, porque toda la documentación oficial hablaba a su favor. Parecía que la razón estaba de su parte.

El inspector ha dicho que quería dirigirse a los residentes y Ron le ha contestado que, en lugar de eso, hablara con él (con Ron). También ha dicho que Ian Ventham podía meterse toda su documentación donde no da el sol. Lo normal en Ron, vaya. Entonces Donna le ha sugerido al inspector Hudson que hablara conmigo, porque en teoría soy una persona sensata.

Después, el inspector me ha explicado los detalles legales y ha añadido que se vería obligado a detener a todo aquel que impidiera el paso de las excavadoras. Yo le he respondido que seguramente no llegaría al extremo de detener a nadie y me ha dado la razón. Así que volvíamos a estar en la casilla de salida.

En ese momento, Ron le ha preguntado al inspector Hudson si estaba orgulloso de sí mismo y el inspector le ha contestado que, en líneas generales, era difícil sentirse orgulloso de ser un divorciado de cincuenta y un años con sobrepeso. Su respuesta ha hecho sonreír a Donna. A Donna le gusta el inspector. No de esa manera, pero le cae bien. A mí también. He estado a punto de decirle que no le sobraba ningún kilo, pero es evidente que tiene un poco de sobrepeso. Y yo, como enfermera, sé que es mejor no falsear la realidad, aunque tu instinto te lleve a proteger a una persona. En lugar de eso, le he aconsejado que no coma nunca después de las ocho de la noche, y le he dicho que ésa es la clave para prevenir la diabetes. Se ha mostrado muy agradecido.

Entonces Ibrahim se ha sumado a nuestro grupo y le ha sugerido al inspector que probara el pilates, a lo que Donna ha comentado que pagaría por verlo. Ian Ventham estaba cada vez más irritado y ha dicho que, al fin y al cabo, él les estaba pagando el sueldo a Donna y al inspector Hudson. Donna le ha contestado que en ese caso quería pedirle un aumento, y ha sido en ese instante cuando Ian Ventham ha perdido los estribos y ha empezado a vociferar. La gente sin sentido del humor nunca te perdona que tengas gracia. Pero me estoy yendo por las ramas.

Entonces ha intervenido Ibrahim, que tiene mucha habilidad con este tipo de cosas (solución de conflictos, hombres con problemas de adaptación y callejones sin salida), y ha propuesto «esponjar la multitud», para que todos tuvieran un poco más de espacio para respirar.

Se ha acercado al pícnic, que estaba en su mejor momento, y ha sugerido a todo el que no quisiera ser arrestado que quitara la silla del camino. Eso ha bastado para que se desplazaran los menos convencidos, con Colin Clemence a la cabeza. Cuando

Ibrahim ha asegurado a los demás que sólo tenían que quitarse del camino, pero podían quedarse para ver el desarrollo de los acontecimientos, entonces se ha producido un auténtico éxodo. Pero no ha sido un éxodo rápido, porque levantarse de una tumbona a nuestra edad es una verdadera proeza. Una vez que has conseguido tumbarte, es muy difícil cambiar de posición.

Al final, la escena ha quedado distribuida de la siguiente manera: el bloqueo, con el portón firmemente cerrado detrás, hacía de escenario; y la multitud, con todo el mundo felizmente apoltronado en las tumbonas, hacía de público. ¿Quiénes estaban en el bloqueo? Para empezar, Maureen Gadd, la que juega al bridge con Derek Archer (y no solamente al bridge, por lo que intuyo, pero prefiero mantener la discreción). También estaban Barbara Kelly, de Ruskin, la que una vez se llevó un salmón entero del supermercado y adujo demencia cuando la descubrieron (era mentira, pero funcionó), y una señora que se llama Bronagh y cuyo apellido no recuerdo, que es nueva y no sé nada de ella. Las he visto a las tres acudir a la misa católica los domingos y volver horas más tarde, caminando con dificultad. Estaban encadenadas al portón como bicicletas a una barandilla.

¿Y delante de ellas? La multitud se había dispersado, con una sola excepción. Despierto, sentado con la espalda erguida, impertérrito, impávido, con una postura impresionante: ¡Bernard! No es muy propio de él, supongo, pero el cementerio debe de inspirarle sentimientos muy intensos. ¡Tendrían que haberlo visto! El último centinela, como un Henry Fonda, o un Martin Luther King, o un rey Midas. Su gesto ha debido de llegarle al alma a Ron, que ha cogido una silla y ha ido a sentarse a su lado, no sé si por solidaridad o por afán de llamar la atención. ¿Quién sabe? Pero me he alegrado de que fuera a acompañarlo y me he sentido muy orgullosa de mis dos chicos, valientes y obstinados.

(Por cierto, no quería decir el rey Midas, sino el rey Canuto, el primer soberano de Inglaterra.)

Ventham ya había vuelto a meterse en su coche, con Donna y Chris.

Les he servido té a Bernard y a Ron y me he sentado yo también, convencida de que la diversión se acabaría muy pronto.

Pero entonces ha llegado un taxi y ahí ha sido cuando todo ha empezado de verdad.

Discúlpenme, pero están tocando el timbre. Vuelvo enseguida.

50

Al padre Matthew Mackie siempre le gusta charlar con los taxistas. En los últimos tiempos suelen ser musulmanes, incluso en Kent. Se siente cómodo en su compañía. Todos reaccionan muy bien al ver el alzacuello. Pero hoy guarda silencio.

Observa con alivio que el portón del sendero sigue cerrado y vigilado, y que ni siquiera han bajado las excavadoras del remolque. Había dejado su teléfono en el tablero de anuncios de la capilla, por si pasaba lo que ha pasado. A ese número lo ha llamado Maureen Gadd esa mañana, que además ha prometido «alertar a las tropas».

Mackie supone que las «tropas» deben de ser las tres mujeres de negro, plantadas delante del portón. Delante de ellas hay dos hombres y una mujer sentados en unas tumbonas, que no parecen pertenecer al mismo grupo. De hecho, ahora que los ve de cerca, está bastante seguro de que uno de ellos es el tipo que hablaba mucho en la asamblea. Y el del medio, ¿no es el mismo que estaba sentado en la banca la otra mañana? Bueno, sean quienes sean, y cualquiera que sea su motivación, todos son bienvenidos en el rebaño. A los lados del portón, hay un grupo de una cincuentena de residentes, esperando sentados a que empiece la fiesta. Si quieren espectáculo,

Mackie se lo dará. Probablemente será su última oportunidad, y la única.

Tras bajar del taxi, después de darle una buena propina al conductor, el padre Mackie ve a Ventham dentro de un Ford Focus, hablando con dos policías. Uno de ellos es un hombre corpulento vestido de paisano, con aspecto acalorado, y la otra, una mujer negra de uniforme. Ni rastro de Bogdan. No está en el coche, ni en el remolque. Pero no debe de andar lejos.

Mackie se acerca al portón, aprovechando que Ventham aún no lo ha visto. Se toma un momento para hablar con las tres guardianas y darles su bendición. Una de ellas, la misteriosa Maureen Gadd, le pregunta si hay alguna posibilidad de que se quede a tomar el té, y Mackie le responde que lo intentará. Antes de ir a enfrentarse con Ventham, se detiene un instante para saludar a los tres personajes sentados.

51

JOYCE

Disculpadme. El que tocaba el timbre era un mensajero, que traía un paquete para el piso de arriba. Siempre firmamos unos por otros, y es lo que he hecho ahora. A veces, cuando sé que Joanna va a enviarme flores, hago como que no estoy en casa para que las reciba una vecina y las vea. Ya sé que no está bien, pero seguramente hay gente que hará cosas peores.

Sea como sea, Bernard estaba diciendo que no aceptaría órdenes de la policía. No pensaba moverse y no había nada más que hablar.

Entonces Ron ha contado que en una ocasión había pasado cuarenta y ocho horas encadenado con sus compañeros a la entrada de una mina, en Glasshoughton, y que habían tenido que hacer sus necesidades en las bolsas del almuerzo, sólo que él lo ha dicho de una manera más grosera. En ese momento se ha acercado a hablar con nosotros el padre Mackie.

Yo lo había visto en la asamblea. Se había sentado al fondo, sin decir palabra, con los bolsillos llenos de galletas, que se había guardado pensando que nadie lo veía. Como ya he dicho en otra ocasión, nadie nota nunca que lo estoy mirando. Debo de tener una de esas caras neutras.

Tengo que decir que ha sido muy amable y que nos ha agradecido que protegiéramos el jardín del Descanso Eterno. Bernard le ha dicho que el cementerio no era más que el principio, y que, si permitías que alguien te agarrara un dedo, ya sabías que acabaría agarrándote el brazo. Entonces Ron ha tenido que meter su cuchara y le ha dicho al padre Mackie que «los suyos» (los católicos) tampoco se habían portado muy bien con los cementerios ajenos, pero que un derecho es un derecho y él no estaba dispuesto a permitir que se lo arrebataran. El padre Mackie ha contestado que «eso no pasará mientras me quede algo de aliento», y toda la conversación ha adquirido cierto cariz de película de vaqueros que a mí me ha parecido muy interesante. Me gusta ver a los hombres comportándose como hombres, dentro de unos límites.

Ha debido de ser en ese momento cuando Ventham ha descubierto que había llegado el padre Mackie, porque ha venido corriendo hacia nosotros, con Chris, Donna e Ibrahim detrás. Y así es como ha quedado montada la escena.

52

Bogdan lleva mucho rato cavando. ¿Por qué no? Así adelanta trabajo. Ha empezado por la parte más alta de jardín del Descanso Eterno, donde las tumbas más antiguas quedan permanentemente a la sombra de las gruesas ramas de los árboles que se yerguen detrás del muro. La tierra es más blanda en esa zona, donde hace años que no da el sol, y Bogdan piensa que los ataúdes más antiguos y ostentosos deben de estar intactos. Seguramente son de roble macizo. No estarán podridos ni resquebrajados. No encontrará calaveras que lo miren con sus ojos vacíos, carcomidos y esperanzados.

De vez en cuando le llegan fragmentos de gritos y exclamaciones desde el pie de la colina, pero aún no se oye el motor del camión, por lo que sigue cavando. Una sola de las excavadoras podría desenterrar toda una hilera de tumbas en cuestión de minutos, sobre todo si trabajan sin demasiados miramientos, como Bogdan cree que trabajarán. Por eso cava con mucho cuidado, al menos mientras no estén más que la pala y él.

La primera tumba que decide atacar está estrechamente encajonada en la esquina más alta del cementerio. Mientras cava, piensa en Marina, la mujer que encontró en el sendero. La ha visto antes en el pueblo, pero la gente no suele hablar con él. Ni siquiera lo ven, pero no le importa. No sabe si está permitido visitar a los residentes, aunque quizá vuelva a encontrarse con ella algún día. A veces extraña a su madre.

Al cabo de un rato, la pala choca contra algo duro, que sin embargo no es la tapa del ataúd. Hay muchas piedras y raíces que le dificultan el trabajo, pero a la vez lo vuelven más entretenido. Se agacha y aparta la tierra para ver con qué ha topado. Es un objeto de un blanco muy puro. A Bogdan incluso le parece bonito, hasta que comprende de qué se trata.

No es lo que esperaba. Ha decidido cavar en esa parte del cementerio para no tener que ver ataúdes podridos ni huesos sueltos. Y sin embargo, ahí los tiene. ¿Significa eso que ya recortaban gastos hace ciento cincuenta años? ¿Ahorraban en ataúdes, dando por sentado que nadie lo notaría?

¿Qué debería hacer ahora? ¿Rellenar otra vez la tumba y esperar a las excavadoras, como si nada hubiera pasado? No le resulta fácil decidirlo. Ha encontrado un hueso y eso lo convierte en su guardián. No dispone de ninguna herramienta más pequeña que la pala, de modo que se arrodilla sobre la tierra compacta y empieza a trabajar únicamente con las manos, con el mayor cuidado. Desplaza el peso del cuerpo, para situarse en un ángulo más apropiado que le permita extraer más tierra, y entonces se da cuenta de que no está arrodillado sobre el suelo compacto, sino sobre algo mucho más sólido. Lo que tiene debajo de las rodillas es la tapa de madera de un ataúd de roble macizo. Pero no puede ser. Los cadáveres no se escapan de los ataúdes. Bogdan intenta reprimir un pensamiento horrendo. ¿Habrán enterrado viva a una persona? ¿Habrá conseguido esa persona salir del ataúd, sin llegar más allá?

Trabaja rápidamente, sin margen para la ceremonia ni para la superstición. Encuentra muchos huesos y un cráneo, pero intenta no tocarlos. Enseguida saca a la luz una parte suficientemente grande del ataúd para poder insertar la hoja de la pala debajo de la tapa. Tras un esfuerzo considerable, consigue resquebrajar y abrir el tercio inferior de la tapa de madera. Dentro hay otro esqueleto.

Dos esqueletos. Uno dentro del ataúd y otro fuera. Uno grande y otro pequeño. Uno gris amarillento y el otro blanco como una nube.

¿Y ahora qué? Alguien debería echarles un vistazo, de eso está bastante seguro. Pero llevaría tiempo. Se pondrían a excavar con unas palas diminutas. Lo sabe porque lo ha visto en televisión. Y no sólo querrían excavar esa tumba, sino todas las demás. Y al final todo sería para nada, porque acabarían diciendo que así enterraban a la gente en esa parte del país, o que un año hubo una epidemia y sepultaron a varios cadáveres juntos, o que pasó cualquier otra cosa entre un millón de explicaciones posibles. Mientras tanto, las obras quedarían interrumpidas y él se quedaría quién sabe cuánto tiempo sin trabajo. Por eso, la pregunta sigue en pie. ¿Y ahora qué?

Bogdan necesita tiempo para pensar, pero por desgracia no puede darse ese lujo. A lo lejos se oye una sirena. Se acerca. Suena como una ambulancia, pero Bogdan sabe, por lógica, que tiene que ser la policía. Eso quiere decir que pronto retirarán el bloqueo y empezará el circo. Sube al borde de la tumba y empieza a rellenarla.

«Ian me dirá lo que tengo que hacer», piensa mientras las sirenas llegan al pie del sendero.

53

Ian Ventham está tranquilo e incluso feliz, cuando sale del coche de los policías.

Ha tenido con ellos una conversación que le ha aplacado el ánimo. Volverá mañana. Las tumbas no irán a ninguna parte. Puede que haya sido un error enviar tan temprano las excavadoras. Pero le ha gustado hacerlo, así que el error ha merecido la pena. Ha sido una declaración de intenciones, y a veces las declaraciones son importantes, cualquiera que sea su resultado.

No le preocupa que los residentes estén en pie de guerra, porque pronto perderán el interés en el tema. Bastará con darles otro motivo para quejarse. Podría despedir a un empleado que les caiga bien o prohibir que sus nietos se bañen en la alberca, aduciendo razones de seguridad. Entonces nadie se acordará del cementerio. «¿Qué cementerio?», dirán. Es para reírse, en serio. Y, de hecho, Ian Ventham se está riendo.

Pero en ese preciso instante ve al padre Matthew Mackie.

Ahí está, con su sotana y su alzacuello, con el mayor descaro, dándose aires de ser el dueño de esas tierras.

¡Pero esos terrenos son suyos, por el amor de Dios! ¡Son de Ventham! Ian Ventham va como una exhalación hacia el bloqueo y, en cuestión de segundos, está apuntando con el dedo índice al entrecejo del padre Mackie.

—¡Si no fuera cura, le partiría la cara de un puñetazo! —La multitud empieza a agolparse a su alrededor, como cuando estalla una pelea delante de una taberna—. ¡Fuera de mi propiedad! ¡Váyase o haré que lo echen!

Ian le da un empujón en el hombro y Mackie se desequilibra. Para no caer, se agarra de la camiseta del otro y los dos hombres acaban cayendo juntos al suelo. Con la ayuda de una horrorizada Karen Playfair, Donna tira de Ian para quitarlo de encima del padre Mackie. Después, un grupo de residentes entre los que figuran Joyce, Ron y Bernard, rodean y contienen a Ian Ventham, mientras otro grupo de jubilados forma una valla alrededor del sacerdote, que sigue sentado en el suelo con expresión aturdida. El incidente ha sido mínimo, como una pelea de patio de escuela, pero parece conmocionado.

—¡Cálmese, Ventham! ¡Tranquilícese! —exclama Donna.

—¡Deténganlo! ¡Invasión de propiedad privada! —grita Ian mientras lo arrastra lejos del lugar de la trifulca un grupo de resueltos septuagenarios y octogenarios, e incluso un nonagenario que no pudo alistarse para la Segunda Guerra Mundial por un solo día y no ha dejado de lamentarlo desde entonces.

Joyce está en medio de la aglomeración. ¡Qué fuertes debieron de ser todos esos hombres en su época: Ron, Bernard, John, Ibrahim...! ¡Y qué débiles están ahora! El espíritu sigue siendo el mismo, pero sólo Chris Hudson consigue realmente contener a Ian Ventham. Sin embargo, la explosión de testosterona resulta adorable mientras dura.

—Estoy protegiendo suelo sagrado. De manera pacífica y respetando la ley —aduce el padre Mackie.

Donna lo ayuda a ponerse de pie y le sacude el polvo de la ropa, sintiendo la fragilidad del anciano a través de la amplia sotana negra.

Chris arranca a Ian Ventham de la maraña de gente que lo rodea, sintiendo la explosión de adrenalina que lo anima. Lo ha visto mil veces en los borrachos de los pueblos, a altas horas de la madrugada. Las venas claramente visibles en los músculos que le sobresalen de la camiseta son una clara evidencia del abuso de esteroides.

—Váyase a su casa, señor Ventham —le ordena Chris Hudson—, o tendré que arrestarlo.

—¡No lo he tocado! —protesta Ian Ventham.

Chris habla en voz baja, para mantener la conversación entre ellos dos.

—Ya he visto que tropezó, Ventham. Lo he visto. Pero tropezó después de que usted lo empujara, por muy leve que fuera el contacto. Es motivo suficiente para arrestarlo. Y mi intuición de policía me dice que tenemos uno o dos testigos dispuestos a confirmar mi versión en los tribunales. Por eso, si no quiere ser acusado de atacar a un sacerdote, lo que no quedaría muy bien en los folletos de sus promociones, le aconsejo que se meta en el coche y se largue. ¿Entendido?

Ian Ventham asiente, pero sin convencimiento. Su mente ya está en otra parte, haciendo algún otro cálculo. Entonces niega lentamente con la cabeza, mirando al inspector con expresión entristecida.

—Aquí hay algo que no cuadra. Algo que no encaja.

—Bueno, sea lo que sea, mañana seguirá igual —dice Chris—. Vuelva a su casa, cálmese y lávese la cara. Acepte como un hombre la derrota.

Ian se vuelve y se dirige a su coche. ¿Derrota? ¡Ni pensarlo! Al pasar junto a la cabina del remolque, da dos palmadas seguidas sobre la puerta y señala con el pulgar el camino de salida.

Avanza lentamente, pensando. ¿Dónde se habrá metido Bogdan? Bogdan es un buen tipo. Es polaco. Tiene que pedirle que le recubra la alberca. Es un vago, pero todos son iguales. Cuando pueda, hablará con Tony Curran. Tony sabrá qué hacer. Pero ha perdido su teléfono, ¿no? Hay algo acerca de Tony que no recuerda.

Llega a la Range Rover. ¡Maldita sea! ¡Le han puesto un inmovilizador! Su padre se pondrá furioso. El coche es suyo. Tendrá que volver a la ciudad en autobús y su padre lo estará esperando. Ian tiene miedo y se pone a llorar. «No llores, Ian. Papá lo entenderá.» Ian no quiere volver a casa.

Busca monedas para el autobús en los bolsillos, pero pierde el equilibrio y cae de espaldas. Intenta agarrarse a algo; pero, para su sorpresa, solamente encuentra aire.

Ian Ventham ya ha muerto antes de tocar el suelo.

Segunda parte

Todos tienen una historia que contar

54

Joyce

Tropecé con una baldosa suelta en una acera de Fairhaven hace unas semanas. No lo he mencionado en mi diario porque ya tengo bastante con los asesinatos, las excursiones a Londres y mi interés por Bernard. Pero fue una caída bastante fea, se me cayó el bolso y mis cosas quedaron desparramadas por el suelo: las llaves, la funda de los anteojos, las pastillas, el teléfono...

Pero lo importante no es eso. Lo importante es que todas las personas que me vieron tropezar y caer vinieron a ayudarme. Todas y cada una de ellas. Un ciclista me ayudó a levantarme; un agente de tránsito recogió mis cosas y sacudió el polvo de mi bolso; una mujer que iba con una carriola se sentó conmigo en la terraza de un café, mientras recuperaba el aliento, y la chica de la cafetería salió con una taza de té y se ofreció para llevarme a ver a su médico.

Quizá me ayudaron solamente porque me vieron vieja, débil e indefensa. Pero no lo creo. Me parece que yo habría hecho lo mismo por un chico joven, si lo hubiera visto tropezar y caer de la misma manera. Y estoy segura de que ustedes también lo habrían hecho. Creo que me habría sentado a su lado, el agente de tránsito le habría recogido la laptop del suelo y la chica de la cafetería se habría ofrecido para llevarlo al médico en su coche.

Así somos los humanos. Somos amables y atentos, en líneas generales.

Sin embargo, todavía recuerdo a un especialista con el que trabajé en el Hospital General de Brighton. Un hombre cruel, grosero y muy infeliz que nos hacía la vida imposible. Nos gritaba y nos echaba la culpa de sus propios errores.

Si ese médico se hubiera caído muerto delante de mí, me habría puesto a bailar.

No hay que hablar mal de los difuntos, ya lo sé, pero todas las reglas tienen sus excepciones, y el caso de Ian Ventham es comparable al del especialista que les he mencionado. Ahora que lo pienso, el médico también se llamaba Ian, lo cual no deja de tener su interés.

Ya saben cómo es esa gente. Se creen los dueños del mundo. Dicen que en los últimos tiempos ese tipo de egoísmo abunda más, pero siempre ha habido gente horrible. Lo que quiero decir es que nunca son muchos. Pero siempre han existido.

Y todo esto viene a cuento porque por un lado me da pena que Ian Ventham haya muerto; pero, por otro, creo que su muerte también puede verse desde otro punto de vista.

Todos los días muere mucha gente. No conozco las estadísticas exactas, pero deben de ser miles cada día. Eso significa que ayer tenía que morirse alguien, y yo prefiero que sea Ian Ventham la persona que cayó muerta delante de mí y no el ciclista, o el agente de tránsito, o la mujer con la carriola, o la chica que atendía la cafetería.

Prefiero que sea Ian Ventham la persona a la que los técnicos de la ambulancia no pudieron reanimar, y no Joanna. O Elizabeth. O Ron, o Ibrahim, o Bernard. No quiero parecer egoísta, pero prefiero que se hayan llevado a Ian Ventham en la camioneta de la morgue, metido en una bolsa cerrada, y no a mí.

Ayer fue el día de Ian Ventham. A todos nos llegará uno y el de ayer fue el suyo. Elizabeth dice que fue un asesinato, y si Elizabeth lo dice, debe de tener razón. Supongo que Ventham no se lo esperaba cuando se despertó ayer por la mañana.

No quiero parecer insensible, porque en mi vida he visto morir a mucha gente y he llorado mucho. Pero no he derramado ni una sola lágrima por Ian Ventham y quería explicarles por qué. Es triste que haya muerto, pero a mí no me entristece.

Y ahora, si me disculpan, tengo que ir a ayudar a resolver su asesinato.

55

Chris Hudson está de pie al frente de la sala de reuniones, delante de su equipo.

—Bueno, aquí tienen el titular más importante. Ian Ventham ha sido asesinado.

Donna de Freitas recorre con la vista el departamento de homicidios y distingue algunas caras nuevas. ¡Qué suerte ha tenido! ¡Dos asesinatos y ella está ahí, en el centro de la acción! Y todo gracias a Elizabeth. Tendría que invitarla a tomar una copa o a lo que ella prefiera. O regalarle algo. ¿Una pañoleta? ¿O preferirá otra cosa? Una pistola, probablemente.

Chris abre una carpeta.

—La causa de la muerte de Ian Ventham ha sido una intoxicación por fentanilo, una sobredosis masiva, administrada por inyección intramuscular en el brazo, casi con seguridad en los instantes previos al fallecimiento. Por la rapidez con que disponemos de los resultados, ya imaginarán que todavía no son oficiales. Los he pedido como un favor personal, ¿de acuerdo? Últimamente hay tantas sobredosis de fentanilo que la gente del laboratorio las reconoce nada más verlas. Pero en este momento somos los únicos que disponemos de esta información y espero que siga siendo así. Ni se les ocurra mencionar nada de esto a la prensa, a la familia, o a vuestros amigos.

Cuando lo dice, mira fugazmente a Donna.

56

—Por tanto, todos hemos sido testigos de un asesinato —dice Elizabeth—. Y eso, no hace falta que lo diga, es fantástico.

A veinticuatro sinuosos kilómetros de distancia, el Club del Crimen de los Jueves está celebrando una sesión extraordinaria. Elizabeth coloca sobre la mesa una serie de fotografías a todo color del cadáver de Ian Ventham, junto a una colección de imágenes de la escena del crimen desde todos los ángulos imaginables. Las ha tomado ella misma con su teléfono, mientras fingía estar llamando a una ambulancia, y después las ha mandado imprimir discretamente en una farmacia de Robertsbridge, cuyo propietario le debe un favor por haberle mantenido en secreto unos antecedentes criminales de los años setenta que ella descubrió por casualidad.

—En cierto modo, también es trágico, si preferimos un enfoque más tradicional de nuestras emociones —añade Ibrahim.

—Sí, si preferimos el melodrama —replica Elizabeth.

—Bueno, pasemos a la primera pregunta —interviene Ron—. ¿Cómo sabes que fue un asesinato? A mí me pareció un infarto.

—¿Eres médico, Ron? —pregunta Elizabeth.

—Tanto como tú, Liz —responde él.

Elizabeth abre una carpeta y saca una hoja.

—Bueno, Ron, ya he repasado todo esto con Ibrahim, porque tenía una tarea que encargarle, pero te lo explicaré a ti también. Presta atención. La causa del deceso fue una sobredosis de fentanilo, administrada muy poco antes de la muerte. La información procede directamente de una persona que tiene acceso a la cuenta de correo electrónico del Servicio de Medicina Forense de la policía de Kent, pero todavía no ha sido confirmada por Donna, a pesar de que llevo todo el día enviándole mensajes. ¿Conforme, Ron?

Éste asiente con la cabeza.

—Sí, supongo que sí. ¿Qué es el fentanilo? Primera vez que lo oigo nombrar.

—Es un opioide, como la heroína —explica Joyce—. Se usa en anestesia, para aliviar el dolor y cosas así. Es muy eficaz. Los pacientes lo adoran.

—También lo puedes mezclar con cocaína —apunta Ibrahim—, si eres drogadicto.

—Y los servicios de seguridad rusos lo usan con todo tipo de fines —comenta Elizabeth.

Ron asiente satisfecho.

Entonces Ibrahim añade:

—Y, como debió de administrarse muy poco antes de la muerte, todos somos sospechosos de asesinato.

Joyce aplaude entusiasmada.

—¡Espléndido! No sé cómo habríamos conseguido fentanilo alguno de nosotros, pero me parece estupendo.

Está colocando unas pastas para tomar el té sobre la fuente conmemorativa de la boda del príncipe Andrés con Sarah Ferguson que Joanna le regaló hace muchos años, porque por alguna causa supuso que le gustaría tenerla.

Ron asiente mientras observa las fotografías. Tras estudiar las caras de los residentes, alarga el cuello para ver mejor las imágenes del cadáver de Ian Ventham.

—Entonces ¿lo mató alguien de Coopers Chase? ¿Alguien que sale en estas fotos?

—Así es. Y todos aparecemos en ellas —responde Ibrahim.

—Excepto Elizabeth, por supuesto —aclara Joyce—, porque fue quien las tomó. Pero en cualquier investigación medio decente, ella también figura entre los sospechosos.

—En efecto —conviene Elizabeth.

Ibrahim se acerca a un bloc gigante de papel montado sobre un caballete.

—Elizabeth me ha encargado que haga unos cálculos.

Elizabeth, Joyce y Ron se acomodan en las sillas de la sala de los rompecabezas. Ron se sirve una pasta, para gran alivio de Joyce, que ya puede imitarlo. Son de marca libre, pero en un programa de radio han dicho que las confeccionan en la misma fábrica que las originales.

Ibrahim comienza su exposición.

—Alguien de la multitud administró a Ian Ventham la inyección que lo mató, casi con seguridad en los minutos anteriores a su muerte. Se ha visto que tenía una herida punzante en el brazo. Les he pedido que hicieran una lista de todas las personas que recuerden haber visto, y todos han hecho la lista, pero algunos no la han alfabetizado como se los había pedido.

Ibrahim mira a Ron, que se encoge de hombros.

—Si te soy sincero, me hice un lío entre la F, la H y la G, y me di por vencido.

Ibrahim prosigue:

—Si combinamos las listas (algo muy sencillo para cualquiera que sepa usar mínimamente las hojas de cálculo Excel), veremos que en total había sesenta y cuatro residentes en la escena del crimen, incluidos nosotros mismos. También estaban el inspector Hudson, la agente De Freitas, el constructor Bogdan, que a partir de cierto momento desapareció...

—Estaba en lo alto de la colina —interviene Elizabeth.

—Gracias, Elizabeth —dice Ibrahim—. También estaba la conductora del camión, que se llama Marie y es polaca, por si les interesa el dato. Y además da clases de yoga, aunque no creo que eso sea relevante. Otra de las personas presentes en la escena del crimen es Karen Playfair, la mujer que vive en la granja de la colina, que ayer venía a impartirnos una charla sobre computadoras. Y también el padre Matthew Mackie, por supuesto.

—Eso hace un total de setenta —recapitula Ron, que ya va por la segunda pasta, diga lo que diga la diabetes.

—Setenta y uno, con Ian Ventham —replica Ibrahim.

—¿Estás diciendo que vino hasta aquí, empezó una pelea y acto seguido se mató? Buena deducción, Poirot —comenta Ron.

—No estoy diciendo nada, Ron —responde Ibrahim—. Solamente he hecho una lista. No seas tan impaciente.

—Lo mío es la impaciencia —repone Ron—. Es mi superpoder. ¿Sabes quién me dijo una vez que no fuera tan impaciente? ¡Arthur Scargill, el líder del sindicato de mineros! ¡Nada menos!

—Pues bien, una de estas setenta personas mató a Ian Ventham. Normalmente nuestro Club del Crimen de los Jueves lo tiene mucho más difícil para determinar posibles sospechosos, pero veamos si podemos estrechar todavía más el cerco.

—Tuvo que haber sido alguien con acceso a jeringas y medicamentos —sugiere Joyce.

—Todos nosotros tenemos acceso, Joyce —dice Elizabeth.

—Así es —conviene Ibrahim—. Si me permiten una imagen gráfica, sería como buscar una aguja en un pajar donde solamente hubiera agujas para jeringas.

Hace una pausa, esperando el aplauso de los presentes. Pero, al no recibirlo, continúa:

—La inyección tuvo que ponerla en una fracción de segundo alguien con experiencia en administrar inyecciones intramusculares. Una vez más, podría haber sido cualquiera de nosotros. Pero el asesino tuvo que estar muy cerca de la víctima. Por eso he borrado los nombres de todas las personas que, según nos consta, no se acercaron nunca a Ian Ventham. De este modo perdemos a buena parte de los actores secundarios. El hecho de que buena parte del público tenga problemas graves de movilidad también nos facilita la tarea, porque sabemos que no pudieron actuar rápidamente sin que ninguno de nosotros lo viera.

—Los usuarios de andaderas quedan descartados —comenta Ron.

—Sólo con eliminar a los que llevan andaderas he podido borrar ocho nombres —confirma Ibrahim—. También las sillas de ruedas son nuestros aliadas, lo mismo que las cataratas. Por otra parte, hay muchas personas, como Stephen, que no se acercaron a Ian Ventham en toda la mañana. Supongo que estarás de acuerdo, Elizabeth, en eliminar sus nombres de la lista. Y, por último, había tres residentes encadenadas al portón, que siguieron allí hasta que alguien llamó a los bomberos, horas más tarde. Así pues, el resultado es éste.

Ibrahim pasa la página superior del bloc gigante, dejando al descubierto una lista de nombres.

—Treinta personas, incluidos nosotros mismos. Uno de estos nombres corresponde al asesino. Por cierto, por el orden alfabético de los apellidos, soy el primero de la lista.

—Buen trabajo, Ibrahim —celebra Joyce.

—Ya tenemos la lista —comenta Elizabeth—. Ahora tenemos que empezar a pensar.

—Así es. Creo que entre todos podremos eliminar unos cuantos nombres más —dice Ibrahim.

—¿Quién querría la muerte de Ventham? —pregunta Ron—. ¿Quién se ha beneficiado? ¿Lo habrá matado la misma persona que mató a Tony Curran?

—Es curioso, ¿verdad? —comenta Joyce, sacudiéndose trocitos de galleta de la blusa—. ¿Se dan cuenta de que conocemos a un asesino? No sabemos quién es, pero tenemos la certeza de conocerlo. O conocerla.

—¡Es fantástico! —exclama Ron.

Está pensando en comerse una tercera pasta, pero sabe que no se lo permitirán.

—Bueno, será mejor que empecemos —interviene Ibrahim—. A las doce tenemos que dejar la sala: viene el grupo de conversación en francés.

57

—Eso significa —dice Chris Hudson— que el fentanilo tuvo que ser administrado por alguien presente en la escena del crimen. Por tanto, sea quien sea el asesino, sabemos que ya lo hemos visto. Hoy intentaremos confeccionar la lista completa de todos los que estaban allí. No será fácil, pero cuanto antes la tengamos, más pronto atraparemos al culpable. Y, ¿quién sabe?, quizá también al asesino de Tony Curran. A menos que Ventham matara a Curran y después lo mataran a él como venganza.

Donna vuelve la vista hacia la ventana de la sala de reuniones. Mark, su amigo uniformado, se está poniendo un casco de bicicleta que complementa a la perfección su cara de aburrimiento. Donna bebe un sorbo de té —el té reservado a los miembros del departamento de homicidios— y piensa otra vez en los sospechosos. En el padre Mackie, por ejemplo. ¿Qué saben de él? Y en el Club del Crimen de los Jueves. Todos sus miembros estaban presentes. Todos rodearon a Ventham en algún momento. Donna es capaz de imaginar que cualquiera de ellos, cada uno a su manera, sea un asesino. Al menos como hipótesis. Pero ¿lo son? No lo cree, aunque seguramente tendrán puntos de vista interesantes. Debería ir a verlos.

—Mientras tanto —prosigue Chris, abriendo una segunda carpeta—, tengo otras tareas divertidas para encargarles. Ian Ventham no era un hombre popular. Sus negocios eran complicados y con muchas ramificaciones, y su teléfono ha revelado una lista de asuntos que debieron de darle muchísimos dolores de cabeza. Ya pueden decirles a sus seres queridos que durante un tiempo no les verán mucho las caras.

«Sus seres queridos.» Donna piensa en Carl, su ex, y advierte que hace por lo menos cuarenta y ocho horas que no piensa ni una sola vez en él, lo que constituye un nuevo récord. Lo malo es que ahora lo ha estropeado, porque ha vuelto a pensar en él. Es consciente, sin embargo, de que pronto podrá pasar noventa y seis horas sin recordarlo, después será una semana y, antes de darse cuenta, Carl le parecerá un personaje de un libro que leyó mucho tiempo atrás. ¿Para qué pidió el traslado de Londres? ¿Qué pasará cuando esos asesinatos estén resueltos y ella vuelva a ser una policía uniformada?

—Y los demás no dejen de investigar el caso de Tony Curran. Puede que los dos estén conectados, no podemos descartarlo. Necesitamos la información de las cámaras de control de velocidad. En concreto, quiero saber si el coche de Ian Ventham estuvo en esa carretera aquella tarde. Necesito saber dónde está Bobby Tanner y quién tomo esa fotografía. Y también tenemos que averiguar de quién es el teléfono que llamó a Curran.

Eso le recuerda a Donna una corazonada que ha tenido y que necesita comprobar.

58

Elizabeth está otra vez en Los Sauces, sentada en su sillón, en la habitación de Penny. Le está contando a su amiga lo sucedido.

—Estábamos todos presentes, Penny. Tú habrías estado en tu elemento, blandiendo el tolete y arrestando a todo el que se moviera, no me cabe ninguna duda.

Elizabeth mira a John, que está otra vez en la silla donde pasa la mayor parte de las horas del día.

—Imagino que le habrás contado a Penny todos los detalles, ¿no, John?

Él asiente.

—Puede que haya exagerado un poco mi valentía y mi arrojo, pero, aparte de eso, se lo he contado todo tal como sucedió.

Satisfecha, Elizabeth saca del bolso una libreta y un bolígrafo. Da unos golpecitos con este sobre la tapa de la libreta, como un director de orquesta reclamando la atención de los músicos, y empieza.

—Muy bien, Penny, veamos lo que tenemos. Tony Curran recibe un golpe mortal con un objeto contundente, asestado por una persona o personas desconocidas. Por cierto, me encanta decir «objeto contundente». Apuesto a que lo decías casi a diario cuando eras policía. Más tarde, Ian Ventham muere por sobredosis segundos después de recibir una inyección de fentanilo. ¿Has oído hablar del fentanilo, John?

—Por supuesto —responde él—. Lo usaba a menudo. Como anestésico, principalmente.

Claro, John es veterinario. Elizabeth recuerda al zorro herido que cuidó con la ayuda de Ron. En cuanto estuvo recuperado, el animal hizo una carnicería en el gallinero de Elaine McCausland. No había pruebas, pero tampoco otros sospechosos. Ron tuvo que soportar muchas críticas en su momento, lo cual lo llenó de satisfacción.

—¿Es muy difícil conseguirlo? —pregunta Elizabeth.

—¿Para alguien de aquí? —empieza John—. Bueno, no creo que sea fácil, pero tampoco imposible. En las farmacias lo tienen. Supongo que es posible forzar la entrada y llevárselo, pero hay que tener mucha resolución, o mucha suerte. También se puede conseguir por internet.

—¡Cielo santo! —exclama Elizabeth—. ¿De verdad?

—En eso que llaman el «internet profundo». Lo he leído en *The Lancet*. Si te metes ahí, puedes comprar de todo. Hasta un lanzamisiles, si te encaprichas.

Elizabeth asiente.

—¿Y cómo se hace para entrar en el internet profunda?

John se encoge de hombros.

—No tengo ni idea, pero si yo quisiera entrar, lo primero que haría sería comprarme una computadora. Y empezar a partir de ahí.

—Ajá —dice Elizabeth—. Quizá merezca la pena averiguar quién tiene computadora.

—Nunca se sabe —conviene John—. Sería una manera de estrechar el cerco.

Elizabeth se vuelve otra vez hacia Penny. ¡Qué injusto verla así!

—Un hombre asesinado con un objeto contundente y otro por sobredosis. Pero ¿quién ha sido? Si Ventham murió al poco de recibir la inyección, entonces el asesino estaba entre nosotros. Podríamos haber sido John o yo misma. O tal vez Ron o Ibrahim. O... ¿quién sabe? Ibrahim tiene una lista de treinta nombres en una hoja de cálculo, para empezar a investigar.

Elizabeth mira una vez más a su amiga. Le gustaría salir ahora mismo por esa puerta con ella del brazo; beberse entre las dos una botella de vino blanco, oyéndola insultar como un estibador por algún agravio imaginario, y volver después a casa tambaleándonos, felices y embriagadas. Pero eso no volverá a pasar nunca más.

—Me sorprende que Ibrahim no venga nunca a visitarte, Penny.

—Sí que viene —replica John.

—¿Ibrahim viene a verlos? —pregunta Elizabeth—. Nunca lo menciona.

—Como un reloj, Elizabeth. Todos los días le trae una revista y resuelve con ella un problema de bridge. Lo comenta de principio a fin. Y, cuando lo han resuelto, al cabo de una media hora, le besa la mano y se despide.

—¿Y Ron? ¿También viene?

—Nunca —responde John—. Supongo que no todos están preparados para esto.

Elizabeth asiente. Ella también lo cree. Y ahora vuelve al asunto que los ocupa.

—Entonces ¿quién quería matar a Ian Ventham, Penny? ¿Y por qué lo hizo cuando iban a empezar las excavaciones? Supongo que tú te preguntarías quién pierde, y qué pierde esa persona, en caso de que las obras sigan adelante, ¿no es así? En algún momento querré hablar contigo acerca de Bernard Cottle. ¿Lo recuerdas? ¿El que leía el *Daily Express* y estaba casado con una mujer muy simpática? Tengo la sensación de que ahí hay un motivo a la espera de ser descubierto.

Elizabeth se pone de pie, lista para marcharse.

—¿Quién pierde qué? Es lo que debemos preguntarnos, ¿verdad, Penny?

59

Chris Hudson tiene oficina propia, un pequeño refugio donde puede fingir que trabaja. Hay un espacio en la mesa donde normalmente tendría que haber una fotografía de familia y, cada vez que nota su ausencia, siente un poco de vergüenza. Quizá debería poner una foto de su sobrina. ¿Cuántos años tendrá? ¿Doce? ¿O tal vez catorce? Tendría que preguntárselo a su hermano.

Entonces ¿quién mató a Ventham? Chris estaba presente cuando sucedió. Fue testigo directo del asesinato. ¿A quién vio? Todos los del Club del Crimen de los Jueves estaban presentes. También el cura y aquella mujer tan atractiva en *pants*. ¿Quién será? ¿Estará soltera? «Ahora no es el momento, Chris. Concéntrate.»

¿Habrá matado la misma persona a Ventham y a Tony Curran? Era posible. Y bastaría resolver un caso para resolverlos los dos.

¿Qué significaban las tres llamadas telefónicas que había recibido Tony Curran? Lo más probable es que fuera un vendedor de seguros, pero nunca se sabe. Chris está convencido de que el teléfono de Tony Curran podría contarle muchas historias. Los derechos humanos están muy bien, pero daría cualquier cosa por poder intertervenir el teléfono de todos los sospechosos de Fairhaven, como hacen en las cárceles.

Recuerda a un tipo llamado Bernie Scullion, que estaba preso en Parkhurst por robo a mano armada. Un día, como quería comprarse una PlayStation pero se había quedado sin dinero, llamó a un tío suyo y le dijo dónde había escondido un botín de medio millón de libras. En menos de una hora, la policía tenía el dinero y había detenido al tío. Y Bernie se quedó sin la PlayStation.

Llaman a la puerta y, por un breve y perturbador segundo, Chris se da cuenta de que desea que sea Donna.

—Adelante.

Se abre la puerta y entra el inspector Terry Hallet. Tremendamente eficiente, bien parecido a la manera de los oficiales de marina y también, por mucho que le cueste reconocerlo, un buen tipo. Chris jamás podría ponerse camisetas tan ceñidas como las suyas. Algún día Terry heredará su oficina y entonces pondrá sobre la mesa unas fotos maravillosas de sus cuatro hijos y su matrimonio feliz. A Chris le encantaría ser Terry. Por otro lado, nadie sabe de verdad lo que pasa en casa de los demás. Tal vez Terry tenga un drama oculto. Quizá se duerma llorando todas las noches. Es poco probable, pero al menos la idea es un consuelo para Chris.

—Si quieres, vuelvo más tarde —le dice Terry, y entonces Chris se da cuenta de que lleva un buen rato mirándolo sin decir nada.

—No, no, perdona. Estaba pensando.

—¿En el caso de Ventham?

—Sí —miente Chris—. ¿Alguna novedad?

—Siento distraerte otra vez con Tony Curran, pero tengo algo que creo que te interesará —anuncia Terry—. Hay un coche que tardó doce minutos en recorrer los ochocientos metros que median entre las dos cámaras de control de velocidad situadas a los lados de la casa de Tony Curran. Y las horas coinciden.

Chris lee la información.

—Esto significa que se detuvo entre una cámara y otra, por alguna razón. Debió de hacer unos diez minutos de pausa.

Terry Hallet asiente.

—¿Hay algo más en la zona, aparte de la casa de Tony Curran? ¿Algún sitio donde sea normal parar?

—Hay un área de descanso. Podría haber parado para hacer sus necesidades, pero...

—Una parada larga para orinar —conviene Chris—. Podría ser. Nos ha pasado a todos. Pero es interesante. ¿Tienes la placa?

Terry asiente una vez más con la cabeza y después sonríe.

—Me gusta esa sonrisa, Terry. ¿Qué más has averiguado?

—¿Te gustaría saber a nombre de quién está registrado el vehículo?

Terry desliza otra hoja sobre la mesa. Chris la levanta y la lee.

—Una muy buena noticia. ¿Estás seguro de las horas?

Terry Hallet asiente.

—Es la persona que buscamos, ¿no crees?

Chris tiene que darle la razón. Es hora de ir a hacer un par de preguntas.

60

Bogdan ha visto dónde vive Marina y ahora es tan buen momento como cualquier otro para ir a verla. Ella sabrá qué hacer con los huesos, lo sabe desde el momento en que la vio. Le ha traído flores. No las ha comprado, sino que las ha recogido en el bosque y las ha atado en un ramillete, como solía hacer su madre.

Departamento 8. Toca el timbre y responde una voz de hombre. Bogdan se sorprende. Hace tiempo que la observa y no la ha visto nunca con ningún hombre.

Se abre el portón.

—He venido a ver a Marina. ¿Está Marina? —pregunta Bogdan, entrando.

La primera puerta del pasillo alfombrado se abre también y aparece un hombre mayor en pijama, peinándose la densa cabellera gris. ¿Se habrá equivocado de número? En cualquier caso, el anciano debe de conocer a Marina y podrá decirle dónde vive.

—Busco a Marina —anuncia Bogdan—. Pensaba que vivía aquí, pero es posible que me haya equivocado de departamento.

—¿Marina? Por supuesto, pase. Pondremos a calentar la tetera. Nunca es demasiado pronto, ¿verdad? —comenta Stephen, que le pasa a Bogdan un brazo por los hombros y lo conduce a la sala.

Bogdan ha visto con alivio una foto de Marina, una Marina mucho más joven, sobre la mesa del recibo. No se ha equivocado de departamento.

—No sé dónde estará, pero no creo que tarde mucho —dice Stephen—. Puede que haya ido de compras o a visitar a su madre. Siéntese y disfrutemos de la tranquilidad, mientras dure. ¿Le gusta el ajedrez?

61

Chris Hudson se está poniendo el abrigo por encima del saco mientras sale de la comisaría. Al oír que lo llaman, voltea.

—¿Inspector?

Es Donna de Freitas, que acelera el paso para alcanzarlo.

—Vayas donde vayas, voy a hacerte cambiar de planes —dice.

—Lo dudo, De Freitas —responde Chris, que todavía no se acostumbra a llamarla Donna—. Tengo que ir a hacerle un par de preguntas a una persona.

—He estado mirando el registro de llamadas —insiste Donna— y he reconocido el número.

—¿El del celular de donde llamaron a Tony Curran?

Donna asiente y enseguida saca del bolsillo un trozo de papel, que le enseña a Chris.

—¿Lo recuerdas? Es el teléfono de Jason Ritchie. Fue él quien llamó tres veces a Tony la mañana del asesinato. ¿No es suficiente para cambiar de planes?

Chris se lleva un dedo a los labios para hacerla callar y le muestra la hoja que le ha dado antes Terry Hallet.

—Son datos de las cámaras de control de velocidad, del día del asesinato.

—¿El coche es de Jason Ritchie?

Chris asiente.

—Jason llamó a Tony Curran por la mañana y su coche estaba delante de su casa cuando lo mataron. ¡Tenemos que ir a verlo!

—Esta vez iré yo solo —determina Chris.

—No, ni hablar —replica Donna—. En primer lugar, soy tu aprendiz, y el vínculo entre aprendiz y mentor es sagrado, etcétera, etcétera. Y en segundo lugar, acabo de resolver el caso.

Levanta el trozo de papel con el teléfono de Jason y se lo vuelve a enseñar.

Chris le muestra a su vez los registros de las cámaras de control de velocidad.

—Yo lo resolví primero, Donna. Así que voy a hacer una visita rápida a su casa, solo, para que conteste a un par de preguntas. Todo muy distendido e informal.

Ella asiente.

—Buena idea. Pero no está en su casa. Ya lo he comprobado.

—¿Dónde está?

—Si me llevas, te lo diré —responde Donna.

—¿Y si te ordeno que me lo digas? —pregunta Chris.

—Puedes intentarlo, jefe. A ver qué consigues.

Chris niega con la cabeza.

—Ven conmigo, entonces. Conduces tú.

62

Ni Chris ni Donna sabían que en Maidstone había una pista de hielo. ¿Por qué demonios tenía que haber una pista de hielo en Maidstone? El enigma acaparó gran parte de la conversación en el camino de ida. Pero sólo después de que Donna le pidiera a Chris que quitara el recopilatorio de caras B de Oasis.

Poco a poco, Donna confiaba en arrastrar a Chris desde su siglo hasta el presente.

El misterio no se resolvió cuando se estacionaron delante de la pista, que llevaba por nombre Ice-Spectacular. ¿Quién podía ganar dinero con una pista de hielo al borde de una autopista, encajonada entre un almacén de tejas y una tienda gigante de alfombras?

Chris solía decirles a sus amigos que, si veían en su barrio un comercio que no tenía sentido y carecía de clientes, entonces era con seguridad una fachada para el narcotráfico. Siempre. Un negocio así no necesita clientes reales, ni beneficios; es únicamente una excusa para lavar dinero sucio. En todos los pueblos y ciudades hay uno, disimulado entre una hilera de tiendas, o escondido bajo los arcos de las vías elevadas del tren, o al lado de una tienda gigante de alfombras. Puede ser un salón de depilación con cera, o un negocio de alquiler de lámparas para fiestas, o una pista de hielo con un rótulo de neón que nadie ha vuelto a encender desde 2011.

«Siempre una fachada, siempre drogas», piensa Chris mientras cierra la puerta del Ford Focus. Parece lógico, teniendo en cuenta a quién han ido a ver.

Atraviesan las puertas de entrada, recorren la alfombra pegajosa del vestíbulo y entran en el área donde se encuentra la pista propiamente dicha. Está casi vacía a esa hora del día, a excepción de un anciano que quita con una aspiradora las palomitas de maíz de entre las filas de asientos de plástico, y de dos patinadores.

Cualquiera que haya visto a Jason Ritchie en su mejor momento coincidirá en describir la fluidez de su fuerza, la elegancia con que sus pies se deslizaban por el cuadrilátero, la potencia de sus brazos, que describían arcos en el aire o se proyectaban como latigazos capaces de romper costillas, sus fintas y amagos, su mirada clavada permanentemente en el adversario y todo su cuerpo listo para descargar en cualquier momento un ataque imparable. No era una máquina de pegar, ni un trozo de madera insensible a los golpes. No era un zombi. Era un atleta fuerte y valiente, una fiera magnífica y dinámica, alguien que lo daba todo y no desperdiciaba nada. Por su gracia, su apostura y sus movimientos, daba gusto mirar a Jason Ritchie.

Sin embargo, mientras se beben su café y lo observan, Chris y Donna llegan a la conclusión de que Jason Ritchie no tiene talento para la danza sobre hielo.

La sesión parece haber acabado, ya que Jason se desliza con mucha precaución hacia el borde de la pista, con el codo apoyado en el brazo de una mujer menuda enfundada en unas mallas de color lila. A pesar de la ayuda, cuando todavía está a un metro de la seguridad de la barandilla, el patín izquierdo se le descontrola súbitamente, choca contra el patín derecho y todo el peso de su cuerpo tambaleante resulta demasiado abrumador para que la mujer de las mallas pueda salvarlo de la caída. El hombretón vuelve a estar sentado en el hielo. Chris y Donna llevan sólo unos minutos observándolo, pero ya han perdido la cuenta de los porrazos.

Chris se inclina sobre la barandilla y le tiende la mano. Es la primera vez que Jason nota la presencia de los dos policías. Ha estado totalmente concentrado en el patinaje. Mira a Chris a los ojos y acepta la mano que le ofrece, para llegar finalmente a tierra firme.

—¿Tiene cinco minutos, Jason? —pregunta el inspector—. Hemos hecho un largo viaje para verlo.

—¿Estás bien, Jason? —se interesa la mujer de las mallas.

Él asiente y le indica que siga adelante.

—Sí, pero acabo de encontrarme con estos amigos. Me quedaré charlando con ellos un momento.

—De acuerdo. Les pasaré un informe a los productores —dice la patinadora—. No eres una causa perdida, ¡te lo prometo!

—Gracias, preciosa. ¡Eres una superestrella! Gracias por la paciencia que has tenido y por levantarme tantas veces del suelo.

—¡Espero verte en el rodaje! —exclama la patinadora, que saluda y enseguida se marcha, subiendo la empinada escalera de la tribuna sobre las estrechas cuchillas de sus patines.

Jason se desploma sobre una silla de plástico, que se curva un poco bajo su peso, y empieza a desatarse los patines.

—Ya me imaginaba que volvería a verlos a los dos. ¿Tienen otra foto para mí?

—Bueno, ¿qué le parece si vamos directamente al grano? —empieza Chris—. ¿Qué hacía en la casa de Tony Curran el día que fue asesinado?

—No es asunto suyo —responde Jason.

Ya casi se ha quitado el primer patín, pero todavía tiene que luchar un poco más para conseguirlo del todo.

—¿Reconoce que estuvo allí? —pregunta Donna.

—¿Estoy detenido? —replica Jason.

—Todavía no —contesta Donna.

—Entonces no es asunto suyo si estuve o no estuve en esa casa.

El primer patín finalmente ha salido y Jason resopla como si hubiera dado tres vueltas a una pista de atletismo.

—Mire, para que tenga el panorama completo —dice Chris, mientras saca el teléfono del bolsillo y activa la pantalla—. Estábamos buscando el coche de Ventham en las grabaciones de las cámaras de tráfico cercanas a la casa de Tony Curran. Habría sido una buena pista para resolver el caso. Sin embargo, Ian Ventham no visitó la casa de Curran aquella tarde. Aun así, hemos hecho otro descubrimiento todavía más interesante. La primera cámara de control de velocidad no capta el coche de Ventham, sino el suyo, Jason, a las tres y veintiséis minutos de la tarde, unos cuatrocientos metros al este de la casa de Tony. La cámara siguiente, al otro lado de la casa de Tony, lo capta a las tres y treinta y ocho. Por tanto, o bien tardó usted doce minutos en recorrer menos de un kilómetro, o bien hizo una parada entre un punto y el otro.

Jason mira a Chris con expresión impávida, se encoge de hombros y empieza a desatarse el otro patín.

—Yo también tengo algo —interviene Donna—. ¿Llamó usted a Tony Curran el día que lo asesinaron?

—Me temo que no lo recuerdo.

Jason está luchando con un nudo aparentemente imposible de deshacer.

—Pero debería recordarlo, ¿no? —insiste Donna—. ¿No recuerda haber llamado a Tony Curran? ¿A uno de los miembros de su antigua pandilla?

—Nunca he tenido ninguna pandilla —repone Jason, que por fin ha conseguido aflojar el nudo.

Chris asiente.

—El problema es éste, Jason. Tony Curran recibe tres llamadas de un teléfono misterioso la mañana de su muerte. No podemos rastrear el número, gracias a Vodafone y a las leyes de protección de datos. Pero afortunadamente tenemos el mismo número escrito por usted en un papel que le dio a la agente De Freitas. Es su teléfono, Jason.

Jason ya ha conseguido quitarse el segundo patín. Asiente con la cabeza.

—Fue una tontería de mi parte.

—Y esa misma tarde, después de hacer esas llamadas, pasa en su coche por delante de la casa de Tony Curran y se detiene unos diez minutos para atender algún asunto, a la hora exacta en que Tony Curran es asesinado.

Chris lo mira expectante.

—Pues sí, parece que tienen ustedes un buen misterio entre manos —comenta Jason—. Creo que me marcharé ya, ahora que he logrado quitarme los patines.

—¿Le gustaría venir con nosotros para facilitarnos unas huellas dactilares y unas muestras de ADN? —propone Chris—. Solamente para descartarlo de nuestra investigación. Podría quedar fuera de toda sospecha de dos asesinatos a la vez. Sería muy positivo para usted.

—Quizá debería preguntarse por qué no tienen ya mis huellas dactilares ni mi ADN —contesta Jason—. ¿No será porque nunca me han detenido por nada?

—Nunca lo han cachado en nada —replica Chris—. Es diferente.

—También me gustaría saber qué motivo piensan que podría tener yo —prosigue Jason.

—¿Robo? —apunta Chris—. La gente como Curran suele tener mucho dinero en efectivo. ¿Tiene usted problemas de dinero últimamente?

—Creo que ya han consumido su tiempo —dice Jason mientras se dispone a subir la escalera hacia los vestidores.

Chris y Donna no lo siguen.

—¿O ha aceptado participar en *Mira quién baila sobre hielo* solamente por el prestigio, Jason? —pregunta Donna.

Al oírla, él se vuelve con una sonrisa y le enseña el dedo medio. Después continúa subiendo la escalera.

Chris y Donna se le quedan mirando hasta que desaparece y entonces se acomodan en sus sillas de plástico, con la vista perdida en la pista de hielo desierta.

—¿Qué te ha parecido? —pregunta Chris.

—Si fue él, ¿por qué demonios dejó una foto suya junto al cadáver? —plantea Donna.

Chris menea la cabeza.

—¿Simplemente porque alguna gente es tonta?

—Ese tipo no parece tonto —repone ella.

—Estoy de acuerdo —conviene Chris.

63

Desde fuera, Elizabeth nota enseguida algo raro. Las cortinas del estudio de Stephen están abiertas, aunque habitualmente las deja cerradas. A Stephen le molesta el resplandor del sol matutino cuando escribe.

Su cerebro hace todos los cálculos necesarios en menos de un segundo. ¿Se ha despertado Stephen y ha alterado su rutina? ¿Estará herido? ¿Tirado en el suelo? ¿Vivo? ¿Muerto?

¿Habrá irrumpido un intruso en la casa? ¿Alguien de su pasado? Esas cosas pasan, incluso ahora. Ha sabido de algún caso. ¿O tal vez alguien del caótico presente ha decidido hacerle una visita?

Elizabeth da un rodeo y se dirige a la salida de incendios de la parte trasera del edificio, sobre Larkin Court. Es imposible abrirla desde fuera, a menos que se disponga de un instrumento que sólo pueden tener los bomberos. Abre la puerta y entra sigilosamente.

Sus pasos son absolutamente silenciosos en el vestíbulo alfombrado, pero también lo habrían sido en los pasillos de concreto de un centro de detención de la RDA. Saca el llavero y aplica un poco de protector labial sobre la llave. Cuando la inserta en la cerradura, no hace ningún ruido. Abre la puerta con tanto cuidado como puede, que es mucho.

Si hay alguien dentro, Elizabeth sabe que su fin podría está cerca. Con el llavero en la palma de la mano, coloca una llave entre cada uno de sus dedos, la punta hacia fuera, y cierra el puño.

Stephen no se ha desplomado en el pasillo. Al menos, de eso puede estar segura. La puerta de su estudio está abierta y el sol de la mañana entra a raudales. Se avergüenza fugazmente por el polvo que baila en el aire enmarcado por la puerta.

—Jaque mate —dice una voz en la sala.

La voz tiene acento eslavo.

—Maldita sea —replica Stephen.

Elizabeth vuelve a guardar el llavero en el bolso y abre la puerta de la sala. Stephen y Bogdan están sentados a ambos lados del tablero de ajedrez. Los dos sonríen al verla.

—¡Elizabeth, mira quién ha venido! —exclama Stephen señalando a Bogdan.

El visitante tiene un momento de desconcierto.

—¿Elizabeth?

—Sí, a veces me llama así. Se confunde. —Y después le dice a Stephen—: Soy Marina, cariño. Tienes que recordarlo.

No le ha gustado hacerlo, pero ha sido necesario.

—Él mismo me lo ha dicho —conviene Stephen.

Bogdan se ha levantado de la silla y le tiende la mano a Elizabeth.

—Le he traído flores. Su marido las ha puesto en algún sitio, pero no sé dónde.

Stephen está analizando el final del juego en el tablero.

—¡Cómo me ha ganado este condenado, Elizabeth! —exclama—. ¡Vaya paliza que me ha dado!

Ella mira a su marido, que repasa las últimas jugadas inclinado sobre las piezas, claramente fascinado por la trampa que le ha tendido su contrincante. «Todavía hay vida en su interior», piensa, y por enésima vez vuelve a enamorarse de Stephen.

—Soy Marina, cariño —repite.

—No se preocupe —dice Bogdan—. Yo también la llamaré Elizabeth.

—Y además, ha reparado la lámpara de mi estudio —añade Stephen—. Ojalá todos los visitantes fueran como él.

—Eres muy amable, Bogdan. Siento que la casa esté un poco desordenada. Normalmente no viene nadie a vernos, así que...

Bogdan le apoya una mano en el brazo.

—Tiene una casa preciosa, Elizabeth, y su marido es muy amable. ¿Podría hablar con usted un minuto?

—Por supuesto —accede ella.

—¿Puedo confiar en usted? —le pregunta Bogdan mirándola a los ojos.

—Claro que sí —asegura Elizabeth sin desviar la vista.

Bogdan le cree.

—¿Vendría conmigo esta noche, a ver algo que quiero enseñarle?

—¿Esta noche? —repite ella.

—Es mejor esperar a que haya oscurecido.

Elizabeth estudia la expresión de Bogdan.

—¿Dices que quieres enseñarme algo? ¿De qué se trata?

—Es algo que le interesará ver.

—Bueno, yo misma juzgaré si me interesa o no —replica ella—. ¿Y adónde tendremos que ir, Bogdan?

—Al cementerio.

—¿Al cementerio?

Un ligero escalofrío recorre la columna vertebral de Elizabeth. A veces el mundo puede ser maravilloso.

—Nos encontraremos allí —dice Bogdan—. Lleve ropa abrigadora, porque estaremos un buen rato.

—Puedes contar conmigo —responde ella.

64
Joyce

Sí, ya sé que Ian Ventham ha muerto. Ya llegaremos a eso, se los prometo. Pero ¿a que no adivinan qué más ha pasado? ¡Ha venido Joanna!

Hemos ido a Fairhaven en su coche nuevo (no recuerdo la marca y el modelo, pero podría ir a mirarlo en un momento). Hemos parado en la cafetería vegana. Yo no había hecho ningún comentario, pero el éxito ha sido rotundo. Ni una queja por parte de Joanna. No ha dicho «Ya nadie es vegano, mamá», ni «Los *brownies* son mejores en el libanés de la esquina de mi casa». Hemos tomado té verde, hot cakes de avena y bollitos de almendra. Jamás lo habría esperado.

Joanna ha venido porque tenía una reunión cerca de aquí, algo relacionado con la «optimización». Cuando pienso en la niña que se comía sin problemas las palitos de pescado y los gofres de papa pero ponía el grito en el cielo cada vez que le servía chícharos, me resulta extraño que ahora vaya a reuniones sobre «optimización». Sea lo que sea eso.

Su último novio ya es historia, como habíamos supuesto. ¿Sabían que ahora es posible bloquear el celular para que nadie pueda abrirlo y curiosear? ¿Y que se puede bloquear con la huella dactilar? En cualquier caso, parece ser que el novio se había quedado dormido en el sofá y entonces ella le acercó el teléfono al pulgar para abrirlo. Leyó sus mensajes y, cuando el tipo se despertó, ya tenía las maletas en el recibidor. ¡Ésa es mi chica!

No me ha dado ningún detalle de los mensajes en cuestión, pero al parecer había fotografías. Escucho lo suficiente *La hora de la mujer* en la radio para imaginar qué tipo de fotografías eran. ¡Vaya imbécil!

Nos hemos reído bastante, así que no creo que la separación le haya afectado demasiado.

Oigo que Joanna se está despertando de la siesta, así que voy a despedirme por ahora. Ustedes no lo notan, pero he estado tecleando sin hacer ruido.

Mi niña preciosa, durmiendo feliz en mi cama, y dos asesinatos por resolver. ¿Qué más se puede pedir?

Joanna me ha traído una botella de vino. Este vino en concreto tiene algo especial, pero me temo que no recuerdo qué. Algún día mi hija comprenderá que para mí el regalo es ella. He invitado a Elizabeth para que venga a tomar una copa con nosotras esta noche, pero me ha dicho que tiene «otros planes».

Ni idea de qué puede ser. No obstante, apuesto a que se trata de algo relacionado con los asesinatos.

(NOTA AÑADIDA MÁS TARDE: EL COCHE ES UN AUDI A4.)

65

El sendero que sube la cuesta hacia el jardín del Descanso Eterno es una pista pálida en la penumbra. Bogdan le ofrece el brazo a Elizabeth, que lo acepta.

—¿Stephen no está bien? —pregunta él.

—No, cariño, no está bien.

—Le puso algo en el café, ¿verdad? Cuando ya nos íbamos.

—Todos tenemos que tomar pastillas por alguna causa.

Bogdan asiente comprensivo.

Dejan atrás la banca donde Bernard Cottle pasa la mayor parte del día. Elizabeth ha estado pensando bastante en Bernard. Se ha visto obligada, dadas las circunstancias. Tiene la sensación de que siempre está montando guardia delante del cementerio, como si hiciera de centinela sentado en esa banca. No entra nunca, pero tampoco se aleja demasiado. ¿Qué perderá Bernard si el proyecto avanza? En algún momento, Elizabeth tendrá que hablar con él, o quizá será mejor pedirles a Ron y a Ibrahim que lo hagan ellos, aunque puede que eso signifique actuar a espaldas de Joyce.

—Hacía tiempo que Stephen no jugaba al ajedrez, Bogdan. Ha sido bonito verlo otra vez delante del tablero.

—Juega bien. Me ha costado ganarle.

Han llegado a la reja de hierro del jardín del Descanso Eterno. Bogdan empuja una de las hojas y guía a Elizabeth a través del cementerio.

—Tú también debes de ser bastante bueno.

—El ajedrez es fácil —afirma Bogdan mientras camina entre las hileras de tumbas, iluminándose con una linterna—. Basta con hacer en cada momento la mejor jugada.

—Sí, supongo que se reduce a eso —comenta Elizabeth—. Nunca lo había visto así. Pero ¿qué pasa si no sabes cuál es la mejor jugada?

—Entonces pierdes.

Bogdan la conduce un poco más allá, hasta una tumba antigua, situada en la esquina más alejada.

—Ha dicho que podía confiar en usted, ¿verdad? —pregunta.

—Implícitamente, lo he dicho —responde Elizabeth.

—¿Aunque no se llame Marina, sino Elizabeth, como he visto en unas facturas que había en su casa?

—Lo siento —se disculpa ella—. Pero aparte de eso, sí, implícitamente.

—No me importa que me haya dicho un nombre falso. Es asunto suyo. Pero si le enseño una cosa, ¿me promete que no se lo dirá a la policía ni a nadie?

—Tienes mi palabra.

Bogdan asiente.

—Siéntese mientras yo cavo.

Hace una noche agradable para sentarse a los pies de una imagen de Cristo crucificado, y Elizabeth observa a Bogdan, que a su izquierda ha empezado a cavar la tumba a la tenue luz de la linterna. Se pregunta qué habrá descubierto. ¿Qué secreto estará a punto de revelarle?

Repasa mentalmente las posibilidades. La más evidente es que sea dinero: un maletín o una mochila, que Bogdan sacará de la sepultura y depositará a sus pies. Billetes o tal vez lingotes de oro. Un tesoro enterrado por quién sabe quién, quién sabe cuándo. Tiene que ser mucho, porque, de lo contrario, ¿para qué la ha llevado Bogdan al cementerio en plena noche? ¿Será suficiente dinero como para matar a alguien? Si sólo fueran un par de miles de libras, Bogdan simplemente se las habría quedado. Quien las encuentra se las queda, y a otra cosa. Sin embargo, un maletín lleno de billetes de cincuenta sería...

—Ya puede venir a ver —la avisa él, incorporándose dentro de la tumba y echándose la pala al hombro.

Elizabeth se levanta, se acerca a la sepultura y ve lo que Bogdan vio la mañana del asesinato de Ian Ventham. De todas las cosas que podrían hallarse en una tumba, un cadáver debería ser la menos sorprendente. Pero cuando la luz de la linterna de Bogdan recorre los huesos y la tapa del ataúd sobre la cual descansan, Elizabeth se ve obligada a reconocer que lo que ve no es lo que esperaba.

—Pensaba que sería dinero, ¿no? —dice él—. Supuso que había encontrado dinero o algo parecido y no sabía qué hacer, ¿verdad?

Elizabeth asiente. Dinero o algo parecido. Bogdan es muy listo.

—Lo sé. Lo siento, pero no es dinero. Habría estado bien, pero solamente hay huesos. Huesos dentro del ataúd y otros huesos diferentes, fuera del ataúd.

—¿Lo descubriste ayer, Bogdan? —pregunta Elizabeth.

—Sí, justo cuando mataron a Ian. No sabía qué hacer. Necesitaba un día para pensar. Puede que no sea nada. ¿A usted qué le parece?

Elizabeth se sienta al borde de la tumba y toca con los pies la tapa del ataúd.

—¿Lo has abierto?

—Pensé que sería lo mejor. Para comprobar.

—Tenías razón —conviene Elizabeth—. ¿Y estás seguro de que dentro hay otro cadáver diferente?

Bogdan levanta la parte rota de la tapa del ataúd, dejando al descubierto los huesos que encierra.

—Sí. Estos huesos están donde deben estar. Y son mucho más viejos.

Elizabeth asiente, reflexionando.

—Entonces, tenemos dos cadáveres: uno donde tiene que estar y el otro, más reciente, donde no corresponde que esté.

—Así es. Quizá habría sido mejor llamar a la policía, pero no me decidí. Ya sabe cómo es la policía.

—Sí, Bogdan, lo sé. Has hecho bien en venir a hablar conmigo. Puede que en algún momento tengamos que contárselo a ellos, pero todavía no, o al menos eso creo.

—Entonces ¿qué hacemos?

—Vuelve a rellenar la tumba, Bogdan, si no te importa. De momento, entierra los huesos de nuevo. Concédeme un tiempo para pensar.

—Lo que usted diga, Elizabeth. Puedo seguir cavando y rellenando, hasta que el trabajo esté terminado.

—Somos muy parecidos tú y yo, Bogdan —dice ella, pensando que debería llamar a Austin. Él sabrá qué hacer con eso.

Dirige la vista hacia las luces de la comunidad. La mayoría se han apagado ya, pero las ventanas de Ibrahim siguen iluminadas. Debe de estar trabajando. Es un buen hombre.

Vuelve a mirar a Bogdan, que echa paladas de tierra en la tumba, cubierto de polvo y sudor, y coloca en su sitio la tapa rota del ataúd, para cubrir un cadáver sin perturbar demasiado al otro. De repente, piensa que es exactamente el tipo de hijo que le habría gustado tener.

66

—Están metidos hasta las orejas —dice Ron—. Siempre están metidos. Sea lo que sea, la Iglesia católica siempre quiere su parte.

—Aun así... —replica Ibrahim.

Están analizando quién pudo haber matado a Ian Ventham.

Llevan un rato repasando la lista de treinta nombres y sopesando las posibilidades. Solamente se han reunido ellos dos. Joyce tiene a Joanna de visita y a Elizabeth ha sido imposible localizarla, lo que a esas horas de la noche empieza a resultar un poco sospechoso. Pero han decidido seguir adelante sin ellas.

Ron insiste en atribuir a cada persona una puntuación del uno al diez, y a medida que bebe más whisky, las puntuaciones van subiendo. Acaba de asignarle un siete a Maureen, la de Larkin, solamente porque una vez se coló delante de él en la fila de la cena, lo cual «habla por sí solo».

—El padre Mackie es nuestro primer diez. Apúntalo, Ibbsy. Es el primero de la lista. Debe de tener algo escondido en una de esas tumbas. Te lo garantizo, lo tengo checado. Podría ser oro, o un cadáver, o pornografía. O las tres cosas a la vez, conociendo a los suyos. Le preocupa que empiecen las excavaciones.

—Parece poco probable, Ron —repone Ibrahim.

—Ya sabes lo que decía Sherlock Holmes, amigo mío: «Si no sabes quién ha sido, entonces... haz alguna cosa».

—Sabias palabras —comenta Ibrahim—. Pero ¿no te parece que el padre Mackie ya habría desenterrado por sí mismo lo que quiere ocultar, Ron? ¿No crees que ya lo habría hecho? ¿Para evitarse problemas?

—Habrá perdido la pala, yo qué sé. Pero recuerda lo que te estoy diciendo —insiste Ron, que empieza a arrastrar las palabras cuando habla.

Charlar hasta tarde, con una botella de whisky y un enigma por resolver. La buena vida.

—Le doy un diez —insiste.

—Esto no es *Mira quién baila*, Ron.

Ibrahim está totalmente en contra del sistema de puntuación de Ron, pero aun así escribe un diez junto al nombre del padre Mackie. De hecho, también está totalmente en contra del sistema de puntuación del concurso de baile de la televisión, porque cree que le otorga demasiado peso al voto del público, en comparación con las notas del jurado. Una vez escribió una carta sobre el asunto a la BBC y recibió una respuesta amable pero poco concluyente. Mira el siguiente nombre de la lista.

—Bernard Cottle. ¿Qué opinión nos merece, Ron?

—Para mí, otro de los grandes sospechosos. —El hielo del whisky de Ron tintinea cada vez que gesticula con el vaso—. ¿Recuerdas cómo estaba aquella mañana?

—Cada vez más alterado, es cierto.

—Y sabemos que pasa mucho tiempo en esa banca, como si estuviera marcando el territorio —dice Ron—. Solía sentarse allí mismo con su mujer, ¿no? Es su sitio, donde se siente a gusto y en paz. No puedes quitarle algo así a una persona, especialmente a nuestra edad. No nos gusta que las cosas cambien demasiado.

Ibrahim asiente.

—Hay demasiados cambios. Llega un momento en que el progreso es sólo para los demás.

Para Ibrahim, una de las ventajas de Coopers Chase es que está lleno de vida. Hay un montón de comisiones ridículas y politiquerías absurdas, un sinfín de discusiones y chismorreos, gente nueva que cambia sutilmente las dinámicas establecidas, y también despedidas, que sirven para recordar que tampoco ese lugar puede permanecer inalterado. Coopers Chase es una comunidad y, en opinión de Ibrahim, los seres humanos están hechos para vivir en sitios como ése. Allí, cada vez que quieres estar solo, puedes cerrar simplemente la puerta de casa, y cuando quieres compañía, puedes volver a abrirla. Si existe mejor receta para la felicidad, a Ibrahim le gustaría conocerla. Pero Bernard ha perdido a su mujer y no presenta signos de encontrar el camino para superar su dolor. Por eso necesita sentarse en los muelles de Fairhaven, o en una banca en la colina, y nadie ha necesitado preguntarle nunca por qué.

—¿Cuál es tu sitio, Ron? —pregunta Ibrahim—. ¿Dónde te sientes a gusto y en paz contigo mismo?

Ron frunce los labios y suelta una risita.

—Si me hubieras preguntado eso mismo hace un par de años, me habría reído de ti y me habría marchado, ¿no?

—Supongo que sí —conviene Ibrahim—. He conseguido cambiarte.

—Creo que... —empieza Ron, con expresión atenta y mirada concentrada—. Me parece... —Ibrahim nota que la cara de su amigo se relaja y decide esperar a que salga sola la verdad, en lugar de presionarlo—. ¿Quieres que te sea sincero? Estoy repasando en la cabeza todo lo que supuestamente debería decir. Pero creo que mi lugar es éste, sentado en esta silla, en compañía de mi amigo, bebiendo su whisky, con un buen tema de conversación para pasar la noche.

Ibrahim entrelaza los dedos de ambas manos y deja que Ron siga hablando.

—¡Piensa en todos los que ya no están, Ibbsy, en todos los cabrones que se han quedado en el camino! Pero aquí estamos nosotros, un tío de Egipto y otro de Kent. Hemos resistido y un tipo en Escocia nos ha fabricado este whisky. Eso tiene que significar algo, ¿no? Éste es el lugar, ¿verdad, camarada? Éste es el sitio.

Ibrahim le da la razón. En realidad, su lugar es la estantería llena de carpetas que tiene a su espalda, pero no quiere estropear el momento. Ron ha dejado de hablar, e Ibrahim nota que ha llegado a un lugar muy profundo de su ser. Está perdido en sus recuerdos. Ibrahim sabe quedarse callado, para que Ron vaya hasta donde necesite ir y piense lo que tenga que pensar. Es algo que ha vivido infinidad de veces a lo largo de los años, con pacientes sentados en ese mismo sillón. Es la parte que más le gusta de su profesión: ver cómo la gente profundiza en su interior y encuentra cosas que no sabía que tenía guardadas. Ron vuelve a levantar la vista. Está listo para volver a hablar. Ibrahim se inclina hacia delante, de manera casi imperceptible. ¿Dónde habrá estado su amigo?

—¿Tú crees que Bernard se está cogiendo a Joyce? —pregunta Ron.

De manera igualmente imperceptible, Ibrahim vuelve a inclinarse hacia atrás.

—No lo he pensado nunca.

—Claro que sí, seguro que lo has pensado. ¿No eres psiquiatra? Yo creo que sí se la está cogiendo. Es un tipo con suerte. ¿Has visto cómo le guarda pastel Joyce? ¿Y tú? ¿Todavía podrías, si tuvieras que hacerlo? —dice Ron.

—No, desde hace un par de años, ya no puedo.

—Yo estoy igual. En parte es una bendición, porque era una auténtica esclavitud. En cualquier caso, al viejo Bernard le pongo un nueve. ¿Qué te parece? Estaba allí y no quería que entraran las excavadoras. Además, creo que trabajaba en algo de ciencia, ¿no?

—En la industria petroquímica, tengo entendido.

—Ahí lo tienes. ¡El fentanilo! Un nueve.

Ibrahim se inclina por darle la razón a Ron. Bernard no le parece completamente inocente. Escribe un nueve junto al nombre de Bernard Cottle.

—Si es verdad que se lo está cogiendo, a Joyce no le gustará ese nueve —comenta Ron.

—Joyce tiene la misma información que nosotros. También le pondría un nueve.

—No es ninguna tonta esa Joyce —conviene Ron—. ¿Y qué me dices de la chica de la colina? La hija del granjero. La de las computadoras.

—¿Karen Playfair? —dice Ibrahim.

—Estaba allí, ¿no? —repone Ron—. Justo en medio de la acción. Probablemente sabe un par de cosas sobre drogas. Y además, es atractiva, lo que siempre es un problema.

—¿Lo es?

—Siempre —confirma Ron—. Al menos para mí.

—¿Qué motivo podía tener?

Ron se encoge de hombros.

—¿Un asunto amoroso? Olvídate del cementerio. Siempre hay líos de celos.

—¿Le ponemos un siete? —propone Ibrahim—. ¿O tal vez un siete con un asterisco, que remita a una nota al pie donde explicaremos que el asterisco significa «Necesidad de seguir investigando»?

—Siete con asterisco —accede Ron, aunque en realidad dice *axterisco*—. Ahora faltamos solamente nosotros cuatro, los únicos de la lista que quedamos sin puntuar.

Ibrahim observa la lista y asiente.

—¿Lo hacemos? —pregunta Ron.

—¿Crees que hay alguna probabilidad de que haya sido alguno de nosotros?

—Yo no he sido, eso te lo aseguro —declara Ron—. Por mí, pueden construir y urbanizar todo lo que quieran. Cuantos más seamos, más reiremos.

—Sin embargo, te opusiste radicalmente al proyecto durante la asamblea consultiva, te enfrentaste con las autoridades municipales e iniciaste el bloqueo para impedir el paso de las excavadoras. Y todo para detener el inicio de las obras.

—¡Por supuesto que sí! —exclama Ron, mirando a su amigo como si no estuviera en sus cabales—. Conmigo no se extralimita nadie. Además, ¿dónde quieres que monte un poco de alboroto, con casi ochenta años, si no es aquí? Pero piensa en las mensualidades que pagamos, en los nuevos equipamientos... No me parece mal que sigan construyendo. Jamás se me habría ocurrido matar a Ventham. Habría sido como cortarme yo mismo la nariz. Ponme un cuatro.

Ibrahim niega con la cabeza.

—Te pondré un siete. Eres muy combativo, tienes mucho temperamento y a menudo actúas de manera irracional. Estabas en medio de la trifulca y eres insulinodependiente, por lo que sabes usar una jeringa. Todo eso suma.

Ron asiente convencido.

—Muy bien. Ponme un seis.

Ibrahim da unos cuantos golpecitos con el bolígrafo sobre la libreta y después levanta la vista.

—Y es posible que tu hijo tuviera alguna relación con Tony Curran, así que te pondré un siete.

Ron ya no está sentado en su lugar de paz y el hielo de su whisky baila más enérgicamente. Está quieto, pero no en calma.

—No metas a Jason en esto, Ibrahim. No es propio de ti.

«Interesante», piensa Ibrahim, pero no lo dice.

—¿Quieres que nos puntuemos a nosotros mismos o no?

Ron se queda mirando un buen rato a su amigo.

—Sí, claro que sí. Tienes razón. Pero si a mí me pones un siete, a ti también hay que ponerte un siete.

—Me parece bien —conviene, escribiéndolo en su libreta—. ¿Cuáles son tus razones?

«Demasiadas razones», piensa Ron, que ahora sonríe, superada la tensión.

—Para empezar, eres demasiado listo. Ahí tienes una razón. Vete apuntándolas. En segundo lugar, eres un psicópata, o un sociópata, o cualquiera de las dos cosas que sea la peor. Además, tienes una caligrafía horrorosa y eso siempre es mala señal. Eres un inmigrante y ya sabemos lo que pasa con los inmigrantes. Hay un pobre psiquiatra británico, blanco, que está desempleado por tu culpa. También es probable que estés furioso porque te estás quedando calvo. Hay gente que ha matado por menos.

—¿De dónde sacas que me estoy quedando calvo? —replica Ibrahim—. Pregúntale a Anthony por mi pelo. Siempre me lo alaba.

—Estabas presente aquella mañana, en medio de la acción, como siempre. Y eres el tipo de persona que en una película cometería el asesinato perfecto, solamente para comprobar si lo cachan o no.

—En eso te doy la razón —admite Ibrahim.

—Interpretado por Omar Sharif —añade Ron.

—¡Ah, entonces reconoces que tengo pelo! Muy bien. Me pongo un siete. Ahora veamos a Joyce y a Elizabeth.

A Ibrahim le gusta la idea de quedarse conversando hasta tarde. Cuando Ron se vaya, solamente le quedará leer, hacer más listas y meterse por obligación en la cama, a esperar un sueño que cada vez le cuesta más conciliar. Hay demasiadas voces que lo llaman, demasiada gente perdida aún en la oscuridad, pidiendo ayuda.

Ibrahim sabe que habitualmente es la última persona despierta en Coopers Chase, y esa noche se alegra de tener compañía. Son dos viejos que luchan contra la noche.

Abre otra vez la libreta y mira por la ventana, en dirección a la casa de Joyce. Oscuridad por todas partes. La comunidad duerme.

Elizabeth, por supuesto, es demasiado profesional para dejar que se vea la luz de su linterna mientras regresa por el camino que baja de la colina.

67

Jason Ritchie está sentado en un rincón, acabando su plato. Rape al estragón, ambos de producción local.

No sabe muy bien qué hacer.

Está sorprendido por lo mucho que ha cambiado el antiguo Black Bridge. Ahora se llama Le Pont Noir y es un «gastropub», con el rótulo en letras negras minimalistas sobre fondo gris. Fairhaven ha perdido gran parte de sus aristas en los últimos años y algunos de sus rincones más oscuros han desaparecido.

«Yo también he cambiado», piensa mientras bebe su agua mineral con gas.

Piensa en la fotografía. Se sentiría mucho más seguro si tuviera una pistola. Hace veinte años le habría resultado fácil conseguirla. Habría entrado en el Black Bridge para hablar un momento con Mickey Landsdowne y éste habría llamado a Geoff Goff. Entonces, antes de que Jason se acabara la cerveza, un chico montado en una bici BMX le habría entregado un paquete marrón y se habría llevado una bolsa de papas fritas y un paquete de tabaco, por la molestia.

Eran tiempos más sencillos.

Ahora Mickey Landsdowne está cumpliendo condena en Wandsworth por provocar un incendio y vender Viagra falsa en los mercados ambulantes.

Geoff Goff intentó comprar el equipo de futbol local de Fairhaven, perdió un montón de dinero con la crisis inmobiliaria, ganó una fortuna vendiendo cobre robado y finalmente lo mataron a tiros desde una moto acuática.

Ya ni siquiera quedaban chavos que se desplazaran en BMX.

Jason tiene la fotografía sobre la mesa. Fue tomada hace muchos años en el Black Bridge, en la época anterior a las reducciones de estragón y el pan de espelta.

En la foto se ve a la pandilla, tal como era ayer mismo, riendo como si no existieran los problemas.

Desde que se ha sentado, Jason ha estado tratando de determinar el lugar exacto donde Tony Curran le disparó al narcotraficante de Londres que había ido a Fairhaven a probar suerte. Había sido en el año 2000, ¿no? Es difícil localizarlo, porque han desplazado una delgada pared, pero piensa que tal vez fue donde ahora está la chimenea recuperada, con sus troncos de producción local.

—¿Tomará café? —le pregunta la mesera.

Jason pide un cortado.

Recuerda que la bala le entró al chico por el estómago, le salió por la espalda, atravesó la pared fina como el papel y fue a dar al estacionamiento, donde se incrustó en el Cosworth RS500 de Gianni *el Turco*. Gianni estaba desolado. Pero había sido Tony. ¿Qué podía hacer?

Últimamente Jason ha estado recordando mucho a Gianni *el Turco*, porque piensa que debió de ser la persona que tomó la fotografía hallada junto al cadáver. Siempre llevaba consigo una cámara. ¿Lo sabrá la policía? ¿Habrá vuelto Gianni al pueblo? ¿Y Bobby Tanner? ¿Será Jason el siguiente de su lista?

El chico al que Tony había disparado había muerto. En aquella época solía venir con frecuencia gente de

Londres. A veces del sur de Londres y otras veces del norte. Las bandas querían expandirse y buscaban nuevos mercados donde resultara fácil imponerse.

La mesera le sirve el cortado. Con un bizcochito de almendras.

Jason todavía recuerda al chico. No era más que un chavo. Le había ofrecido coca a Steve Georgiou en The Oak, un local del malecón. Steve era un chipriota que se mantenía en la periferia de la pandilla. No quería implicarse directamente en nada, pero era un tipo de confianza. Ahora es dueño de un gimnasio. El caso es que Steve Georgiou envió al pobre chico a la boca del lobo. Le dijo que fuera al Black Bridge a probar suerte y el muchacho lo hizo. Cuando se dio cuenta de que había cometido un error, ya no pudo hacer nada.

Sangró mucho, Jason lo recuerda, y también recuerda que fue horroroso. Visto en retrospectiva, calcula que el chico debía de tener unos diecisiete años. Ahora piensa que era prácticamente un niño, pero en aquel momento no lo parecía. Alguien lo levantó del suelo y lo metió en la vieja camioneta de la British Telecom que se había comprado Bobby Tanner, y un taxista al que a Tony le gustaba recurrir en ese tipo de situaciones lo llevó hasta el cartel de BIENVENIDOS A FAIRHAVEN en la A2102 y lo dejó tirado en la cuneta. Allí lo encontraron a la mañana siguiente. Para el chico ya era tarde, porque estaba muerto. Pero sabía a qué se exponía. El taxista también acabó muerto, porque Tony se lo pensó mejor y no quiso arriesgarse.

Ahí se había acabado la historia para Jason. Para todos, de hecho. Ya no eran unos jovencitos que ganaban un montón de dinero, ni unos amigos con ganas de divertirse y de ser Robin Hood, o lo que fuera que pensaran en aquellos tiempos. Había balas de verdad, cadáveres, policías, y padres y madres que lloraban a sus hijos. Jason se sentía como un idiota por no haberlo comprendido antes.

Bobby Tanner se marchó poco después. Su hermano pequeño, Troy, murió mientras cruzaba el canal de la Mancha. ¿Con un cargamento de droga? Jason nunca lo supo. Gianni también se había apartado, después del asesinato del taxista. Y así acabó todo. Una bala había bastado para poner punto final a una época, y Jason se alegraba de que se hubiera acabado.

Dicen que ahora dos hermanos de Saint Leonards controlan el negocio en Fairhaven. Jason les desea suerte. El negocio ilegal sigue en manos de bandas locales. Todo kilómetro cero y de producción local.

Va hasta la chimenea y se agacha. Sí, ése es el lugar. Recorre con un dedo las réplicas de baldosas antiguas. Si las levantas y rascas un poco el suelo, encontrarás un pequeño agujero que Mickey Lansdowne rellenó y pintó hace poco más de veinte años. La bala que lo cambió todo.

Ahora ya no queda nada del Black Bridge, entre los recuerdos y el té con ginseng. Toda la pandilla ha desaparecido. Tony Curran, Mickey Landsdowne, Geoff Goff...

¿Dónde estará ahora aquel Cosworth con un orificio de bala? ¿Oxidándose en algún descampado? ¿Dónde estará Bobby Tanner? ¿Y Gianni? ¿Cómo puede hacer para encontrarlos antes de que ellos lo encuentren a él?

Jason se reclina sobre el respaldo de la silla y bebe de la taza. Probablemente conoce la respuesta. Hace tiempo que la conoce.

Deja escapar un suspiro, moja el bizcochito de almendras en el cortado y llama a su padre.

68

—Encontré la foto el martes por la mañana —comenta Jason Ritchie—. Me la dejaron en el buzón.

Padre e hijo beben sendas botellas de cerveza en el balcón de Ron.

—¿Y la reconociste? —pregunta Ron.

—No, la foto no. No la había visto nunca. Pero reconocí a las personas, el lugar, todo... —responde Jason.

—¿Y quiénes eran? ¿Cuál era el lugar? ¿Qué es «todo»? —inquiere su padre.

Jason saca la fotografía y se la enseña.

—Aquí la tienes. Somos Tony Curran, Bobby Tanner y yo. Estamos en el Black Bridge, donde solíamos encontrarnos para beber. ¿Recuerdas que una vez te llevé, cuando viniste a visitarme?

Ron asiente y mira la fotografía. Delante del pequeño grupo, la mesa está cubierta de billetes. Hay miles de libras en billetes, unas veinticinco mil quizá. Y los chicos tienen cara de satisfacción.

—¿De dónde había salido todo ese dinero? —dice Ron.

—¿Esa vez? Ni idea. Era una noche de tantas.

—Pero ¿era de la droga? —insiste su padre.

—Claro. En esa época, siempre —confirma Jason—. Fue donde invertí mi dinero, para no perderlo.

Ron asiente y Jason se encoge de hombros.

—¿Y la policía tiene esta foto? —pregunta Ron.

—Sí, y tienen mucho más en mi contra.

—Sabes que tengo que preguntártelo, ¿verdad, Jason? ¿Mataste a Tony Curran?

Él niega con la cabeza.

—No lo maté, papá. Te lo diría si lo hubiera hecho, porque habría tenido una buena razón para hacerlo y tú lo entenderías.

Ron asiente.

—¿Puedes demostrar que no fuiste tú?

—Si consigo encontrar a Bobby Tanner o a Gianni, probablemente. Tiene que haber sido uno de ellos. Cualquier otro podría haber dejado la foto junto al cadáver como una pista falsa para la policía. Pero ¿para qué iban a enviarme la foto a mí, a menos que Bobby o Gianni quieran que yo sepa que fueron ellos?

—¿No piensas decírselo a la policía?

—Ya me conoces. He pensado que sería mejor encontrarlos yo primero.

—¿Y cómo va la búsqueda?

—Justamente por eso he venido a verte.

Ron asiente.

—Llamaré a Elizabeth.

69

Donna y Chris están en la comisaría de Fairhaven, en la sala B de interrogatorios.

Hace muy poco, Donna estaba sentada en esa misma sala hablando con una persona que se hacía pasar por monja. Ahora está delante de un hombre que se hace pasar por cura. El paralelismo no se le ha escapado.

La propia Donna ha descubierto el engaño. Le bastó consultar los antecedentes del padre Matthew Mackie y hacer una búsqueda en la computadora para ver si encontraba algo.

Tuvo que seguir investigando un par de días más, porque no encontró nada, lo cual no tenía sentido. Después dedicó cierto tiempo a reunir las piezas sueltas y averiguar qué era qué, antes de llevarle toda la información a Chris. Y allí estaban.

—A cada paso del proceso, señor Mackie —prosigue Chris—, se ha presentado usted como sacerdote y ha permitido que lo llamaran «padre», ¿es así?

—Sí —afirma Matthew Mackie.

—Incluso ahora lleva puesto un alzacuello, ¿verdad que sí?

—En efecto, así es.

Mackie se lleva los dedos al alzacuello como confirmación.

—Y también todo el resto. El uniforme completo, por decirlo de alguna manera.

—Toda la indumentaria de sacerdote, así es —confirma.

—Y sin embargo, cuando empezamos a investigarlo, ¿qué cree que encontramos?

Donna observa y aprende. Chris está siendo suave y amable con el anciano. Se pregunta si cambiará más adelante, teniendo en cuenta lo que saben.

—Me parece que... posiblemente... podría haber habido un malentendido. —Chris se reclina sobre el respaldo de la silla y deja que Matthew Mackie siga hablando de manera vacilante y entrecortada—. Reconozco mi parte de culpa, y si les parece que he... cometido un error... debo decirles que mi intención, en cierto modo, no era... la de engañar..., aunque comprendo que pueda parecerlo, si no se conocen todos... todos los hechos.

—¿Los hechos, señor Mackie? —ironiza Chris—. ¡Perfecto! Veamos cuáles son los hechos. Usted no es el padre Matthew Mackie, eso es un hecho. No trabaja para la Iglesia católica ni para ninguna otra. También es un hecho. Usted es (y para saberlo nos han bastado quince minutos de investigación en el Colegio de Médicos) el doctor Michael Matthew Noel Mackie. ¿Podemos considerar que eso también es un hecho?

—Sí —reconoce Matthew Mackie.

—Se retiró de la práctica privada de médico de familia hace quince años. Vive en una casa unifamiliar en Bexhill y, por lo que nos dicen sus vecinos, ni siquiera tiene por costumbre ir a misa.

Matthew Mackie mira al suelo.

—¿Es cierto todo lo que acabo de decirle?

Mackie asiente sin levantar la vista.

—Lo es.

—¿Qué le parece si se quita el alzacuello, señor Mackie?

Mackie levanta la cabeza y mira directamente a Chris.

—No, si no le importa, me lo dejaré puesto. A menos que esté detenido. Pero no me han dicho que lo esté.

Chris asiente, mira a Donna y después se vuelve y se pone a tamborilear con los dedos sobre la mesa. «Ahora atacará», piensa Donna. Chris tiene que estar muy indignado para hacer ese gesto de impaciencia.

—Un hombre acaba de morir, señor Mackie —dice Chris—. Los dos estábamos allí cuando sucedió, ¿verdad? ¿Y sabe qué creía yo que había visto? Creía que había visto a un hombre empujar a un sacerdote católico. Un sacerdote católico que estaba protegiendo un cementerio católico. Y, como oficial de policía, eso me hizo ver los hechos bajo una luz determinada, ¿me entiende?

Mackie hace un gesto afirmativo. Donna guarda silencio. No tiene nada que añadir. Se pregunta si alguna vez Chris perderá la paciencia con ella y se pondrá a tamborilear con los dedos sobre la mesa. Espera que no.

—Pero ¿qué vi en realidad? En realidad vi a un hombre que empujaba a otro disfrazado de sacerdote, por razones que de momento sólo él conoce. Vi a un hombre que empujaba a un embaucador. ¿Qué motivo podría tener un timador para proteger un cementerio?

—No soy un timador —protesta Matthew Mackie.

Chris levanta una mano para hacerlo callar.

—Instantes después del forcejeo con ese embaucador, el hombre cae muerto como resultado de una inyección letal. Y el panorama cambia radicalmente cuando descubrimos que el timador es médico. ¿O quizá hay algún detalle que desconozco?

Mackie permanece en silencio.

—Se lo pediré otra vez. ¿Me hará el favor de quitarse el alzacuello?

—En este momento no soy un sacerdote católico, lo admito —reconoce Mackie después de dejar escapar un largo suspiro—. Pero lo fui durante muchos años. Eso me confiere ciertos privilegios y este alzacuello es uno de ellos. Si decido llevarlo y prefiero que me sigan llamando padre Mackie, es asunto mío.

—Doctor Mackie —insiste Chris—, estamos ante un caso de asesinato. Tiene que dejar de mentir. La agente De Freitas ha consultado todos los archivos y la Iglesia se ha prestado a colaborar en todo lo necesario. Más allá de lo que nos haya dicho a nosotros, a la municipalidad, a Ian Ventham o a las señoras que protegían el portón, usted no es ni ha sido nunca sacerdote. No hay ningún registro en ninguna parte. No hay ninguna carpeta polvorienta ni ninguna foto antigua que lo confirmen. No sé por qué nos ha mentido, no tengo ni idea. Pero ha muerto un hombre y estamos buscando a un asesino, así que necesito saberlo cuanto antes. Si me he perdido algo importante, necesito que me lo diga.

Mackie se queda mirando a Chris un momento y después niega con la cabeza.

—Sólo si me detiene formalmente —replica—. Si no estoy detenido, me gustaría volver a casa ahora mismo. Y que conste que no le guardo rencor. Sé que usted simplemente está haciendo su trabajo.

Matthew Mackie se persigna y se pone de pie. Chris también se incorpora.

—Yo en su lugar me quedaría, doctor Mackie.

—Cuando me detenga como sospechoso de algún delito, me quedaré —repite él—. Pero de momento...

Donna se levanta, le abre la puerta de la sala de interrogatorios y Matthew Mackie se marcha.

70

Es muy difícil fumar en un sauna, pero Jason Ritchie lo está intentando.

—¿Estás seguro de que esto es lo mejor, papá? —pregunta mientras unos goterones de sudor le caen por la frente.

—Tú cuéntales todo lo que me has contado a mí —replica Ron—. Ellas sabrán qué hacer.

—¿Y crees que los encontrarán? —plantea Jason.

—Yo diría que sí —responde Ibrahim, tumbado en una banca más bajo.

Se abre la puerta del sauna y entran Elizabeth y Joyce, envueltas en toallas por encima de los trajes de baño. Jason apaga el cigarro en un montón de ceniza caliente.

—¡Oh, qué agradable! —exclama Joyce—. ¡Eucalipto!

—Me alegro de verte, Jason —saluda Elizabeth, ocupando un asiento frente al boxeador semidesnudo—. Me han dicho que crees que podemos ayudarte. Y debo decir que estoy de acuerdo.

Como introducción, ha sido suficiente. Ahora Elizabeth mira fijamente a Jason.

—¿Y bien?

Jason les cuenta a Elizabeth y a Joyce la misma historia que a su padre, mientras una copia de la fotografía pasa de mano en mano en el sauna. Ibrahim la ha hecho enmicar.

—Cuando recibí la foto —explica Jason—, me quedé atónito. ¿Quién me la enviaba? ¿La tendría la prensa? ¿Aparecería en la portada de *The Sun* al día siguiente? Eso fue lo que pensé. Pero venía sin ningún mensaje. Nada. Tampoco me llamó ningún periodista, y les aseguro que tienen mi teléfono. ¿Qué podía ser?

—¿Qué era? —pregunta Elizabeth.

—Pensé que quizá debía hablar con mi agente, por si la habían llamado. A decir verdad, estaba conmocionado y no sabía qué hacer. Es una foto de hace más de veinte años, de un mundo que he dejado atrás. Por eso me dije que tenía que negarlo todo, o inventarme algo: una despedida de soltero, una fiesta de disfraces, cualquier cosa que pudiera explicarlo.

—Bien pensado —comenta Joyce.

—Estaba mirando la foto y de repente se me ocurrió una cosa y pensé si no sería eso. ¿No sería que Tony había encontrado una foto mía, la foto de un boxeador famoso rodeado de dinero y de delincuentes, y había decidido enviarme una copia, para ver si podía sacarme algo? «Dame veinte mil, o lo que sea, y no le envío esta foto a la prensa.» Era muy posible, así que pensé que debía llamarlo para hablar con él y ver si podíamos llegar a un acuerdo.

—¿Era Tony Curran el tipo de persona capaz de chantajear a un viejo amigo? —pregunta Elizabeth.

—Tony Curran era capaz de todo. Por eso, lo primero que hice fue ir al pueblo a comprar un teléfono barato.

—Ya me dirás adónde fuiste, porque estoy buscando uno —dice Ibrahim.

—Por supuesto, señor Arif —responde Jason—. Entonces lo llamé una vez y no contestó. Lo volví a llamar, y nada. Dejé pasar veinte minutos y lo intenté de nuevo. No tomó la llamada.

—Yo nunca tomo la llamada cuando el número es desconocido —afirma Joyce—. Lo aprendí de la película *El gran farol*.

—Haces bien, Joyce —prosigue Jason—. Después pasé por aquí, para ver a papá un momento y beber con él una cerveza, y entonces lo vi. Vi a Curran, discutiendo con Ventham.

—A mí no me contó nada de eso en ese momento —aclara Ron, y Jason le da la razón con un gesto, antes de seguir hablando.

—Entonces, cuando papá y yo ya habíamos bebido un par de cervezas...

—Yo también estaba —señala Joyce.

—Tú también estabas, Joyce —confirma Jason—. Cuando me despedí, me fui a dar una vuelta con el coche, para pensar un poco. Al final fui a la casa de Tony, una casa preciosa. Tony y yo siempre nos andábamos con pies de plomo en el trato entre nosotros. Teníamos demasiados secretos. No me habría presentado en su puerta si no hubiera tenido una razón. Vi que su coche estaba en el sendero, pero no vino a abrirme. Pensé que me habría visto por la cámara de seguridad y no tendría ganas de hablar conmigo. Me pareció normal. Toqué un par de veces más el timbre y me fui.

—¿Eso fue el día que murió? —plantea Joyce.

—El día que murió. No se oía nada dentro de la casa, así que no sé si fue antes o después. En cualquier caso, volví a mi casa y, al cabo de un par de horas, en un grupo de WhatsApp...

—¿Un grupo de WhatsApp? —pregunta Elizabeth, pero Joyce le hace señas para que lo deje pasar y Jason continúa:

—Es un grupo con varios colegas de aquella época, y

uno de ellos dijo que habían encontrado a Tony muerto en su casa. Se me heló la sangre. Por la mañana recibo la foto y Tony aparece muerto por la tarde. Me preocupé bastante. Soy capaz de cuidarme solo, pero él también sabía cuidarse y miren de qué le sirvió. Me puse nervioso, como es natural. Y ahora viene la policía y me dice que tienen pruebas de que he estado en casa de Tony y de que lo llamé por teléfono el día de su muerte. También tienen la foto donde aparezco yo, hallada junto al cadáver. Es normal que piensen que soy el principal sospechoso. Yo también lo pensaría.

—Pero ¿tú no mataste a Tony Curran? —inquiere Elizabeth.

—No —responde Jason—. Pero entiendo que la policía lo crea.

—Las pruebas parecen concluyentes —conviene Ibrahim.

—¿Y has venido a ver si podemos ayudarte a localizar a tu viejo amigo? —aventura Elizabeth.

—Bueno —contesta Jason—, por lo que dice mi padre, si la policía es buena, ustedes son mejores.

La afirmación es recibida con silenciosos gestos de asentimiento.

—Y no es un solo «viejo amigo» —aclara Jason a continuación—. También quiero localizar al tipo que tomó la foto.

—¿Quién era? —pregunta Elizabeth.

—Gianni *el Turco*, el cuarto miembro de nuestra pequeña pandilla.

—¿Es turco? —dice Joyce.

—No.

Ibrahim lo apunta en su libreta.

—Es turcochipriota. Volvió a su isla hace años.

—Tengo un par de contactos en Chipre —interviene Elizabeth.

—Verán —explica Jason—, ya sé que no me deben ningún favor. Al contrario. Nunca he hecho nada bueno por ustedes y Tony menos aún. Pero si Bobby o Gianni mataron a Tony, entonces siguen sueltos por ahí, en algún sitio. Y, si aún están activos, es posible que la próxima vez vengan por mí. Ya sé que no es asunto de ustedes, pero mi padre ha dicho que podría interesarles, y no pienso rechazar ninguna ayuda.

—Entonces... ¿qué les parece? —pregunta Ron.

—Bueno —toma la palabra Elizabeth—. Les diré lo que pienso. Puede que los demás discrepen, pero sospecho que no. Tú mismo te has metido en este lío, Jason, que además es un asunto de codicia y de drogas. Ésa es la parte negativa. Pero también hay una parte positiva, y es que eres hijo de Ron. Y creo que no te equivocas. Creo que podemos ayudarte a localizar a Bobby Tanner y a Gianni *el Turco*. Quizá con bastante rapidez. E independientemente de lo que hayas hecho y de lo que podamos opinar nosotros al respecto, me gustaría atrapar a ese asesino, antes de que él te atrape a ti.

—Estoy de acuerdo —conviene Joyce.

—Yo también —añade Ibrahim.

—Gracias —dice Jason.

—Gracias —repite Ron.

—De nada —responde Elizabeth, poniéndose de pie—. Y ahora voy a dejarlos en su sauna. Tengo que hacer unas llamadas. Ron, necesito que vengas conmigo al cementerio esta noche a las diez, si no tienes otros planes. Ustedes también, Joyce e Ibrahim.

—Me parece fantástico. No me lo perdería por nada —confiesa Ron.

Su hijo lo mira con expresión interrogativa.

—Y una cosa, Jason... —dice Elizabeth.

—¿Sí? ¿Qué?

—Si esto es una argucia, estás jugando con fuego. Porque vamos a atrapar a ese asesino, aunque seas tú.

71

—¿Necesitas ayuda para bajar a la tumba? —pregunta Ibrahim.

—Sí, por favor —contesta Austin—, sería muy amable de tu parte.

Bogdan ha pedido prestado una linterna de trabajo y la ha dirigido hacia la tumba que excavó la mañana del asesinato de Ian Ventham, la sepultura donde había un segundo cadáver sobre la tapa del ataúd, un esqueleto enterrado donde no tenía ningún derecho a ser sepultado.

Austin se agarra del brazo de Ibrahim y baja con cuidado a la tumba, extremando las precauciones para no pisar los huesos dispersos sobre la tapa del ataúd. Levanta la vista para mirar a Elizabeth y se ríe entre dientes.

—Esto me evoca otros tiempos, Lizzie. ¿Recuerdas Leipzig?

Ella sonríe. Claro que lo recuerda. Joyce también sonríe, porque nunca había oído que nadie llamara «Lizzie» a Elizabeth. Se pregunta si los demás también lo habrán notado.

—¿Qué le parece, profe? —pregunta Ron, felizmente sentado a los pies de Nuestro Señor Jesucristo, con una lata de cerveza en la mano.

—Normalmente no arriesgaría ninguna respuesta

—contesta Austin, ajustándose los lentes para ver mejor el fémur que acaba de recoger—, pero así, entre amigos, diría que estos huesos llevan bastante tiempo enterrados.

—¿Bastante tiempo, Austin? —dice Elizabeth.

—Diría que sí —confirma él—, sólo por el color.

—¿Podrías concretar un poco más? —insiste Elizabeth.

—Bueno —contesta Austin—, si quieres una respuesta más concreta, diría... —se toma su tiempo para calibrar las ideas— diría que llevan muchos años enterrados.

—Entonces ¿es posible que fueran sepultados al mismo tiempo que la hermana Margaret? —plantea Joyce.

—¿Qué fecha figura en la lápida? —pregunta Austin.

—Mil ochocientos setenta y cuatro —lee Joyce.

—No, ni hablar. Treinta años, cuarenta, tal vez cincuenta, según la composición del suelo. Pero no ciento cincuenta.

—Eso significa —interviene Ibrahim— que en algún momento alguien abrió esta tumba, enterró otro cadáver y volvió a taparla, ¿es eso?

—Sí, sin duda —afirma Austin—. Tienen un buen misterio.

—¿Podría ser otra monja, Austin? —inquiere Elizabeth—. ¿Hay alguna joya enterrada? ¿Fragmentos de ropa?

—No, aquí no veo nada —niega él—. Nada más que huesos. Si fue un asesinato, alguien sabía muy bien lo que estaba haciendo. Voy a llevarme algunos huesos, si no les importa. Les echaré un vistazo por la mañana, para ver si puedo despejar algunas dudas.

—Lo que tú digas, Austin. Llévate lo que quieras —asiente Elizabeth.

Bogdan infla las mejillas y deja escapar el aire.

—Entonces ¿no vamos a decírselo a la policía?

—Bueno, yo creo que podríamos mantenerlo en secreto un poco más, hasta que Austin nos diga qué ha encontrado —propone Elizabeth—. Si todos están de acuerdo.

Todos lo están.

—Que alguien me ayude a salir de la tumba —pide Austin—. ¿Bogdan, muchacho?

Él asiente, pero no parece del todo convencido.

—Escuchen, tengo que decirles una cosa, ¿de acuerdo? Porque me parece que me estoy volviendo loco... Esto no es normal, ¿verdad? ¿Es normal que un señor mayor se meta en una tumba para mirar unos huesos? Es posible que haya habido un asesinato. ¿Nadie quiere llamar a la policía?

—Bogdan, tú tampoco llamaste a la policía cuando encontraste los huesos —le recuerda Joyce.

—Sí, pero yo soy yo —replica Bogdan—. Yo no soy normal.

—Y nosotros somos nosotros —dice Joyce—. Y tampoco somos normales. Aunque debo decir que yo antes lo era.

—«Normal» es un concepto ilusorio, Bogdan —añade Ibrahim.

—Bogdan, confía en nosotros —lo intenta persuadir Elizabeth—. Solamente queremos averiguar de quién pueden ser esos restos y quién puede haberlos enterrado, y será mucho más fácil si no tenemos a la policía husmeando por aquí mientras no sea absolutamente necesario. Si la policía descubre estos huesos, puedes estar seguro de que no volveremos a verlos. Y eso no sería justo, después de todo lo que hemos trabajado.

—Confío en ustedes —declara Bogdan y enseguida hace una mueca, por algo que se le acaba de ocurrir—. Pero apuesto a que, si algo sale mal, seré yo quien vaya a la cárcel.

—No lo permitiré. Eres demasiado útil para nosotros —repone Elizabeth—. Ahora, por favor, ayuda a Austin a salir de la tumba y recoge esos huesos. Y sugiero que luego vayamos todos a casa de Joyce a tomar una taza de té caliente.

—¡Espléndido! —exclama Austin mientras deposita los huesos escogidos sobre el borde de la tumba, antes de tenderle las manos a Bogdan.

—Iremos a donde tú digas, Lizzie —dice Ron, terminándose la lata de cerveza.

72

Joyce

El ambiente era muy animado y es comprensible que lo fuera. Todos nos sentimos parte de una pandilla y sabemos que estamos viviendo algo muy inusual. También creo que somos conscientes de que estamos haciendo algo ilegal, pero a nuestra edad ya no nos importa. Quizá estemos luchando para que no se apague la luz al final del camino, pero eso es poesía, y no la vida real. Puede que haya otras razones que se me escapan; sin embargo, sé que cuando bajamos de la colina estábamos como borrachos. Éramos como adolescentes volviendo tarde a casa.

No obstante, cuando Austin depositó la pila de huesos sobre la mesa de mi comedor, aunque todavía nos sentíamos en medio de una aventura, se nos enfrió un poco el ánimo a todos. Incluso a Ron.

Nuestro Club del Crimen de los Jueves, la audacia, la libertad que nos dan los años y todas las excusas que nos queramos poner están muy bien. Pero una persona había muerto, aunque hubiera pasado mucho tiempo, y era justo hacer una pausa para la reflexión.

Por muchas vueltas que le diésemos, no se nos ocurrió una sola buena razón para que hubiera un segundo cadáver fuera del ataúd. Tras una inspección más minuciosa, potenciada por un trozo de bizcocho de naranja (receta de Nigella Lawson), Austin pudo decir con bastante certeza que los huesos correspondían a un hombre, por lo que no podía ser una monja.

Pero ¿quién era? ¿Y quién lo había matado? El primer paso

para encontrar las respuestas sería determinar cuándo lo mataron. ¿Hace treinta años? ¿Cincuenta? Entre una fecha y otra hay una gran diferencia.

Austin nos dijo que se llevaría los huesos para hacerles más pruebas. Cuando todos se fueron, busqué su nombre en Google y descubrí que en realidad es «sir Austin». No me sorprende. Sabe muchísimo de huesos. Por lo visto, meterse en una tumba a las diez de la noche, a sus ochenta años, es normal para él. Pero supongo que todos los amigos de Elizabeth están habituados a esas cosas. Le echó tres terrones de azúcar al té, aunque, viendo su forma física, nadie lo habría dicho.

También nos hicimos la gran pregunta, por supuesto. Imagino que ya saben a qué me refiero. ¿Serían esos huesos el móvil de otro asesinato más reciente? ¿Alguien más sabía que estaban ocultos en la tumba? ¿Habían asesinado a Ian Ventham para proteger el jardín del Descanso Eterno y el secreto de los huesos?

Estuvimos hablando durante una hora, creo. ¿Hacíamos bien en no llamar a la policía? Tarde o temprano tendríamos que hacerlo, pero sentíamos que era nuestra historia, en nuestro cementerio, junto a nuestra casa y, al menos de momento, preferíamos quedárnosla para nosotros. En cuanto tengamos los resultados de Austin, nos veremos obligados a contarlo, por supuesto.

Así que estamos tratando de resolver dos casos de asesinato, o quizá tres, si el esqueleto también fue asesinado. O, mejor dicho, si el esqueleto perteneció a una persona que fue asesinada. ¿O quizá se puede decir que un esqueleto fue asesinado? Esos dilemas son para mentes mucho más elevadas que la mía.

Sé que Elizabeth está ansiosa por localizar a Bobby y a Gianni, pero todos estamos de acuerdo en que los huesos tienen prioridad en este momento.

Me pregunto si Chris y Donna habrán avanzado algo en su investigación. Si es así, no nos lo han dicho. Espero que no nos estén ocultando nada.

73

Chris y Donna están subiendo a pie los tres tramos de escalera hasta la oficina de él. Donna se ha inventado que tiene miedo a los elevadores, para obligar a su jefe a hacer ejercicio.

—Entonces ¿estamos de acuerdo? —pregunta Chris—. ¿Jason Ritchie para el asesinato de Tony Curran y Matthew Mackie para el de Ian Ventham?

—Sí, a menos que se nos haya escapado algún detalle importante —responde Donna.

—Que es algo que no descartaría —dice Chris—. Muy bien, repasémoslo todo. Sabemos que Matthew Mackie estaba presente y sabemos que ha mentido. No es sacerdote, sino médico.

—Y eso significa que podía conseguir fentanilo y sabía usarlo —añade Donna.

—Exactamente —conviene Chris—. Creo que lo tenemos todo, excepto un motivo.

—Está en contra del traslado del cementerio —observa Donna—. ¿No es suficiente?

—Para arrestarlo, no, a menos que averigüemos por qué se opone al traslado.

—¿Es delito suplantar la identidad de un cura? —plantea Donna—. Una vez, un tipo que había conocido a través de Tinder me dijo que era piloto, aunque no era cierto, y trató de meterme mano mientras salíamos del bar.

—Apuesto a que todavía lo lamenta.

—Le di un puñetazo en la entrepierna y después pasé por radio su número de placa y conseguí que le hicieran la prueba de alcoholemia cuando iba de vuelta a su casa.

Los dos sonríen, pero son sonrisas fugaces. Saben que hay un riesgo muy elevado de que Matthew Mackie se les escape entre los dedos. No disponen de pruebas.

—¿Has sabido algo de tus amigos del Club del Crimen de los Jueves? —pregunta Chris.

—Hace tiempo que no dicen ni pío —contesta Donna—, y eso me preocupa.

—A mí también —asiente Chris—. No me gustaría ser quien les cuente lo que sabemos de Jason Ritchie.

El inspector hace una pausa en el descanso de la escalera, como si estuviera reflexionando, aunque en realidad se ha parado para recuperar el aliento.

—Quizá Mackie tenga alguna cosa enterrada en el cementerio y no quiera que se descubra —sugiere.

—Sería un buen lugar para enterrar algo —conviene Donna.

74

Joyce

¿Han usado alguna vez Skype?

Yo no lo había usado nunca hasta esta mañana, pero ahora sí. Ibrahim lo tiene instalado, así que hemos ido a su casa. Allí siempre está todo perfectamente pulcro y ordenado, aunque no creo que nadie lo ayude a hacer la limpieza.

Tiene montones de carpetas y archivadores, pero todos guardados detrás de puertas acristaladas con llave, de manera que lo puedes ver, pero no lo puedes leer. ¡Imaginen las historias que tendrá que oír un terapeuta! Historias sobre quién le hizo qué a quién. Con todos los detalles.

Austin ha llamado a las diez en punto, con absoluta puntualidad, como era de esperar de un caballero del Imperio británico, y nos ha contado todo lo que ha averiguado. Nosotros lo veíamos a él a pantalla completa y nos turnábamos para aparecer en el cuadradito de la esquina. No ha sido fácil, porque nuestro cuadradito era muy pequeño, pero supongo que te acabas acostumbrando, si lo haces unas cuantas veces.

Los huesos pertenecieron a un hombre, como ya sabíamos. Además, Austin ha descubierto en el fémur una marca correspondiente a una herida de bala. Cuando nos la ha enseñado, todos hemos tratado de meternos a la vez en el cuadradito. ¿Habría muerto el hombre a raíz de esa herida? Austin no puede saberlo con certeza, pero se inclina a pensar que no. Cree que podría ser una herida preexistente.

En un momento dado, hemos visto pasar a su mujer por el fondo. ¿Qué habrá pensado al ver a su marido hablándole a la pantalla de la computadora con un hueso en la mano? Puede que esté acostumbrada.

¿Qué saben de los métodos que se utilizan para determinar la antigüedad de los huesos? Yo no sabía nada, pero Austin nos lo ha explicado con todo detalle. Ha sido apasionante. Hay un aparato, y una tinta especial, y algo relacionado con el carbono. He tratado de recordarlo todo durante el camino de vuelta, para poder escribirlo, pero me temo que se me ha borrado de la mente. Aun así, ha sido muy interesante. Austin podría explicarlo en un programa de televisión y tendría mucho éxito.

También recogió muestras de tierra a las que ha hecho pruebas, pero la explicación sobre la tierra ha sido mucho menos fascinante. Yo he pasado todo el tiempo deseando que volviera a hablar de los huesos.

Nos ha dicho que ha hecho unos cuantos cálculos, que nunca es posible tener la certeza absoluta, que hay muchas variables, que nadie tiene todas las respuestas y que solamente puede hacer suposiciones con cierto fundamento. En ese momento, Elizabeth le ha pedido que dejara de marearnos y fuera al grano. Ella puede permitirse ese tipo de comentarios, aunque tenga delante a todo un caballero del Imperio británico.

Entonces Austin nos ha revelado que el cadáver había sido enterrado en algún momento de los años setenta, más probablemente al principio que al final de la década. Así que tuvo que ser hace unos cuarenta y tantos años.

Se lo hemos agradecido y nos hemos despedido, pero nadie sabía interrumpir la conexión. Ibrahim lo ha estado intentando un rato, inútilmente. Estaba cada vez más abochornado, porque no lo conseguía. Al final, la mujer de Austin ha acudido en nuestra ayuda. Me ha parecido encantadora.

Así que ya lo tenemos: dos potenciales asesinatos, con casi cincuenta años de diferencia. Mucho material para investigar. Probablemente ha llegado el momento de contárselo a Donna y a Chris. Espero que no se enfaden con nosotros.

Al final Elizabeth me ha preguntado si me interesaba acompañarla a un crematorio en Brighton, para comprobar una corazonada que ha tenido. Pero yo ya le había prometido a Bernard que cocinaría para él, así que he tenido que decirle que no.

Ya sé que no les llega el aroma, pero estoy haciendo pastel de riñones y carne picada. Últimamente noto más delgado a Bernard y estoy tratando de ayudarlo.

75

Donna y Chris están esperando su café gratis en la cafetería de la gasolinera de British Petroleum, en la A21. Cualquier cosa, con tal de salir media hora de la comisaría y dejar de ver las colas interminables que se forman delante de la oficina de pasaportes de Irlanda. Chris toma una tableta de chocolate.

—Eso no te hace falta —le advierte Donna.

Chris la mira.

—Por favor —insiste ella—. Déjame ayudarte. Sé que no es fácil.

El inspector asiente y devuelve la tableta a su sitio.

—Entonces ¿qué sabemos de Mackie? —pregunta Donna—. ¿Cuál es su relación con el cementerio? ¿Por qué quiere protegerlo, si no es sacerdote?

Chris se encoge de hombros.

—Quizá era sólo una manera de acercarse a Ventham. Puede que hubiera otra conexión entre ellos. ¿Has repasado la lista de pacientes del doctor Mackie? Nunca se sabe —dice mientras toma una barrita energética de cereales.

—¡Eso es peor que el chocolate! —exclama Donna—. Tiene todavía más azúcar.

Chris la devuelve a la estantería. A ese paso, se verá obligado a comer fruta.

—Todo apunta hacia él —sigue—. Lo único que nos falta es un motivo.

Donna nota que vibra su teléfono y, tras leer el mensaje, frunce los labios y mira a Chris.

—Es Elizabeth. Nos invita a Coopers Chase esta noche.

—Me temo que tendrá que esperar —repone Chris—. Dile que estamos ocupados resolviendo dos casos de asesinato.

Donna sigue leyendo el mensaje.

—Dice que tiene algo para nosotros. Leo textualmente: «No investiguen nada más hasta que vean lo que hemos descubierto. Habrá jerez. Nos vemos a las ocho».

Donna se guarda el teléfono y mira a su jefe.

—¿Y bien? —pregunta.

Chris se pasa lentamente una mano por la barba incipiente mientras piensa en el Club del Crimen de los Jueves. Tiene que reconocer que le caen bien todos ellos. Se siente a gusto tomando el té en su compañía, comiendo sus pasteles y charlando extraoficialmente de cosas del trabajo. Le gusta el paisaje de colinas y cielos despejados que se ve desde sus ventanas. ¿Se estarán aprovechando de él? Seguramente. Pero, de momento, también recibe mucho a cambio. ¿Sería muy negativo para él si su relación con los jubilados saliera a la luz? Sí, pero no saldrá. Y, si se descubre, siempre puede llevar a Elizabeth a la audiencia de la junta disciplinaria, para que obre su magia.

Finalmente levanta la vista y mira a Donna, que tiene las cejas arqueadas a la espera de una respuesta.

—Muy a mi pesar, acepto la invitación.

76

—Podemos hacerlo de dos maneras —plantea Elizabeth—. Pueden montar en cólera, despotricar y hacernos perder a todos muchísimo tiempo, o pueden aceptar lo que ha pasado, beberse nuestro jerez y poner manos a la obra. La elección es suya.

Chris se ha quedado sin habla. Mira uno a uno a los cuatro jubilados, después al aire y por último al suelo. Se esfuerza por encontrar las palabras, pero no lo consigue. Levanta una mano con la palma hacia delante, como si quisiera detener la realidad, aunque fuera por un instante. Pero tampoco lo logra.

—Ustedes... —empieza a hablar por fin— ¿han desenterrado un cadáver?

—Bueno, técnicamente, no lo desenterramos *nosotros* —dice Ibrahim.

—Pero un cadáver ha sido exhumado, ¿no? —insiste Chris.

Elizabeth y Joyce asienten con la cabeza, y la primera bebe un sorbo de jerez.

—Básicamente, es lo que ha pasado —confirma Joyce.

—¿Y han hecho un análisis forense de los huesos?

—Bueno, una vez más, no lo hemos hecho nosotros personalmente. Y no hemos analizado todos los huesos —responde Ibrahim.

—¡Ah, entonces no hay ningún problema! ¡Si no han sido todos los huesos, todo está en orden! —Chris ha levantado la voz y Donna se da cuenta de que es la primera vez que lo ve tan agitado—. ¡Todo está bien y no tenemos nada que hacer aquí! ¡Muy buenas noches!

—Sabía que te pondrías melodramático —comenta Elizabeth—. ¿Podemos terminar ya con las recriminaciones y hacer algo productivo?

Donna interviene.

—¿Melodramático? —dice mirando directamente a Elizabeth—. ¡Han exhumado unos restos humanos sin comunicarlo a la policía! ¡Eso es mucho más grave que hacerse pasar por una monja a la que le han robado el bolso!

—¿Una monja? —pregunta Chris.

—Nada, cosas mías —se apresura a contestar Donna—. Esto es un delito, Elizabeth. Podría ir a la cárcel por lo que ha hecho.

—Tonterías —replica ella.

—Nada de tonterías —repone Chris—. ¿Qué demonios estaba pensando? Necesito que reflexione muy bien antes de responder, Elizabeth. ¿Por qué exhumaron esos restos? Analicemos toda la situación, paso a paso.

—Como ya he dicho, no lo hicimos nosotros. Pero llegó a nuestro conocimiento que un cadáver había sido desenterrado —dice Ibrahim.

—Y sentimos curiosidad, como es lógico —comenta Ron.

—Nos pareció muy interesante —conviene Ibrahim.

—Sobre todo después del asesinato de Ian Ventham —añade Joyce—. Pensamos que podía ser importante.

—¿Y no pensaron que yo y Donna podíamos estar interesados también? —pregunta Chris.

—En primer lugar, Chris, no se dice «yo y Donna», sino «Donna y yo» —lo corrige Elizabeth—. Y, en segundo lugar, ¿cómo podíamos saber qué clase de huesos eran? No queríamos hacerles perder el tiempo, hasta saber con seguridad qué teníamos entre manos. ¡Imagina que los hubiéramos llamado por unos huesos de vaca! ¡Habríamos quedado como unos viejos tontos!

—No queríamos que perdieran el tiempo —confirma Ibrahim—. Sabemos que ya tienen bastante trabajo con dos casos de asesinato.

—Por eso los enviamos a analizar —continúa Elizabeth— y ahora tenemos los resultados. Son huesos humanos. Es bueno haberlo confirmado, sin ningún costo para el contribuyente. Corresponden a un hombre adulto, que murió en algún momento de los años setenta. Tienen una marca de bala, pero no es posible saber si fue la causa de la muerte. Ahora es el momento de que Chris y Donna les echen un vistazo y continúen la investigación a partir de aquí. Es el turno de los profesionales. Realmente creo que nos lo debieran agradecer.

Chris intenta articular una respuesta, pero Donna se le adelanta, porque piensa que quizá la responsabilidad sea suya.

—¡Cielo santo, Elizabeth, no nos tome por tontos! A nosotros no nos engaña. En el instante en que desenterraron ese esqueleto, usted sabía que eran restos humanos, porque es capaz de ver la diferencia. Y usted, Joyce, ha sido enfermera durante cuarenta años. ¿No sabe distinguir entre unos huesos humanos y unos huesos de vaca?

—Sí, en realidad, sí —reconoce Joyce.

—Desde el momento en que lo hicieron, Elizabeth, usted y toda su pandilla...

—No somos la pandilla de Elizabeth —la interrumpe Ibrahim.

Donna arquea una ceja y mira a Ibrahim, que levanta una mano para señalar que está dispuesto a dejar pasar ese último comentario.

—Desde ese instante —prosigue Donna—, todos ustedes se buscaron un problema muy grande. Esto no es una pequeña travesura. Al resto del mundo lo podrán engañar, pero a mí no. Ustedes no son un grupo de torpes aficionados deseosos de ayudar. Esto que han hecho es un delito grave. Incluso es mucho peor que un delito grave. Y no se termina aquí, haciendo bromas y bebiendo una copita de jerez. Esto acaba en los tribunales. ¿Cómo han podido ser tan idiotas? ¡Los cuatro! Se supone que somos amigos, ¿y me hacen esto?

Elizabeth deja escapar un suspiro.

—Eso es exactamente lo que quería decir, Donna. Ya sabía que harían un berrinche.

—¡Un berrinche! —exclama ella incrédula.

—Así es —dice Elizabeth—. Y lo entiendo, dadas las circunstancias.

—Es su trabajo —conviene Ron.

—Y lo hacen de manera admirable, si les interesa mi opinión —agrega Ibrahim.

—Pero el berrinche se acaba aquí —continúa Elizabeth—. Si van a arrestarnos, adelante, háganlo. Llévenos a los cuatro a la comisaría e interróguenos toda la noche. Obtendrán siempre la misma respuesta.

—Me acojo a mi derecho a no declarar —dice Ron.

—Me acojo a mi derecho a no declarar —repite Ibrahim.

—Como en aquella serie: *24 horas en una comisaría*. ¿Se acuerdan? —interviene Joyce.

—No saben quién desenterró el cadáver y nosotros no se los diremos —prosigue Elizabeth—. No saben quién se llevó los huesos para analizarlos y tampoco lo sabrán por nosotros. Al final de la noche, podrán tratar de explicarle al juez que cuatro ancianos de más de setenta e incluso más de ochenta años han omitido denunciar la exhumación de un cadáver. ¿Con qué pruebas nos acusarán, aparte de la confesión que nos han arrancado esta noche y que nosotros negaremos? Los cuatro estaremos encantados de ir a juicio. Fingiremos confundir al juez con nuestra nieta y le preguntaremos por qué no nos visita más a menudo. El proceso será difícil, largo, costoso e inútil. No iremos a la cárcel ni nos pondrán ninguna multa. Ni siquiera nos obligarán a recoger la basura del borde de la carretera.

—Con mi espalda, no podría —comenta Ron.

—Por otro lado —sigue hablando Elizabeth—, pueden perdonarnos y confiar en nosotros cuando decimos que solamente queremos ayudar. Pueden aceptar nuestras disculpas por nuestro excesivo entusiasmo, porque sabíamos que estaba mal lo que hacíamos, pero lo hicimos de todas formas. Reconocemos que los hemos dejado en la ignorancia durante las últimas veinticuatro horas y que les debemos un favor. Si nos perdonan ahora, mañana a primera hora podrán ordenar el registro del jardín del Descanso Eterno, como si acabaran de tener una corazonada. De ese modo, encontrarán el cadáver, lo enviarán a su propio laboratorio y sabrán que se trata de un hombre adulto, sepultado muy probablemente a comienzos de los años setenta. Entonces volveremos a estar todos felices y en armonía.

Hay un momento de silencio.

—¿Significa eso —pregunta Chris, muy lentamente— que han vuelto a enterrar los huesos?

—Pensamos que sería lo mejor —contesta Joyce—. Para cederles la gloria de encontrarlos.

—Yo en su lugar dejaría para el final la tumba de la esquina derecha, al fondo, y excavaría primero otras tres o cuatro —sugiere Ron—. Así no resultará demasiado obvio.

—Y mientras tanto —prosigue Elizabeth—, podemos tener una velada agradable, sin gritos ni recriminaciones. Les diremos todo lo que sabemos, para que mañana puedan ponerse a trabajar a toda máquina.

—También podrán compartir con nosotros parte de su información, en caso de que les parezca apropiado —añade Ibrahim.

—De hecho, tenemos información muy interesante sobre las condenas que les pueden caer a las personas que obstaculizan la justicia. O a las que profanan tumbas —amenaza Chris—. Por si les interesa, pueden ser de hasta diez años.

—Oh, Chris, ya hemos hablado de todo eso —suspira Elizabeth—. Deja de darte aires de importancia y reconoce los hechos. Además, no estamos obstaculizando nada. Estamos colaborando.

—No he visto que ninguno de ustedes dos encontrara un cadáver —añade Ron mirando a Chris y a Donna.

—Hasta ahora, les hemos resuelto buena parte del trabajo —apunta Ibrahim.

—Así es como lo veo yo —confirma Elizabeth—. Pueden arrestarnos ahora mismo. Nos parecerá comprensible e incluso es posible que a Joyce le parezca divertido.

—Me acojo a mi derecho a no declarar —dice ella, asintiendo con cara de felicidad.

—Pero, si no nos arrestan, lo mejor será que pasemos el resto de la velada analizando las razones por las que alguien pudo enterrar un cadáver en esa colina en algún momento de los años setenta.

Chris mira a Donna.

—Y podemos considerar la posibilidad de que la misma persona matara a Ian Ventham para proteger el secreto —dice Elizabeth.

Donna mira a Chris, que tiene una pregunta:

—Entonces ¿usted piensa que la misma persona pudo haber cometido dos asesinatos, con casi cincuenta años de diferencia?

—Es una pregunta interesante, ¿no les parece? —observa Elizabeth.

—Una pregunta interesante que podríamos habernos planteado anoche —replica Chris.

—Habría sido útil saber desde el primer momento que podíamos estar buscando a alguien que ya estaba aquí en los años setenta y que aún sigue aquí —añade Donna.

—Lo sentimos muchísimo —se disculpa Joyce—. Pero Elizabeth se empeñó y ya saben cómo es.

—Olvidemos nuestras diferencias y miremos al futuro —dice Elizabeth.

—¿Acaso podemos elegir? —pregunta Chris.

—La capacidad de elección está sobrevalorada. Ya lo aprenderán con los años —declara Elizabeth—. Y ahora, vayamos al grano. ¿Qué piensan del cura? ¿Del padre Mackie? ¿Estaría ya por aquí en la época del convento?

—Deduzco por su pregunta que todavía no ha podido averiguar nada del padre Mackie —expone Chris—. ¡No me diga que he encontrado una abolladura en su coraza!

—Aún estoy investigando —replica Elizabeth.

—No es necesario que investigue. En eso nos hemos adelantado —dice Donna—. No es el padre Mackie, sino el doctor Mackie. No es sacerdote, no lo ha sido nunca ni lo será jamás. Era médico en Irlanda y se instaló aquí en los años noventa.

—Es muy extraño —reflexiona Elizabeth—. ¿Por qué se habrá hecho pasar por cura?

—Ya te dije que no era honesto —le recuerda Ron a Ibrahim.

—Es posible que matara a Ian Ventham y seguramente trama algo —prosigue Donna—. Pero dudo que tenga relación con los huesos que han descubierto ustedes.

—¿Merece la pena insistir en que todo esto es confidencial? —interviene Chris.

—Por nosotros no tendrán que preocuparse. Pero ya lo saben, ¿no? Nada sale nunca de esta habitación —lo tranquiliza Elizabeth—. ¿Qué les parece si olvidamos el asunto de los huesos y todo ese alboroto y combinamos nuestros conocimientos?

—Creo que ya hemos combinado bastante por hoy —dice Donna.

—¿Eso crees? —replica Elizabeth—. Sin embargo, todavía no nos han dicho nada de la fotografía de Tony Curran. Hemos tenido que averiguarlo por nuestra cuenta.

Donna y Chris miran a Elizabeth y él deja escapar un suspiro teatral.

—Como ofrenda de paz —dice Ibrahim—, les podríamos decir quién tomó la foto, si les interesa saberlo.

Chris levanta la vista al cielo. O, mejor dicho, al enyesado del techo del departamento de Joyce.

—Sí, de hecho, me interesa muchísimo saberlo.

—La tomó un tipo llamado Gianni *el Turco* —revela Ron.

—Que no es turco —aclara Joyce.

—¿Ha visto la foto, Ron? —pregunta Donna.

Ron asiente.

—Entonces ha visto a Jason.

—¿Quieren que les diga les que pienso? —apunta Ron—. Si encuentran a Gianni *el Turco* o a Bobby Tanner, habrán encontrado al asesino de Tony Curran.

—Muy bien. Ya que estamos poniendo todas nuestras cartas sobre la mesa —expone Chris—, ¿tiene Jason una explicación para las llamadas que hizo a Tony Curran la mañana del asesinato? ¿Puede justificar la presencia de su coche delante de la casa de la víctima, en el preciso instante en que se produjo el crimen?

—Sí —responde Elizabeth—. Nos lo ha explicado todo a nuestra entera satisfacción.

—Mañana le diré que les explique también a ustedes con pelos y señales, no se preocupen —afirma Ron—. ¿Cuándo nos ponemos a buscar a ese Gianni y al otro tipo, Bobby Tanner?

—Eso nos lo tendrán que dejar a nosotros —contesta Chris.

—Me parece poco probable que se lo dejemos solamente a ustedes, Chris —replica Elizabeth—. Lo siento mucho.

—¿Una copita de jerez? —ofrece Joyce—. Lo compré en el supermercado, pero estaba en la sección de «productos gourmet».

Chris vuelve a hundirse en su asiento y se rinde.

—Si alguna vez algo de esto llega a oídos de mis superiores, yo mismo los arrestaré a los cuatro y los llevaré personalmente ante el juez. Lo juro por mi honor.

—Nadie se enterará nunca de nada —asegura Elizabeth—. ¿Sabes cómo solía ganarme la vida, Chris?

—Si le soy sincero, no. No lo sé.

—Precisamente.

Un silencio cómplice se apodera de la sala, mientras se extiende la sensación de que ha llegado el momento de empezar a beber en serio ese jerez.

—Me siento muy orgulloso de que podamos trabajar juntos como un equipo —celebra Ibrahim—. ¡Salud!

77
JOYCE

Me alegro de haberles contado a Chris y a Donna lo de los huesos. Parece lo correcto. Ahora todos pueden buscar a alguien que estuvo aquí en los años setenta y aún sigue por esta zona. Con eso tendrán para entretenerse durante un tiempo.

Todos están al tanto de toda la información y eso parece lo más justo.

¿Dónde estarán Gianni y Bobby? Ahora que hemos resuelto el asunto de los huesos, sé que Elizabeth estará intentando localizarlos. Después de todo, es su especialidad. Seguramente mañana recibiré una llamada: «Joyce, nos vamos a Reading», o «Joyce, nos vamos a Inverness, o a Tombuctú», y poco a poco me irá contando por qué y, antes de darme cuenta, estaremos tomando el té con Bobby Tanner, o un café con leche con Gianni *el Turco*. Ya lo verán. Mañana por la mañana, antes de las diez. Se los garantizo.

Normalmente uso el pasaporte sólo cuando tengo que recoger un paquete, pero acabo de mirarlo y todavía tiene tres años de vigencia. Recuerdo que cuando me lo hice pensé que quizá sería el último. Ahora creo que probablemente lo renovaré. Pero todo esto se los digo porque, si Gianni o Bobby Tanner están en el extranjero, no me sorprendería que Elizabeth quiera salir en el primer avión para ir a buscarlos. Después de todo, estamos muy cerca de Gatwick.

Podría enviarle una postal a Joanna, como si fuera lo más

normal del mundo: «Estoy pasando unos días en Chipre, intentando localizar a un fugitivo de la justicia. Posiblemente irá armado, pero no debes preocuparte». Aunque creo que ya nadie envía postales. Joanna me enseñó a mandar fotos con el celular, pero aún no ha llegado el día que logre enviar una. Y no crean que no lo he intentado. Lo único que consigo es que aparezca un circulito que da vueltas sin parar.

Quizá podría proponerle a Bernard que venga conmigo. «¿Te gustaría pasar un par de días al sol? Es una decisión de último minuto. Simplemente se nos ha ocurrido.» Creo que al pobre le entraría el pánico.

No me gusta renunciar a mi propósito, pero tengo la sensación de que Bernard se está alejando de mí cada vez más. Durante la comida no ha estado precisamente risueño, y ha sobrado un montón de pastel de riñones y carne picada.

No crean que no sé lo que piensan los demás. Lo que sospechan. Querrán comprobar si Bernard estaba aquí hace unos cincuenta años. No me han dicho nada al respecto, pero lo sé. Pueden comprobar lo que quieran. Por mí no tienen que preocuparse.

Por cierto, Tombuctú es un lugar que existe de verdad, ¿lo sabían? Me salió una vez en un crucigrama. Seguro que Ibrahim recuerda dónde está. Se los digo porque me ha parecido interesante el dato.

78

Chris Hudson está acunando un vaso de whisky entre las manos. Siempre le han gustado las chimeneas, y en Le Pont Noir tienen una muy bonita. Nunca ha cenado allí, porque no tiene a quién invitar, pero le gusta el bar. Alrededor de la chimenea hay unas baldosas antiguas que le parecen muy elegantes. Si le hubieran preguntado hace veinte años, habría dicho que así imaginaba la casa donde viviría. Sillón de cuero, whisky en la mano y su mujer leyendo un libro en el sofá. Sería una novela premiada, que estaría fuera del alcance de Chris, pero ella pasaría las páginas con una media sonrisa. Podría ser, por ejemplo, una historia de amor ambientada en la India del Raj británico. Mientras tanto, él estudiaría las notas de un caso de asesinato. Y poco a poco lo resolvería.

Sigue convencido de que Mackie es el culpable. Todo encaja. Pero ¿qué pasa con los huesos? ¿Ha cambiado algo su descubrimiento? ¿Será verdad que ha habido dos asesinatos con unos cincuenta años de diferencia, el segundo para proteger el secreto del primero? Si es así, Mackie no es la persona que buscan, porque han consultado los registros y no se movió de Irlanda hasta los noventa.

Su mente vuelve a derivar hacia su vida soñada. ¿Hay niños durmiendo en el piso de arriba? Sí, con pijamas nuevos. Niño y niña, con dos años de diferencia. Los dos duermen sin problemas. Pero no. No hay nada de eso. Es sólo una chimenea en un bar con poca clientela, en un restaurante que Chris no frecuenta porque no tiene a quién invitar. Dentro de un rato volverá a casa andando y hará una parada en una tienda abierta las veinticuatro horas para comprar chocolate con leche. La tableta más grande. Después sacará el llavero, entrará en el bloque de departamentos, subirá los tres pisos y entrará en la casa, que está ordenada porque tiene una persona que la limpia todas las semanas, en la cocina donde nadie cocina nunca y en la habitación para invitados donde nunca se ha alojado nadie. Si abriera la ventana, podría oír el mar, pero no verlo. Eso más o menos lo resume todo.

Hay una vida que Chris no ha sido capaz de alcanzar: familias, senderos para coches, brincolines en el jardín, cenas con amigos y todo lo que sale en los anuncios. ¿Será siempre así? ¿El departamento solitario de paredes neutras, con la televisión sintonizada en Sky Sports? Puede que haya una salida, pero Chris no es capaz de verla, al menos de forma inmediata. Esforzarse para mantenerse a flote, engordar, reír cada vez menos. A Chris se le está agotando el combustible. Es una suerte que le guste su trabajo. Es muy bueno en lo suyo. Nunca le cuesta levantarse por la mañana. Pero no le resulta fácil irse a dormir por la noche.

Deja de pensar en Mackie por un momento y se concentra en el asesinato de Tony Curran. Jason Ritchie lo ha llamado y le ha contado su historia. Le ha explicado las llamadas y la visita a la casa de Curran. Si le ha mentido, lo ha hecho muy bien, aunque tampoco lo descarta.

Bobby Tanner sigue sin aparecer. Después de Ámsterdam, no ha vuelto a figurar en ningún registro oficial.

Sin embargo, tiene que estar en algún sitio. Quizá en Bruselas, con un nombre falso. Allí podría ser de utilidad para diferentes bandas criminales. Estará haciendo lo de siempre: pasar contrabando de droga, pelearse con quien haga falta y ponerse al servicio de los que mandan. No es un pez suficientemente gordo para llamar la atención. Y tiene demasiada experiencia para no andarse con cuidado. Pero algún día lo atraparán saliendo de un gimnasio, le pondrán una mano sobre el hombro y lo devolverán al país para que responda un par de preguntas.

Por supuesto, también existe la posibilidad de que haya muerto. Por exceso de esteroides, o tras una pelea en un bar, o por una caída al mar desde la cubierta de un transbordador. Podría haber muerto de muchas maneras, con un pasaporte falso como único medio de identificación. Pero Chris piensa que debe de estar vivo, y si todavía lo está, entonces podría haberle hecho una visita a Tony Curran, por alguna razón olvidada desde hace tiempo. Quizá algo relacionado con su hermano, que se ahogó cuando iba en una lancha cargada de droga. ¿Quién sabe?

También está el tipo nuevo, Gianni *el Turco*, con una ficha policial bastante larga, como ha podido comprobar. Su nombre real es Gianni Gunduz. Huyó del país en los primeros años 2000, después de que la policía recibiera el pitazo de que había matado al taxista tras el tiroteo del Black Bridge. Todo parecía confluir en aquella noche. En ese mismo bar.

¿Habría vuelto Gianni?

Chris se acaba el whisky y contempla una vez más las baldosas. Son preciosas.

Ya va siendo hora de volver a casa.

79

Joyce

Sólo dos cositas rápidas, porque esta mañana tengo prisa.

En primer lugar, Tombuctú está en Mali. Me he encontrado con Ibrahim cuando volvía de mirar el buzón y se lo he preguntado. También he visto a Bernard, que subía lentamente la cuesta de la colina. Ahora va todos los días; pero bueno, da igual.

Como les decía, Tombuctú está en Mali. Ahora ya lo saben.

En segundo lugar, Elizabeth ha llamado a las 9.17. Vamos a Folkestone. Por lo que he visto, tenemos que hacer dos transbordos: uno en Saint Leonards y otro en Ashford International, por lo que tendremos que salir a primera hora. No he estado nunca en Ashford International, pero dudo que una estación de tren con la palabra «internacional» en el nombre no tenga una tienda de Marks & Spencer. Puede que incluso tenga una sucursal de Oliver Bonas. Cruzo los dedos.

Prometo contárselos todo más tarde.

80

En muchos aspectos, los vecinos de Peter Ward tienen con él una deuda de gratitud y, de hecho, la mayoría lo sabe.

Pearson Street siempre había sido una calle bastante deprimente: un puesto que no vendía periódicos, un pequeño supermercado con toda una estantería de alcohol barato detrás de la caja, una agencia de viajes con carteles descoloridos de puestas de sol, dos casas de apuestas, una cantina al borde de la quiebra, una tienda de artículos para fiestas, un salón de manicure y una cafetería clausurada, con las ventanas y las puertas tapiadas.

Entonces había llegado The Flower Mill, la florería de Peter Ward, como una pequeña explosión de colores en el gris de la calle.

¡Y qué flores! Peter Ward conocía su oficio y, cuando alguien conoce su oficio en una ciudad pequeña, no tarda en correrse la voz. La gente empezó a desviarse desde el centro para ir a la florería. Los primeros clientes se lo contaron a sus amigos, que a su vez se lo contaron a los suyos, hasta que, de repente, sin previo aviso, alguien de Londres vio la cafetería con las ventanas y las puertas tapiadas, pagó el traspaso y entonces empezó a haber dos razones para desplazarse hasta Pearson Street. Poco después, una novia que le había encargado a Peter las flores para su boda y fue a tomar un capuchino a la cafetería pensó que la pequeña calle se estaba poniendo de moda y se dijo que quizá fuera el mejor lugar para instalar su tienda de bricolaje. Por eso ahora The Tool Chest está al lado de The Flower Mill, frente a Casa Café. Al notar la mayor afluencia de público, la agencia de viajes cambió los carteles del escaparate y de pronto empezó a recibir visitas de curiosos, casi todos menores de treinta años, que no sabían para qué podía servir una agencia de viajes. El dueño londinense de la cafetería ha decidido comprar la cantina y ha empezado a servir comidas. Terry, el del puesto de periódicos, encarga ahora más publicaciones, más chocolatinas y más de todo. El salón de hacerse las uñas pinta más uñas que nunca, la tienda de artículos de fiesta vende más globos, y el pequeño supermercado ha empezado a vender ginebra de la buena y no sólo vodka barato. John, el de la sección de carnicería del hipermercado de la carretera, ha decidido correr el riesgo y ha abierto una tienda propia, llevándose consigo a muchos de sus antiguos clientes. Y un grupo local de artistas ha alquilado un establecimiento que estaba vacío para hacer exposiciones y poner a la venta sus obras.

Todo gracias a las orquídeas, los crisantemos y los tulipanes de Peter Ward.

Pearson Street tiene ahora todo lo que se le puede pedir a una calle comercial. Es animada, acogedora, alegre, y está llena de vida local. A Joyce le parece tan perfecta que está segura de que en menos de seis meses acudirá la cadena Costa, abrirá una cafetería y pondrá fin a todo el encanto. Y lo más triste es que a Joyce le gustan las cafeterías Costa, por lo que en parte se siente culpable.

De momento, Elizabeth y ella están sentadas en Casa Café, donde Peter Ward les ha invitado un capuchino.

Becky, la de la tienda de bricolaje, vigilará si vienen clientes a la florería mientras Peter se toma un café. Así es Pearson Street.

Peter Ward es un hombre sonriente de cabello entrecano, con aspecto de haber tomado una serie de buenas decisiones a lo largo de su vida, un florista de Folkestone que parece disfrutar de una reserva inagotable de karma positivo tras toda una existencia de serenidad y dulzura, un hombre cuyas buenas acciones le han valido el premio de la felicidad.

Pero las apariencias engañan. De hecho, como quizá sugieran la cicatriz bajo el ojo derecho y la prominencia de los bíceps, Peter Ward es Bobby Tanner. ¿O será tal vez que Peter Ward ha dejado atrás a Bobby Tanner? Es lo que han ido a averiguar Joyce y Elizabeth. ¿Sigue siendo Peter Ward aquel hombre pendenciero? ¿Podría ser un asesino? ¿Se ha desplazado recientemente hasta Fairhaven, siguiendo la línea de la costa, para matar de un golpe en la cabeza a su antiguo jefe? Elizabeth deposita la fotografía sobre la mesa y Peter Ward la recoge sonriendo.

—¡El Black Bridge! —exclama—. Pasamos muchas noches allí. ¿De dónde han sacado esta foto?

—De varios sitios —responde Elizabeth—. En realidad, de dos. Jason Ritchie recibió una copia y la otra fue hallada junto al cadáver de Tony Curran.

—Me he enterado de lo de Tony por los periódicos —dice Peter Ward, asintiendo—. Tarde o temprano, tenía que pasarle.

—¿No ha visto nunca antes esta fotografía? —pregunta Elizabeth.

Él vuelve a mirarla.

—Nunca.

—¿No le han enviado una copia a usted también? —pregunta a su vez Joyce antes de llevarse a los labios la taza de capuchino.

Peter niega con la cabeza.

—Eso podría ser bueno para usted o para nosotras —dice Elizabeth.

Peter Ward la mira con expresión inquisitiva.

—Es bueno para usted si significa que el asesino de Tony Curran no conoce su paradero. Y es bueno para nosotras si significa que el asesino de Tony Curran es usted, porque entonces no habremos hecho el viaje a Folkestone en vano.

Peter Ward reacciona con una media sonrisa y vuelve a estudiar la fotografía.

—En cualquier caso, no hemos desperdiciado el viaje —interviene Joyce—, porque estamos pasando un día estupendo.

—La policía cree que Jason Ritchie mató a Tony Curran —empieza Elizabeth—. Es posible que lo hiciera, pero por razones particulares nuestras, nos gustaría que no fuera el asesino. ¿Tiene alguna opinión al respecto, Bobby?

Peter Ward levanta una mano.

—Aquí soy Peter, si no le importa.

—¿Tiene alguna opinión al respecto, Peter? —insiste Elizabeth.

—Me parece poco probable —responde él—. Jason nunca tuvo nada que ver con esa parte del negocio. Le gusta hacerse el malo, pero en el fondo es un osito de peluche.

Joyce levanta la vista de sus notas por un momento.

—Un osito de peluche que financió con su dinero a una banda de narcotraficantes.

Peter lo admite con un movimiento de la cabeza.

Elizabeth vuelve a dejar la foto sobre la mesa.

—Entonces, si no fue Jason, ¿fue usted? ¿O tal vez Gianni *el Turco*?

—¿Gianni *el Turco*? —repite él.

—Fue quien tomó la foto.

Peter Ward reflexiona un instante.

—¿Sí? ¿Fue él? No lo recuerdo, pero podría ser. Supongo que ya conocen la historia, ¿no? Imagino que ya saben que Tony le disparó a un chico en el Black Bridge y que Gianni mató al taxista que se deshizo del cadáver.

—Sí, conocemos la historia —confirma Elizabeth—. Después Gianni se marchó a Chipre y desapareció.

—Bueno, no fue tan sencillo —corrige Peter Ward.

—Soy toda oídos —lo invita ella.

—Alguien fue de soplón a la policía acerca de Gianni. Registraron su casa, pero ya se había ido.

—¿Y quién fue el chivato? —pregunta Elizabeth.

—¿Quién sabe? Yo no.

—A nadie le gustan los chivatos —dice Joyce.

—No importa quién fue —continúa Peter Ward—. Lo importante es que, cuando Gianni se marchó, se llevó consigo cien mil libras que eran de Tony.

—¿De veras?

—El dinero pertenecía a Tony y Gianni se lo llevó. Tony se puso furioso. Cien mil libras era un montón de dinero en aquella época.

—¿Intentó Tony encontrar a Gianni? —pregunta Elizabeth.

—¿Usted qué cree? Viajó un par de veces a Chipre, pero todo fue inútil.

—No es fácil, cuando no estás en tus propios terrenos —comenta ella.

—Entonces ¿usted tampoco ha localizado a Gianni? —inquiere Peter Ward.

Elizabeth niega con la cabeza.

—Por cierto, ¿cómo me encontró a mí, si no le importa que se lo pregunte? —continúa Peter—. No me gustaría estar demasiado localizable, si es verdad que Gianni ha vuelto y va dejando fotografías mías junto a los cadáveres.

Elizabeth bebe un sorbo de café.

—Su hermano Troy está enterrado en el cementerio de Woodvale, ¿no es así?

Peter Ward asiente.

—He podido ver las grabaciones de las cámaras de seguridad, gracias al director de una funeraria, sobrino de un hombre al que salvé una vez cuando íbamos en un tren —dice Elizabeth—. Allí fue donde lo vi.

Peter la mira incrédulo.

—Voy solamente dos veces al año. No puede ser que me haya encontrado en las grabaciones de las cámaras. ¡Sería como encontrar una aguja en un pajar!

—Va dos veces al año, sí —replica ella—. Pero ¿en qué fechas?

Peter Ward se echa hacia atrás, se cruza de brazos, asiente y sonríe. Lo ha entendido.

—El doce de marzo y el diecisiete de septiembre —prosigue Elizabeth—. El cumpleaños de Troy y el aniversario de su muerte. Esperaba ver el mismo coche las dos veces y pensaba apuntar el número de la placa y pedirle al amigo de un amigo que lo buscara en alguna computadora, en algún lugar. Pero en la grabación del doce de marzo me fijé en una camioneta blanca de una florería de Folkestone que me pareció un poco fuera de lugar en un cementerio de Brighton. No era imposible que estuviera allí, pero tampoco era habitual. Y me pareció todavía más raro ver la misma camioneta el diecisiete de septiembre. De hecho, me pareció muy llamativo, ¿comprende?

—Ya veo —asiente él—. Y no le hizo falta rastrear la placa.

—No, porque la camioneta lleva su nombre, su dirección y su teléfono pintados en un costado —dice Elizabeth.

Peter no puede contenerse y hace el gesto de aplaudir silenciosamente a Elizabeth, que se lo agradece con una leve reverencia.

—¡Qué lista eres! —exclama Joyce—. Es muy lista —le asegura a Peter.

—Ya lo veo —responde él—. Entonces ¿nadie más conoce mi paradero? ¿Nadie más puede encontrarme?

—No, a menos que yo se lo diga —contesta Elizabeth.

Peter Ward se inclina hacia delante.

—¿Y es posible que lo haga?

Elizabeth también se inclina sobre la mesa.

—No, si viene a vernos mañana, se reúne con Jason y con la policía y les cuenta lo mismo que acaba de contarnos a nosotras.

81

—¿Quieres una nuez? —pregunta Ibrahim.

Bernard Cottle lo mira primero a él y después mira la bolsa de nueces que le está tendiendo.

—No, gracias.

Ibrahim se guarda la bolsa.

—Tienen muy pocos carbohidratos las nueces. Los frutos secos, consumidos con moderación, son muy saludables. Menos las nueces de la India. Las nueces de la India son la excepción. ¿Te importa que me siente contigo?

—No, no —responde Bernard.

—¿Qué? ¿Disfrutando de la vista? —pregunta Ibrahim, que nota la incomodidad de Bernard al tener que compartir su banca.

—Descansando un poco, nada más —contesta él.

—¡Qué lugar tan fantástico para estar enterrado! —exclama Ibrahim—. ¿No crees?

—Si hay que estar enterrado, supongo que sí —replica Bernard.

—Por desgracia, es algo que nos pasará incluso a los mejores, por muchas nueces que comamos.

—Espero que no te ofendas, pero prefiero estar en silencio —dice Bernard.

—Me parece perfecto —conviene Ibrahim, asintiendo y llevándose un trozo de nuez a la boca.

Los dos hombres se quedan callados, contemplando el paisaje. Al cabo de un rato, Ibrahim voltea y ve que Ron viene subiendo por el sendero, tratando de disimular su cojera. Tiene un bastón, pero se niega a usarlo.

—¡Qué bien! —exclama Ibrahim—. Ahí viene Ron.

Bernard mira y frunce levemente los labios.

Cuando Ron llega a ellos, se sienta en la banca, al otro lado de Bernard.

—Buenas tardes, caballeros —saluda.

—Buenas tardes, Ron —responde Ibrahim.

—¿Qué tal, Bernard, muchacho? —pregunta Ron—. ¿Sigues montando guardia?

Bernard voltea para mirarlo.

—¿Montando guardia?

—Sí, delante del cementerio. Sentado aquí como un gnomo guardián. ¿Qué te cuentas?

—A Bernard le gusta estar en silencio, Ron —le informa Ibrahim—. Me lo acaba de decir.

—Pues conmigo te jodes —repone Ron—. Pero vamos a ver, ¿qué tienes escondido aquí arriba?

—¿Escondido? —repite Bernard.

—A mí no me engañas con la historia del duelo, lo siento. Todos echamos de menos a nuestras difuntas, y te lo digo con el mayor respeto. Pero aquí tiene que haber algo más.

—El dolor afecta de diferentes maneras a las personas, Ron —interviene Ibrahim—. La conducta de Bernard no es inusual.

—No sé, Ibrahim —dice Ron, meneando la cabeza con la vista perdida en las colinas—. El otro día mataron a un tipo que solamente quería excavar en el cementerio, y Bernard viene todos los días a sentarse en esta banca, delante del mismo cementerio. No sé a ti, pero a mí me llama la atención.

—Entonces ¿era esto lo que querían? —pregunta Bernard con voz serena, sin mirar a Ron—. ¿Han venido a hablarme del asesinato?

—Así es. Has dado en el clavo, Bernard —confirma Ron—. Alguien que estaba allí abajo le puso al tipo una inyección que lo mató. Todos estábamos encima de él, ¿recuerdas? Cualquiera de nosotros pudo hacerlo.

—Simplemente necesitamos ir descartando gente de nuestra investigación —explica Ibrahim.

—Quizá tú tenías una buena razón para matarlo —sugiere Ron.

—¿Puede haber una buena razón para asesinar a alguien, Ron? —replica Bernard.

Él se encoge de hombros.

—Tal vez tengas algo escondido en el cementerio. ¿Eres diabético? ¿Tienes práctica con las inyecciones?

—Todos la tenemos, Ron —contesta Bernard.

—¿Dónde estabas en los años setenta? ¿Vivías por aquí?

—Me parece muy extraña esta pregunta, si no te importa que te lo diga —repone Bernard.

—No me importa. ¿Vivías por aquí? —insiste Ron.

—Solamente estamos explorando las posibilidades —dice Ibrahim—. Hacemos preguntas a todo el mundo.

Bernard voltea hacia él.

—¿Qué es esto? ¿El juego del poli bueno y el poli malo?

Ibrahim reflexiona un momento.

—Bueno, sí, ésa es la idea. Psicológicamente, suele ser muy eficaz. Tengo un libro que te podría prestar, si te interesa el tema.

Bernard deja escapar un largo suspiro y voltea hacia Ron.

—Ron, tú conociste a mi mujer. Conociste a Asima.

Él asiente.

—Y siempre fuiste muy amable con ella. Le caías bien.

—A mí también me caía bien tu mujer, Bernard. Tuviste suerte con ella.

—Todos la querían, Ron —declara Bernard—. Y, aun así, ¿vienes y me preguntas por qué me siento en esta banca? No es por nada del cementerio, ni por nada relacionado con ninguna inyección, ni con el sitio donde vivía hace casi cincuenta años. Solamente soy un viejo que extraña a su mujer. Déjenme en paz. —Se pone de pie—. Me han arruinado la mañana. Pueden estar contentos.

Ibrahim lo mira.

—Bernard, me temo que no te creo. Me gustaría, pero no te creo. Tienes una historia y estás desesperado por contarla. Cuando tengas ganas de hablar, ya sabes dónde encontrarme.

Bernard sonríe y niega con la cabeza.

—¿Hablar? ¿Contigo?

Ibrahim asiente.

—Sí, conmigo, Bernard. O con Ron. Sea lo que sea lo que haya sucedido, lo peor que puedes hacer es callártelo.

Bernard se coloca el periódico bajo el brazo.

—Con todo el respeto, ustedes dos no tienen ni idea de qué es lo peor que puedo hacer.

Acto seguido, inicia el lento descenso de la colina.

82

JOYCE

Bueno, lo de hoy ha sido muy divertido. Para empezar, no había estado nunca en Folkestone.

Bobby Tanner ahora se llama Peter Ward, pero le hemos prometido que guardaremos el secreto. Tiene una florería.

Supongo que debería escribir sobre dos cosas. Primero, ¿por qué es florista Peter Ward? Y, al margen de que sea florista o no, ¿de quién sospecha como posible asesino de Tony Curran?

También podría escribir acerca de Bernard, pero lo dejaré para el final, porque quiero pensar un poco al respecto mientras escribo el resto.

Peter Ward —lo llamaré Peter— se marchó de Fairhaven poco después de la muerte de su hermano, por las razones que se pueden imaginar. Lo primero que hizo fue conseguir un nuevo pasaporte. Se ve que es algo fácil de hacer, tal como lo presentan Elizabeth y Peter, pero yo no sabría ni por dónde empezar. Se estableció en Ámsterdam, donde al principio se dedicó a hacer trabajos sueltos, pero no el tipo de trabajo suelto que nosotros imaginaríamos, como limpiar los desagües de las casas o pintar vallas, sino más bien transportar cocaína, amenazar gente y cosas así. Se le nota que es ese tipo de persona, por debajo de las apariencias.

Al cabo de un tiempo empezó a trabajar para una banda de Liverpool. No quiso decirnos cuál, como si yo hubiera podido hacer algo si lo supiera. El negocio de la banda consistía en traer droga escondida en esos camiones enormes cargados de flores que vienen de Holanda y de Bélgica. Era su especialidad.

Al principio, Peter se ocupaba de meter el contrabando en los camiones. Le pagaban a un camionero para que se detuviera en un área de servicio en Bélgica y entonces Peter y un par de colegas se metían en el remolque y dejaban lo que podían, donde podían. El camión seguía su camino, volvía a parar en Kent y ya teníamos la droga en casa. Los camiones iban y venían todo el tiempo. Cruzaban la frontera a diario, porque siempre hay demanda de flores frescas. Así que era perfecto.

Después de trabajar un tiempo con unos cuantos camioneros conocidos, la banda decidió comprar un vivero. El vivero siguió funcionando como siempre, pero Peter se ocupaba de «inspeccionar» cada camión cuando salía y de añadir unos cuantos paquetes extra a la carga. Tenían tres camiones que se embarcaban cada día en el puerto de Zeebrugge y podían hacer con ellos lo que quisieran. Un arreglo muy ingenioso, la verdad.

Peter pasaba todo el tiempo en el vivero, con el chico joven que lo dirigía, al que pagaban por hacerse de la vista gorda. Jugaban a las cartas, conversaban y hacían todo lo que hace la gente en Bélgica.

(Por cierto, el otro día vi un cartel que anunciaba un viaje a Brujas y he pensado que podría apuntarme. Joanna estuvo hace unos años y su veredicto fue: «Es demasiado cursi, mamá, pero a ti te encantaría». Así que puede que me anime. ¿Le gustará a Elizabeth?)

Bueno, ya le digo que todo iba bien en Bélgica, hasta que se produjo un error. No se sabe muy bien cómo ni por qué, o al menos Peter no lo sabe, pero el resultado fue que una pequeña florería de Gillingham recibió accidentalmente un paquete de dos kilogramos de cocaína junto con las begonias que había encargado y de inmediato lo denunció a la policía.

La policía, que a veces no es tonta, no fue directamente a detener al camionero, sino que lo siguió para ver adónde iba y cómo funcionaba todo. Destinaron un equipo al caso y, poco a poco, fueron averiguando quién hacía qué y metieron en la cárcel a todos los que pudieron.

Según nos ha dicho Peter, el chico del vivero y él divisaron a la policía a dos kilómetros de distancia (por lo que cuenta, Bélgica debe de ser tan llana como Holanda) y pasaron seis horas escondidos en un campo de girasoles, mientras los agentes ponían todo el vivero patas arriba, buscando droga. Poco después, en Ámsterdam, un serbio asesinó a un miembro de la banda de Liverpool.

Ya ven por dónde va el asunto. Peter nunca había ascendido en la jerarquía de la banda (no era ese tipo de persona), pero disponía de bastante dinero y había aprendido mucho sobre flores. Se había acostumbrado a verlas en todo su esplendor y sabía apreciarlas. Cuando empezó a describirnos los colores, se puso bastante lírico y al final Elizabeth tuvo que interrumpirlo para que siguiera adelante con la historia.

El caso es que ahora, todos los días, uno de esos camiones para en Pearson Street y Peter sube al remolque, como antes. La diferencia es que ahora solamente descarga cajas de flores y las lleva a su tienda. El camión sigue su camino, completa su ruta y vuelve a Bélgica, al vivero que aún dirige el chico joven con quien Peter jugaba a las cartas y con quien pasó una tarde escondido en un campo de girasoles.

Es una historia muy bonita. Supongo que la banda de Liverpool y los serbios siguen matándose entre ellos en Ámsterdam, pero Peter ha podido abrir una tienda preciosa en una calle encantadora, donde todos conocen su nombre. Bueno, quizá no sepan su nombre verdadero, pero ya me entienden. Y la ventaja de su buen comportamiento es que nunca ha ido nadie a buscarlo, ni lo han detenido, ni lo han mirado con especial atención el pasaporte. De este modo, Peter Ward ha podido dejar atrás su pasado y encontrar un poco de paz, lo que no siempre es sencillo.

Para satisfacer la curiosidad de Elizabeth, Peter la ha llevado a su tienda, The Flower Mill, y le ha enseñado las grabaciones de la cámara de seguridad del día del asesinato de Tony Curran. En los videos aparece él, Peter, inconfundible, detrás de la caja. Creo que eso lo descarta por completo como sospechoso. Está convencido de que Gianni *el Turco* es el hombre que buscamos. Tony lo entregó a la policía y Gianni se largó con el dinero de Tony. Supongo que eso es suficiente.

Elizabeth y yo nos hemos pasado todo el viaje de regreso, en el tren, hablando al respecto. También hemos tenido que esperar media hora en la estación Ashford International, donde increíblemente no hay ninguna tienda. Quizá estén al otro lado del control de pasaportes. Imagino que sí.

Y eso es todo acerca de Bobby Tanner. Es hora de acostarse, Joyce. Me pregunto qué habrán hecho hoy Ron e Ibrahim.

Ya sé que iba a escribir algo sobre Bernard, pero no acabo de tenerlo claro, así que no diré nada.

Le he comprado un ramillete de fresias en la tienda de Peter. Quería comprar algo, pero no sabía para quién, y entonces he pensado que tal vez a Bernard le gustarían. ¿Las mujeres regalan flores a los hombres? En mi pueblo no, desde luego, pero puede que las cosas hayan cambiado. Las tengo en la cocina. Mañana se las llevaré.

Yo creo que a Bernard le gustaría Brujas. ¿Qué opinan?

83

La superficie del camino es irregular, pero si ilumina el suelo con la linterna, puede subir a los huertos sin llamar la atención. A esas horas todos deben de estar durmiendo, pero es mejor no arriesgarse. Llega al cobertizo. Hay un candado en la puerta, pero es de mala calidad. Un pasador de su mujer le basta para abrirlo.

El cobertizo es compartido por todos los residentes de Coopers Chase que tienen asignada una parcela en los huertos. Son un grupo selecto. Hay un par de camastros para cuando hace buen tiempo y una tetera para los días fríos. A lo largo de una de las paredes se apilan unas cuantas bolsas de abono y de tierra, compradas con el dinero del fondo común. Carlito ayuda a descargarlas y llevarlas al cobertizo cada vez que el minibús regresa del centro de jardinería. Sobre las bolsas de abono, en una hoja pegada a la pared con tachuelas, pueden leerse las reglas de la Asociación de Usuarios de los Huertos de Coopers Chase. Son muchas y se aplican con rigor. A pesar de que es verano, la noche es fría. El haz de la linterna sigue recorriendo el interior del cobertizo. No hay ventanas, por lo que no es necesario preocuparse.

La pala está apoyada contra la pared del fondo.

Un vistazo le basta para averiguar todo lo que necesitaba saber. O, mejor dicho, todo lo que ya sabía cuando venía subiendo por el sendero. Pero ¿qué podía hacer? Tenía que intentarlo.

Levanta la pala por el mango, pero el peso lo doblega enseguida. ¿Desde cuándo está tan débil? ¿Qué le ha pasado a su cuerpo? Nunca ha sido gran cosa, pero ¿ahora ni siquiera puede levantar una pala? Cavar queda totalmente descartado.

¿Qué hará entonces? ¿Quién puede ayudarlo? ¿Quién lo entendería? No le queda ninguna esperanza.

Bernard Cottle se sienta en una silla plegable y llora por lo que ha hecho.

84

Chris y Donna están sentados en la sala de los rompecabezas, con sendas tazas de té sobre la mesa. Tienen enfrente a Jason Ritchie y Bobby Tanner, el mismo Bobby Tanner que ocho fuerzas policiales no lograron localizar. Elizabeth se ha negado repetidamente a revelar dónde o cómo lo ha encontrado.

Elizabeth y Joyce han visto una prueba irrefutable de que Bobby estaba en otro sitio, ocupado en sus asuntos, cuando Tony Curran fue asesinado. Chris ha preguntado si puede ver esa prueba y Elizabeth le ha dicho que por supuesto que podrá, en el instante en que disponga de una orden judicial. Según el trato que han hecho, Bobby les contará todo lo que sabe, pero después volverá a confundirse con la multitud y nadie volverá a verlo nunca más.

—Cien mil libras, tal vez un poco más —dice Bobby Tanner—. Gianni las tenía en su departamento, pero eran de Tony.

—¿Tenía un buen departamento? —pregunta Joyce.

—Mmm... Sí, uno bastante grande, en uno de esos edificios del malecón —contesta Bobby.

—Ah, sí. Los de los ventanales —dice Joyce—. Son preciosos.

—¿Y Tony fue a Chipre a buscarlo? —inquiere Chris.

—Sí, un par de veces. Pero no encontró nada. Después de eso, nada volvió a ser como antes. Tú, Jason, te apartaste de la pandilla, ¿verdad? Empezaste a salir en la tele y cambiaste de vida.

Jason le da la razón:

—Todo aquello ya no era para mí, Bobby.

Bobby asiente comprensivo.

—Yo me fui del pueblo unos meses después, cuando murió mi hermano. Ya no me quedaba nada aquí.

—Pero si Gianni volvió hace poco —conjetura Donna—, alguien tiene que haberlo visto. Si ha estado por aquí últimamente, alguien debe de haberlo comentado con más gente.

Bobby reflexiona un momento.

—Quedan pocos de aquella época.

—No sé con quién hablaría Gianni si necesitara un sitio donde dormir —dice Jason.

Bobby lo mira.

—A menos que...

Jason le devuelve la mirada, piensa un momento y al final asevera:

—Sí, por supuesto. A menos que...

Jason saca el teléfono y empieza a escribir un mensaje.

—¿No van a compartirlo con nosotros? —pregunta Elizabeth.

—Es una persona con quien Bobby y yo necesitamos hablar, nada más —responde Jason—. Alguien que lo sabrá con seguridad. Deja que nos ocupemos nosotros, Elizabeth. No es justo que tú lo resuelvas todo.

—Quizá podrían compartirlo con la policía —sugiere Donna.

—¿Estás bromeando? —dice Bobby riendo.

—Al menos lo he intentado —replica Donna.

El teléfono de Jason vibra. Baja la vista y se lo enseña a Bobby.

—Acepta vernos a los dos. ¿Te parece bien?

Él asiente y Jason envía otro mensaje.

—La cita sólo podía ser en un sitio, ¿no?

85

Están comiendo en Le Pont Noir. Como en los viejos tiempos, aunque en realidad todo es diferente.

—¿Astronauta? —intenta adivinar Jason Ritchie.

Bobby Tanner sonríe y niega con la cabeza.

—¿Jockey? —insiste Jason.

Bobby Tanner vuelve a hacer un gesto negativo.

—No voy a decírtelo, aunque aciertes.

Está en su derecho.

—Pero estás bien, ¿no, Bobby? ¿Estás contento? —pregunta Jason.

Él asiente.

—Buen chico —dice Jason—. Te lo mereces.

—Los dos nos lo merecemos —conviene Bobby Tanner—. En un sentido o en otro.

—Bueno, en parte sí y en parte no —repone Jason.

Bobby Tanner vuelve a asentir. Quizá tenga razón.

Les han servido el postre, mientras esperan aún a la otra persona, y ya se han terminado una botella del mejor malbec de Le Pont Noir.

—Tuvo que ser Gianni, ¿no? —comenta Bobby—. Siempre pensé que algo le fallaba.

—Yo lo pensaba de ti —admite Jason—. Pero me alegro de haberme equivocado.

—Gracias, Jason —dice Bobby.

Jason mira el reloj.

—Pronto lo averiguaremos.

—¿Crees que lo sabrá? —plantea Bobby.

—Si Gianni ha estado en el pueblo, él lo sabrá. Porque se habrá alojado en su casa.

—Ya no puedo beber a la hora de la comida. ¿Y tú? —pregunta Bobby.

—Nos hemos vuelto viejos, Bob —conviene Jason—. Pero ¿qué te parece si pedimos otra?

Los dos deciden que aún les queda tiempo para otra botella. Y en ese momento entra Steve Georgiou.

86

Donna ha pasado la noche comprobando las listas de pasajeros de todos los vuelos procedentes de Chipre o con destino a la isla de las dos últimas semanas. Lo más probable es que Gianni Gunduz no use su nombre verdadero, pero nunca se sabe.

Sin embargo, por muy divertidas que puedan ser las listas de pasajeros, ahora ha vuelto a meterse en Instagram.

Carl ya no sale con Toyota, pero no seguirá soltero mucho tiempo más. ¿Estará saliendo ya con otra? La vocación de detective de Donna es innata. ¿Tendrá algo con esa chica de su trabajo, Poppy, que le ha puesto un «Me gusta» en una foto de su perfil de Facebook? Y no sólo un «Me gusta». También le ha respondido con el emoji del guiño en los comentarios. Poppy parece incapaz de tomarse una foto sin poner boca de beso. Es totalmente del estilo de Carl. Donna ha buscado su nombre en los registros del Ministerio del Interior, por si aparecía algo, pero no ha encontrado nada.

Sabe que debería irse a dormir, pero todavía está pensando en Penny Gray.

Después de la reunión con el Club del Crimen de los Jueves, Elizabeth le dijo que quería presentarle a una persona y la llevó a Los Sauces, la residencia medica a asociada a Coopers Chase.

Caminaron por los silenciosos pasillos pintados de beige, con iluminación tenue de haces de luces led y acuarelas de escenas marinas en las paredes. El ambiente transmitía el peso de una carga abrumadora, y los esperanzados ramilletes colocados sobre mesas baratas de conglomerado no eran suficiente para disipar esa sensación. ¿Quién se ocuparía de poner flores cada día? Era una batalla perdida, pero ¿qué alternativa había? De repente, Donna sintió que le faltaba el aliento. Los Sauces eran una cárcel sin posibilidad de fuga, donde la libertad solamente podía significar una cosa.

Entraron en la habitación y Elizabeth dijo:

—Agente De Freitas, le presento a la inspectora Penny Gray.

Penny estaba en la cama, cubierta hasta el cuello con la sábana y con una manta doblada sobre las piernas. Le salían tubos de la nariz y de las muñecas. Cuando era estudiante, Donna había visitado una vez con la escuela el edificio Lloyd's, donde todo lo que debería estar dentro queda a la vista. Pero, en general, prefiere que la fontanería esté escondida.

Tras la presentación, Donna se cuadró delante de la inspectora.

—Toma asiento, Donna. Pensé que sería bueno que se conocieran. Estoy segura de que se llevarán bien.

Elizabeth le describió a Donna la carrera profesional de Penny, una mujer inteligente, tenaz y con opiniones firmes, frustrada a cada paso a causa de su género o su temperamento, o bien por la inaceptable combinación de ambos.

—Es demoledora —dijo Elizabeth—. Yo soy como la hoja de una navaja, pero ella es pura fuerza bruta. No sé si lo notas.

Donna miró a Penny y pensó que aún transmitía esa fuerza.

—Era lo normal en la policía de aquella época —prosiguió Elizabeth—: la fuerza irresistible. Pero sólo si eras un hombre. A Penny nunca la ayudó. No pudo llegar más allá de inspectora. Algo absurdo, conociéndola. ¿Verdad que es absurdo, John?

John levantó la cabeza y asintió.

—Un desperdicio.

—Penny era incómoda, Donna —dijo Elizabeth—. Y no creo que exista mejor elogio. Por eso le gustaba estudiar casos antiguos, porque finalmente podía tenerlo todo bajo control. Podía permitirse ser el chivo en cristalería. No tenía que ser amable, reírles las gracias a los demás ni preparar el té.

Donna notó que la mano de Elizabeth apretaba con más fuerza la de Penny.

—Pero nosotras luchamos, ¿verdad? —añadió mirando a su amiga—. Penny lo aguantaba todo y se lo tragaba, día tras día, sin una queja.

—En realidad, se quejaba todo el tiempo —la interrumpió John—. Con todo respeto, Elizabeth.

—Bueno, sí. Tenía mucho temperamento, cuando quería.

—Era muy obstinada —añadió John.

Mientras se marchaban —generaciones diferentes, en perfecta sintonía—, Elizabeth se volvió hacia Donna y le dijo:

—Tú lo sabrás mejor que yo, pero tengo la impresión de que no todas las batallas se han ganado.

—Yo también lo creo —convino Donna.

Siguieron andando, en amistoso silencio, y salieron por la puerta principal de Los Sauces, agradecidas de poder respirar el aire del mundo exterior.

De vuelta en su casa —¿ya puede considerarla su casa?—, Donna no es capaz de concentrarse en Instagram. La visita a Penny le ha inspirado orgullo y tristeza. Le habría gustado conocerla en otra época, conocerla de verdad. Hay muchas razones por las que Donna querría resolver esos casos de asesinato, y ahora ha añadido una más a la lista: el deseo de hacer que la inspectora Penny Gray se sienta orgullosa de ella.

Entonces ¿Gianni para el asesinato de Tony Curran y Matthew Mackie para el de Ventham? Elizabeth le ha pedido que investigue a otro de los residentes. Un tal Bernard Cottle. Le ha escrito su nombre en un papel.

¿Y los huesos? ¿Qué importancia tendrán?

¿Qué diría Penny Gray?

Sería fantástico resolverlo todo. Sería un bonito homenaje a la mujer que la ha precedido. Debería volver a examinar esas listas de pasajeros.

Mira unas cuantas fotos más en Facebook. Poppy ha estado haciendo *puenting* en un acto en beneficio de la investigación contra el cáncer. ¡Por supuesto! Típico de Poppy.

87

Joyce

Por lo general no escribo por la mañana, ya lo sé. Pero hoy sí. Me ha parecido necesario. Y aquí estoy.

Ayer fue todo muy emocionante, ¿verdad? Los chicos, los asesinatos, las drogas y todo lo demás. Apuesto a que tenían mucho que decirse cuando se marcharon. Me pregunto a quién irían a ver.

Realmente fue muy interesante para alguien como yo. Tremendamente interesante. Gianni podría ser el asesino, ¿no les parece?

Me pregunto si... ¡Pero ya está bien, Joyce! No me gusta hablar al respecto, pero no tengo más remedio.

Tengo una noticia muy triste y ahora se las daré.

Esta mañana le he hecho a Bernard mi llamada de «todo en orden».

Mucha gente lo hace, después de ponerse de acuerdo con un amigo o amiga. Llamas por ejemplo a las ocho de la mañana, dejas que el teléfono suene dos veces y cuelgas. Entonces la otra persona hace lo mismo. De ese modo, sabes que «todo está en orden», sin que te cueste ni un penique. Tampoco hace falta tener ninguna conversación.

Pues bien, esta mañana he llamado a Bernard. He dejado que sonara dos veces el teléfono, para hacerle saber que yo estaba bien, que no había sufrido ninguna caída ni nada de eso, y he colgado. Pero él no me ha devuelto la llamada. Normalmente no me preocupo demasiado. A veces se le olvida llamarme y entonces me doy una vuelta por su casa, toco el timbre de su portón y él se asoma a la ventana en bata y me hace el gesto del pulgar hacia arriba con expresión apenada. Siempre pienso: «Invítame a pasar, viejo tonto, para que desayunemos juntos. No me importa que estés en bata». Pero Bernard es así.

De modo que he ido a su casa. ¿Lo sabía? Supongo que sí, pero en parte no, porque era demasiado abrumador. Aun así, supongo que sí lo sabía, porque Marjorie Walters me ha visto cuando iba de camino hacia allí y me ha saludado, según me ha dicho, pero yo no la he visto. Dice que iba perdida en mis pensamientos, lo cual no es propio de mí. Así que, sí, supongo que lo sabía.

He tocado el timbre y he levantado la vista hacia la ventana. Las cortinas estaban cerradas. ¿Estaría durmiendo? También era posible que se hubiera quedado en cama, con un catarro. El otro día, en *This Morning* comentaron que los hombres suelen exagerar los síntomas y la gravedad de las enfermedades. Se lo conté a Joanna y me dijo que ya lo había oído hace años y que no podía creer que para mí fuera una novedad. No sé para qué le digo nada.

Pero me estoy desviando del tema, ya lo sé. Vayamos al grano.

He tocado en el edificio con la llave extra que él me había dado, he subido la escalera y he visto un sobre pegado con cinta adhesiva en la puerta de Bernard. El sobre tenía escrito mi nombre: «Joyce».

Lo siento, tengo que terminar aquí.

Incluso había una carita sonriente dibujada dentro de la «o». Nunca lo habría esperado de Bernard.

88

Joyce abre el sobre y extrae una carta manuscrita, de unas tres o cuatro páginas. Agradece que sus amigos hayan venido a su casa. No habría querido volver a salir en un día como éste.

—Voy a leerla. Pero no toda, sino los pasajes que tengan interés. Verán que responde a algunas de nuestras preguntas. Sé lo que algunos de ustedes pensaban de él. Quizá sospechaban que había..., ya saben..., a Ian Ventham. En cualquier caso...

—Tómate tu tiempo —dice Ron, apoyando un momento su mano sobre la de Joyce, que empieza a leer la carta con un tono vacilante poco frecuente en ella:

—«Querida Joyce: Tendrás que disculparme todas las molestias. No intentes entrar, porque he bloqueado la puerta por dentro. Es la primera vez que uso el pasador desde que me mudé a este departamento. Ya imaginarás lo que he hecho. Supongo que lo habrás visto mil veces, por tu profesión. Si todo ha ido bien, estaré tumbado en la cama. Espero tener un aspecto apacible, pero puede que no sea así. Como no quiero dejar este punto librado al azar, prefiero que los hombres de la ambulancia decidan si mi estado es adecuado antes de que tú pases a despedirme. Eso, desde luego, si tú lo deseas».

Joyce interrumpe un momento la lectura. Elizabeth, Ron e Ibrahim guardan un silencio absoluto. Al cabo de un instante, Joyce levanta la vista.

—No me dejaron pasar a verlo. Supongo que es el protocolo, cuando no eres de la familia. En eso se equivocó Bernard. Y también en que los de la ambulancia eran hombres. En realidad, eran dos mujeres.

Joyce sonríe débilmente y sus tres amigos le devuelven la sonrisa. Sigue leyendo:

—«Tengo aquí al lado las pastillas y una botella de Laphroaig que he estado reservando para una ocasión especial. Veo que las luces se van apagando en las ventanas y pronto llegará mi turno. Junto a la cama tengo las flores tan bonitas que me has regalado. Las he puesto en una botella de leche, porque ya sabes que no tengo floreros. Pero, antes de irme, creo que debería contártelo todo».

—¿Todo? —repite Elizabeth.

Joyce se lleva un dedo a los labios. Elizabeth guarda silencio, como le indica su amiga, que sigue leyendo la carta de despedida de Bernard:

—«Como sabes, Asima, mi mujer, murió poco después de que viniéramos a vivir a Coopers Chase y eso fue un golpe muy grande para mí. Ya sé que tú no hablas mucho de Gerry, pero estoy seguro de que me entiendes. Fue como si me arrancaran el corazón y los pulmones y me dijeran que tenía que seguir viviendo. Despertarme cada mañana, comer cada día y seguir poniendo un pie delante del otro. ¿Y todo para qué? Creo que no he podido encontrar la respuesta. Ya sabes que a menudo subía a lo alto de la colina y me sentaba en la banca donde Asima y yo solíamos sentarnos cuando vinimos a vivir aquí. Lo hacía para sentirme más cerca de ella. Pero tenía otra razón para subir la cuesta, una razón que me avergüenza profundamente. Y ya no puedo soportar más esta vergüenza».

Joyce se interrumpe un momento.

—¿Pueden darme un poco de agua?

Ron le sirve un vaso y se lo pone delante. Joyce bebe y prosigue la lectura:

—«Probablemente sabes que muchos hindúes desean que, a su muerte, sus cenizas sean dispersadas en el Ganges. Ahora ya se aceptan otros ríos, pero para la gente de nuestra generación, el Ganges sigue siendo el único, si te lo puedes permitir. Asima había expresado ese deseo hace muchos años, y era lo que nuestra hija Sufi había oído desde la infancia. Prefiero no pensar en el funeral de mi mujer, ni escribir al respecto, pero dos días después, Sufi y Majid (mi hija y mi yerno) viajaron a la India, a Benarés, y dispersaron las cenizas en el Ganges. Sin embargo, Joyce (y me temo que aquí es donde entran las píldoras y el whisky), aquellas cenizas no eran las de Asima».

Joyce hace una pausa y levanta la vista.

—¡Rayos! —exclama Ibrahim, y se inclina hacia delante mientras ella sigue leyendo.

—«Nunca he sido religioso, Joyce, como ya sabes. Pero en los últimos años de su vida, Asima también se apartó de la religión. Fue perdiendo la fe poco a poco, como un árbol pierde las hojas, hasta que no quedó nada. Yo amaba a esa mujer con toda mi alma y ella me amaba a mí. La idea de que se la llevaran, la metieran en una maleta y la dejaran flotando en un río me atormentaba. Era algo que no podía asimilar, apenas dos días después de despedirla. Ya sé que nada de esto justifica mis actos, pero al menos es una explicación. La primera noche, guardamos en casa la urna con las cenizas. Sufi y Majid no se habían quedado en la habitación de invitados de mi casa, porque prefirieron alojarse en un hotel, a pesar de todo.

»Muchos años antes, Asima y yo habíamos entrado a curiosear en una tienda de antigüedades y ella se había fijado en una caja de té en forma de tigre. "Eres tú", le dije, y los dos nos reímos, porque yo la llamaba "mi tigrecita" y ella me llamaba "mi tigretón". Volví una semana después para comprarle la caja y darle la sorpresa en Navidad, pero ya la habían vendido. Cuando llegó la Navidad, abrí su regalo, y ahí estaba. Asima había vuelto enseguida la tienda de antigüedades para comprarme la caja. Aún la tenía en casa. Aquella noche tomé la urna, eché las cenizas en la caja en forma de tigre y volví a colocarla en la vitrina. Después rellené la urna con una mezcla de serrín y abono orgánico de harina de huesos, que resultó sorprendentemente convincente, y la cerré. Esa mezcla fue lo que Sufi se llevó a Benarés y lo que dispersó en el Ganges. Ten en cuenta, Joyce, que en ese momento yo no estaba completamente en mis cabales. Estaba paralizado por el dolor. Habría hecho cualquier cosa para no separarme de mi Asima. Se me había olvidado, por supuesto, que no era solamente mi Asima, sino también la madre de Sufi. Al día siguiente, en cuanto oscureció y me atreví a salir, tomé una pala del cobertizo de los huertos y subí hasta lo alto de la colina. Levanté la hierba debajo de la banca, cavé un hoyo y enterré la caja. Incluso entonces sabía que sería una solución temporal, pero no estaba dispuesto a dejar que se la llevaran. La hierba volvió a crecer, nadie notó nada (¿por qué iban a notarlo?), y todos los días iba a sentarme en esa banca, saludaba a la gente que pasaba y hablaba con Asima cuando nadie me veía. Sabía que no había actuado bien, que había traicionado a mi hija y que nunca podría redimirme. ¡Pero era tanto el dolor...!»

—Algunas personas quieren más a sus hijos que a su pareja —interviene Ibrahim—, y otras quieren más a su pareja que a sus hijos. Pero nadie lo reconoce.

Joyce asiente, sin detenerse a pensarlo, y empieza otra página:

—«Sin embargo, el dolor del comienzo pasa, por mucho que nos gustaría que perdurara, y pronto me di cuenta del error tan grande que había cometido. Pude ver mi tremendo egoísmo y el falso convencimiento de que tenía derecho a decidir. Empecé a imaginar planes para remediar en parte mi mala acción. Pensé que quizá pudiera desenterrar la caja de té, llevarla en autobús a Fairhaven, dispersar una parte de Asima y conservar otra parte conmigo. Nunca podría confesarle a Sufi lo que había hecho, pero al menos su madre estaría entre las olas, de regreso a donde sea que Sufi imagine que debemos regresar. Sabía que no era suficiente, pero era lo mejor que podía hacer, hasta que una mañana subí a la colina y me encontré con que unos peones estaban construyendo una plataforma de concreto para el banco. Habían excavado, aunque no lo suficiente para encontrar la caja, y habían rellenado el hoyo con cemento. En media hora, habían terminado. Y ya no hubo nada más que hacer. No tenía ninguna manera fácil de recuperar la caja. Por eso seguí subiendo la cuesta y hablando con Asima cuando nadie me veía, para contarle mis novedades, decirle lo mucho que la quería y pedirle perdón. Y honestamente, Joyce, en confianza contigo, me doy cuenta de que ya no me queda nada y no puedo seguir adelante. Así que ya ves. Así es como estoy».

Joyce termina de leer y permanece un momento con los ojos fijos en la carta, repasando con un dedo las líneas manuscritas. Después levanta la vista e intenta componer una sonrisa, que enseguida se transforma en llanto. Las lágrimas silenciosas no tardan en convertirse en sollozos y Ron se levanta de la silla, se inclina delante de ella y la rodea con sus brazos. Ron sabe hacerlo muy bien. Entonces Joyce le apoya la cabeza en el hombro, lo abraza y sigue llorando por Gerry, por Bernard y Asima y por las chicas que fueron con ella a ver la función de *Jersey Boys* y volvieron en el tren, bebiendo por el camino unas latas de gin-tonic.

89

Es tarde para estar en la comisaría de Fairhaven, pero Donna y Chris no tienen ningún otro sitio adonde ir.

Chris se arrodilla para solucionar el atasco de papel en la fotocopiadora. Últimamente siente calambres en las piernas cada vez que se arrodilla, no sabe muy bien por qué. ¿Quizá por exceso de sal? ¿O por falta? Puede ser tanto una cosa como la otra.

—¡Resuelto! —le anuncia a Donna.

Ella pulsa el botón de imprimir y hace varias copias de los informes que les ha enviado la policía chipriota.

—Te los voy a engargolar —dice—. Me llevará un momento, pero te resultará más cómodo.

—Muy amable, Donna —responde Chris—, pero no vas a venir a Chipre conmigo.

Ella le hace una mueca.

Chris tiene programada una entrevista muy interesante, que probablemente le permitirá averiguar de una vez por todas el paradero de Gianni Gunduz.

El nombre de Gianni no ha aparecido en ninguna de las listas de pasajeros que Donna ha estado revisando. No figura en ningún vuelo, barco o tren que haya llegado o partido de Gran Bretaña en las dos últimas semanas. Pero es poco probable que Gianni siga usando el mismo nombre, después de que la policía lo haya estado buscando por el asesinato del taxista y Tony Curran, por las cien mil libras que le robó.

Sin embargo, nadie se esfuma sin más. Siempre quedan rastros.

Chris apaga la computadora. Está seguro de que Gianni *el Turco* es la persona que buscan. Tiene suficiente experiencia para notar cuando una pieza encaja a la perfección en un rompecabezas. Las pruebas materiales son otra historia, pero espera que el viaje a Nicosia resulte útil en ese sentido.

—¿Acabamos ya por hoy?

—¿Un trago rápido? —propone Donna—. ¿En Le Pont Noir?

—Tengo un vuelo a diez para las siete —le recuerda él.

—No es necesario que me lo restriegues en la cara —replica ella.

Chris se pone de pie y cierra las cortinas de su oficina. Lo de Gianni está bastante claro. Pero ¿qué hay de Ian Ventham? Eso ya es más difícil. ¿Realmente puede estar conectada su muerte con un asesinato de hace unos cincuenta años? Parece poco probable. ¿Quién puede saber algo al respecto? Chris incluso ha encargado a dos de sus agentes que localicen a las monjas, por si recuerdan algo. Probablemente haya alguna que abandonó el convento en algún momento, por falta de vocación, y volvió al mundo. ¿Cuántos años tendrá ahora? ¿Más de ochenta? Sin embargo, los registros son muy incompletos, por lo que no alberga demasiadas esperanzas de encontrar a nadie. ¿O tal vez hay algo más sencillo que no es capaz de ver?

—No resuelvas el caso en mi ausencia, por favor.

—No te prometo nada —responde Donna.

Chris recoge su maletín. Es hora de volver a casa. Siempre la peor hora. La vida soñada de Chris siempre está un poco más allá, fuera de su alcance. Pero en su maletín hay una bolsa de papas McCoy's con sal y vinagre, una tableta de chocolate y una Coca-Cola Light. ¿Coca-Cola Light? ¿A quién quiere engañar?

A veces piensa que debería entrar en una *web* de ligue. En su imaginación, la mujer perfecta para una cita es una maestra divorciada que cante en un coro y que tenga un perrito. Pero no le importaría que fuera diferente. Le bastaría con que fuera amable y divertida.

Le sostiene la puerta a Donna para que pase y sale tras ella.

¿Qué tipo de mujer querría salir con Chris? ¿Se fijarán las mujeres de hoy en día en unos cuantos kilos de más o de menos? Sí, seguramente sí. Pero ahora está a punto de resolver un caso de asesinato y está convencido de que en todo Kent tiene que haber alguna mujer que lo encuentre atractivo, al menos por esa razón.

90

Joyce

No puedo dormir. Tengo en la cabeza a Bernard, por supuesto. Pienso en su funeral. ¿Lo harán aquí? Espero que sí. Ya sé que hacía poco tiempo que lo conocía, pero no me gustaría que se lo llevasen a Vancouver.

Así que me pongo a escribir otra vez a las dos de la madrugada, para darles una noticia. No se inquieten. Esta vez no ha muerto nadie.

Después de lo de Ian, todos nos preguntábamos qué pasaría con nosotros aquí en Coopers Chase. ¿Quién iba a ponerse al frente? No creo que nadie se inquietara demasiado, porque la comunidad es rentable y sabíamos que habría interesados. Pero ¿quién sería?

Probablemente ya habrán adivinado quién lo averiguó.

Elizabeth se encontró ayer «por casualidad» con Gemma Ventham, la viuda de Ian, en la nueva cremería y salchichonería que acaban de abrir en Robertsbridge. Antes, en el mismo local, estaba la peluquería de Claire, hasta que Claire tuvo que irse del pueblo. Se preguntarán por qué ha tenido que irse la peluquera, y les diré que por algo relacionado con el pedacito de oreja que perdió accidentalmente la mujer del médico. Dicen que ahora Claire está en Brighton, y probablemente sea lo mejor para todos.

Gemma había ido a la cremería y salchichonería con un hombre, que según Elizabeth tenía «aspecto de entrenador de tenis», aunque reconoció que quizá sería más moderno decir que tenía pinta de profesor de pilates. Lo cierto es que Gemma no parecía una viuda desolada. Creo que todos estamos de acuerdo en que su situación ha mejorado, así que nos alegramos por ella.

Parece ser que además se ha embolsado una cantidad enorme de dinero, por lo que ha podido saber Elizabeth. No sé exactamente cómo habrá conseguido hacerla hablar, pero sé que en un momento dado fingió desmayarse y que incluso se hizo daño de verdad en un codo. Sea como sea, Elizabeth siempre encuentra la manera.

Lo cierto es que Gemma Ventham ha vendido Coopers Chase Inversiones a una empresa llamada Bramley Inversiones. Por supuesto, hemos tratado de averiguar todo lo posible acerca de esta segunda sociedad, pero hasta el momento no ha habido suerte. Incluso hemos llamado a Joanna y a Cornelius, pero tampoco han podido averiguar nada. Han prometido que seguirán indagando, aunque a Cornelius se le notaba, por el tono de voz, que ya está perdiendo la paciencia con nosotras.

Y eso es lo otro que no me deja dormir: ese nombre.

¿Bramley Inversiones? Me suena de algo, pero no sé de qué. Elizabeth dice que esas empresas simplemente compran nombres que están disponibles, y puede que tenga razón, pero se me ha encendido una alarma en la cabeza y no sé cómo pararla.

¿Bramley? ¿Dónde lo habré oído antes? Ya sé que soy vieja, pero no desvarío. Sé que hay algo. Y sé que es importante.

Anne, la editora del boletín *Directo al grano*, ha venido hoy a visitarme. Siempre hay gente que viene a verte cuando pierdes a un amigo. A estas alturas, todos sabemos lo que hay que decir y lo que debemos contestar, porque nos pasa a menudo.

Pero esta vez Anne me ha pedido que escriba una columna para *Directo al grano*, y no creo que lo haya hecho solamente por ser amable. Sabe que me gusta escribir y que siempre ando curioseando por todas partes, y me ha preguntado si me gustaría escribir una columna sobre los dimes y diretes de Coopers Chase. Le he dicho que sí, por supuesto. Vamos a llamarla «Hoy con Joyce», que es un nombre que me gusta mucho. Yo había sugerido «Voy con Joyce», pero a Anne le ha parecido que no se entendería bien quién va con quién. Necesita una foto mía, así que miraré las que tengo y elegiré una que me guste.

Mañana iremos a ver a Gordon Playfair, el de la granja de la colina. Es la única persona que conocemos que ya estaba aquí a comienzos de los años setenta y que aún sigue. No estaba cerca de Ventham cuando lo asesinaron, así que no creo que podamos considerarlo sospechoso, pero esperamos que recuerde algo de aquella época que pueda ser de utilidad.

Y ahora tengo que tratar de dormir.

91

—¿Pintoresco? —repite Gordon Playfair—. ¿Este sitio? Saben tan bien como yo que es una casa vieja que se cae a pedazos, con un viejo dentro que también se cae a pedazos.

—Todos nos caemos a pedazos, Gordon —replica Elizabeth.

Han tardado más de lo esperado en llegar andando a la granja de Playfair, porque el jardín del Descanso Eterno estaba acordonado por la policía. Según los testigos, dos coches patrulla y una camioneta blanca, al parecer perteneciente a la policía científica, se detuvieron al pie del sendero del cementerio a las diez en punto y varios agentes enfundados en overoles blancos subieron la cuesta provistos de palas. Martin Sedge vive en un ático en Larkin y desde su terraza vigila el lugar con unos prismáticos, pero hasta el momento no ha habido ninguna novedad. «Están excavando» ha sido su último informe.

—Esta casa y yo hemos envejecido juntos. Las tejas se están cayendo —dice Gordon acomodándose los pocos mechones de pelo que aún le quedan—. Se oyen crujidos donde antes no crujía nada y la fontanería empieza a fallar. Está igual que yo.

—¿Y qué me dices de nosotros, los residentes de

Coopers Chase? ¿Somos una molestia para ustedes? —pregunta Elizabeth.

—Nunca oigo nada —responde Gordon—. Para mí, es como si aún estuvieran las monjas.

—Deberías venir a visitarnos —dice Joyce—. Tenemos un restaurante, una alberca, clases de zumba...

—Antes solía bajar a menudo, para charlar un rato con las monjas. Eran un grupo muy animado cuando no estaban rezando. Y si alguna vez te clavabas un clavo en un dedo o te torcías el tobillo en una madriguera, ellas te curaban.

Elizabeth asiente satisfecha.

—¿Viste a Ian Ventham la mañana de su asesinato?

—Por desgracia, sí. Pero no por mi gusto.

—¿Por gusto de quién?

—De Karen, mi hija pequeña. Quería que lo escuchara. Estaba empeñada en que le vendiera la finca.

—¿De qué hablaron? —pregunta Elizabeth.

—De lo mismo de siempre: la misma oferta y la misma forma de presentarla. Si he de hablar educadamente, diré que Ian Ventham nunca me cayó bien. Pero podría ser menos educado.

—¿No estabas dispuesto a dar tu brazo a torcer?

—Los dos intentaron convencerme. Karen se dio cuenta enseguida de que no tenían nada que hacer, pero Ventham insistió un poco más, tratando de culpabilizarme por el futuro de mis hijos.

—Pero ¿no cediste?

—Casi nunca cedo.

—Yo tampoco —dice Elizabeth—. ¿Y cómo quedó la cosa?

—Dijo que conseguiría mis tierras, fuera como fuese.

—¿Y qué le dijiste? —pregunta Joyce.

—«Por encima de mi cadáver.»

—Bueno, ha sido al revés —comenta Elizabeth.

—En cualquier caso —añade Gordon Playfair—, me han hecho otra oferta y pienso aceptarla, ahora que Ventham ya no está.

—Bien por ti —responde Elizabeth.

—¿Puedo hacerles una pregunta? ¿Esta visita es solamente social? —dice Gordon Playfair—. ¿O puedo ayudarles en algo?

—Me alegro de que lo preguntes —aprovecha Elizabeth—. Hemos pensado que quizá tengas recuerdos de este lugar. De los años setenta, por ejemplo.

—¡Por supuesto! Tengo muchos —afirma Gordon Playfair—. Incluso puede que tenga un par de álbumes de fotos. Se los puedo enseñar, si quieren verlos.

—Sería interesante echarles un vistazo —comenta Elizabeth.

—Debo advertirles que la mayoría son fotos de ovejas. ¿Qué buscan?

92

Joyce

Le hemos contado a Gordon Playfair lo del cadáver y hemos estado hablando un buen rato sobre quién pudo enterrarlo allí hace años, cuando Coopers Chase era un convento y Gordon vivía en la misma casa que ahora, en lo alto de la colina, con su joven familia.

Por cierto, ¿a que no saben de quién es la oferta que ha recibido por sus tierras? De nuestros misteriosos amigos de Bramley Inversiones. Sigo obsesionada con ese nombre, pero ya recordaré de qué me suena. Gordon Playfair no quería venderle la granja a Ventham, aunque él mismo saliera perjudicado, sencillamente porque no lo soportaba. Pero en cuanto Ventham ha quedado fuera de la escena, las cosas han cambiado y ya no le importa vender.

Le he preguntado qué hará con el dinero, y supongo que no les sorprenderá si les digo que les dará la mayor parte a sus hijos. Tiene tres. Ya conocemos a una, a Karen, que vive en la casa pequeña, al lado de su padre. Es la misma que iba a darnos una charla sobre informática aquel día, antes de que se produjera la interrupción inesperada.

No tiene pareja, pero tampoco la tiene Joanna. Ni yo, ahora que lo pienso.

Los tres chicos recibirán bastante dinero, pero Gordon dice que le quedará suficiente para comprar algo bonito en algún sitio. Ya verán dónde acaba esto, porque dentro de unos días le ofreceremos una visita guiada a Coopers Chase, para ver si encuentra algo que le guste. Estaría bien, ¿no? Gordon tiene la cara curtida por la intemperie y no puede decirse que tenga una belleza convencional, pero me gustan sus hombros anchos de granjero.

Sin embargo, volviendo a nuestros huesos, Gordon ha comprendido enseguida por qué nos interesaban sus recuerdos de los años setenta. Y ha entendido por qué estudiábamos con tanto detenimiento sus álbumes de fotos y mirábamos todas las instantáneas que había tomado hace tanto tiempo cuando bajaba de la colina. Se ha dado cuenta de que queríamos ver si alguna cara nos sonaba.

Al final, lo hemos encontrado en el segundo de los albumes, que empezaba con las fotos de la boda de Gordon y Sandra (o puede que se llamara Susan, me temo que no he prestado mucha atención). Enseguida venían las fotos de un bebé, a una distancia sospechosamente breve del día de la boda. Debía de ser el mayor de sus hijos. A continuación, y no me lo estoy inventando, páginas y páginas de fotografías de ovejas, todas diferentes, si hemos de confiar en las descripciones de Gordon. Y después, cuando ya estábamos un poco mareadas por el vino, el calor del fuego y las ovejas, hemos llegado a las últimas fotografías del álbum. Seis en total, en blanco y negro. Las seis habían sido tomadas en el convento, en una fiesta de Navidad. Puede que no fuera una fiesta propiamente dicha, pero sin duda era Navidad.

Lo hemos encontrado en la quinta fotografía, que era una foto de grupo. Al principio no era fácil verlo. Todos hemos cambiado mucho en cincuenta años. Estoy segura de que yo no reconocería a Elizabeth, ni ella a mí. Pero hemos mirado, y luego hemos vuelto a mirar. Y todos hemos coincidido en que veíamos lo mismo.

Así que ya tenemos nuestra prueba y también tenemos un plan. O, mejor dicho, el plan lo tiene Elizabeth.

Y, hablando de fotografías, he encontrado una que me gusta bastante para mi columna en *Directo al grano*. Es de hace unos cuantos años. Estoy mucho más joven, pero se ve que soy yo. También aparece Gerry, pero Anne me ha dicho que puede borrarlo con un programa que tiene en la computadora. Lo siento, Gerry, cariño.

93

Todavía hay un confesionario en la capilla, en el corazón de Coopers Chase, pero ahora se usa para guardar artículos de limpieza. Joyce ha ayudado a Elizabeth a despejarlo, apilando sobre el altar las cajas de cera para pulir pisos, perfectamente ordenadas detrás de la imagen de Cristo. Elizabeth ha dejado como nuevo el confesionario e incluso le ha sacado brillo a la reja. Como toque final, ha puesto un par de cojines de Orla Kiely sobre los asientos de madera.

En otro tiempo, Elizabeth dirigió muchos interrogatorios y llevó a mucha gente ante algún tipo de justicia. Si en algún momento se hicieron grabaciones de aquellos interrogatorios, deben de haber sido borradas, quemadas o sepultadas hace años. O al menos es lo que Elizabeth desea fervientemente.

¿Presencia de abogados? No. ¿Procedimiento debido? Ni pensarlo. Lo único que importaba era obtener resultados con rapidez.

Pero nunca había nada físico. No era el estilo de Elizabeth. Sabía que había gente que lo hacía a veces, pero no era eficaz. La psicología era la clave. Había que intentar algo inesperado, escoger un buen enfoque, recostarse en la silla con todo el tiempo por delante y esperar a que el interrogado lo confesara todo, como si la idea fuera suya.

Y para eso se necesitaba una buena estrategia: algo imprevisto y confeccionado a la medida de cada persona.

Como invitar a un sacerdote a un confesionario, por ejemplo.

Elizabeth está muy contenta con Donna y Chris. El Club del Crimen de los Jueves ha tenido mucha suerte con esos dos. No quiere ni imaginar los insufribles que les podrían haber tocado. Aun así, sabe que Donna y Chris tienen sus límites, y esto sobrepasa bastante esos límites. Pero si es capaz de obrar su magia con Matthew Mackie, sabe que se lo perdonarán.

¿Y si no lo consigue? ¿Y si su magia no es más que un recuerdo? ¿Acaso no se equivocó cuando pensó que Ian Ventham era el asesino de Tony Curran?

Pero Matthew Mackie es diferente. Es alguien que tenía un conflicto con Ventham. Un hombre que parece como si no existiera, pero de pronto aparece en una fotografía tomada en esa misma capilla. Una persona que a la vez es y no es sacerdote. Alguien que había borrado sus huellas, hasta que Bogdan decidió excavar en el cementerio. ¿En su cementerio?

Es un hombre que en ese instante va hacia allí, cuando le habría resultado mucho más fácil quedarse en casa. ¿Irá a confesarlo todo, o a averiguar qué saben ellas? ¿O traerá consigo una jeringa de fentanilo?

Elizabeth nunca le ha tenido miedo a la muerte. Aun así, en ese momento no puede evitar pensar en Stephen.

Hace frío en la oscuridad intemporal de la capilla y Elizabeth se estremece. Se abotona el saco de lana y mira el reloj. No sabe qué va a pasar, pero pronto lo descubrirá.

94

Chris Hudson está en una celda pequeña, sentado frente a un hombre corpulento. La celda es una de las salas de interrogatorios de la cárcel central de Nicosia y el hombre corpulento es Costas Gunduz, el padre de Gianni.

El asiento de Chris es un banco de concreto atornillado al suelo, con un respaldo duro y recto como un palo de escoba. Sería el sitio más incómodo donde se ha sentado en toda su vida, si no fuera porque acaba de volar a Chipre en Ryanair.

Chris ha viajado muy poco al extranjero por motivos de trabajo. Hace muchos años fue a España a buscar a Billy Gill, un anticuario de setenta años originario de Hove que había montado un negocio de monedas falsas de una libra, desde un garage cercano al malecón. Su taller pequeño y primoroso había pasado inadvertido durante muchos años, hasta que llegó la moneda de dos libras y a Billy le ganó la codicia. Las monedas de dos libras que fabricaba eran estupendas, pero se les caía el círculo central. Tras vigilar durante mucho tiempo una lavandería de Portslade, la policía localizó el taller. Pero Billy tuvo tiempo de huir a tierras más soleadas, con los bolsillos bien llenos.

El recuerdo que tiene Chris de aquel viaje es un abarrotado vuelo chárter desde el aeropuerto de Shoreham, un aterrizaje en algún lugar de España que empezaba con «A» y un trayecto de cuarenta y cinco minutos por carretera, con un calor abrasador, hasta que la camioneta se detuvo y le sentaron a su lado a Billy Gill esposado. Después tuvo que esperar otras siete horas en el aeropuerto, aguantando que Billy se quejara todo el tiempo de la imposibilidad de conseguir frascos de Marmite en España.

Varios años después, asistió a un curso obligatorio de tecnología de la información en la isla de Wight.

Y a esos dos viajes se reducía hasta ahora toda su experiencia en el extranjero.

Pero Chipre es otra cosa. Hace un calor de mil demonios, obviamente, pero es diferente. Cuando llegó al aeropuerto de Larnaca, lo estaba esperando Joe Kyprianou, el inspector de la policía chipriota que ahora está sentado a su lado. Dentro de la cárcel no hace tanto calor como en la calle, y Chris ha descubierto que es imposible sudar sentado en un banco de concreto. Desde que han cerrado las puertas de la celda, está a gusto.

Costas Gunduz debe de tener setenta y tantos años, según le calcula Chris, y es mucho menos locuaz que Billy Gill.

—¿Cuándo vio a Gianni por última vez? —pregunta Chris.

Costas lo mira a los ojos y se encoge de hombros.

—¿Hace una semana? ¿Un año? ¿Viene a visitarlo alguna vez? ¡Vamos, Costas, diga algo!

El hombre se mira las uñas, que parecen sorprendentemente impolutas para alguien que está en la cárcel.

—Verá, señor Gunduz. Tenemos registros que indican que su hijo llegó a Chipre el diecisiete de mayo del año dos mil. Su vuelo aterrizó en el aeropuerto de Larnaca en torno a las dos de la tarde. Y a partir de ese momento: nada. Ni rastro. ¿Por qué será que ha desaparecido? ¿Lo sabe usted?

Costas reflexiona un momento.

—¿Por qué buscan a Gianni, después de tanto tiempo?

—Me gustaría hablar con él sobre un delito cometido en el Reino Unido. Para descartarlo.

—Debe de ser un delito bastante grave, para que haya viajado usted hasta aquí, ¿no?

—Así es, señor Gunduz. Bastante grave.

Costas asiente despacio.

—¿Y no han podido localizar a Gianni?

—Sabemos dónde estaba a las dos de la tarde del diecisiete de mayo del dos mil; a partir de entonces, todo se vuelve más difuso —dice Chris—. ¿Adónde pudo haber ido? ¿A quién pudo haber visto?

—A mí, por ejemplo —responde Costas, acomodándose en su silla.

—¿Vino a verlo?

Costas se inclina un poco hacia delante y le sonríe a Chris. Después vuelve a encogerse de hombros.

—Creo que se ha acabado el tiempo. Suerte con su investigación. Buena estancia en Chipre.

Joe Kyprianou mira a Costas Gunduz y se vuelve hacia Chris.

—Costas y su hermano Andreas solían robar motocicletas aquí, en Nicosia, para enviarlas a Turquía. Era bastante fácil, con un cómplice en cada puerto. Tenían un pequeño taller donde les limaban el número de serie y les cambiaban el número de placa, ¿verdad, Costas?

—Han pasado muchos años —repone él.

—A veces eran coches en lugar de motos, pero podían enviarlos en los mismos barcos, con los mismos oficiales de aduanas dispuestos a hacerse de la vista gorda, de modo que todo iba bien para Costas y Andreas. Fueron pasando los años y siguieron en el negocio de las motos y los coches, los coches y las motos. Para los coches necesitaban un taller más espacioso y un camión más grande.

—Pero Costas ganaba más dinero, ¿no? —pregunta Chris, mirándolo.

—Más dinero, por supuesto. Así que todo estaba en orden, todos eran felices y los hermanos Costas y Andreas lo pasaban muy bien. Hasta que en mil novecientos setenta y cuatro se produjo la invasión turca. ¿Conoces la historia?

—Sí —contesta Chris.

No la conoce, pero supone que la historia será larga y le gustaría sentarse a comer antes de que salga su vuelo. Ya lo mirará en la Wikipedia, si resulta que es importante para la investigación.

—Los turcos invadieron la isla y ocuparon el norte de Chipre. Los grecochipriotas del norte tuvieron que mudarse al sur y los turcochipriotas del sur se fueron al norte. Como Costas y Andreas.

—Entonces ¿Costas se fue al norte?

Joe Kyprianou se pone a reír.

—Te fuiste al norte, ¿eh, Costas? Sí, unas tres calles más al norte. Nicosia quedó dividida en dos, con los turcos al norte de la ciudad y los griegos al sur. Los hermanos Gunduz se trasladaron al norte de la Línea Verde y entraron en otro mundo.

«Buscar "Línea Verde" en Google», anota mentalmente Chris.

—Y en ese nuevo mundo, Costas descubrió nuevas oportunidades, ¿verdad que sí? Emprendió un nuevo negocio.

—¿Narcóticos? —pregunta Chris—. Mal hecho, Costas.

Éste se encoge de hombros.

—Narcóticos —confirma Joe Kyprianou—. Sobornaron a las personas adecuadas y empezaron a traer droga de Turquía al norte de Chipre y a distribuirla desde allí a donde fuera y a través de quien fuera. Un negocio de grandes proporciones, en rápido crecimiento y perfectamente protegido, en un país fronterizo. Al cabo de diez años, los hermanos Gunduz lo controlaban todo. Eran los reyes del norte, Chris. Toda la familia era intocable. Donaban dinero a obras de beneficencia, construían escuelas y todo lo demás. Menciona su apellido en el norte de Chipre y verás.

—Cuando Gianni aterrizó en la isla en el año dos mil, desapareció y nunca más se supo nada de él —dice Chris—. Había una orden internacional de busqueda y captura. La policía británica envió agentes y la policía chipriota investigó, pero no encontraron nada.

Joe asiente.

—Es sencillo, Chris, de verdad. Si Gianni necesitaba salir rápidamente de Inglaterra, sólo tenía que llamar a su padre. Al llegar al aeropuerto, habría hombres de Costas esperándolo, que le habrían entregado un pasaporte nuevo y le habrían quemado el antiguo. Un hombre nuevo, con un nuevo nombre, que podía volver al norte de Chipre a ocuparse de los negocios de la familia. Te garantizo que ya desde el día siguiente podría haber vuelto a los negocios. Eso fue lo que pasó, ¿verdad, Costas?

—No pasó nada —responde él.

—¿Y la investigación? —inquiere Chris—. ¿La que hicieron nuestros agentes y los suyos?

—Nada. Nada de nada —dice Joe—. No criticaré a nadie, Chris, porque ya sabes cómo son las cosas. Pero apostaría a que ni siquiera miraron en los sitios donde había que mirar. Compruébalo, si han quedado registros de lo que hicieron los tuyos. Seguro que ni siquiera pisaron el norte de Chipre. No te imaginas el poder que tenía Costas en el año dos mil. Eras el dueño de todo y de todos, ¿verdad?

Joe mira a Costas, que asiente.

—Todavía lo controla todo, aunque esté en la cárcel. Por eso, por muy buen policía que seas, ¿para qué vas a intentarlo? No merece la pena. Gianni podría estar aquí, en Chipre, en Turquía, en Estados Unidos o de vuelta en Inglaterra. Es evidente que Costas sabe dónde está, pero nunca te lo dirá.

—¿Es posible que volviera a Gran Bretaña? —plantea Chris—. ¿Es posible que viajara con un nombre falso, matara a Tony Curran y regresara a Chipre sin que nosotros lo sepamos?

Joe asiente.

—Desde luego. Pero si viajó a Inglaterra, alguien de allí tuvo que haberlo ayudado. ¿Saben de algún chipriota que haya podido echarle una mano? ¿Un compatriota que le haya dado alojamiento? ¿Alguien que tenga miedo de Costas y de lo que aún es capaz de hacer?

Chris no sabe de ninguno, pero reconoce que sería una línea interesante de investigación.

Costas ya ha oído suficiente. Se pone de pie.

—¿Hemos acabado?

Chris asiente, porque ya no le queda munición. Sabe reconocer a un profesional cuando lo interroga. Saca su tarjeta y la coloca sobre la mesa, delante de Costas.

—Aquí tiene mi tarjeta, por si recuerda algo.

Costas mira alternativamente a Chris y la tarjeta, y al final suelta una carcajada. Después se vuelve hacia Joe Kyprianou y le dice algo que Chris no entiende y que hace reír también al policía chipriota. A continuación vuelve a mirar a Chris y menea la cabeza, de una manera firme que, sin embargo, no llega a ser ofensiva.

Chris se encoge de hombros, como ha estado haciendo Costas hasta ese momento. Él también es un profesional.

Antes ha visto en internet que hay un Starbucks y un Burger King en el aeropuerto de Larnaca. Últimamente no se ven tantos Burger Kings como antes. Es hora de irse. Se pone de pie.

—¿Por qué lo metieron en la cárcel, Costas? —pregunta Chris—. ¿Qué hizo al final para que lo capturarán?

Costas reacciona con una sonrisa sesgada.

—Compré una Harley-Davidson en Estados Unidos y pagué para que me la enviaran a Chipre, pero olvidé abonar las tasas de aduana.

—¿Está bromeando? ¿Por eso lo han condenado a cadena perpetua?

Costas Gunduz niega con la cabeza.

—Me condenaron a dos semanas, pero una vez dentro de la cárcel maté a un guardia.

Chris asiente.

—Menuda familia —comenta por lo bajo.

95

Matthew Mackie se sorprendió al recibir la llamada de Elizabeth, que quería preguntarle si estaba disponible para una confesión. Cuando habló con ella, estaba en el jardín, cuidando las plantas y pensando. El interrogatorio policial lo había alterado y desequilibrado. Hasta hace unos meses, la vida era muy sencilla. No podía decirse que fuera feliz. Hacía muchos años que no lo era. Pero quizá estaba en paz consigo mismo. Quizá había alcanzado cierto contento, probablemente todo el que podía esperar.

Tenía su casa, su jardín y su pensión. Tenía buenos vecinos que le preguntaban si estaba bien o necesitaba algo. Poco tiempo atrás, una joven familia se había mudado a la casa de enfrente y los niños jugaban en la calle con sus bicicletas. Oía campanas y risas si dejaba las ventanas abiertas. Podía bajar hasta el mar dando un paseo de cinco minutos. Si el día no era demasiado ventoso, podía sentarse, mirar las gaviotas y leer el periódico. La gente lo conocía, le sonreía y lo saludaba. A veces le pedían opinión sobre sus hemorragias nasales, sus caderas o sus noches insomnes. Era una vida con sus ritmos y sus rutinas, que le servía para mantener a raya a sus fantasmas. ¿Qué más podía pedir?

Pero ahora... Trifulcas, interrogatorios policiales y preocupación constante. ¿Recuperará la paz alguna vez?

¿Pasará todo esto? Sabe que no. Digan lo que digan acerca del tiempo y sus propiedades curativas, hay cosas en la vida que se rompen y nunca más se recuperan. De momento, Matthew Mackie tiene cerradas las ventanas. Ya no oye campanas ni risas, y tiene edad suficiente para saber que quizá nunca más volverá a oírlas.

Parece como si todas las noticias que ha recibido en el último mes fueran malas. ¿Qué debe pensar entonces de la llamada telefónica? ¿Qué significa?

La mujer le ha preguntado si conocía el confesionario de la capilla de Saint Michael. Claro que lo conocía. Todavía lo veía en sueños: la oscuridad, los ecos amortiguados, las paredes que se le caían encima.

¿Debía volver? No era correcta la pregunta, porque nunca se había marchado. Sabía que la vida lo llevaría de vuelta algún día. Había que reconocer que Dios tenía mucho sentido del humor.

Recuerda a Elizabeth de la asamblea consultiva y del día horrendo del asesinato. Es una mujer que destaca. ¿Qué pensará? ¿Qué pecado habrá cometido que ya no puede seguir ocultando? ¿Por qué se lo habrá pedido a él? ¿Y por qué en ese lugar? Ella también debió de verlo el día del asesinato. Quizá se fijó en su alzacuello. Es el tipo de cosas que la gente suele recordar y que inspira a contar secretos y hacer revelaciones. ¿Qué habrá impulsado a Elizabeth a tomar el teléfono? Por cierto, ¿cómo habrá encontrado su número, que no figura en la guía telefónica? ¿Estará en internet? En algún sitio debe de haberlo conseguido.

Y así están las cosas. De vuelta a Saint Michael. Al confesionario, con Elizabeth. De regreso a donde todo comenzó y donde terminó todo. Una coincidencia macabra. ¡Si ella supiera!

Matthew Mackie ya está en el andén de la estación de Bexhill cuando se da cuenta de que Elizabeth no le ha dicho en realidad cuál de los dos será quien se confiese.

Por un momento, considera la posibilidad de volver sobre sus pasos. Pero ya ha comprado el boleto.

No es posible que sepa nada. ¿O sí?

96

Chris supone que ya no hay nada más que hacer en Chipre. Gianni Gunduz, el hijo pródigo que volvió al hogar, ha logrado esfumarse, protegido por su poderosa familia. Ahora hay que averiguar si Gianni ha viajado recientemente a Inglaterra. Pero ¿con qué nombre? ¿Y con qué cara? Lo más probable es que Gianni pueda ir y venir a su antojo.

Chris ha llegado al aeropuerto con tiempo de sobra y ahora está saboreando un *muffin* de triple chocolate en Starbucks. No debería hacerlo. No son más que calorías vacías, pero ya se preocupará cuando se acabe el *muffin.*

—¿Está libre esta silla? —le pregunta una voz en inglés.

Chris indica con un gesto que en efecto está libre, sin mirar, y sólo entonces cae en la cuenta de que la voz le resulta familiar. ¡Claro que sí! Levanta la vista y asiente.

—Buenas tardes, Ron.

—Buenas tardes, Chris —responde Ron, sentándose—. Cuatrocientas cincuenta calorías en un solo *muffin,* ¿lo sabías?

—¿Me está siguiendo, Ron? —pregunta él—. ¿Ha venido a indagar qué he averiguado?

—No, muchacho. Nosotros llegamos ayer —contesta Ron.

—¿Nosotros? —repite Chris.

En ese momento se acerca Ibrahim con una charola y saluda a Chris.

—¡Qué agradable sorpresa, inspector jefe! Habíamos oído que estaría por aquí. Oye, Ron, no he sabido pedir cafés normales, así que he traído dos *caramel frappuccinos*.

—Gracias, Ib —dice Ron, aceptando su taza.

—No sé si servirá de algo que les pregunte qué están haciendo aquí los dos —comenta Chris—. Y eso suponiendo que no haya venido nadie más. ¿Quizá Joyce se está aprovisionando en las tiendas libres de impuestos?

—Hemos venido solamente los chicos —explica Ron—. Una agradable excursión a Chipre.

—Que de hecho nos ha servido para fortalecer nuestra amistad —continúa Ibrahim—. Nunca he tenido muchos amigos. Ni tampoco amigas. Ni había estado nunca en Chipre.

—Elizabeth nos ha enviado con instrucciones —expone Ron—. Tenía un amigo que conocía a alguien, que a su vez conocía a una persona, y aquí estamos. Probablemente hemos averiguado lo mismo que tú.

—Una familia muy poderosa —añade Ibrahim—. Máximas facilidades para que Gianni desapareciera y cambiara de identidad. Ni rastro de él por ninguna parte.

—Como un fantasma —asiente Ron.

—Un fantasma con un agravio —conviene Chris.

Ha renunciado al *muffin*, aunque después de haber devorado la mitad. ¿Cuántas calorías habrá consumido ya? ¿Doscientas veinte? Si la puerta de embarque está lo suficientemente lejos del Starbucks, podrá quemarlas caminando. Y no comerá nada durante el vuelo.

—Nos han dicho que has visto al padre de Gianni —dice Ron—. ¿Le has sacado algo?

—¿Quién se los ha dicho? —pregunta Chris.

—¿Importa quién haya sido? —replica Ron.

Chris supone que no.

—Sabe dónde está Gianni, pero ni siquiera Elizabeth sería capaz de sonsacárselo.

Los dos hombres asienten.

—Quizá Joyce sí —agrega Chris, y sus interlocutores vuelven a asentir, esta vez sonriendo.

—Sonríe muy poco, inspector —afirma Ibrahim—. Espero que no le importe que se lo diga. Es sólo una observación.

—¿Puedo hacer yo también una observación? —dice Chris, reconociendo que Ibrahim tiene razón, pero sin ganas de pensar en eso justamente ahora—. Si Elizabeth tiene un amigo que conoce a alguien, que a su vez conoce a una persona, ¿por qué no ha venido ella? ¿Por qué enviar a Starsky y Hutch, cuando Cagney y Lacey podrían haber hecho el mismo trabajo?

—¡Starsky y Hutch! ¡Me encanta! —celebra Ibrahim—. Yo debo de ser Hutch, porque soy el más metódico de los dos.

Se oye el anuncio del embarque y los tres hombres recogen sus pertenencias. Chris se percata de que Ron camina con bastón.

—No había notado que usara bastón, Ron.

Él se encoge de hombros.

—Si vas con bastón, te dejan embarcar antes.

—Entonces ¿dónde están Elizabeth y Joyce? —inquiere Chris—. ¿O es preferible que no lo sepa?

—Es mejor que no lo sepa —responde Ibrahim.

—¡Ah, fantástico! —dice Chris.

97

En la capilla parpadea la luz de las velas. Elizabeth y Matthew Mackie están sentados a pocos centímetros de distancia, en el confesionario.

—No creo que tenga sentido disfrazarlo. Tampoco reclamo el perdón de nadie, ni suyo, ni del Señor. Solamente quiero que quede constancia, que alguien sea mi testigo antes de que muera y todo vuelva al polvo. Sé que hay reglas, incluso en el confesionario, y que usted tendrá que hacer con esta información lo que considere necesario. Maté a un hombre. Fue hace toda una vida y, por si quiere saberlo, él me atacó y yo me defendí. Pero lo maté.

—Continúe.

—Yo tenía unas habitaciones alquiladas en Fairhaven. No sé si usted me juzgará por esto, pero lo había invitado a subir conmigo a casa. Fue una estupidez, probablemente, pero supongo que todos cometimos estupideces en la juventud. También usted, imagino. Cuando estuvimos en casa, me atacó. Los detalles son siniestros, pero eso no es una excusa. Me defendí y lo maté. Tenía mucho miedo porque sabía lo que pensarían los demás. Nadie había visto lo que había pasado. ¿Quién me creería? Eran otros tiempos. ¿Lo recuerda?

—Sí, lo recuerdo.

—Envolví el cadáver en una cortina, lo arrastré hasta mi coche y allí lo dejé, mientras pensaba qué hacer. Todo fue muy rápido, tiene que entenderlo. Esa mañana me había levantado como el resto de las personas y de repente estaba así. ¡Era tan absurdo!

—¿Cómo lo mató? ¿Puedo preguntárselo?

—Le disparé. En una pierna. No pensé que fuera a morir, pero empezó a sangrar y no paraba. Perdió muchísima sangre en muy poco tiempo. Quizá si hubiera gritado o se hubiera quejado, habría sido diferente. Pero lo único que hacía era gemir. Supongo que se encontraba en estado de shock. Lo vi morir, tan cerca como estamos ahora usted y yo.

Silencio en el confesionario. Silencio en la capilla. Elizabeth ha cerrado la puerta con llave y pasador. No puede entrar nadie. Y, por supuesto, tampoco puede salir nadie. Si así es como tiene que acabar esto.

—Después... Bueno, después me senté a llorar. ¿Qué otra cosa podía hacer? Pensé que vendrían a detenerme, que pasaría algo. Fue monstruoso. Pero durante todo ese tiempo, durante todo ese larguísimo tiempo, no pasó nada. Nadie vino a llamar a mi puerta. Nadie me gritó. No me fulminó ningún rayo. Entonces me preparé un té. El agua hirvió en la tetera y el vapor ascendió como de costumbre, pero yo seguía teniendo un cadáver envuelto en una cortina, en la cajuela del coche. Era una tarde de verano, así que encendí la radio y esperé a que oscureciera. Y después vine aquí.

—¿Aquí? —se extraña él.

—A la capilla de Saint Michael, sí. Trabajé un tiempo aquí, no sé si lo sabe.

—No, no lo sabía.

—Entré por el portón, apagué los faros y subí la cuesta

de la colina. Las hermanas siempre se iban a dormir temprano. Seguí adelante, dejé atrás la capilla y el hospital, y subí al jardín del Descanso Eterno. ¿Lo conoce?

—Lo conozco.

—Por supuesto. Saqué la pala, y no quisiera que estas paredes se derrumbaran a nuestro alrededor, pero escogí una tumba, la tumba de una de las hermanas. Estaba en la parte más alta, donde la tierra es menos compacta, y me puse a cavar. Cavé hasta encontrar la tapa de madera de un ataúd. Entonces volví al coche, saqué el cadáver de la cajuela y desenrollé la cortina. No había tenido que quitarle la ropa, porque estaba desnudo cuando me atacó, ¿comprende? Lo arrastré por el sendero, entre las lápidas. No fue fácil, lo recuerdo. En un momento dado, solté una maldición y después me disculpé por haber blasfemado. Cuando llegué al borde del hoyo, dejé caer el cadáver en la tumba. Encima del ataúd. Después volví a tomar la pala, rellené la sepultura y recé una oración. Volví al coche, guardé la pala en la cajuela y regresé a casa. Se lo cuento de la manera más sencilla que puedo.

—Entiendo.

—Y nadie vino nunca a llamar a mi puerta. Supongo que por eso se lo estoy contando ahora. Tal vez porque nadie vino a llamar a mi puerta, pero habría tenido que venir. En mis sueños, vienen cada noche a buscarme. Tiene que haber consecuencias. Bueno, ¿qué le parece? Por favor, dígamelo con sinceridad.

—¿Con sinceridad? —Matthew Mackie deja escapar un largo suspiro—. Seré sincero, Elizabeth. No creo ni una sola palabra de lo que acaba de contarme.

—¿Ni una sola palabra? —pregunta ella—. Le he dado muchos detalles, padre Mackie. La fecha, el disparo en la pierna, esa tumba en concreto. ¿Le parece que he podido inventármelo todo?

—Elizabeth, usted no trabajaba aquí en mil novecientos setenta.

—En cambio, usted sí. He visto fotos.

—Así es. Me he sentado antes en esta banca. Y también en la suya.

Elizabeth decide empezar a apretar la tuerca.

—Habla como si necesitara contar algo. ¿Tal vez algún detalle de lo que acabo de decirle le ha removido un recuerdo? ¿Quizá lo ha convencido de que debo saber algo?

Matthew Mackie deja escapar una risa amarga. Elizabeth insiste.

—Si no le importa que se lo diga, padre, he notado que se sobresaltaba cuando he mencionado el jardín del Descanso Eterno.

—Me importa, Elizabeth, pero supongo que es verdad que necesito hablar. Siempre he querido hacerlo. Y, ya que estamos los dos aquí, ¿por qué no juega sus verdaderas cartas y vemos lo que consigue con ello?

—¿Está seguro?

—Estoy en mi casa, Elizabeth, en la casa de Dios. Hablemos un rato, si le parece bien, como dos viejos amigos. Empiece usted donde quiera y yo me sumaré cuando pueda.

—¿Empezamos por Ian Ventham? ¿Quiere que hablemos un poco de él?

—¿De Ian Ventham?

—Bueno, al menos empecemos por ahí. Siempre podemos retroceder, si hace falta. Me gustaría empezar con una pregunta, padre Mackie, si no le importa.

—Pregunte. Pero puede tutearme y llamarme Matthew.

—Gracias, lo haré. Matthew, ¿por qué mataste a Ian Ventham?

98

Joyce

Tengo instrucciones concretas, pero hace demasiado tiempo que Elizabeth se ha ido. Ojalá Ron e Ibrahim estuvieran aquí conmigo. Escribo esto mientras espero a Donna, que debería de llegar muy pronto.

Empiezo a sentir que esto ya no es un juego divertido, una de esas aventuras donde todo se resuelve al final y nos deja con ganas de volver a la semana siguiente para empezar de nuevo. Elizabeth ha dicho que llegaría en dos horas y ya hace más de dos horas que ha salido. ¿En qué estaría pensando cuando acepté hacer esto? Hasta ahora les hemos ocultado muchas cosas a Chris y a Donna, pero ésta, con diferencia, es la más peligrosa de todas. Yo no soy mentirosa por naturaleza. Puedo guardar un secreto, siempre y cuando nadie me haga una pregunta directa.

Así que no he podido aguantarme más y he llamado a Donna, le he contado adónde ha ido Elizabeth y le he dicho que todavía no ha vuelto.

Se ha puesto furiosa, y lo entiendo. Le he dicho que sentía mucho haberle mentido y ella ha dicho que la mentirosa era Elizabeth y que yo simplemente era una cobarde. Después me ha llamado algo que no quiero repetir, pero que, si he de ser sincera, reconozco que me merecía.

Siempre estoy tan pendiente de caerle bien a la gente que he elegido precisamente ese momento para decirle cuánto me gusta su sombra de ojos y preguntarle dónde la compraba. Pero ya había colgado.

Donna viene hacia aquí. Sé que está muy preocupada y yo también lo estoy. Siempre he pensado que Elizabeth es indestructible. Espero no equivocarme.

99

Elizabeth ha recorrido muchas veces ese mismo camino, por el sinuoso sendero que atraviesa el bosque y sube hasta el jardín del Descanso Eterno. Siente en la nuca la mano de Matthew Mackie, que la va guiando.

Esa parte de la colina siempre está en silencio, pero no recuerda que fuera tan silenciosa. Hasta los pájaros han callado. ¿Qué sabrán? El cielo amenaza lluvia. El sol se esfuerza por atravesar el espeso manto de nubes, pero ella se estremece de frío. Hasta hace unos días, esa zona estaba acordonada. Un pedazo de cordón policial azul y blanco se agita al viento, atado al tronco de un árbol.

Pasan junto a la banca de Bernard, absurdamente vacía.

Bernard habría querido saber qué estaban haciendo ellos dos, Elizabeth y el cura, subiendo lentamente la colina con expresiones pétreas. Habría levantado la vista del periódico, les habría deseado un buen día y los habría seguido con la mirada hasta el final del camino. Pero Bernard se ha ido, como tantos antes que él. El tiempo se acaba y no hay vuelta atrás. Sólo queda una banca vacía en una colina silenciosa.

Llegan a la reja y Matthew Mackie la empuja para abrirla. Hace pasar a Elizabeth, sin dejar de guiarla con la mano apoyada en su espalda, y ella oye chirriar los goznes de la reja cuando se cierran detrás.

Mackie no la lleva hasta el final, hasta la esquina de la derecha del jardín del Descanso Eterno, donde las tumbas más antiguas guardan sus secretos. Deja caer la mano que hasta ese momento la guiaba, se aparta del sendero y camina entre dos hileras de lápidas más recientes, más limpias y blancas que las demás. Es el camino que suele seguir siempre. Ahora Elizabeth va tras él y se detiene a su lado, delante de una de las tumbas. Baja la vista y lee la inscripción.

HERMANA MARGARET ANNE
MARGARET FARRELL, 1948-1971

Entrelaza sus dedos con los de Matthew Mackie.

—Es un lugar precioso, Elizabeth —le dice él.

Ella mira a lo lejos, más allá de los muros: los campos ondulados, las colinas, los árboles y los pájaros. Es verdad, es un sitio muy hermoso. Pero un rumor de pasos precipitados al pie de la colina altera la paz del lugar. Elizabeth consulta el reloj.

—Debe de ser mi equipo de rescate —anuncia—. Les dije que si no volvía en dos horas podían derribar la puerta y entrar por la fuerza.

—¿Dos horas? —pregunta Mackie—. ¿Hemos estado hablando dos horas?

Elizabeth asiente.

—Había mucho que contar, Matthew.

Él también hace un gesto afirmativo.

—Probablemente tendrás que repetirlo todo cuando mis amigos terminen de subir la cuesta.

Elizabeth ya divisa a Chris Hudson, corriendo tanto como puede. Debe de haber venido directamente del aeropuerto. Lo saluda con la mano y nota que él le devuelve el saludo con alivio por comprobar que sigue con vida, pero también por no tener que seguir corriendo.

100

Se ha producido una escisión en el Club de Crucigramas Crípticos. Cuando Irene Dougherty ganó por tercera vez consecutiva el desafío semanal de resolución de crucigramas, Frank Carpenter expresó sus sospechas de parcialidad por parte del jurado. La acusación fue ganando fuerza y extendiéndose, hasta que al día siguiente Colin Clemence encontró pegada a la puerta de su casa una pista que, una vez resuelta, remitía a un insulto. Entonces estalló la guerra.

Como resultado, la reunión del Club de Crucigramas Crípticos ha quedado aplazada hasta la semana que viene, para dar tiempo a que se serenen los ánimos. Eso significa que la sala de los rompecabezas ha quedado inesperadamente libre. El Club del Crimen de los Jueves ocupa ahora sus asientos habituales, y Chris y Donna han traído un par de sillas plegables de la sala de reuniones. Matthew Mackie está sentado en un sillón, en una esquina, y es el centro de todas las miradas.

—Hacía poco que me había marchado de Irlanda. Me había ido simplemente por el afán de conocer otros lugares. En aquella época, podían enviarte a todo tipo de sitios: a África o a Perú, por ejemplo. Pero ir de misionero y convertir a la gente no era lo mío. Entonces surgió la posibilidad de venir aquí, y en mil novecientos sesenta y siete me embarqué sin pensarlo dos veces. Esto era como lo que pueden ver ahora: un lugar precioso y muy tranquilo. Había un centenar de hermanas, pero era tan silencioso que parecía que no hubiera nadie. Se movían sin hacer ruido. En el convento reinaba la paz, pero también era un lugar de trabajo y en el hospital siempre había mucho movimiento. Yo iba y venía, preparaba sermones, confesaba a los fieles, sonreía cuando estaban contentos y lloraba con ellos cuando estaban tristes. Era mi trabajo. Tenía veinticinco años, no sabía nada del mundo, no tenía ninguna experiencia y no podía enseñarle nada a nadie. Lo único que me cualificaba para mi trabajo era el hecho de ser un hombre. Parecía que era lo único que contaba.

—¿Vivía aquí? —pregunta Chris.

Elizabeth deja que Chris y Donna se encarguen del interrogatorio, porque está convencida de que necesita congraciarse con ellos y acumular puntos positivos.

—Había una casa del guarda en aquella época y allí tenía yo mis habitaciones. Era un alojamiento muy cómodo, mucho más que los dormitorios colectivos de las hermanas, desde luego. No podía recibir visitas, o al menos eso decían las reglas.

—¿Y usted respetaba esas reglas? —inquiere Donna.

—Al principio sí, por supuesto. Estaba ansioso por hacer las cosas bien. Quería agradar a mis superiores, para que no me enviaran de vuelta a Irlanda.

—Pero con el tiempo todo cambia, ¿no? —interviene Chris.

—Así es. Todo cambia. A poco de llegar, conocí a Maggie. Era una de las hermanas que limpiaban la capilla. Eran cuatro.

—Pero sólo una era Maggie —dice Donna.

—Sí, sólo una era Maggie —repite Matthew Mackie con una sonrisa amarga—. ¿Saben ese momento en que miras a una persona a los ojos por primera vez y sientes como un torbellino dentro? Y entonces piensas: «¡Claro! ¡Esto es lo que he estado buscando toda mi vida!». Eso fue lo que me pasó con Maggie. Al principio era solamente: «Buenos días, hermana Margaret», y ella me contestaba: «Buenos días, padre». Entonces ella seguía con su trabajo y yo con el mío. Así estaban las cosas al principio. Pero empecé a sonreírle y ella, a devolverme la sonrisa, y muy pronto comencé a hacerle comentarios sobre el tiempo y ella, a responderlos: «¡Qué mañana tan bonita, hermana Margaret!», «Sí, padre. Este sol es una bendición». O a preguntarle cualquier cosa: «¿Qué producto es ese que está usando, hermana Margaret?», «Es abrillantador de pisos, padre». No fue inmediato, sino un proceso de varias semanas.

Ron se inclina hacia delante como para decir algo, pero Elizabeth lo fulmina con la mirada, y él entiende y calla.

—Quizá había pasado un mes, más o menos, cuando Maggie vino a confesarse. Nos quedamos los dos sentados, sin decir nada. Ni una palabra. Estábamos a pocos centímetros de distancia, separados únicamente por la división de madera del confesionario. Oía su respiración y sentía los latidos de mi corazón, que parecía como si se me fuera a salir del pecho. No me pregunten cuánto tiempo pasó, porque no sabría decirlo, pero al final le dije: «Probablemente tiene trabajo que hacer, hermana Margaret», y ella respondió: «Sí. Gracias, padre». Eso fue todo. Pero los dos sabíamos que aquella confesión había sido un pecado y que no sería el último que cometeríamos.

—¿Un poco más de té? —pregunta Joyce, acercando la tetera.

Mackie levanta los dedos para rechazar el ofrecimiento.

—Teníamos que encontrarnos en privado, obviamente. La veía todas las mañanas, pero no podíamos hablar con nadie al respecto. Venía a confesarse y hablábamos. Sentados en esos dos bancos de madera, nos enamoramos. Maggie y Matthew. Matthew y Maggie. Hablando a través de una reja. ¿Pueden imaginar un amor más condenado al fracaso?

—Disculpe, ¿la Maggie a la que se refiere es la hermana Margaret Anne? —pregunta Chris.

—Sí.

—¿Mil novecientos cuarenta y ocho, mil novecientos setenta y uno?

Matthew Mackie asiente.

—Yo sabía que teníamos que salir de aquí. Sería bastante sencillo. Yo encontraría un trabajo. Tenía todos los exámenes oficiales. Maggie podía ser enfermera. Compraríamos una casita cerca de la costa. Los dos habíamos pasado la infancia junto al mar.

—¿Pensaba colgar los hábitos?

—Por supuesto. ¿Puedo preguntarle una cosa, inspector Hudson? ¿Por qué ingresó en la policía?

Chris piensa un momento.

—¿Quiere que le sea sincero? Terminé el bachillerato, mi madre me dijo que tenía que buscar un trabajo y coincidió que esa noche estábamos viendo un episodio de *Juliet Bravo* y sus casos policiales.

—Exacto —responde Matthew Mackie—. En otra ciudad o en otro país, yo habría sido piloto o gerente de supermercado. Pero las circunstancias me llevaron a ser sacerdote. A decir verdad, no era un gran creyente ni lo había sido nunca. El sacerdocio me garantizaba un trabajo, un techo y un boleto para marcharme de casa.

—¿Y Maggie? —pregunta Donna—. ¿Ella también iba a colgar los hábitos?

—Para Maggie era más difícil, porque para ella la religión era importante. Pero estaba dispuesta a abandonar el convento. Al menos creo que lo habría hecho algún día. Ahora estaría conmigo en Bexhill, con sus preciosos ojos verdes. Pero no era fácil para ella. Yo era un hombre joven y ella, una mujer. El riesgo no era el mismo para ella que para mí, sobre todo en aquella época.

Joyce lo toma de la mano.

—¿Qué le pasó a tu Maggie, Matthew?

—Venía a verme. Por las noches, ya se lo imaginarán. En la casa del guarda. Se escabullía sin problemas cuando se apagaban las luces. No era ninguna tonta. Se habría encontrado muy a gusto entre ustedes. Venía a visitarme los martes y los viernes, porque eran los días más seguros. Yo encendía una vela en una ventana del piso de arriba, para que la viera. Si no estaba la vela, quería decir que había tenido que salir o que había alguien más en casa, y entonces Maggie sabía que no podía venir. Pero siempre que colocaba la vela encendida junto a la ventana, venía a verme. A veces acudía enseguida. Otras, se hacía esperar y yo me ponía nervioso, pero siempre venía.

Mackie se aclara la garganta y arruga el entrecejo. Joyce le aprieta la mano.

—No le había contado a nadie esta historia en casi cincuenta años y ahora la he contado dos veces en un solo día. —Sonríe débilmente y continúa—: Era un miércoles diecisiete de marzo. Había encendido la vela y estaba esperando. En el piso de la sala había una tabla que crujía tres veces cada vez que la pisabas: «crec, crec, crec». Yo iba y venía, nervioso, y la tabla no paraba de crujir: «crec, crec, crec». De repente, oí unos ruidos amortiguados fuera y pensé: «Es ella». Dejé de moverme y presté atención, pero no oí nada más. Silencio. La espera se prolongó demasiado y empecé a preocuparme. ¿La habrían sorprendido cuando salía? La hermana Mary era muy severa. Pero estaba convencido de que todo saldría bien, porque a esa edad las cosas siempre salen bien. Subí al piso de arriba, apagué la vela, bajé la escalera, me puse las botas y me dirigí al convento por si veía algo.

Matthew Mackie baja la vista al suelo. Es un anciano contando la historia de un hombre joven. Elizabeth cruza una mirada con Ron y se apoya una mano sobre el bolsillo delantero de la camisa. Ron asiente y extrae un pequeño recipiente del bolsillo interior del saco.

—Pensaba echar un traguito de whisky. ¿Te gustaría acompañarme, Matthew?

Sin esperar respuesta, vierte un poco de whisky en la taza de Mackie, que se lo agradece con un movimiento de la cabeza, sin levantar la vista del suelo.

—¿Y qué vio, padre? —pregunta Donna.

—Bueno, el convento estaba oscuro, lo cual era buena señal. Si la hubieran sorprendido saliendo sin permiso, habría habido alguna luz, tal vez la oficina de la hermana Mary, o algo de movimiento nocturno en la capilla. Pero sólo se veían las luces de la enfermería. Decidí ir a ver, para asegurarme de que Maggie estuviera bien. Podía imaginar mil razones válidas para que no hubiera venido a verme esa noche, pero quería volver a casa tranquilo. Pensé que podría pasar por la pequeña oficina que tenía detrás de la capilla para recoger unos papeles. Si alguien me veía, tendría la excusa de haber entrado por motivos de trabajo. Después podría darme una vuelta por los alrededores. Si hubiera podido, habría subido a echar un vistazo en los dormitorios de las hermanas, para verla dormida.

—Esta sala donde estamos ahora —dice Joyce— era uno de esos dormitorios.

Matthew Mackie mira a su alrededor y hace un gesto afirmativo. Acaricia con la mano izquierda el descansabrazo del sillón y sigue hablando:

—Yo tenía la llave de la capilla. Ya han visto la puerta. Es muy pesada y la cerradura hace mucho ruido, pero la abrí tan sigilosamente como pude y la cerré después de entrar. El interior estaba oscuro como boca de lobo, pero conocía el sitio y no necesitaba luz para moverme. Cerca del altar tropecé con una vieja silla de madera tirada en el suelo. El estrépito fue espantoso. Pensé en encender una de las lámparas que había junto al altar, para tranquilizarme un poco y dejar de sentirme como un ladrón. Fue lo que hice. La luz era muy tenue y no creo que se viera desde fuera, quizá solamente un fulgor, pero nada más. Casi no iluminaba.

Mackie toma la taza, bebe un poco y vuelve a dejarla sobre la mesa.

—Encendí esa lámpara. En realidad, lo único que se veía era el altar y unas cuantas sombras. Pero fue suficiente para verla. Más que suficiente.

Se enjuga la boca con el dorso de la mano.

—Allí estaba Maggie. Sobre el altar había una viga, que usábamos para colgar el incensario. Creo que era parte de la estructura de la capilla, pero la usábamos para colgar cosas. Sea como sea, Maggie había pasado un pedazo de soga por esa viga y se había ahorcado. Lo había hecho hacía muy poco tiempo, tal vez mientras yo me estaba atando los zapatos. O quizá cuando apagué la vela junto a la ventana. Pero estaba muerta, era evidente. Por eso no había ido a verme.

Se hace un silencio en la sala de los rompecabezas. Matthew Mackie bebe otro sorbo de su taza.

—Gracias —dice refiriéndose al whisky.

Ron le indica con un gesto que no hace falta ningún agradecimiento.

—¿Había dejado alguna nota, padre? —pregunta Chris.

—No, nada. Fui a avisar. Discretamente, por supuesto, ya que no era una escena para que la viera cualquiera. Desperté a la hermana Mary y ella me contó la historia.

—¿La historia? —pregunta Donna.

Matthew Mackie asiente y Elizabeth toma su relevo, por un momento.

—Maggie estaba embarazada.

—¡Rayos! —exclama Ron.

Matthew levanta la vista y continúa su relato:

—Se lo había contado a una de las monjas más jóvenes. Nunca supe a cuál. Maggie debió de confiar en ella por algún motivo, pero fue un error. La monja se lo contó a la hermana Mary y entonces, hacia las seis, después de las oraciones, la hermana Mary llamó a Maggie a su oficina. La superiora no me dijo de qué habían hablado, pero puedo suponerlo. Seguramente le dijo que tendría que marcharse del convento, que podía quedarse esa noche, pero que al día siguiente vendrían a buscarla para enviarla de vuelta a su pueblo. En torno a esa misma hora, yo encendí mi vela. Maggie volvió a los dormitorios, quizá a esta misma sala donde estamos ahora. Tenía mucha habilidad para salir sin que nadie lo notara, como ya había demostrado muchas veces, de modo que se escabulló y salió al exterior. Fue a la capilla y se pasó la soga por el cuello. Y se quitó la vida y, con la suya, se llevó la vida de nuestro hijo.

Matthew Mackie mira a las otras seis personas reunidas en la sala.

—Ésta es mi historia. Ya ven que no es agradable. Nada volvió a serlo desde entonces.

—¿Cómo es que está enterrada en la colina? —pregunta Ron.

—Hice un trato —responde Mackie—. Yo me marcharía del convento, sin decirle una sola palabra a nadie, y regresaría a Irlanda. Me encontraron un trabajo en Kildare, en un hospital donde se formaban médicos, y destruyeron todos los registros donde aparecía mi nombre. En aquella época, la Iglesia podía hacer y deshacer a su antojo. Querían que yo desapareciera, sin problemas ni escándalos. Nadie vio el cuerpo de Maggie colgado de la viga, excepto la hermana Mary y yo. No sé qué historia contarían al final, pero sé que nadie habló de un cura, ni de un embarazo, ni de un suicidio. A cambio de marcharme sin decir nada, le pedí a la hermana Mary que Maggie fuera sepultada en el jardín del Descanso Eterno. No habría querido volver a su casa y, aparte de su pueblo, Saint Michael era el único lugar que conocía.

—¿Y la hermana Mary estuvo de acuerdo? —dijo Donna.

—Para ella también era lo mejor, porque de lo contrario le habrían hecho muchas preguntas. Si le hubieran negado a Maggie el entierro en el cementerio de las monjas, justo cuando yo me marchaba, la gente habría atado cabos. Por eso hicimos un trato y, a la mañana siguiente, el coche que venía a buscar a Maggie me llevó a mí. El trayecto hasta Holyhead duró todo un día. Volví a Irlanda y allí me quedé, hasta que me enteré de que la hermana Mary había muerto. Ella también está allí arriba, en el cementerio. Su tumba es la que tiene una lápida adornada con querubines. El día que supe la noticia, dejé mi trabajo, hice la maleta y vine para quedarme. Quería estar cerca de Maggie.

—¿Por eso hizo todo lo posible para evitar que trasladaran el cementerio?

—Era lo único que podía hacer por ella: asegurarme de que descansa en paz. Todos ustedes han estado allí arriba y lo pueden entender. Quería poder subir y decirle que lo siento y que todavía la quiero. En un lugar hermoso, donde reposan el único amor de mi vida y el hijo de ambos. O puede que fuera una hija, pero siempre he llevado a un niño en mi corazón. Lo llamo Patrick. Ya sé que es una tontería, pero es lo que siento.

—Sin ánimo de herir sus sentimientos, padre —dice Chris—, yo diría que la historia que acaba de contarnos es un móvil más que suficiente para querer asesinar a Ian Ventham.

—No hace falta que cuide mis sentimientos, inspector, pero no fui yo. ¿Cree que Maggie podría perdonarme, si hubiera matado al señor Ventham? Ustedes no la conocieron, pero tenía mucho temperamento cuando quería. Durante toda mi vida, a cada paso, he hecho lo que Maggie habría deseado y lo que habría hecho que Patrick se sintiera orgulloso de mí. He luchado tanto como he podido. Algún día volveré a ver a Maggie y me reuniré con mi hijo, y espero poder hacerlo con el corazón puro.

101

—¿Te gusta el pilates? —pregunta Ibrahim.

—No lo sé —responde Gordon Playfair—. ¿Qué es?

Tras la visita guiada a Coopers Chase, Gordon Playfair está sentado en la terraza de Ibrahim, con Elizabeth, Joyce y el propio Ibrahim. El dueño de la casa se ha servido un brandy, Elizabeth un gin-tonic y Gordon una cerveza. Ibrahim suele tener cerveza para Ron en el refrigerador, aunque ha notado que últimamente prefiere el vino.

Chris y Donna se han ido de vuelta a Fairhaven. Antes de marcharse, Chris les ha contado a grandes rasgos su viaje a Chipre y las conexiones de Gianni. Está bastante seguro de que es la persona que buscan.

Donna sigue claramente enfadada con ellos, pero ya se le pasará. Está anocheciendo.

Matthew Mackie ha vuelto a su casa en Bexhill, donde tiene siempre dos velas encendidas. Joyce ha prometido que irá a visitarlo. Le encanta Bexhill.

—Es el arte de controlar los movimientos —explica Ibrahim.

—Mmm —masculla Gordon Playfair, reflexionando—. ¿Hay dardos?

—Hay una mesa de billar —contesta Ibrahim.

Gordon asiente con la cabeza.

—Podría ser suficiente.

Todos vuelven la vista hacia Coopers Chase. En primer plano está Larkin Court, con las ventanas y las cortinas del departamento de Elizabeth; un poco más allá, Ruskin Court, Los Sauces y el convento, y, a lo lejos, las maravillosas colinas, que se extienden hasta el horizonte.

—Creo que podría acostumbrarme a esto —dice Gordon—. Veo que beben bastante por aquí.

—Constantemente —conviene Ibrahim.

Suena el teléfono e Ibrahim se levanta para atender la llamada. Mientras camina, le sigue hablando a Gordon Playfair por encima del hombro.

—Me parece que te he presentado el pilates como algo aburrido y no lo es. Es muy bueno para la musculatura profunda y la flexibilidad. En cualquier caso, las clases son los martes.

Gordon observa a los residentes que pasan por la calle mientras bebe su cerveza.

—Créanme si les digo que sería incapaz de distinguir si alguna de las mujeres que pasan por ahí abajo estaba aquí en aquella época. No podría reconocerlas. Eran todas monjas. Tú misma podrías haber sido una de ellas, Joyce.

Ella empieza a reír.

—Prácticamente lo soy, desde hace un par de años. Y no será por falta de interés en dejar de serlo.

Elizabeth ha estado pensando lo mismo que Gordon Playfair: las monjas. ¿Quizá es el camino que debería seguir su investigación a partir de ahora? Mañana es día de reunión del Club del Crimen de los Jueves. Tal vez deberían empezar por ahí. Siente que la ginebra empieza a obrar su efecto y en ese momento Ibrahim vuelve de atender la llamada.

—Era Ron. Nos invita a tomar una copa en su casa. Dice que Jason tiene regalos para todos nosotros.

102

—Después de salir de aquí, Bobby y yo fuimos al Black Bridge, a recordar viejos tiempos. O, mejor dicho, a Le Pont Noir.

Jason Ritchie bebe un sorbo de cerveza. Ron también bebe de su botella, como hace siempre que está con su hijo. Piensa que es importante darle un buen ejemplo.

—Enseguida vimos que había confianza entre nosotros, ¿saben? Era como si los dos hubiéramos cambiado para mejor con los años. Bobby no ha querido decirme a qué se dedica, pero parecía contento, así que me alegro por él. Supongo que no quieren contármelo ustedes, ¿no?

Jason mira expectante a Elizabeth y a Joyce, pero las dos niegan con la cabeza.

—Muy bien —acepta él—. A nadie le gustan los soplones. En todo caso, no podíamos estar seguros. Ninguno de los dos tenía ninguna garantía de que no lo hubiera hecho el otro. Ni tampoco podíamos estar seguros de que hubiera sido Gianni, que hubiera vuelto con ganas de venganza. Así que hice una llamada.

—¡Oh! —exclama Joyce—. ¿A quién?

Jason sonríe.

—¿Qué he dicho de los soplones, Joyce?

—Que no le gustan a nadie —responde ella, resignándose al silencio de Jason.

—Digamos que llamé a un amigo, a alguien en quien todos confiamos y en quien Gianni también confiaría, pero por diferentes razones. Vino a vernos. No tenía alternativa, porque lo llamamos los dos. Y se lo preguntamos directamente: «¿Ha estado Gianni por aquí? ¿Lo has visto? Dínoslo y quedará entre nosotros».

—¿Y lo había visto? —pregunta Elizabeth.

—Sí —contesta Jason—. Gianni llegó tres días antes de que Tony fuera asesinado y se marchó el día de su muerte. Después de tantos años, seguía culpando a Tony de que le hubiera ido con el aviso a la policía. O, al menos, eso dijo. Nunca se sabe con Gianni.

Joyce asiente con expresión grave y Jason continúa:

—Quizá sintió que había llegado el momento de cobrarse la deuda. Algunas personas tienen una memoria muy persistente.

—¿Tu fuente es digna de crédito? —plantea Elizabeth—. ¿También Peter le tiene confianza?

—¿Peter? —pregunta Jason.

—Disculpa, quise decir «Bobby» —se corrige rápidamente Elizabeth—. Es la edad. ¿Confían los dos en su fuente?

—Los dos pondríamos la mano en el fuego por la persona que nos ha contado todo esto —asegura Jason—. Es el tipo más legal que conozco. Y ha tenido sus razones para ayudar a Gianni. Si sus amigos de la policía no averiguan quién es, prometo que se lo diré yo. Pero creo que son suficientemente listos para descubrirlo solos.

—¿Por qué te envió Gianni esa fotografía, Jason? —pregunta Ibrahim.

Jason se encoge de hombros.

—Tal vez simplemente para hacernos saber que había sido él. Por presumir. Gianni es así. Debió de resultarle fácil encontrar mi dirección. Aquí todo el mundo me conoce. A Gianni siempre le ha gustado contar todo lo que hace, sea lo que sea.

—¿Sabes si estaba muy cambiado? ¿Y con qué nombre viajaba? —inquiere Elizabeth.

Jason niega con la cabeza.

—No es asunto nuestro. Nosotros solamente preguntamos lo que preguntamos. Queríamos estar seguros y con eso tuvimos suficiente.

—Una pena —comenta Elizabeth.

—Bueno, si la policía no consigue sonsacárselo, estoy seguro de que ustedes cuatro lo lograrán —dice Jason—. Una cosa más. Bobby y yo queremos darles las gracias por habernos reunido otra vez y por ayudarnos a descubrir la verdad. Nada de esto habría sido posible sin ustedes. De hecho, de no haber sido por vuestra intervención, lo más probable es que me hubieran cargado el muerto a mí. Por eso les he traído a todos un pequeño obsequio, si les parece bien.

A todos les parece estupendo. Jason abre el cierre de la maleta deportiva que tiene a sus pies y empieza a sacar los regalos. A Ibrahim le entrega una caja de madera.

—Puros para Ibrahim. Cubanos, por supuesto.

—Es el colmo de la amabilidad, Jason. Muchas gracias —se alegra él.

El siguiente regalo es para Ron.

—Para papá, una botella de vino. Y del bueno. Puedes dejar de fingir delante de mí que todavía prefieres la cerveza.

Ron acepta su regalo.

—¡Oh! ¡Un buen vino blanco! Gracias, hijo.

Después Jason le entrega a Joyce un sobre.

—Aquí tienes dos boletos para ir a ver la grabación de *Mira quién baila sobre hielo*, el mes que viene.

A Joyce se le ilumina la cara.

—Son boletos vip. He pensado que podrías invitar a Joanna.

—No, a Joanna no —reflexiona ella—. Se cree por encima de estas cosas.

—Y ahora, Elizabeth —dice Jason, con las manos vacías, a excepción del teléfono—, éste es mi regalo para ti.

Levanta el celular y, de manera muy ostentosa, desliza un dedo por la pantalla y se lo guarda en el bolsillo. Entonces mira a Elizabeth, que no sabe muy bien cómo reaccionar.

—Bueno, gracias, Jason, aunque esperaba un frasco de perfume Coco, de Chanel —dice ella.

—Creo que hay algo que te gustará todavía más que eso —replica Jason—. Atrapar a la persona que asesinó a Ian Ventham.

—¿Es tu regalo, Jason? —pregunta Elizabeth.

—Eso creo. Mi padre y yo hemos descubierto la verdad. ¿No es así, papá?

Ron asiente.

—Así es, hijo.

—Y no querría parecer engreído —prosigue Jason—, pero creo que el pequeño movimiento que acabo de hacer con el dedo lo confirmará.

103

JOYCE

No sé si han oído hablar de Tinder.

Yo lo había oído mencionar en la radio y sé que se hacen bromas al respecto, pero nunca lo había visto antes de que Jason me lo enseñara.

Si saben lo que es, pueden saltarse esta parte.

Tinder sirve para ligar. Para empezar, tienen que poner fotos suyas en una aplicación de celular. Una aplicación es como internet, pero en el teléfono. Jason me enseñó algunas fotos. Los hombres suelen poner fotos donde aparecen escalando montañas o talando árboles. A veces se nota que han recortado la imagen, para eliminar a la anterior pareja. Gracias a mi fotografía para la columna que escribiré en *Directo al grano*, sé que ahora se pueden hacer esas cosas.

Las mujeres prefieren poner fotos a bordo de un barco o en grupo con muchas amigas, de tal manera que no sabes cuál de todas es la chica en cuestión. Supongo que habrá que decidirlo al azar.

Le pregunté a Jason si esa aplicación se usa para ondas de una noche, y me dijo que, en general, se usa para eso y poco más. Pensarán que la idea es divertida, pero a mí me parece un poco triste. Cuantas más sonrisas veía en las fotos, más triste me parecía.

Aunque deben de ser cosas mías. Yo conocí a Gerry en una fiesta a la que decidí acudir en el último minuto, para molestar a mi madre. Si no hubiera ido, no nos habríamos conocido. Por eso sé que es un método poco eficaz para encontrar al amor verdadero, pero a nosotros nos funcionó. Desde que le puse los ojos encima, supe que no se me escaparía. Tuvo suerte conmigo el condenado.

Como les iba diciendo, en Tinder vas viendo fotos de personas solteras que viven cerca de ti, aunque a veces también aparecen fotos de personas casadas. Todavía sale una foto de Ian Ventham en traje de karateca, aunque ya esté muerto.

Si te gusta alguno de los que ves, deslizas el dedo por la pantalla y mandas la foto a la derecha (o a la izquierda, no lo recuerdo). Mientras tanto, es posible que esa misma persona esté mirando fotos cerca de tu casa. Si a esa otra persona también le gusta tu foto y la desliza a la derecha (o a la izquierda), habéis hecho *match* y se pueden comunicar.

A decir verdad, se me partía el corazón mirando las fotos. Eran como los carteles que ponen en la calle las personas que han perdido a su gato. Supongo que la esperanza es la misma.

En cualquier caso, cuando Jason hizo aquel gesto de mandar una foto a la izquierda (o a la derecha), estaba seguro de conseguir un *match*. Y estaba convencido de que la persona en cuestión sería la asesina de Ian Ventham. Yo confío en su seguridad en el primer punto, pero no tanto en el segundo.

Hay otra aplicación para ligar, especialmente pensada para hombres gais. Se llama Grindr. ¿Servirá también para lesbianas? No lo sé, no lo he preguntado. ¿Usarán la misma aplicación? Estaría bien.

Así que, ya ven. Jason cree haber resuelto el caso. Es posible que lo haya hecho, pero lo dudo mucho. Dice que es muy evidente, pero en estos asuntos la respuesta no suele ser demasiado obvia.

Al menos he descubierto que las aplicaciones para ligar no son para mí. En este mundo no puedes tener demasiadas posibilidades de elección. Cuando todo el mundo tiene mucho donde elegir, es más difícil que te elijan a ti. Y todos queremos que nos elijan, ¿no?

Buenas noches a todos. Buenas noches, Bernard. Buenas noches, Gerry, amor mío.

104

Tras pasar una mañana muy feliz preparándose, cambiándose de ropa y enviando mensajes a amigas, Karen Playfair está momentáneamente sola, sentada en un sillón que no le resulta familiar. No puede dejar de comparar el optimismo de esa mañana con la realidad de lo que ha vivido en el almuerzo.

Ya había tenido algunas experiencias desagradables con Tinder, pero ésa es la primera vez que la acusan de asesinato.

Vio la notificación del *match* anoche. ¡Jason Ritchie! Le pareció estupendo. Era un hombre muy atractivo, por encima del promedio de sus citas. Jason le envió un mensaje, ella le contestó y así, casi sin darse cuenta, los dos estaban sentados ese mediodía en Le Pont Noir, pidiendo ensalada de cangrejo con achicoria roja. ¡Idilio a la vista!

Karen cambia de postura en el sillón y toma una revista de las que hay sobre la mesa. Más que una revista, es un boletín: *Directo al grano.*

Vuelve a pensar en la cita. Charlaron un poco, no demasiado, ya que Karen no sabe casi nada de boxeo y Jason tiene muy poca idea de informática. Vino el mesero a servirles el agua mineral y entonces Jason mencionó a Ian Ventham. Karen se dio cuenta enseguida de que aquello no era una cita y se sintió como una tonta. Pero lo peor aún estaba por venir.

Ahora oye a Ron Ritchie, que está en la cocina, descorchando una botella de vino. Jason ha ido al baño. Karen empieza a hojear *Directo al grano*, pero no puede dejar de pensar en Le Pont Noir y en todas las preguntas que le hizo Jason. ¿Había estado ella presente la mañana que mataron a Ian Ventham? Sí, había estado. ¿No era verdad que su padre se negaba a venderle la granja a Ian Ventham? Bueno, sí, era cierto. Justo entonces llegó el mesero con la ensalada de cangrejo. ¿No le había aconsejado ella a su padre que vendiera la finca, para quedarse con el dinero? Le había aconsejado que vendiera la finca, sí, pero el dinero era asunto suyo. Sin embargo, ¿no recibiría ella parte del dinero, si su padre vendía la granja? Bueno, sí, probablemente recibiría una parte. ¿Por qué no dejaba Jason de dar rodeos y le decía abiertamente lo que había ido a decirle?

Entonces se lo dijo. Fue casi gracioso, o al menos eso piensa Karen, mientras lo recuerda. Oye el ruido del tanque del WC. ¿Qué le dijo Jason?

Se inclinó sobre la mesa, muy seguro de sí mismo. Totalmente convencido.

—Mira, Karen —le dijo—, la policía está buscando a alguien que ya estaba aquí en los años setenta y que sigue aquí. Está bien que investigue. Se han encontrado unos huesos, y es posible que hubiera habido un asesinato hace muchísimos años. Pero los huesos son lo de menos. La policía no está prestando atención a lo más evidente: la codicia.

Ventham era un obstáculo para que Karen ganara millones. Su padre no daba su brazo a torcer, así que Ventham tenía que desaparecer.

Entonces Jason mencionó unos fármacos que sólo se conseguían en el internet profundo y añadió que Karen era informática. Todo cuadraba, ¿no? Jason había resuelto el caso y estaba seguro de que iba a obtener de Karen una confesión. Hay hombres así.

No esperaba que Karen se riera en su cara y le dijera que ella solamente administraba la base de datos de una secundaria y era tan capaz de acceder al internet profundo como de viajar a la Luna; que había entendido «Ventolin» cuando Jason le mencionó el fentanilo y había quedado todavía más desconcertada; que vivía en uno de los lugares más hermosos de Inglaterra y que estaba dispuesta a cambiarlo por un millón de libras, pero que prefería quedarse donde estaba con su padre contento, antes que mudarse a una casa de lujo con su padre desgraciado. Por un momento, pareció que Jason iba a responder algo ingenioso, pero no consiguió articular ninguna respuesta, pese a intentarlo.

Karen recuerda su cara de desolación cuando comprendió que le estaba diciendo la verdad y que su teoría era errónea. Se disculpó e hizo ademán de marcharse, pero ella le propuso aprovechar la parte buena del encuentro y disfrutar del resto del almuerzo. Si al final acababan juntos, tendrían la mejor historia del mundo para contar cuando la gente les preguntara cómo se habían conocido. Se habían reído mucho con ese último comentario, se habían puesto a charlar y al final el almuerzo se había convertido en un largo y agradable encuentro, acompañado con buen vino.

Por eso Jason la había invitado a casa de su padre, para beber otra copa y contarle a Ron lo sucedido.

Ahora Ron Ritchie entra en la sala, con una botella de vino blanco y tres copas.

Jason se sienta al lado de Karen y toma las copas. A decir verdad, después de acusarla de asesinato, no ha hecho más que derrochar amabilidad y encanto.

Karen Playfair vuelve a dejar el ejemplar de *Directo al grano* sobre la pila de revistas. Y, al hacerlo, ve la fotografía. En medio de la página. Levanta otra vez el boletín y lo mira de cerca, para asegurarse.

—¿Estás bien, Karen? —pregunta Jason mientras Ron sirve el vino.

—La policía está buscando a una persona que estaba aquí en los años setenta y que todavía está aquí, ¿verdad? —repone ella, articulando las palabras con deliberada lentitud.

—Eso dicen —contesta Jason—. Yo pensaba que se equivocaban, pero ya hemos visto adónde me ha llevado mi razonamiento.

Se ríe después de decirlo, pero Karen se queda seria. Mira a Ron y señala la cara que aparece en la fotografía.

—Aquí hay alguien que estaba aquí en los años setenta y todavía sigue aquí.

Ron mira la fotografía, pero su cerebro se niega a asimilarlo.

—¿Estás segura? —consigue preguntar.

—Fue hace mucho, pero estoy segura.

La mente de Ron trabaja a marchas forzadas. No puede ser. Se esfuerza por buscar razones para que sea un error, pero no encuentra ninguna. Deja la copa de vino sobre la mesa y toma el ejemplar de *Directo al grano*.

—Tengo que hablar con Elizabeth.

105

El gimnasio de Steve se parece mucho a su propietario: un edificio bajo y ancho con paredes de ladrillo, de aspecto un poco amenazador a primera vista, pero con las puertas siempre abiertas y acogedor para todos.

Chris y Donna franquean el umbral.

Tras la actividad de ayer en el cementerio, fueron a Fairhaven para confirmar la intuición de Joe Kyprianou acerca de la investigación original. Ningún agente de la policía de Kent había visitado el norte de Chipre. No habían descubierto las relaciones familiares de Gianni. No habían hecho ninguna investigación seria. Chris había visto los nombres de los dos oficiales enviados a Nicosia y no le sorprendía. Probablemente habrían vuelto bronceados y con resaca, y poco más.

Después, Donna y él volvieron a repasar las listas de pasajeros que habían viajado entre Larnaca y los aeropuertos de Heathrow o Gatwick, en la semana anterior al asesinato. Eran casi tres mil, casi todos hombres y en su mayoría chipriotas.

Mientras miraba una lista tras otra de nombres, Chris recordó algo que le había dicho Joe Kyprianou. Si Gianni había viajado a Gran Bretaña, seguramente habría necesitado ayuda. La elección más evidente era un compatriota. ¿Conocía Chris a algún chipriota?

Leyendo los nombres, recordó que sí.

Entonces volvieron a consultar la ficha original de Tony Curran. Era indudable que, en los primeros tiempos, Steve Georgiou había tenido una relación más o menos estrecha con la pandilla de Tony Curran. Aparecía mencionado en muchos informes, pero siempre como alguien periférico, que nunca había cometido ninguna infracción grave. Fuera lo que fuese lo que hizo para Tony, su relación con la pandilla no había durado demasiado. Hacía muchos años que había abierto el gimnasio y los negocios le habían ido estupendamente. Tanto Chris como Donna sabían de colegas que acudían a sus instalaciones a entrenarse. Y todos eran buenos agentes, que sabían adónde iban. A diferencia de otros gimnasios, el de Steve Georgiou tenía buena reputación.

Incluso hoy, un miércoles por la tarde, está atestado de gente. El ambiente es de trabajo duro y silencioso, y no de presunción vacía. Chris decidió hace mucho tiempo inscribirse en un gimnasio, pero todavía sigue esperando a que deje de dolerle la rodilla. No quiere hacer nada que le agrave el dolor, pero, en cuanto se le pase, se inscribirá. Hay que tomar al toro por los cuernos. El otro día, cuando subió corriendo al cementerio para salvar a Elizabeth, notó un dolor agudo en el brazo izquierdo. Seguramente no será nada, pero es mejor prevenir.

Steve los estaba esperando. Ha salido a la puerta a recibirlos con una sonrisa de oreja a oreja y les ha dado un fuerte apretón de manos. Ahora están en su oficina. Steve les habla con expresión risueña, sentado sobre una pelota gigante de yoga.

—Saben muy bien que aquí no queremos problemas, ni se los causamos a nadie —dice Steve Georgiou.

—Lo sé —reconoce Chris.

—Todo lo contrario, ¿verdad? Lo saben bien. Ayudamos a muchas personas a regenerarse. No es ningún secreto. Pueden preguntárselo a cualquiera.

—Hace poco estuve en Chipre, Steve.

Éste deja de sonreír, pero sigue botando encima de la pelota.

—Muy bien.

—No sabía mucho de la isla antes de ir: sol, playa, vacaciones y poco más, ya sabes.

—Es un lugar muy hermoso —afirma Steve Georgiou—. ¿Han venido solamente a contarme de sus viajes?

—¿Tú eres grecochipriota o turcochipriota, Steve?

Se produce un instante de alarma, muy leve, pero muy significativo para el olfato de un buen policía. Steve niega con la cabeza.

—Yo en esas cosas no me meto. No son para mí. Las personas son personas y nada más.

—En eso estamos de acuerdo, Steve —continúa Chris—. Pero ¿de qué lado de la frontera estabas? Probablemente lo podríamos averiguar por nuestra cuenta, pero ya que estamos aquí...

—Del lado turco —contesta Steve Georgiou—. Soy turcochipriota.

Se encoge de hombros, como si no tuviera la menor importancia.

Chris asiente y escribe algo, mientras Steve espera a que termine de tomar nota.

—¿Turcochipriota como Gianni Gunduz? —pregunta finalmente Chris.

Steve Georgiou ladea la cabeza y vuelve a mirar al inspector.

—Hace mucho que no oía ese nombre.

—Pero también es turcochipriota, ¿verdad? —dice Chris—. Sea como sea, fui a Chipre por su causa. Para intentar localizarlo.

Steve sonríe.

—Se marchó hace mucho. No estaba bien de la cabeza. No le deseo ningún mal, pero a estas alturas lo más probable es que lo hayan matado.

—Bueno, así se explicaría que esté ilocalizable. Pero ya sabes, Steve. Soy oficial de policía y a veces hay cosas que no me cuadran.

—Gajes del oficio —conviene Steve Georgiou.

—Voy a contarte una historia —prosigue Chris—. Es algo que hemos estado pensando. No hace falta que digas nada, ni que reacciones de ninguna manera. Solamente escucha. ¿Podrás?

—Si quieren que les sea sincero, tengo un gimnasio que dirigir y todavía no sé para qué han venido.

Donna le da la razón.

—Es cierto. Pero solamente te pedimos que nos escuches. Serán dos minutos y después podrás volver a tus obligaciones.

—Dos minutos —acepta Steve.

—Eres un tipo legal, Steve —asevera Chris—. Lo sé perfectamente. Nunca he oído nada malo de ti.

—Me alegro —replica él.

—Pero ahora te diré lo que me preocupa —continúa Chris—. Creo que hace unas semanas recibiste un mensaje, o puede que simplemente alguien llamara a tu puerta, no lo sé. En cualquier caso, era Gianni Gunduz.

—No es cierto —repone Steve negando con la cabeza.

—Gianni necesitaba ayuda. Había vuelto al pueblo por alguna razón. Puede que te lo contara y puede que no. Pero recurrió a ti para pedirte un pequeño favor, por los viejos tiempos. ¿Alojamiento, quizá? Puede que sólo fuera eso. No quiere que quede ningún registro de su nuevo nombre en ningún establecimiento cercano. Y que nadie sepa que ha venido.

—Hace veinte años que no veo a Gianni Gunduz. Es posible que haya muerto, o que esté en la cárcel, o tal vez en Turquía —replica Steve Georgiou.

—Es posible —conviene Chris—. Pero Gianni puede causar problemas si no consigue lo que quiere. No le resultaría difícil incendiar este gimnasio, por ejemplo. Es capaz de eso y de mucho más. No te deja alternativa. Te dice, por ejemplo, que serán solamente un par de días, el tiempo suficiente para dejar un recado y atar unos cuantos cabos sueltos. Y después se marcha. ¿Qué te parece mi historia, Steve?

Steve Georgiou se encoge de hombros.

—Que es peligrosa.

—¿Tienes una vivienda encima del gimnasio? —pregunta Donna.

Steve asiente.

—¿Quién se queda a dormir?

—Los que lo necesitan. No todos los que vienen aquí tienen una vida estable. Si un chico me dice que no puede volver a casa, no le pregunto por qué. Simplemente le doy las llaves. Es un lugar seguro.

—¿Quién se quedó a dormir aquí arriba el diecisiete de junio? —pregunta Chris.

—Ni idea. Esto no es el Hilton. Tal vez alguno de los chicos, o yo mismo.

—¿O tal vez nadie? —aventura Donna.

Steve Georgiou vuelve a encogerse de hombros.

—Pero ¿tú piensas que probablemente alguien se quedó a dormir? —pregunta Chris.

—Podría ser.

—Gianni está muy bien relacionado en Chipre, Steve —dice Chris.

—Chipre es otro mundo para mí.

—¿Todavía tienes familia en la isla? —inquiere Donna.

—Sí —responde él—. Mucha.

—Dime, Steve. Si Gianni Gunduz hubiera venido aquí y te hubiera pedido alojamiento —comienza Chris—, si te hubiera presionado de cualquier modo o tal vez te hubiera pagado, si se hubieran puesto de acuerdo, si hubiera dormido en el piso de arriba el diecisiete de junio, ¿me lo contarías?

—No.

—¿Serían demasiado graves las consecuencias? ¿Quizá para tu familia en Chipre?

—Creo que ya han pasado los dos minutos, ¿no?

—Tienes razón —conviene Chris—. Gracias, Steve.

—De nada. Aquí siempre serás bienvenido, lo digo de verdad. Podríamos hacer algo para reducir esas llantitas. Sería un visto y no visto.

Chris sonríe.

—No creas que no lo he pensado. Supongo que no dejarás que subamos a echar un vistazo a la vivienda antes de irnos, ¿no? Para ver si Gianni dejó algo.

Steve Georgiou niega con la cabeza.

—Pero puedes hacerme un favor.

—Soy todo oídos —dice Chris.

—¿Podrías llevar una cosa al departamento de objetos perdidos? Alguien lo dejó aquí hace un par de semanas. He preguntado y preguntado, pero nadie sabe de quién es. —Steve abre un cajón, saca un sobre de plástico transparente lleno de dinero en efectivo y se lo entrega a

Chris—. Hay cinco mil euros. Ahora mismo debe de haber algún turista desesperado.

Chris mira el dinero, después a Donna y finalmente a Steve. ¿Quedarán huellas dactilares? Es dudoso, pero al menos Steve les está demostrando que no se equivocan.

—¿No quieres quedártelo?

Steve Georgiou niega con la cabeza.

—No, porque sé de dónde proviene.

Chris le entrega el sobre a Donna, que lo introduce en una bolsa hermética para pruebas. Ambos saben que Georgiou ha sido muy valiente. Chris se pone de pie y le estrecha la mano.

—Tony Curran era un canalla —declara Steve—, pero no se lo merecía.

—Es verdad —replica Chris—. Al menos, en cierta medida. Mis llantitas y yo volveremos pronto.

—Buen chico.

106

Elizabeth deja a Stephen durmiendo. Bogdan vendrá después de trabajar, para jugar una partida de ajedrez. Espera encontrarlos a los dos en casa cuando vuelva. Necesitará compañía.

Una de las jaladeras de la puerta del closet del dormitorio se ha soltado y Elizabeth la deja sobre la mesa de la cocina. Está segura de que Bogdan no resistirá la tentación de repararla.

Ron ha ido a enseñarle la foto que ha visto Karen Playfair. Aunque en aquella época Karen debía de ser una niña, está totalmente segura. Elizabeth ha intentado encajar mentalmente todas las piezas. Al principio le pareció imposible, pero cuanto más pensaba al respecto, más se convencía de la horrible verdad. Ha deducido todos los pasos, uno por uno. Hace una hora ha ido a verla Ibrahim con la última pieza del rompecabezas, así que ha llegado el momento. El caso quedará resuelto y sólo faltará que intervenga la justicia.

Elizabeth sale al aire frío del atardecer sin mirar atrás. Los días se están volviendo más breves y cada vez salen más bufandas de los closets. El verano aún tiene al otoño bajo control, pero no por mucho tiempo. ¿Cuántos otoños más le quedarán a Elizabeth? ¿Cuántos años más de ponerse un par de botas cómodas y caminar entre la hojarasca? Un día llegará la primavera y no la encontrará en casa. Los narcisos seguirán floreciendo junto al lago, pero ella ya no estará para verlos. Así son las cosas. Hay que disfrutarlas mientras sea posible.

Pero en ese momento, con lo que tiene que hacer, Elizabeth siente una extraña afinidad con el final del verano, con las hojas que resisten valientemente en las ramas y los últimos esfuerzos del tiempo caluroso, que todavía se guarda algún as en la manga.

Ve a Ron, que sube por la calle con expresión sombría, pero dispuesto. Viene disimulando la cojera, guardándose para sí el dolor.

«¡Qué buen amigo es Ron! —piensa Elizabeth—. ¡Qué buen corazón tiene! Ojalá siga latiendo mucho tiempo más.»

Al doblar la esquina ve a Ibrahim, que espera junto a la puerta con la carpeta en la mano. La última pieza del rompecabezas. ¡Qué bello está, vestido para la ocasión, listo para hacer lo necesario! La idea de que Ibrahim vaya a morirse le parece absurda a Elizabeth. Seguramente será el último de todos ellos, el último roble en el bosque, alto y noble, mientras pasan los aviones resonando en el cielo.

«¿Por dónde empezar? —piensa Elizabeth—. ¿Cómo empezar?»

107

Chris consigue que se apruebe su solicitud. Ya se ha emitido la orden internacional de búsqueda y captura contra Gianni Gunduz, como investigado por el asesinato de Tony Curran. Ha sido un buen final para el día. Los billetes que les dio Steve Georgiou no conservaban huellas dactilares, pero han podido averiguar que salieron de una agencia de cambio del norte de Chipre, tres días antes del asesinato de Tony Curran. Chris ha enviado la dirección de la agencia a Joe Kyprianou, por si había cámara de seguridad en el local. Pero, nada más ver la dirección, Joe se echó a reír. ¡Ni pensarlo!

¿Lo localizarían las autoridades chipriotas? ¿Quién sabe? Parecería lógico que lo hicieran; pero, después del impulso inicial, ¿con cuánto empeño seguirán investigando? Incluso es posible que Chris tenga que hacer otro viaje a Chipre. Estaría bien. En cualquier caso, ha hecho todo lo que ha podido y ahora el asunto está en manos de los chipriotas. Pase lo que pase, Chris habrá quedado bien.

Es un motivo para celebrar, pero ha pasado demasiadas noches en el pub con demasiados policías a lo largo de los años. Lo que de verdad le gustaría hacer sería cenar curry, invitar a Donna, ver juntos algún programa de televisión bebiendo una botella de vino y enviarla de vuelta a casa a las diez. Podrían hablar de Ventham. ¿Habrá algo que hayan pasado por alto?

Hace un momento se le ocurrió una idea que le pareció interesante, aunque puede que fuera una tontería. ¿No había tenido el convento un hospital, en aquella época? ¿No había sido Joyce enfermera? Habría que introducir en la computadora el nombre de Joyce Meadowcroft. ¿Debía decírselo a Donna?

Pero esa noche Donna tiene una cita misteriosa. Lo dejó caer en la conversación, cuando volvían del gimnasio de Steve. Por lo tanto, Chris tendrá que volver solo a casa. Ya lo suponía. Esa noche hay campeonato de dardos en Sky Channel.

Se pregunta si el plan es patético en sí mismo o si solamente es la clase de plan que a mucha gente le parecería patético. ¿Puede considerarse Chris un hombre solitario, que hace las cosas que le gustan? ¿O es más bien un tipo que está solo e intenta conformarse con lo que tiene? ¿Solitario o solo? Últimamente la pregunta se le plantea a menudo y ya no está muy seguro de saber la respuesta. Pero si tuviera costumbre de apostar, probablemente se decantaría por lo segundo.

¿Por qué nunca tiene una cita?

Si sale ahora, se encontrará con el tráfico de la hora pico. Por eso cierra la carpeta de Tony Curran y abre la de Ventham. Si puede resolver un caso de asesinato, debería poder resolver otros dos. ¿Habrá algo que le haya pasado inadvertido? ¿Habrá alguien que su radar no haya detectado?

108

Elizabeth e Ibrahim avanzan por el pasillo y Ron va detrás, cargando un par de sillas. Tienen algo que hacer.

A sus espaldas, la doble puerta se abre y Joyce entra apresuradamente, detrás de sus amigos.

—Siento haberme retrasado. Se puso a sonar el pitido del horno y no podía pararlo.

—A veces pasa cuando se interrumpe brevemente el fluido eléctrico. El temporizador intenta resetearse y entonces suena el pitido —dice Ibrahim.

Joyce asiente. Sin pensarlo, toma a Ibrahim de la mano. Delante de ellos, también Elizabeth camina tomada de la mano de Ron. Los cuatro avanzan en silencio, hasta llegar a la puerta que buscan.

Pese a las circunstancias, Elizabeth llama a la puerta, como siempre.

La puerta se abre y allí está él: el hombre que Karen Playfair ha reconocido después de tantos años. Lo ha visto junto a Ron en una fotografía, sosteniendo en brazos al zorro que ambos han salvado.

El mismo libro sigue abierto en la misma página. John levanta la vista y no parece extrañarse de verlos.

—¡Ah! Ha venido toda la pandilla.

—Así es, John, toda la pandilla —confirma Elizabeth—. ¿Te importa que nos sentemos?

Él los invita con un gesto. Deja el libro y se masajea con dos dedos el puente de la nariz. Ron mira a Penny, que yace comatosa en la cama. Piensa que ya no queda nada de ella. Ya no está. ¿Por qué no ha ido a verla hasta ahora? ¿Por qué ha hecho falta algo así?

—¿Cómo quieres que lo hagamos, John? —pregunta Elizabeth.

—Como a ti te parezca, Elizabeth —responde él—. He estado esperando esta visita desde el momento en que lo hice. Me he tomado cada día como un regalo inesperado. Aun así, me habría gustado que tardaran un poco más. ¿Qué ha sido al final? ¿Cómo lo han descubierto?

—Karen Playfair te reconoció en una foto —contesta Ibrahim.

John asiente y sonríe para sus adentros.

—¿La pequeña Karen? ¡Increíble!

—Ayudaste a morir a su perro cuando ella tenía seis años —explica Joyce—. Dice que nunca olvidará tu mirada amable.

Elizabeth está en su puesto habitual, a los pies de la cama de Penny.

—¿Quieres empezar tú, John? ¿O prefieres que empecemos nosotros?

—Lo haré yo —dice él—. Lo he repasado mil veces mentalmente.

Con los ojos aún cerrados, John levanta la vista al cielo, deja escapar un suspiro que parece durar siglos y finalmente empieza:

—Debió de ser a principios de los años setenta, a unos quince kilómetros de aquí, en Greyscott, una de las granjas de ovejas. En aquella época había muchísimas, ¿lo sabían? Ha pasado mucho tiempo desde entonces. Yo había empezado a ejercer de veterinario en mil novecientos sesenta y siete, creo. Penny lo recordaría con más exactitud. El granjero era un tipo llamado Matheson, que yo conocía bastante, porque visitaba su granja con cierta frecuencia. En las granjas siempre pasan cosas, como ya se imaginarán. Aquella vez fue una yegua recién parida. El potrillo había muerto y la yegua había quedado en muy mal estado. Estaba muy dolorida y no paraba de quejarse. El granjero no había querido pegarle un tiro, lo que me pareció muy comprensible. Le puse una inyección al animal y ahí acabó todo. Lo he hecho muchas veces, antes y después de aquel día. Algunos granjeros matan de un disparo a los animales moribundos y algunos veterinarios también, pero Matheson no, y yo tampoco. En cualquier caso, después de acabar con el sufrimiento de la yegua, nos sentamos a tomar una taza de té y nos pusimos a charlar. Aunque yo siempre iba con prisas, me había dado cuenta de que Matheson estaba muy solo. No tenía familia ni a nadie que lo ayudara en la granja, y además tenía problemas económicos, por lo que creo que se alegró de que yo le hiciera compañía. El panorama era terriblemente sombrío para él, o al menos así me lo pareció aquel día. Tenía que irme, pero Matheson quería que me quedara un poco más. Probablemente me considerarán un monstruo (o quizá no, no lo sé), pero de repente lo vi tan claro como la luz del día. Ese hombre lo estaba pasando muy mal. Si hubiera sido un animal, habría gritado de dolor. Tienen que creerme. Entonces abrí mi maletín y le pregunté si quería que le pusiera la vacuna de la gripe, ya que pronto vendría el invierno. Le pareció bien. Se remangó y le puse la inyección, la misma que acababa de ponerle a la yegua. Y ahí acabó su dolor.

—¿Pusiste fin a su sufrimiento, John? —pregunta Joyce.

—Fue lo que pensé en aquel momento. Y lo que sigo pensando. Si lo hubiera hecho con la mente fría, le habría administrado alguna sustancia que no se detectara en la autopsia y lo habría dejado donde estaba, para que lo descubriera el cartero, el lechero o quien fuera que llamara a la puerta después de mí. Pero lo hice de manera impulsiva y no podía disimular la presencia de pentobarbital en el cuerpo. No podía arriesgarme a una investigación.

—¿Tuviste que enterrarlo? —pregunta Elizabeth.

—Así es. Lo habría enterrado allí mismo, en ese mismo instante, pero no sé si recordarán que en aquella época estaban comprando muchos terrenos agrícolas para construir viviendas por todas partes. Y pensé que, si lo enterraba en la granja, podía tener la mala suerte de que unos peones lo desenterraran al cabo de un mes. Entonces lo recordé.

—El cementerio —apunta Ron.

—Era perfecto. Lo conocía, porque pasaba por allí cada vez que iba a la granja de Gordon Playfair. No era terreno agrícola y ¿a quién se le iba a ocurrir comprar un convento? ¡Por el amor de Dios! Sabía que era un sitio muy tranquilo que nadie visitaba nunca. Entonces, un par de noches después, subí al cementerio con los faros del coche apagados. Saqué la pala e hice lo que tenía que hacer. Y eso fue todo, hasta que un día, cuarenta años después, vi que el convento estaba en venta.

—Y aquí estamos —dice Elizabeth.

—Así es, aquí estamos. Convencí a Penny de que sería un lugar maravilloso para pasar nuestra jubilación, y en eso no me equivoqué. Solamente quería vigilar. Pensaba que nadie se atrevería a trasladar un cementerio para construir casas, pero me dije que en estos tiempos nunca se sabe. Y yo quería estar cerca, en caso de que pasara lo peor.

—Y eso fue precisamente lo que pasó —agrega Joyce.

—Estoy viejo y débil, y no podía desenterrar el cuerpo, pero tampoco podía arriesgarme a que excavaran la tumba y lo descubrieran. Por eso, llevado por el pánico, en medio del caos que se formó aquella mañana mientras sujetábamos a Ventham, le clavé una jeringa en el brazo y segundos más tarde estaba muerto. Es imperdonable lo que hice. Absolutamente imperdonable. Desde ese momento, he estado esperando a que vinieran, dispuesto a aceptar las consecuencias.

—¿Cómo es que mágicamente llevabas contigo una jeringa llena de fentanilo, John?

Él sonríe.

—La llevaba conmigo desde hace tiempo, por si la necesitaba en esta habitación. Por si en algún momento querían separarme de Penny.

Mira a Elizabeth, a través de las lágrimas que comienzan a nublarle la vista.

—Me alegro de que hayas sido tú, Elizabeth, y no la policía. Me alegro de que lo hayas resuelto tú. Sabía que lo harías.

—Yo también me alegro, John —confiesa ella—. Y te agradezco que nos hayas contado tu historia. Sabes que tendremos que decírselo a la policía, ¿verdad?

—Lo sé.

—Pero no es necesario que lo hagamos en este preciso instante. Ahora que sólo estamos nosotros, me gustaría aclarar un par de detalles, si no te importa.

—Por supuesto. Sucedió hace muchos años, pero te ayudaré en todo lo que pueda.

—Tanto tú como yo sabemos que muy probablemente Penny no oye nada de lo que sucede en esta habitación, ¿verdad, John? Hablamos con ella y le hacemos todo tipo de comentarios, pero lo más probable es que nos estemos engañando a nosotros mismos, ¿no es así?

John asiente con la cabeza.

—Por otra parte, también estamos de acuerdo en que hay cierta probabilidad de que nos oiga. Existe la posibilidad de que entienda lo que decimos, ¿no?

—Puede que sí.

—En ese caso, John, es posible que ahora mismo esté escuchando todo lo que decimos.

—Así es.

—Aunque la probabilidad sea remota, John, puede que Penny haya oído todo lo que acabas de decir. ¿Cómo has podido hacerle algo así? ¿Por qué le has causado este sufrimiento?

—Bueno, yo...

—Tú serías incapaz de hacerla sufrir, John. Y oír esta historia sería una tortura para ella —continúa Elizabeth.

Ibrahim se inclina hacia delante.

—John, has dicho que matar a Ian Ventham era imperdonable. De verdad creo que lo has dicho sinceramente. Fue un acto más allá de todo lo concebible. Y, aun así, ¿pretendes que creamos que lo hiciste solamente para salvarte? Lo siento, pero no me lo creo. Cometiste un acto que consideras imperdonable y creo que solamente una cosa puede explicarlo.

—El amor, John —dice Joyce—. Siempre el amor.

John mira a sus cuatro visitantes, todos ellos implacables.

—Envié a Ibrahim a mirar una de las carpetas de Penny esta mañana —comenta Elizabeth.

Ibrahim abre un maletín deportivo, extrae una carpeta pequeña de cartón y se la entrega a Elizabeth, que la apoya sobre sus rodillas.

—¿Les parece que revelemos la verdad?

109

Chris está solo. Tiene delante los restos del curry que compró en el camino de vuelta a casa. Michael van Gerwen le ha ganado a Peter Wright por seis sets a cero, y los dardos han terminado antes de lo previsto. No hay nada que ver en la televisión, ni nadie con quien verlo. Piensa en bajar a la gasolinera a comprar una bolsa de papas, para botanear algo.

Su teléfono se pone a vibrar. Bueno, al menos una novedad. Es un mensaje de Donna.

> Pensaba buscar el episodio de Jason Ritchie en *La genealogía de los famosos*. ¿Te gustaría verlo conmigo?

Chris consulta el reloj. Son casi las diez. Sí, ¿por qué no? Vuelve a vibrar el celular.

> Ponte la camisa azul oscuro, por favor. La que tiene botones.

A esas alturas, Chris ya se ha acostumbrado a las órdenes de Donna, de modo que obedece. Como siempre, se cambia sin mirarse al espejo, porque ¿a quién le gustaría verse así? Le responde con otro mensaje.

Sí, señora, lo que usted diga.
Cualquier cosa por ver a
Jason Ritchie. Voy para allá.

No parece que la cita de Donna haya sido un éxito arrollador.

110

—Los tiene guardados, John —dice Elizabeth, enseñándole la carpeta—. No sé si los has visto ya. Son archivos de todos sus casos. Se supone que no debería tenerlos, pero ya sabes cómo es Penny. Hacía copias de todo, por si acaso.

—Por si podían servirle para atrapar a un asesino muchos años después —añade Joyce.

—Sea como sea, John, cuando Karen Playfair te reconoció, empecé a pensar. Y sólo tuve que hacer una comprobación final en uno de esos archivos.

—¿Quieres un poco de agua, John? —pregunta Joyce.

Él niega con la cabeza. Tiene la mirada fija en Elizabeth, que ha empezado a leer uno de los documentos de la carpeta.

—Hubo un caso en Rye, en mil novecientos setenta y tres. Penny debía de ser muy novata. No puedo imaginar que fuera novata alguna vez, pero tú debes de recordarlo con claridad. Puede que hasta te parezca que fue ayer. Era el caso de una joven llamada Annie Madeley. ¿Recuerdas a Annie Madeley, Penny?

Elizabeth se vuelve hacia su amiga, que yace en la cama. ¿Los estará oyendo? ¿O será incapaz de oírlos?

—Fue apuñalada durante un robo y se desangró en brazos de su novio. Cuando llegó la policía (entre ellos

Penny, como figura en estos archivos), había cristales rotos en el suelo, en el lugar por donde había irrumpido el ladrón, pero no faltaba nada en la casa. Annie Madeley había sorprendido al intruso, que, presa del pánico, la había herido con un cuchillo de cocina y se había dado a la fuga. Ésa es la versión oficial. Puedes leerla, si quieres. Caso cerrado. Pero Ron fue el primero en sospechar.

—El asunto olía muy mal, Johnny —interviene Ron—. ¿Un ladrón en pleno día, en un lugar que normalmente está muy concurrido? ¿Con gente en casa? Puedes robar un domingo por la mañana, cuando todos se han ido a misa, pero no un domingo por la tarde. Ningún ladrón lo haría.

Elizabeth mira a Penny.

—Tú también debiste de pensarlo, ¿verdad? Debiste de pensar que el novio la apuñaló, esperó a que muriera y sólo entonces llamó a la policía.

Se acerca a Penny y le humedece los labios resecos con una gasa mojada.

—Empezamos a estudiar este caso hace meses, John. Con el Club del Crimen de los Jueves. Penny ya no asiste a las reuniones, pero nosotros seguimos. Me sorprendió no haberlo visto antes, me pareció raro que ella no lo hubiera propuesto. Así que empezamos a analizarlo, John. Comenzamos a investigar si la policía se había equivocado hace tantos años. Cuando leí el informe sobre la herida profunda, no me convenció, de modo que se lo pregunté a Joyce. De hecho, creo que fue la primera vez que le pregunté algo, ¿no, Joyce?

—Así es —recuerda ella.

—Le describí la herida y le pregunté cuánto tiempo tardaría en morir la víctima. Me dijo que unos cuarenta y cinco minutos, lo que no cuadraba en absoluto con la versión del novio, que supuestamente había perseguido al ladrón (aunque nadie lo había visto) y había vuelto corriendo a la cocina para llamar de inmediato a la policía, mientras sostenía a Annie Madeley en sus brazos. Entonces le pregunté a Joyce si alguien sin ningún conocimiento médico podría haberla salvado. ¿Y qué me respondiste, Joyce?

—Que estaba convencida de que habría sido muy sencillo. Tú, John, con tu formación, también debes de saberlo.

—El novio era militar, John. Lo habían dado de baja del ejército por invalidez unos años antes. Es indudable que podría haberla salvado. Pero la investigación no fue por ahí. Me gustaría decir que ahora las cosas son diferentes, pero estoy segura de que tampoco investigarían al novio. Buscaron al ladrón, pero no lo encontraron. Enterraron a la pobre Annie Madeley y la vida siguió su curso. El novio desapareció poco después, dejando a deber varios meses de renta. Y aquí se acaba el archivo del caso.

—Estábamos estudiando todo esto, pero la realidad nos desbordó, como ya sabes —expone Ibrahim—. Curran, Ventham, el cadáver en el cementerio... Dejamos el caso detenido para investigar los asesinatos reales que se estaban cometiendo a nuestro alrededor.

—Pero todos sabemos que no hemos llegado al final de la historia, ¿verdad, John? —interviene Ron.

Elizabeth apoya una mano sobre la carpeta.

—Le pedí a Ibrahim que fuera a mirar los registros, con una pregunta. ¿La adivinas, John?

Él la mira fijamente. Elizabeth se vuelve hacia Penny.

—Si puedes oírnos, Penny, apuesto a que sabes cuál era la pregunta. Peter Mercer. Así se llamaba el novio. Le pedí a Ibrahim que averiguara cuál era el motivo para que el ejército diera de baja por invalidez a Peter Mercer.

Y si no has sido capaz de adivinar la pregunta, John, estoy segura de que adivinarás la respuesta. Inténtalo al menos. De todos modos, ya no hay nada que hacer.

John baja la cabeza, se pasa las manos por la cara y, finalmente, levanta la vista.

—¿Supongo que habrá sido por un disparo en la pierna?

—Así es, John.

Elizabeth arrastra su silla para acercarla a Penny, toma de la mano a su amiga y le habla directamente a ella, en voz baja:

—Hace casi cincuenta años, Peter Mercer asesinó a su novia y después se esfumó. Todos creyeron que su crimen había quedado impune. Pero en realidad no es tan fácil cometer un asesinato y que no te pase nada, ¿verdad, Penny? A veces la justicia está esperando a la vuelta de la esquina, como le pasó a Peter Mercer una noche oscura, cuando fuiste a verlo. Otras veces la justicia espera cincuenta años, se sienta junto a una cama de hospital y le toma la mano a una amiga. ¿Habías visto demasiados casos como aquél, Penny? ¿No podías más? ¿Estabas harta de que nadie te escuchara?

—¿Cuándo te lo dijo, John? —pregunta Joyce.

Él empieza a llorar.

—¿Fue cuando se puso enferma?

John asiente lentamente.

—Me lo contó sin querer. ¿Recuerdas cómo estaba, Elizabeth? ¿Recuerdas los accidentes isquémicos transitorios?

—Sí —responde Elizabeth—. Al principio eran muy leves. No parecían inquietantes, a menos que supieras lo que le estaba pasando. Pero el pobre John sabía lo que significaban.

—Durante esos episodios, decía palabras inconexas y veía todo tipo de cosas extrañas. En general eran fantasías, pero poco a poco el presente fue desapareciendo y su mente empezó a remontarse cada vez más hacia el pasado. Supongo que retrocedía hasta encontrar algo que le resultara familiar, algo que tuviera sentido, porque el mundo a su alrededor se había vuelto incomprensible. Entonces me contaba cosas que le habían pasado mucho tiempo atrás. A veces eran historias de cuando era niña y otras, de la época en que nos conocimos.

—O de sus primeros tiempos en el cuerpo de policía —interviene Elizabeth.

—Al principio me contaba historias que yo ya sabía y también recordaba: sus antiguos jefes, las triquiñuelas que hacían, las pequeñas cantidades de dinero que desviaban, cómo iban a la cantina en lugar de trabajar, el tipo de cosas que ya sabíamos y que normalmente nos hacían reír. Yo sabía que la estaba perdiendo y quería retenerla tanto como pudiera. ¿Me entienden?

—Todos te entendemos, John —afirma Ron.

Es cierto que lo entienden.

—Entonces la animaba a hablar, aunque me repitiera siempre las mismas historias. Una anécdota le recordaba la siguiente, y ésta la llevaba a otra, y así seguía, hasta volver a la primera, en un continuo círculo de repeticiones. Pero un día...

John hace una pausa y mira a su mujer.

—Dices que en realidad no crees que Penny pueda oírte, ¿verdad, John? —lo interrumpe Elizabeth.

Él niega lentamente con la cabeza.

—No, no creo que me oiga.

—Y, sin embargo, vienes a verla todos los días, te sientas a su lado, le hablas...

—¿Qué otra cosa podría hacer, Elizabeth?

Ella lo entiende.

—Entonces te contaba anécdotas y te repetía cosas que tú ya sabías, hasta que un día...

—Hasta que un día empezó a contarme historias que no conocía.

—Secretos —apunta Ron.

—Secretos. Nada terrible, pequeñas cosas. Por ejemplo, que una vez había aceptado dinero. Un soborno. Todos los demás lo habían aceptado y ella se había sentido obligada. Me dijo que ya me lo había contado muchas veces, pero no era cierto. Todos tenemos secretos, ¿no es así?

—Todos, John —conviene Elizabeth.

—Dejó de distinguir entre anécdotas graciosas y secretos. Pero había algo que seguía en pie, el último cerrojo en la última puerta. Lo último en ceder.

—¿El peor secreto de todos?

John asiente.

—Se aferró a él hasta el final. Ya estaba aquí, en el hospital. ¿Recuerdas cuando la trajeron?

Elizabeth lo recuerda. Para entonces, Penny había dejado de ser ella misma. Hablaba de manera fragmentaria, incoherente y a veces airada. ¿Cuándo llegaría Stephen a ese estado? Tenía que regresar con él cuanto antes, terminar lo que tenía que hacer aquí y volver a casa a darle un beso a su precioso marido.

—Ya no me reconocía. O, mejor dicho, sabía que me conocía, pero no conseguía ubicarme. Vine una mañana, hace unos dos meses, y la encontré sentada en la cama. Fue la última vez que la vi sentada. Esa vez me vio y me reconoció. Me preguntó qué íbamos a hacer y yo no entendí la pregunta. «¿Qué vamos a hacer con qué?», le dije.

Elizabeth hace un gesto afirmativo.

—Entonces empezó a contármelo de una manera muy objetiva, sin emoción, como si me estuviera pidiendo que le bajara algo del tapanco. Y nada más. No podía dejar que nadie descubriera lo que había hecho, ¿lo entiendes, Elizabeth? ¿Lo entiendes, verdad? Tenía que intentarlo.

Elizabeth asiente.

—Habíamos subido varias veces a merendar en la colina al aire libre —continúa John—. Era precioso. Siempre me pregunté por qué habríamos dejado de hacerlo.

Se hizo un silencio, interrumpido únicamente por el ruido regular de los aparatos electrónicos junto a la cama de Penny. Era lo único que quedaba de ella, como un faro que siguiera parpadeando sobre el mar lejano.

Elizabeth rompe el silencio:

—Te diré lo que creo que deberíamos hacer, John. Voy a pedirles a los demás que te acompañen a casa. Es tarde. Acuéstate y duerme en tu cama. Si tienes alguna carta que escribir, hazlo. Iré mañana por la mañana con la policía. Sé que te encontraré. Ahora nos quedaremos un momento en el pasillo, para que puedas despedirte de Penny.

Los cuatro amigos salen de la habitación y, a través del borde transparente de la ventana de cristal esmerilado, Elizabeth distingue que John abraza a su esposa. Entonces desvía la vista.

—Acompañarán a John a su casa, ¿no? —les pregunta a los demás—. Me gustaría quedarme un momento con Penny.

Los otros tres le dicen que sí.

Elizabeth vuelve a abrir la puerta. John se está poniendo el abrigo.

—Es hora de irse, John.

111

La iluminación en el departamento de Donna es tenue y Stevie Wonder obra su magia desde los altavoces. Chris está feliz y relajado. Se ha quitado los zapatos y ha puesto los pies en alto. Donna le sirve una copa de vino.

—Gracias.

—De nada. Por cierto, bonita camisa.

—Es la primera que he encontrado.

Chris le sonríe y Donna le devuelve la sonrisa. Ella intuye lo que está a punto de pasar y se siente enormemente feliz.

—¿Mamá? —pregunta tendiéndole la botella a su madre.

—Sí, por favor, cariño.

Donna le sirve un poco de vino a su madre, que está sentada en el sofá al lado de Chris.

—Sinceramente, podrías ser su hermana, Patrice —dice Chris—. Y no lo digo sólo porque Donna aparente mucha más edad de la que tiene.

Donna hace el gesto de vomitar, mientras Patrice se ríe a carcajadas.

—Madonna ya me había dicho que eras encantador.

Chris deja en la mesa la copa de vino, mientras se le ilumina la cara.

—¿Disculpa? ¿Quién te ha dicho que soy encantador?

—Madonna —repite Patrice, inclinando la cabeza hacia su hija.

Chris mira a Donna.

—¿Tu verdadero nombre es Madonna?

—Si alguna vez me llamas así, te freiré con la pistola inmovilizadora —lo amenaza ella.

—Creo que valdrá la pena arriesgarse —contesta Chris—. Patrice, te adoro.

Donna pone los ojos en blanco y toma el mando a distancia.

—¿Les parece que veamos ya el programa de Jason Ritchie?

—Sí, claro —contesta Chris distraído—. ¿A qué te dedicas, Patrice?

—Soy maestra de primaria —responde ella.

—¿De verdad? —dice Chris.

Maestra, con perro y que cante en un coro. Así se ha imaginado mil veces a su mujer perfecta.

Donna mira a Chris a los ojos.

—Y los domingos canta en un coro.

Chris se niega a sostenerle la mirada a Donna y se vuelve otra vez hacia Patrice.

—Voy a hacerte una pregunta que tal vez te parezca ridícula, Patrice. ¿Te gustan los perros?

Ella bebe un sorbo de vino.

—Me temo que soy alérgica.

Chris asiente, bebe también un poco de vino y le dirige a Donna un brindis casi imperceptible. Dos de tres no es un mal resultado. Se alegra de haberse puesto la camisa azul con todos los botones.

—¿Qué ha pasado con tu cita? —le pregunta Chris a Donna.

—Te he dicho que tenía una cita, pero no he dicho que fuera para mí —responde ella.

En ese momento, su teléfono vibra y Donna mira la pantalla.

—Es Elizabeth. Pregunta si estamos libres mañana por la mañana. Nada urgente.

—Debe de haber resuelto el caso.

Donna se pone a reír. Espera que su amiga esté bien.

112

La lámpara de la mesita de Penny tiene la luz atenuada al mínimo. Es suficiente iluminación para dos viejas amigas que se conocen bien las caras. Elizabeth ha cogido a Penny de la mano.

—¿Quién se ha salvado del castigo, corazón? Tony Curran no, ¿verdad? Todos piensan que Gianni sí, pero tengo una teoría que me gustaría discutir con Joyce. En cualquier caso, tampoco ha sido una gran pérdida. ¿Y lo de Ventham? Bueno, ya sabes que John tendrá que pagar por eso. Mañana por la mañana llevaré a la policía a su casa y las dos sabemos que lo encontrarán muerto. Esta noche, en cuanto se quede solo, se preparará una copa y todo habrá terminado. Al menos sabe cómo hacer para marcharse tranquilamente y sin dolor.

Elizabeth le acaricia el pelo a Penny.

—¿Y tú? ¿Tú te has salvado del castigo, corazón, chica lista? Sé por qué lo hiciste, Penny. Entiendo que decidieras tomarte la justicia por tu propia mano. No lo comparto, pero lo entiendo. Yo no estaba allí. No veía las cosas que tú veías. Pero ¿has podido hacerlo sin tener que pagar por ello?

Elizabeth deja otra vez la mano de Penny sobre la sábana y se pone de pie.

—Depende, ¿verdad? De que puedas oírme o no. Si me

estás oyendo, Penny, sabrás que el hombre al que amas ha ido a casa en busca de la muerte. Y todo porque quería protegerte. Y todo por la decisión que tomaste muchos años atrás. Me parece que es suficiente castigo para ti, Penny.

Elizabeth empieza a ponerse el abrigo.

—Pero, si no puedes oírme, entonces te has salido con la tuya. Lo has hecho y no has tenido que pagar por ello. ¡Enhorabuena!

Con el abrigo ya puesto, Elizabeth apoya una mano sobre la mejilla de su amiga.

—Sé lo que hizo John mientras te abrazaba, Penny. Vi la jeringa. Por eso sé que tú también te vas y que esto es una despedida. Últimamente no te he hablado mucho de Stephen. No está bien y lo estoy perdiendo poco a poco, por mucho que intento retenerlo. Ya ves. Yo también tengo mis secretos.

Le da un beso en la mejilla.

—¡Dios, cómo voy a extrañarte, vieja tonta! Dulces sueños, corazón.

Elizabeth sale de Los Sauces al frío de la noche. Una noche serena y sin nubes, una noche tan oscura que parece como si nunca más fuera a amanecer.

113

Chris toma un taxi a su casa y sube a su departamento por la escalera. ¿Será efecto de la bebida o realmente siente los pies más ligeros?

Abre la puerta y contempla la escena. Habrá que poner un poco de orden, de eso no hay duda. También tendrá que llevar a reciclar el plástico y el papel, y quizá comprar unos cojines y una vela. La puerta del baño sigue atorándose, pero no es nada que un pedazo de papel de lija y un poco de trabajo no puedan arreglar. Podría ir a comprar un poco de fruta y ponerla en una fuente, sobre la mesa del comedor. Claro que también tendría que comprar la fuente. Y lavar las sábanas. Y cambiar el cepillo de dientes. Y tal vez comprar toallas nuevas.

Con eso probablemente será suficiente para que Patrice lo considere un ser humano normal y no un hombre vencido que ya no espera nada de la vida. No es mucho. Cuando lo haya hecho, podrá enviarle un mensaje e invitarla a cenar, aprovechando que está en Fairhaven.

¿Flores? Sí, ¿por qué no? ¡Es el momento de tirar la casa por la ventana!

Enciende la computadora y abre el correo electrónico. Tiene la mala costumbre de mirar el correo antes de acostarse. Por lo general, acaba yéndose a dormir mucho más tarde. Tiene tres mensajes nuevos y ninguno parece importante. Uno de sus sargentos va a participar en un triatlón en beneficio de una buena obra y solicita ayuda. También tiene una invitación para la noche de los Premios a la Comunidad de la Policía de Kent. Puede llevar un acompañante. ¿Contará eso como una cita? Probablemente no. Se lo preguntará a Donna. El tercer mensaje se lo envían desde una cuenta que no reconoce. No le sucede a menudo. Chris intenta mantener su cuenta personal todo lo privada que puede mantenerse en estos tiempos. El remitente es un bufete jurídico de Nicosia y, el asunto, «estrictamente confidencial».

¿De Chipre? ¿Habrán localizado a Gianni? ¿Querrán sus abogados amenazar a la policía con demandas? Pero, si ese fuera el caso, ¿por qué le escriben a su cuenta personal? Nadie en Chipre tiene su dirección de correo electrónico.

Abre el mensaje.

Muy señor mío:

Nuestro cliente, el señor Costas Gunduz, nos ha pedido que le hagamos llegar el mensaje adjunto. Le rogamos tenga en cuenta que toda información incluida en la presente correspondencia es absolutamente confidencial, y así debe tratarse. Sírvase dirigir toda respuesta a nuestras oficinas.

Atentamente,

Gregory Ioannidis
Kyprios Abogados

¿Costas Gunduz? ¿El mismo que se rio cuando le dio su tarjeta? La noche se está poniendo interesante. Chris abre el documento adjunto.

Señor Hudson:

Dijo usted que mi hijo volvió a Chipre en el 2000 y que tiene pruebas. Necesito que sepa que no lo vi en aquel momento ni lo he visto nunca desde entonces. Ni una sola vez. No he visto a mi hijo, ni tampoco he recibido ninguna carta ni ninguna llamada suya.

Soy viejo, señor Hudson. Usted mismo lo vio. Mientras busca a Gianni, yo también lo estoy buscando.

No puedo hablar con un policía, ¿lo entiende? Pero quiero pedirle ayuda. Si encuentra a Gianni, si tiene alguna información de cualquier tipo, la recompensa será grande para usted. Temo que esté muerto.

Es mi hijo y quiero volver a verlo antes de morir, o, si ya no es posible, saber que ya no está para poder llorarlo. Espero que se compadezca de mí. Se lo pido por favor.

Un saludo,

Costas Gunduz

Chris vuelve a leer el mensaje un par de veces. Buen intento, Costas. ¿Esperará que Chris le envíe su mensaje a la policía chipriota? ¿A Joe Kyprianou? Seguramente sí. ¿Significa esa carta que la policía chipriota está estrechando el cerco en torno a Gianni? ¿Será un último esfuerzo de desinformación?

¿O será simplemente lo que parece ser? La súplica de un viejo que desea encontrar a su hijo desaparecido. Quizá Chris lo habría creído cuando era joven, pero ha visto mucho y ha oído todavía más sobre los trucos de los criminales para escaparse de la justicia. Son capaces de contar cualquier historia. Además, sabe con certeza dónde se encontraba Gianni Gunduz el 17 de junio.

Gianni no está muerto. Se fue a Chipre con el dinero

de Tony Curran, cambió de nombre, se operó la nariz y todo lo que el dinero de su padre le pudo pagar y desde entonces se ha dado la gran vida. Ahora mismo estará tomando el sol en algún lugar de Chipre, feliz, con sus colegas. Sin un solo enemigo en el mundo, ahora que ha quitado de en medio a Tony Curran.

Costas Gunduz no recibirá ninguna respuesta.

Chris apaga la computadora, pensando que ojalá la gente dejara de participar en triatlones.

114

Elizabeth tarda en regresar, pero Bogdan y Stephen no lo notan.

Bogdan se muerde el labio inferior, su gesto habitual cuando piensa. Da unos golpecitos sobre la mesa mientras busca la mejor jugada. Mira un momento a Stephen y vuelve a concentrarse en el tablero. ¿Cómo hará este hombre para jugar tan bien? Bogdan se da cuenta de que corre el riesgo de perder la partida, si no tiene cuidado. Y hace mucho que no pierde ninguna.

—¿Puedo hacerte una pregunta, Bogdan? —dice Stephen.

—Todas las que quieras —responde él—. Somos amigos.

—¿No te distraeré? Te tengo bastante acorralado. Quizá prefieras concentrarte en el juego.

—Jugamos, charlamos... Las dos cosas son valiosas para mí.

Bogdan mueve el alfil y levanta la vista. Stephen no esperaba esa jugada, pero no parece excesivamente preocupado.

—Gracias, Bogdan. También para mí son valiosas.

—Adelante, hazme esa pregunta. Y que sea buena.

—Es sólo una cosa. En primer lugar, ¿cómo se llamaba aquel tipo?

Stephen ataca el alfil, aunque intuye que Bogdan le podría estar tendiendo una trampa.

—¿Qué tipo, Stephen? —pregunta Bogdan, mirando el tablero y considerando las posibilidades que le abre la última jugada de su adversario.

—El primer muerto. El constructor.

—Tony —contesta Bogdan—. Tony Curran.

—Ese mismo —conviene Stephen, frotándose la barbilla al ver que Bogdan protege su alfil, pero al mismo tiempo abre la posición.

—¿Cuál era la pregunta? —dice Bogdan.

—Es una duda, nada más. Perdóname si me meto donde no me llaman, pero, por todo lo que he oído, creo que lo mataste tú. Elizabeth me lo cuenta todo, ya sabes.

Stephen avanza un peón, sin mucha esperanza.

Bogdan mira a su alrededor un momento y después se centra otra vez en su interlocutor.

—Por supuesto, yo lo maté. Pero es un secreto y solamente lo sabe una persona más.

—Oh, por mí no tienes que preocuparte. No se lo contaré a nadie. Pero no acabo de entender por qué lo hiciste. No creo que fuera por dinero. No es tu estilo.

—No, no fue por dinero. Hay que tener cuidado con el dinero. No debemos dejar que nos domine.

Bogdan mueve un caballo y por fin Stephen entiende su estrategia. Muy sutil.

—Entonces ¿por qué fue?

—Por algo muy sencillo. Tenía un amigo, mi mejor amigo desde mi llegada a Inglaterra. Era taxista. Un día mi amigo vio a Tony hacer algo muy malo.

—¿Qué vio?

Stephen sorprende a Bogdan con un movimiento de

la torre. Éste reacciona con una sonrisa sesgada. Adora a ese viejo tan astuto.

—Lo vio matar a un chico, a un muchacho de Londres. No sé por qué lo hizo, nunca lo averigüé. Algo relacionado con la droga, supongo.

—Entonces ¿Tony mató a tu amigo?

—Gianni mató a mi amigo, pero Tony le dijo que lo hiciera. Para mí es lo mismo.

—Lo es. En eso estamos de acuerdo. ¿Y qué le pasó a Gianni?

Bogdan siente la necesidad de volver atrás con su caballo. Ha desperdiciado un movimiento, pero no importa. Son cosas que pasan.

—Lo maté también. Casi enseguida.

Stephen asiente. Durante unos minutos, contempla en silencio el tablero. Bogdan piensa que quizá se ha desconectado, pero ha aprendido que a veces hay que tener paciencia con Stephen. Y ésta es una de esas veces.

—¿Cómo se llamaba tu amigo?

Stephen sigue observando el tablero, intentando encontrar un plan donde aparentemente no hay nada.

—Kazimir. Kaz, lo llamábamos —responde Bogdan—. Gianni le pidió a Kaz que lo llevara al bosque en el taxi, porque tenía que enterrar algo y necesitaba ayuda. Se adentraron en el bosque y estuvieron un buen rato cavando un hoyo, para lo que fuera que Gianni necesitara enterrar. Kaz era un tipo muy trabajador, muy buena persona. Te habría gustado. Entonces Gianni le disparó a Kaz, ¡pum!, y lo enterró en el hoyo. Un disparo y se acabó.

Stephen avanza su peón una casilla más. Bogdan levanta la vista, lo mira y le sonríe. Se rasca un momento la nariz mientras estudia el tablero.

—Al principio pensé que Kaz había huido, que quizá había vuelto discretamente a su país. Pero Gianni era tonto. No era como Tony. Les contó a sus amigos que le había disparado a un tipo en el bosque y que lo más divertido era que el imbécil había cavado su propia tumba. Y la historia fue pasando de boca en boca, hasta que yo me enteré.

—¿Y entraste en acción? —aventura Stephen.

Bogdan asiente mientras contempla su alfil y se pregunta si Stephen le tendrá preparado algún truco.

—Llamé a Gianni y le dije que tenía que hablar con él. «No se lo digas a Tony. No se lo cuentes a nadie.» Le comenté que tenía un amigo en el puerto de Newhaven y que podía haber mucho dinero para él. Que si estaba interesado. Dijo que sí y nos encontramos en el puerto, a las dos de la madrugada.

—¿No había personal de seguridad?

—Había un guardia, pero era primo de Steve Georgiou, un buen amigo mío. Era verdad que tenía un amigo en el puerto. Es más fácil mentir cuando una parte de la mentira es verdad. Steve vino con nosotros. Conocía a Kaz y le tenía tanto aprecio como yo. El hecho es que fuimos al embarcadero, bajamos los peldaños y nos subimos en un barco pequeño. Gianni era tan estúpido que sólo pensaba en el dinero. Pusimos el motor en marcha y salimos del puerto. El mar estaba picado. Mientras salíamos, le iba contando el plan a Gianni. Le dije que pensábamos usar el barco para traer gente ilegalmente a Inglaterra y que el primo de Steve miraría para otro lado. Le dije que imaginara todo el dinero que ganaríamos. Pero, en cuanto estuvimos en alta mar, saqué una pistola y le dije que se arrodillara. Al principio se lo tomó a broma, pero luego lo acusé de matar a Kazimir. Se dio cuenta de que no era ninguna broma, y entonces le disparé.

Finalmente Bogdan mueve el alfil. Ahora es Stephen el que se rasca la nariz con expresión pensativa.

—Le quité las llaves y las tarjetas. Lo lastramos con ladrillos y lo tiramos por la borda en alta mar. Después regresamos a Newhaven, le dimos las gracias al primo de Steve y no volvimos a mencionar el asunto. Steve y yo fuimos a la casa de Gianni, abrimos la puerta con sus llaves, tomamos su pasaporte, hicimos una maleta con su ropa y encontramos un montón de dinero. Dinero de la droga, ¿sabes? Nos lo llevamos todo y también todas las cosas de valor. Una gran parte del dinero era de Tony, así que me alegré de llevármelo.

—¿Cuánto? —pregunta Stephen.

—Unas cien mil libras. Le envié la mitad a la familia de Kazimir.

—Bien hecho.

—El resto se lo di a Steve. Quería abrir un gimnasio y me pareció una buena inversión. Es un tipo legal, no se anda con tonterías. Entonces lo llevé a Gatwick con el coche y lo envié a Chipre con el pasaporte de Gianni. Nadie se fijó. Fue fácil. Nada más llegar, volvió a Inglaterra con su propio pasaporte. Mientras tanto, llamé a la policía e hice una denuncia anónima. Sabía lo suficiente para que me tomaran en serio. Les dije que Gianni había matado a Kaz. Fueron a registrar su casa.

—¿Y vieron que faltaban su pasaporte y toda su ropa?

—Exacto.

—Entonces ¿comprobaron los registros de pasajeros de puertos y aeropuertos y descubrieron que se había ido a Chipre?

Stephen ataca el alfil de Bogdan con un peón, tal como él esperaba.

—Sí, y durante un tiempo buscaron a Gianni en Chipre,

pero se había esfumado, y al final dejaron el caso en manos de la policía chipriota. No había pruebas de que Gianni hubiera matado a nadie, ni habían encontrado dinero de la droga en su casa, así que al cabo de un tiempo todos lo olvidaron y siguieron adelante con sus vidas.

—Pero esperaste mucho para matar a Curran, ¿no?

—Hay que saber elegir el mejor momento. Planificar. No quería acabar en la cárcel.

—No te culpo —replica Stephen.

—En cualquier caso, hace un par de meses instalé el sistema de seguridad en su casa: cámaras, alarma, todo. Y cometí un error deliberado al instalarlo. Lo ajusté para que no grabara.

—Entiendo.

—Entonces me dije que había llegado el momento. Podía entrar en su casa. Había hecho copias de sus llaves. No me vería nadie.

Bogdan toma el peón de su rival, abriendo un frente que Stephen preferiría no tener abierto.

—Bien pensado —dice éste con un gesto afirmativo.

—Cuando acababa de hacerlo, oí que llamaban a la puerta. ¡Rin, rin, rin! Pero mantuve la calma.

Stephen vuelve a asentir y mueve otro peón como maniobra desesperada.

—Muy bien. Pero ¿qué harás si te descubren?

Bogdan se encoge de hombros.

—No sé. No creo que me descubran.

—Elizabeth lo acabará descubriendo, amigo mío. Si no lo ha descubierto ya.

—Lo sé, pero creo que será comprensiva conmigo.

—Yo también —conviene Stephen—. Pero con la policía será otra historia. La policía no es tan sentimental como Elizabeth.

Bogdan asiente.

—Si me descubren, muy bien. No podré hacer nada. Pero creo que la pista falsa que les dejé es bastante buena.

—¿Una pista falsa? ¿Cuál?

—Bueno, cuando fuimos a casa de Gianni aquella noche, una de las cosas que nos llevamos fue una cámara de fotos, y en esa cámara...

Bogdan se interrumpe al oír ruido de llaves en la cerradura de la puerta principal. Por algún motivo, Elizabeth ha vuelto más tarde que de costumbre. Bogdan se lleva un dedo a los labios y Stephen hace el mismo gesto de silencio.

—Hola, chicos —saluda ella al entrar.

Le da un beso en la mejilla a Bogdan y abraza a Stephen. En ese momento, Bogdan mueve su reina y consuma su plan.

—Jaque mate.

Elizabeth se separa de Stephen y contempla sonriendo el tablero y a Bogdan. Los dos rivales se dan la mano.

—Es todo un truhan este hombre, Elizabeth, un truhan de primera categoría.

Elizabeth mira el tablero.

—Bien jugado, Bogdan.

—Gracias —responde él mientras vuelve a colocar las piezas en su sitio.

—Tengo una historia que contarles que les parecerá increíble —anuncia Elizabeth—. ¿Se te antoja un té, Bogdan?

—Sí, por favor —contesta él—. Con leche y seis terrones de azucar.

—Para mí un café, cariño —dice Stephen—, si no es demasiado trabajo para ti.

Elizabeth va a la cocina, pensando en Penny. ¿Habrá muerto ya? Así ha acabado todo. En un acto de amor. Entonces piensa en John, que se estará preparando para el sueño definitivo. Había protegido a Penny, pero ¿a costa de qué? ¿Estará en paz consigo mismo? ¿Habrá puesto fin a su sufrimiento? Piensa en Annie Madeley y en todo lo que se ha perdido. Tarde o temprano, hay que abandonar la partida. Una vez dentro, la única puerta es la salida. Tiende la mano hacia el temazepam de Stephen, pero se arrepiente y lo deja en el botiquín.

Vuelve con su marido. Le toma la mano y le da un beso en los labios.

—Creo que ha llegado el momento de beber menos café, Stephen. Tanta cafeína no puede hacerte bien.

—Tienes razón —conviene él—. Lo que tú digas, cariño.

Stephen y Bogdan empiezan otra partida. Elizabeth regresa a la cocina. Ninguno de los dos hombres nota que está llorando.

115

JOYCE

Perdonen que no haya escrito desde hace tiempo, pero aquí hemos estado muy ocupados. Ahora tengo en el horno un pastel de grosellas silvestres y he pensado que hay algunas cosas que quizá les interesaría saber.

El martes de hace dos semanas enterramos a Penny y a John. Fue una ceremonia tranquila, con lluvia, lo que me pareció bastante adecuado. Vinieron algunos de los antiguos colegas de Penny. De hecho, vinieron más de los que habríamos imaginado, teniendo en cuenta lo sucedido. Los periódicos publicaron la historia de Penny y John; no acertaron del todo, pero se aproximaron bastante. De alguna manera se enteraron también de que Penny era amiga de Ron, así que vinieron a entrevistarlo los de *Kent Today* e incluso lo sacaron en el informativo normal. Después se presentaron unos periodistas de *The Sun*, pero Ron no estaba dispuesto a hablar con la prensa sensacionalista. Les dijo que se estacionaran en Larkin Court, y al poco tiempo ya les habían puesto un inmovilizador en el coche.

Elizabeth no acudió al funeral. No me ha dicho por qué, ni creo que vayamos a hablar al respecto. ¿Se habría despedido ya de los dos? Es lo más probable, ¿no creen?

Ni siquiera sé si Elizabeth ha perdonado a Penny. Por mi parte, tengo la moral del Antiguo Testamento y creo que Penny hizo bien en matar a ese desgraciado. Es mi opinión y no la repetiré en voz alta, pero me alegro de que hiciera lo que hizo.

Espero que Peter Mercer viviera el tiempo suficiente para darse cuenta de lo que le estaba pasando.

Elizabeth es mucho más lista que yo y seguramente habrá reflexionado más, pero no puedo creer que culpe a Penny por lo que hizo. ¿Ella habría hecho lo mismo? Yo creo que sí. Pero a Elizabeth no la habrían descubierto.

Aun así, imagino que debe de estar apenada, porque su amiga le ocultó ese secreto. Elizabeth y Penny estaban muy unidas. Las dos tenían sus secretos, pero el de Penny era el más grande. Eso tiene que dolerle a Elizabeth. Quizá algún día podamos hablarlo.

Penny mató a Peter Mercer y se lo ocultó a John toda su vida, hasta que la demencia pudo con ella. Y cuando John lo supo, se sintió obligado a protegerla. Eso es amor, ¿no? Gerry también lo habría hecho por mí. Penny mató a Peter Mercer porque Peter Mercer había matado a Annie Madeley. Y John mató a Ian Ventham porque Penny había matado a Peter Mercer. Eso lo explica todo, supongo. Espero que Penny y John puedan descansar en paz, y también se lo deseo a la pobre Annie Madeley. A Peter Mercer, en cambio, le deseo el peor de los tormentos, por todo el mal que ha causado.

La policía todavía no ha encontrado a Gianni *el Turco*, pero lo sigue buscando. Chris y Donna han venido a vernos un par de veces. Chris está saliendo con alguien, pero no quiere contarnos nada, y tampoco hemos conseguido que nos lo cuente Donna. Chris dice que tarde o temprano atraparán a Gianni, pero el otro día vino Bogdan a arreglarme la regadera y dijo que Gianni es demasiado listo para dejarse atrapar.

Si quieren que les diga lo que pienso, creo que la desaparición de Gianni resulta demasiado conveniente para todos. ¿De verdad volvió ahora a Inglaterra para matar a Tony por haberlo delatado hace muchísimos años? Además, ¿qué sentido tiene que Tony le fuera con el pitazo a la policía? ¿Por qué iba a delatar Tony a la persona que lo había ayudado a ocultar un asesinato que él mismo había cometido? En mi opinión, nada de eso tiene ni pies ni cabeza.

No. El único demasiado listo para que lo atrapen es Bogdan.

¿No les parece que pudo haber sido él quien mató a Tony Curran? Yo sí lo pienso. Estoy segura de que tendría una buena razón, y no veo el momento de preguntárselo. Pero esperaré a que me haya instalado la ventana nueva, por si se ofende. Me pregunto si Elizabeth también sospechará de él. Ya no ha vuelto a mencionar la necesidad de localizar a Gianni, por lo que es probable que también sospeche.

Dentro de poco tendré que ir a ver cómo sigue el pastel en el horno. ¿Qué les parece si pasamos a temas más agradables?

La urbanización de Hillcrest ya está en marcha, con grúas y excavadoras en la colina. Dicen que Gordon Playfair se embolsó más de cuatro millones doscientas mil libras por sus tierras, y cuando digo que «dicen» me refiero a Elizabeth, o sea que debe de ser cierto. Lo que dice Elizabeth es la pura verdad. Gordon se despidió de la casa donde había vivido los últimos setenta años y cargó todas sus pertenencias en una Land Rover con remolque. A continuación, se desplazó unos cuatrocientos metros cuesta abajo y descargó todo su equipaje en un bonito departamento de dos dormitorios en Larkin Court.

La empresa Bramley Inversiones le dio el departamento como parte del trato, lo que nos lleva a otra noticia que tengo que darles.

¿Recuerdan que les dije que me sonaba el nombre de Bramley Inversiones? Ahora les diré por qué.

Cuando era pequeña, Joanna tenía un elefante de peluche rosa con orejas blancas. Nunca me dejaba que lo lavara. No quiero ni imaginar la cantidad de microbios que debía de tener ese peluche, aunque ya sabemos que eso no es necesariamente malo para los niños. ¿A que no saben cómo se llamaba el elefante? *¡Bramley!* Casi se me había olvidado. Joanna tenía muchos juguetes y yo soy una madre terrible.

Ya se imaginarán cuál es la noticia, ¿no?

¿Se acuerdan de cuando le llevamos a Joanna los registros contables de Ventham para que les echara un vistazo? Fue al principio, cuando Elizabeth sospechaba de Ian Ventham como posible asesino de Tony Curran.

Fuera como fuese, Joanna y Cornelius estudiaron la contabilidad de Ventham, nos dieron su opinión y ahí acabó todo.

Pero para Joanna no acabó nada. En absoluto.

A Joanna y a Cornelius les gustó mucho lo que vieron, y también les gustó lo que leyeron acerca de Hillcrest. Entonces Joanna hizo una presentación al resto del consejo de administración (mentalmente, los veo reunidos en torno a la mesa hecha con un ala de avión) y decidieron comprar la empresa. Joanna pensaba comprársela a Ian Ventham, obviamente, pero al final tuvo que comprársela a su viuda, Gemma Ventham. ¿Qué les parece?

Ahora Joanna es la dueña de todo esto. O, mejor dicho, la empresa de Joanna es la propietaria. Pero es lo mismo, ¿no?

Y esto nos conduce a Bernard; ahora verán por qué.

Joanna y yo no habíamos hablado nunca de Bernard, pero vino a acompañarme al funeral, así que es posible que Elizabeth se lo contara. O tal vez simplemente lo sabía. Creo que fue más bien esto último. El hecho es que vino a acompañarme, me tomó de la mano y, en un momento de debilidad, le apoyé la cabeza en el hombro y me sentí reconfortada. Después del funeral, me contó lo de Bramley Inversiones. Fingí que ya lo sabía desde el principio, porque me sentía culpable por haber olvidado lo del elefante, pero Joanna siempre nota cuando no estoy siendo sincera con ella.

El caso es que nos pusimos a hablar y le dije que la empresa de Ventham no parecía el tipo de negocio que ellos compran normalmente, y contestó que estaba de acuerdo, pero dijo que era «un sector en el que llevábamos mucho tiempo queriendo entrar». Sin embargo, yo también noto cuando ella me quiere engañar, y al final reconoció que no era cierto. Dijo que el negocio era muy rentable, pero admitió que también tenía otra razón, que ahora les explicaré.

Se sentó en el sofá que ella misma me regaló y que en IKEA le habría costado la décima parte, al lado de la *laptop* que también me ha regalado ella y que nunca saldrá de esta casa, y me dijo lo siguiente: «¿Recuerdas que cuando viniste a vivir aquí te dije que estabas cometiendo un error y que esto sería tu fin? ¿Que pasarías el día entero sentada en un sillón, rodeada de gente que no haría más que esperar la muerte? Pues bien, estaba equivocada. Esto no ha sido tu fin, mamá, sino todo lo contrario. Pensaba que nunca volvería a verte feliz después de la muerte de papá».

(Nunca hemos hablado de eso y creo que la culpa es de las dos.)

«Tienes la mirada más viva y has vuelto a reír. Y todo gracias a Coopers Chase y a Elizabeth, Ron, Ibrahim y al pobre Bernard, que en paz descanse. Por eso he comprado la empresa, los terrenos y todo el proyecto. Lo he hecho para darte las gracias, mamá. Ya sé lo que vas a decirme ahora, así que te prometo que también voy a ganar muchos millones. No te asustes.»

No estaba asustada, pero Joanna acertó. Era justamente lo que iba a preguntarle a continuación.

Y ahora les contaré un par de cosas más que querrán saber. El jardín del Descanso Eterno se quedará donde está. Joanna dice que ganarán suficiente dinero con Hillcrest, por lo que pueden permitirse cancelar el proyecto de Woodlands. Ahora el cementerio está protegido, incluso si Coopers Chase vuelve a salir a la venta. (Joanna dice que algún día lo venderán, porque, después de todo, en eso consiste su negocio.) Pero quien lo compre descubrirá que hay una serie de cláusulas y compromisos que impiden trasladarlo. Está blindado.

Por cierto, ¿se acuerdan de que hace un momento he dicho que las dos teníamos la culpa de no haber hablado nunca de Gerry? Por supuesto que no es culpa de ambas, sino solamente mía. Lo siento, Joanna.

El otro día celebramos una pequeña ceremonia. Elizabeth invitó a Matthew Mackie, que esta vez vino sin el alzacuello. Le anunciamos que Maggie ya no corre peligro de que la trasladen y por un momento pensé que iba a llorar, pero mantuvo la calma. Sólo dijo que quería visitar la tumba. Subimos todos juntos la colina y nos sentamos en la banca de Bernard y Asima, mientras el padre Mackie abría la reja de hierro del cementerio para ir a arrodillarse junto a la sepultura. Fue entonces cuando se puso a llorar, como todos sabíamos que pasaría en cuanto viera la lápida.

Unos días antes, Bogdan había dedicado buena parte de la mañana a limpiar con sumo cuidado la inscripción «Margaret Farrell, 1948-1971», y después había grabado en la piedra, debajo: «Patrick, 1971». Lo estuve observando mientras trabajaba, y les aseguro que no debe de haber nada que Bogdan no sepa hacer.

Al ver que el padre Mackie se emocionaba, enviamos a Ron para que lo acompañara y los dos se quedaron un buen rato en silencio. Elizabeth, Ibrahim y yo permanecimos en la banca, mirando el paisaje. Me gusta que los hombres lloren. No que exageren, pero lo del otro día fue lo justo.

Ahora siempre hay muchas flores en la tumba de Maggie. Yo también le he llevado algunas, y supongo que ya adivinarán de dónde son.

También querrán saber qué pasó con la banca. Bueno, el milusos de Bogdan perforó el concreto con un martillo neumático y cavó hasta encontrar la caja de té en forma de tigre, que me entregó.

En la carta de despedida de Bernard había una posdata bastante emotiva, donde pedía que sus cenizas fueran dispersadas desde los muelles de Fairhaven. La tengo aquí.

«Parte de mí y parte de Asima seguiremos juntos para siempre en este mismo lugar. Pero ahora ella flota libre en aguas sagradas. Déjenme entonces que me lleve la marea, para poder reunirme con ella algún día.» Eso escribió. Muy poético, Bernard.

Demasiado poético.

Ustedes y yo conocimos lo suficiente a Bernard para ver más allá de la palabrería sentimental. Era un mensaje en código para mí, y no hacía falta tener la máquina Enigma para descifrarlo. Me pregunto si Bernard me consideraría un poco torpe, pero supongo que querría expresarlo lo más claramente posible, por si acaso. Fuera como fuese, enseguida comprendí que Bernard me estaba dando unas instrucciones.

Sufi y Majid pasaron la noche en el hotel del aeropuerto después del funeral, porque así son ellos, y yo me ofrecí para guardarles las cenizas de Bernard en casa, hasta que estuvieran listos para llevarlas a Fairhaven. ¿No aprenderán nunca esos dos?

Así pues, tenía las cenizas de Asima en la caja en forma de tigre y las de Bernard en una urna sencilla de madera. Entonces puse la balanza sobre la mesa. Una de verdad; no confío en las electrónicas.

Saqué las cenizas de la urna con cuidado, porque, por mucho que me gustara Bernard en su momento, no quería tenerlo esparcido sobre la encimera de la cocina. Al cabo de unos minutos y con la ayuda de un par de loncheras de plástico como estación intermedia (me sentí bastante culpable por eso), terminé el trasvase.

En la caja de té en forma de tigre que los dos habían querido regalarse mutuamente por Navidad, coloqué la mitad de las cenizas de Bernard y la mitad de las de Asima. Al día siguiente, volvimos a enterrar la caja debajo de la banca, que era el sitio que le correspondía. Le pedimos a Matthew Mackie que bendijera el lugar y creo que se emocionó con el encargo, porque hizo un trabajo maravilloso.

En la urna puse la otra mitad de las cenizas de Asima y de Bernard. Y eso fue lo que se llevaron Sufi y Majid a Fairhaven, sin saberlo, al día siguiente. De este modo, Asima finalmente ha podido flotar libremente, pero en brazos del hombre que amaba. No fuimos con ellos a dispersar las cenizas porque no queríamos importunarlos.

Sinceramente, no sé qué hacer con los recipientes que usé. Si has utilizado dos loncheras de plástico para mezclar las cenizas de un amigo muy querido con las de la mujer que amaba, sin que su hija y su yerno lo sepan, ¿qué será menos respetuoso? ¿Conservarlas o tirarlas? De verdad les digo que nunca había tenido que preocuparme por ese tipo de cosas antes de mudarme a Coopers Chase. Seguramente Elizabeth sabrá qué hacer.

Y, hablando de Elizabeth, me ha llamado hace un rato para decirme que le han deslizado una nota muy interesante por debajo de la puerta. No ha querido decirme de qué se trata, pero ha añadido que tenía que hacer una pequeña visita y que después me lo contaría. ¡Me muero de curiosidad!

Bueno, como es jueves, hoy tenemos reunión. Me preocupaba que después de lo de Penny dejáramos de reunirnos, o que hubiera un ambiente incómodo en las reuniones. Pero las cosas no funcionan así en este lugar. La vida sigue, hasta que se acaba. El Club del Crimen de los Jueves continúa celebrando sus sesiones todos los jueves, aparecen notas misteriosas debajo de las puertas y hay asesinos que se dedican a instalar ventanas. Ojalá sigamos así muchos años.

Después de la reunión, iré a ver cómo se adapta Gordon Playfair a su nueva vida. Lo hago únicamente porque es mi deber de buena vecina. Se los digo antes de que lo pregunten.

Bien, el pastel debe de estar listo. Ya les seguiré contando cómo va todo.

Agradecimientos

Muchas gracias por leer *El Club del Crimen de los Jueves*, a menos que no lo hayan leído todavía y hayan pasado directamente a los agradecimientos, una posibilidad que no descarto. Cada uno ha de vivir la vida como le parezca.

La idea de *El Club del Crimen de los Jueves* se me ocurrió hace unos años, cuando tuve la suerte de visitar una comunidad de jubilados llena de gente extraordinaria que contaba historias extraordinarias y provista de un «exclusivo restaurante de cocina contemporánea». Los residentes de la comunidad en cuestión saben que me refiero a ellos, y les agradezco su apoyo. Sólo espero no haberles dado ideas y que no empiecen a matarse entre ellos.

Es difícil escribir una novela. Supongo que lo es para todos, pero no puedo estar seguro. Quizá a Salman Rushdie le parezca fácil. En cualquier caso, son muchas las personas que me han ayudado a lo largo del proceso, sabiéndolo o sin saberlo, y me encanta poder agradecérselo aquí, públicamente.

En primer lugar, quiero dar las gracias a Mark Billingham. Hacía mucho tiempo que quería escribir una novela y, durante un agradable almuerzo en el restaurante turco Skewd, en Barnet (comida deliciosa, excelente relación calidad-precio, prueben las alitas de pollo), Mark me dio exactamente el aliento que yo necesitaba y en el momento adecuado. También me dijo que no había reglas para escribir una novela de crímenes y justo a continuación procedió a enumerar dos grandes reglas, que tuve en cuenta durante todo el proceso de elaboración del presente libro. En cualquier caso, Mark, siempre te estaré agradecido.

Pasé mucho tiempo escondido, escribiendo *El Club del Crimen de los Jueves*, y quiero expresar mi agradecimiento a una serie de personas que me animaron durante todo ese tiempo a no darme por vencido. Doy las gracias a Ramita Navai, la mejor amiga que se puede tener; a Sarah Pinborough, por decirme que sí, que es así de difícil; a Lucy Prebble, por recordarme que lo primero es hacerlo y lo siguiente es hacerlo bien; a Bruce Lloyd, por mantener el tren en marcha, y a Marian Keyes, por su amabilidad y por la vela.

También le debo un especial agradecimiento a Sumudu Jayatilaka, por ser mi primera lectora. Siempre lo recordaré.

Llega un momento en que un libro más o menos ha empezado a existir, y es entonces cuando necesitas rodearte de gente brillante y sensata para que te ayude a mejorarlo. Entre los pocos que leyeron los primeros borradores de este libro y que han jurado guardar para siempre el secreto figuran mi fantástico y talentoso hermano, Mat Osman (autor de la brillante novela *The Ruins*, a punto de publicarse también), y mi amiga Annabel Jones, que encontró tiempo en la apretadísima agenda del rodaje de *Black Mirror* para leer el libro y darme muchas de las respuestas que yo no lograba ver. ¡Gracias, Annabel! ¡Deberías dedicarte a esto!

Quiero dar las gracias al fabuloso equipo de Viking, en particular a mi editora, Katy Loftus, por respaldarme y apoyarme, y por encontrar mil maneras diferentes pero siempre amables de decir: «No estoy segura de que este detalle realmente funcione». Y, como detrás de toda gran editora hay una gran asistente editorial, también doy las gracias a Vikki Moynes.

Agradezco igualmente al resto del equipo de Viking: la directora editorial, Natalie Wall, y al equipo de comunicación, Georgia Taylor, Ellie Hudson, Amelia Fairney y Olivia Mead, que me han oído decir «bueno, sí, quizá» un millón de veces. Gracias también al increíble equipo comercial —Sam Fanaken, Tineke Mollemans, Ruth Johnstone, Kyla Dean, Rachel Myers y Natasha Lanigan—, a la gente de la *web* DeadGood y a Indira Birnie, de la *web* de Penguin para el Reino Unido. Un libro es un trabajo en equipo, y yo he contado con el mejor.

También quiero dar las gracias a mi editora en Estados Unidos, Pamela Dorman, y a su fantástico asistente editorial, Jeramie Orton, y me disculpo una vez más por haberlos hecho buscar en Google cosas como Ryman, Holland & Barrett y tantas otras. Tengo asimismo una deuda de gratitud con la minuciosidad y la creatividad forense de mi corrector, Trevor Horwood, sin el cual jamás hubiera sabido a qué días de la semana correspondían algunas fechas de 1971. O, mejor dicho, «jamás *habría* sabido», como él mismo se encargaría de señalarme de inmediato.

El hecho de escribir una novela ya es suficientemente gratificante en sí mismo, y yo estaba dispuesto a considerar todo el proyecto como una agradable experiencia y nada más, hasta que le envié el primer borrador a mi agente, Juliet Mushens. Sin embargo, desde su primera respuesta, todo cambió y, gracias a Juliet, comprendí que *El Club del Crimen de los Jueves* podría ser una novela de verdad que quizá podría interesar a lectores auténticos. Juliet ha sido desde el comienzo una fuerza de la naturaleza: brillante, creativa, divertida y poco convencional. No podría haber hecho nada de esto sin ella. Muchas gracias, Juliet. Te lo agradezco muchísimo. Juliet cuenta con el apoyo de la maravillosa Liza DeBlock, que, al tener que manejar tantos contratos importantes es un poquito más convencional que Juliet, lo cual también es muy de agradecer.

Y para terminar, si me lo permiten, mencionaré a los peces gordos.

Gracias, mamá, Brenda Osman. Espero que, entre otras cosas, *El Club del Crimen de los Jueves* deje traslucir cierto sentido de la amabilidad y de la justicia, que me has transmitido tú. También viene, por supuesto, de tus padres, mis abuelos: Fred y Jessie Wright, a los que extrañamos mucho, aunque espero que estén muy presentes en estas páginas. Gracias también a mi maravillosa tía, Jan Wright. Somos una familia pequeña, pero lo que nos falta en cantidad nos sobra en calidad.

Y gracias, finalmente, a mis hijos, Ruby y Sonny.

No tengo intención de abochornarlos demasiado, así que simplemente les diré que los quiero muchísimo.